文化人生丛书

学林忆往

陈美林 著

南京师范大学出版社

图书在版编目(CIP)数据

学林忆往／陈美林著.—南京：南京师范大学出版社，2017.10
(文化人生丛书)
ISBN 978-7-5651-3510-1

Ⅰ.①学… Ⅱ.①陈… Ⅲ.①回忆录—作品集—中国—当代 Ⅳ.①I251

中国版本图书馆 CIP 数据核字(2017)第 243348 号

书　名	学林忆往
丛 书 名	文化人生丛书
作　者	陈美林
责任编辑	王欲祥
出版发行	南京师范大学出版社
地　址	江苏省南京市玄武区后宰门西村 9 号(邮编：210016)
电　话	(025)83598919(传真)　83598412(营销部) 83598297(邮购部)
网　址	http://www.njnup.com
电子信箱	nspzbb@163.com
照　排	南京理工大学资产经营有限公司
印　刷	南通印刷总厂有限公司
开　本	787 毫米×960 毫米　1/16
印　张	23.75
字　数	287 千
版　次	2017 年 10 月第 1 版　2017 年 10 月第 1 次印刷
书　号	ISBN 978-7-5651-3510-1
定　价	78.00 元
出 版 人	彭志斌

南京师大版图书若有印装问题请与销售商调换
版权所有　侵犯必究

目录

词坛巨星的陨落
　　——缅怀瞿禅师哀悼圭璋老/001/
"我亦有孤剑,植发望燕云"
　　——夏承焘先生的爱国情操/005/
陪瞿禅师访汤国梨/009/
《天风阁学词日记》中的章太炎、汤国梨/012/
"一代词宗"夏承焘四游江苏/019/
和夏承焘老师同在"运动"中/028/
记夏承焘老师一次讲学活动的前前后后/046/
"生荣死哀,身没名显"
　　——"一代词宗"夏承焘的晚年/057/
从夏承焘老师的一首诗谈学位和职称/068/
率先建立书法专业的陆维钊先生/077/
沙孟海先生与建国初期的土改/086/
"忠言直行"的任铭善先生/096/

《首都志》编纂者王焕镳先生/106/

"诗孩"孙席珍教授琐记/117/

追念卅年代老作家王西彦教授/129/

"仿佛音容,如在昨日"
——纪念唐圭璋先生逝世20周年/141/

沉痛悼念稗坛前辈吴组缃先生/155/

追念何满子先生/159/

卅年前相识于榕城
——悼念蒋星煜先生/168/

追记与何泽翰先生的交往/179/

追忆钱仲联先生/190/

从一帧照片谈起
——钱仲联先生一二往事/207/

与吴调公先生相处的岁月/217/

鼓楼名人文化漫谈
——与著名画家杨建侯为邻/228/

陈鸣钟和《清代南京学术人物传》/239/

参加《中国思想家评传丛书》撰作工作的回顾
——兼怀匡老/246/

30年前汪海粟主持的一次学术盛会/256/

追记开创"研究新局面"的人和事/269/

破冰之旅
——1990年海峡两岸小说、戏曲交流盛会的回顾/280/

十五年前海峡两岸学术交流的两次盛会/288/
以文会友　以友辅仁
　　——第七届全国古代戏曲学术研讨会总结发言/294/
对文学研究工作的几点思考/300/
相"知"二十年
　　——我与《文史知识》/309/

附　录：

萋兮斐兮　成此贝锦
　　——陈美林教授访谈录/313/
跋涉"儒林"有续篇/338/
跋涉《儒林》四十载/351/

后　记/371/

词坛巨星的陨落
——缅怀瞿禅师 哀悼圭璋老

一九九〇年十一月二十八日,词学大师唐圭璋先生病逝南京,一九八六年五月十一日,当代词宗夏承焘(瞿禅)先生病逝北京。

不足五年,词坛两颗巨星先后陨落,这是我国词坛的巨大损失。

瞿禅师虽已逝去数年,但他对我的关怀、教诲,至今难忘;圭璋老近日委化,音容宛在,也令人悲思不已。成此小文,以为缅怀哀悼。

两位大师的结识,乃由切磋学问而始。圭璋先生自言"与瞿禅兄先通信于一九三一年,至一九三四年始会晤于南京。历经半个多世纪,函札往还,过从甚密,共同切磋词学,获益良多"(《瞿禅对词学之贡献》)。瞿禅师在《天风阁学词日记》中更有翔实记载:一九三一年十一月二十二日:"接南京女子中学唐圭璋函,辨予白石石帚说,以随隐漫录、梦窗词外,不见白石有石帚之号,疑为非一人,但亦无确证。唐君由任君敏介,不悉何许人。"非常清楚,两位先生原先并不相识,为了共同研治词学才信函往返的。至于晤面缔交,已在三年之后即一九三四年。这年十一月二十四日,瞿禅师到南京,次日晨即往利济巷六十三号访问圭璋先生。在瞿禅师眼中,唐先生虽然"所居颇陋",但"人甚诚朴"。此后五日,在圭璋先生陪同下,瞿禅师遍访当时在南京的陈匪石、汪辟疆、汪旭初、蔡嵩云等学者词家;又在圭璋先生引导下,同游雨花台、莫愁湖、灵谷寺、中山陵、明孝陵等名胜古迹。此次南京之游,瞿禅师还作有《台城路》一词,返杭之后于十二月六日将此词寄给圭璋先生。从此,如同唐老所言,历经半个多世纪,两位大师的交谊日益深厚。仅以七十年代以后瞿禅师给我的信来看,几乎每封信都叮嘱我问候唐老。有一年,圭璋先生伤足,瞿禅师闻知后,在"头晕手战"的状况下,还写来片纸,要我"代候"。唐老对夏老的学术活动也大力支持,一九八〇年六月,瞿禅师来信,要我请唐老做韵文学会的发起人,圭璋老随即表示赞同。瞿禅师闻知后十分高兴,给我的信中说"弟能与诸老联系,甚好甚好",并要我将唐老的签名纸"本月底前寄来"。

一九八〇年初,瞿禅师来信说:"拟今年春秋佳日,再南游访旧。"我将此意向唐老提起,并向中文系领导汇报。唐老十分高兴,系领导也表欢迎。可惜瞿禅师却因健康不佳,未能南下,唐老颇以失去这次晤面机会而遗憾。一九八三年我去大连开会,要路过北京。唐老嘱我"代候"夏老。五月,我与翔华、战垒兄去医院探望瞿禅师。他十分高兴,吩咐吴闻先生取出三部刚刚印好的《金元明清词选》,分别题赠唐老、千帆先生及我各一部,并且不断询问唐老及千帆先生近况。夏老病逝后,唐老有《浣溪沙·悼瞿禅》之作,词云:

噩耗惊传怎禁哀,奋飞无翼到燕台,泪珠自落梦桐斋。
海雨天风酬素志,龙川白石出新裁,名扬寰宇仰高才。

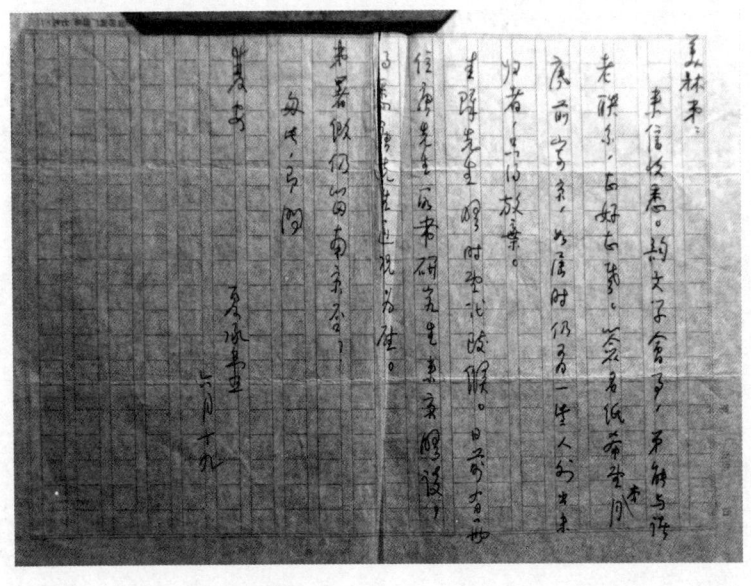

词中对词友的逝去,表示了深沉的哀悼,对老友的成就,表示了极高的钦敬。自然,也表现了唐老本人的谦逊。的确,唐老不仅对我,也一再对他的研究生说,他的学问不如夏老。在《瞿禅对词学之贡献》一文中,唐老还郑重地表示:"最后我想说一下,我在编纂《全宋词》、《全金元词》和《词话丛编》的过程中,曾得到瞿禅兄的大力帮助,热心指导,亲切鼓励,这也是我终生难忘的。"夏老与唐老,共同研治词学,各自有巨大的建树,在几十年的交往中,彼此切磋,相互增益,虚怀若谷,互相推重。二老这种友谊不是一笔巨大的精神财富么?不是学界后辈所应仰止的么?

——原载《人民日报·海外版》1991.1.15

「我亦有孤剑，植发望燕云」
——夏承焘先生的爱国情操

一九三七年日本军国主义发动侵华战争、占领我国北方疆土之际，夏承焘（瞿禅）先生写有《水调歌头》一词。本文题目即词之末二句。此词虽为赠朝鲜志士而作，但也表露了瞿禅先生喷薄而出的投笔从戎、收复国土的爱国情操。

前数年，《夏承焘词集》、《天风阁诗集》与《天风阁词集》先后出版，重新细读夏承焘（瞿禅）师的诗、词、日记，使我感到，夏老不仅是一代词宗，而且是爱国学者。

瞿禅师的爱国情操表现在以下几个方面：首先是彰善瘅恶。彰善，不惜辞费；瘅恶，不假宽贷。凡是抗敌活动，予以表彰；凡是降敌行为，则予以斥责。"九一八"事变以后，任黑龙江省代理主席的马占山，率部抗日，嫩江告捷时，瞿禅师于一九三一年十一月十九日写有《贺新凉》词，说："比伏波、铜柱尤奇绝。"将他比做汉代伏波将军马援。一九三二年二月，马占山一度降日。瞿禅师对他的态度立即改变，在一九三二年二月二十三日日记中写道："闻马占山已软化，可恨可恨。"二月二十五日日记中又说："此人乃末节不终，堪浩叹矣。"夏老还写有七绝《闻马氏变节后题》,准备将先前为其所作的《贺新凉》词删去。诗云:"传檄初看涕泪倾,临危何意堕家声。少卿降虏终非计,三叹重删苦战行。"此诗大意是说,马占山率部抗日之初,通电全国,有"谨以边荒一旅,先邦人而殉国"之语,辞气慷慨,催人泪下。而后来并未像马革裹尸的马援那样,反倒成为投降匈奴的李陵一类人,自堕家声。

因此,作者颇以先前为之作《贺新凉》一词而懊悔,准备弃而不存。从这一词一诗当中,可以见出瞿禅先生即使对于同一个人,有善则彰之,有恶则瘅之。

其次是取舍正确,是照顾故旧情谊,还是坚持民族气节,瞿禅先生了然于心而得宜于行。早在一九三四年,即"一·二八"事变后两年,一个词友邀瞿禅先生去上海一游,夏老在答诗中委婉地写道"娉婷不嫁名原赘,糠核能肥念莫灰",劝其注意节操,不要因生活困苦而丧失意志。

到了一九四一年,在为友人《春申避地图》题诗中,瞿禅先生更明确表示"祈死谁无分,偷生各有辞",一面表明国家兴亡、匹夫有责,一旦需要,应慷慨赴义;一面斥责一些友人,为自己的堕落变节,找出种种借口,开脱罪行。一九四二年又写有《水龙吟·皂泡》一词,直言斥责觍颜事敌的词友绝无好下场。尽管瞿禅先生与某词友交谊深笃,但在民族大节方面却不含糊,一九四二年写的《洞仙歌》词中表示要与之决绝。在友谊与气节两者间,瞿禅师总是先民族气节后友人情谊,将友情从属于气节。

再次是痛打落水狗,不讲无原则的忠恕之道。如对于公然投降伪满洲国的郑孝胥,瞿禅先生在一九三二年三月二十三日的日记中即以史笔记其丑行:"中日皆备战甚亟,东省伪迁都长春,郑孝胥行三拜九叩礼。"寥寥几笔,即将他的丑恶灵魂剥露无遗。而在一九三九年作的《挽陈石遗翁二首》中又对之讥讽有

诗人学道江南好 江南人却天涯老 雪残春 青峰千崤 烟霭中 绿杨芳草地 佳作寻春计 旧唱梨花阴花深 杯更深 己未春北京访友邀游西山大觉寺此菩萨盖 美林弟笑正 夏承焘八十笔

『我亦有孤剑，植发望燕云』

加,"平生辽海鹤,出处莫相怜",对郑孝胥"飞"到敌伪怀抱中的汉奸行为不屑一顾、不足齿数。至于对著作《花随圣人庵摭忆》的汉奸黄秋岳及其子黄晟,瞿禅师对他觍颜事敌、为虎作伥的汉奸行径更是深恶痛绝,嫉之如仇。黄秋岳颇能诗,瞿禅师曾拟选其诗之佳者印为一册,以秦桧墨迹为封面,题《黄汉奸诗钞》。夏老认为"骂此等人,使此等人遗臭千古,是忠厚之道,浑非刻薄"。

最后是身体力行,积极参加抗日活动。"一·二八"事变后,在一九三六年六月六日日记中,瞿禅师写道:"世变若此,恐无闭户读书之日矣。"此后,曾"拟舍词学而为振耻觉民文字"(一九三五年七月八日日记),感到"内忧外患如此,而予犹坐读无益于世之书,问心甚疚",想"以俚言著一书,期于世道人心得裨补万一"(一九三五年七月十六日日记)。及至抗日战争全面展开,瞿禅先生又考虑"国难日亟,惟有与敌人拼命一途,思从郑教官学放枪"(一九三七年九月二十二日日记)。

自然,瞿禅师并未投笔从戎,然而他毕竟以他力所能及的方式参加了抗日斗争。在教学中贯彻抗日内容,如一九三六年四月三十日上课时,以冀东殷汝耕伪政权为题,让学生作诗讨伐,夏老先成一首示范:"不归成逝水,东去尔何心。浴日天先压,回澜陆已沉。待摩斩蛟剑,相和渡辽吟。辛苦家山恨,鸥夷怒至今。"

除此以外,瞿禅师还以他的笔为抗日斗争出力,如一九三七年八月二十五日,为浙江抗敌后援会写有《抗敌歌》,通俗易懂,可谓贯彻了以"俚言"作抗日文章的主张。一九三七年十一月七日又写了《军歌》:"不战亦亡何不战?争此生死线。全中华人戴头前,全世界人刮目看。战!战!战!"表现了瞿禅先生抗战到底的坚决心情。

——原载《人民日报·海外版》1991.2.28

陪瞿禅师访汤国梨

词学大师夏承焘（瞿禅）先生于 1961 年 4 月在沪上与郭绍虞诸先生共同编选《中国历代文论选》。10 月，应南京学界之邀，赴宁讲学，先后在南京大学讲《词的特点、诗眼与词眼》，在江苏省作协讲《南唐词在词史上之地位》。当时我正执教江苏师范学院（今苏州大学）。奉领导之命，赶赴南京，邀瞿禅师赴苏州讲学。

10 月下旬，瞿师来苏州，为江苏师院师生做《宋词》报告。讲学之余，瞿师向我讲起往事，说早年曾数度来游苏州。1920 年之游，还写有《苏州游记》。1934 年 11 月再来苏州时，原想去拜访太炎先生，因听黄云眉说太炎先生"怪僻难近"而未果。此次来游，太炎先生早已作古，想去拜访太炎先生夫人汤国梨。

章寓在锦帆路，离江苏师院所在地天赐庄不远，乃与瞿师缓步前往。抵章寓后，瞿禅师与汤国梨谈及太炎先生往事，余生也晚，多不知晓，但听前辈学人道来，也饶有兴味。分手之际，约定同游灵岩、天平。

次日为重阳，天气晴和。由学院派车，先去锦帆路接了汤国梨，然后驱车直奔灵岩、天平而去。满山红叶、万笏朝天，与两位老人缓步登山，一路闲谈，一路吟赏，徘徊久久，始下山来。归途中，瞿禅师说回去后每人仿吴文英《八声甘州》游灵岩之作，各填

幼曾诗心尽不成胜人吹笛逼西泠梦中
岩濑苍苍绿枕角当山苍苍青断云别
我向西峰绳过孤山却又逢正当一诗无
觅处杖头飞下风林钟

西湖小诗二首 夏承焘

菱林同学笑正

一首以记今日之游。事后,未见瞿禅师提及,我也就未曾动笔。今检瞿师晚年编选的《夏承焘词集》《天风阁词集》,均未见有此词,大约瞿师返沪后,百务丛集,一时未及吟作,如今想来,倒成为一件憾事了。

在这短暂的几天活动中,我亦有所得:一是瞿师在南京讲学,选题极佳,在南唐都城讲南唐词,极易唤起听众兴趣。1985年,笔者从南京应邀去杭州大学讲学,也效法瞿师,在我讲的几个题目中,有一个是关于陈妙常与潘必正故事的小说、戏曲作品,故事发生在建康(南京),杭州人高濂将这一故事写成传奇《玉簪记》。当我点出这一层时,听众情绪立即活跃起来。后来还据此讲稿写成《论杂剧〈女贞观〉和传奇〈玉簪记〉》一文,发表在《文学遗产》86年1期上。

一是借陪同瞿禅师访汤国梨之便,与其结识,曾在她的书房中读书一周。当时中华书局约我撰写有关李玉的书稿,为了寻找李玉的生平资料,闻知汤国梨先生收藏有海内孤本康熙三十年《吴县志》,便去借阅。汤先生极为热忱,当我去她书房时,已放好藤椅、泡好了茶,每日如此。前辈学人对后学的奖掖,令人感动。虽然,在这部志书中也未寻到李玉的资料,但亲睹了这一孤本的面貌,对读书人来说,也未尝不是眼福。

时光易逝,三十年前的这段往事,不时萦回脑际,每当想及这意外的收获,自不能不感激瞿禅师所赐。

注:汤国梨系章太炎夫人,原苏州市民革主委,已作古。

——原载《江苏统战》1993年第1期

《天风阁学词日记》中的章太炎、汤国梨

章太炎(1869—1936)名炳麟,浙江余杭人;夫人汤国梨(1883—1980)字志莹,号影观、苕上老人,浙江吴兴人;夏承焘(1900—1986)字瞿禅,为笔者业师,浙江温州人。章氏为一代儒宗,夏氏为一代词宗,汤氏亦擅诗文,三人同为浙江人,分处苏、杭两地,汤氏与夏氏常在杭州聚首,章氏最后长眠于杭州,夏师病逝北京后,也归葬于千岛湖。夏氏与太炎先生并无直接交往,但夏师《天风阁学词日记》中记有其他学人对太炎先生的评说,而汤氏与夏师的唱酬在《日记》中也有所反映,现略予辑录,以飨读者。

先叙太炎先生。夏师是有机会与章氏会面的,却未果行。1934年11月24日,夏师"侍父游南京","夜达南京"后,次日即"往利济巷六十三号访圭璋",在南京"住五日",出游、访友全由唐圭璋先生引导。11月29日离开南京,"午到苏州",在苏州的活动大多为供职于世界书局的黄云眉(1898—1977)先生陪同。云眉字子亭,号半坡,浙江余姚人,建国后任山东大学教授,研治经学、文学、版本目录学,尤精于《明史》。夏师与云眉先生一见如故,谓之为"真予友也"——此语见12月2日日记。此乃夏师在苏州最后一天,当晚"原欲与云眉访太炎,云眉恐其怪僻

难近"而未果行,改为"观电影"而去。12月3日"早七时首途回沪",终未能面谒太炎先生。不过,《日记》中却记有他人对太炎先生之评说。

在苏州期间,夏师欲访太炎先生之前几天,曾在11月30日由云眉陪同先访吴梅,再访金松岑(苏州学者金天翮字松岑,号鹤望)。在濂溪坊104号金宅书房谈学时涉及太炎先生事,该日《日记》记有:"谈国学会刊,谓会员已逾三百人。……谓某翁近颇宽裕,为杜月笙撰杜氏祠堂记,得润笔五千金,其余数千一千不等。为段祺瑞寿序,比之郭汾阳,似亦得三千金。其近所为文,甚不经意,一如笔记,与旧作大异。"并将其与陈石遗相比,《日记》写道:"石遗润笔,一文仅数十金,两百金为最高价。……家况甚窘。以七十八、九老人,犹仆仆赴无锡国学专修学校讲课,所获亦甚菲,与太炎菀枯大异也。"先言"某翁",犹若为之讳,行文至末即明说"太炎"。情况确实如此,章氏之《高桥杜氏祠堂记》一出,引出多篇"记"、"颂"文字来,其中也有汪精卫之流的手笔。就这一具体事件而言,章氏招人非议也可理解。对于陈石遗,《日记》字里行间充满了同情。石遗为福建诗人陈衍字,著有《石遗室诗话》,书中论及夏师《白石歌曲旁谱辨》,有"于歌曲之学,至为深精"之语。陈衍逝世后,夏师于1939年作有《挽陈石遗二首》,内有"青山犹浩荡,白旐忽翩跹"等句,充满哀伤之情。

太炎先生逝去十余年后,《日记》中犹录有当代学人对其加以评述的言论。如著名书画家黄宾虹(1865—1955)曾于1948年11月21日对来栖霞岭19号相访的夏师"谈清季上海革命党旧闻及太炎、申叔、朱少屏轶事",又言"太炎不信龟甲文,由已老无精力习此,故意诋之"。黄宾虹名质,字朴存、朴人,中年更号宾虹,原籍安徽歙县,出生于浙江金华,定居杭州,曾为夏师作《月轮楼校词图》,夏师则作《摸鱼儿》词一首相谢,有"丹青事,多谢殷勤黄九"等语。黄九,谓黄山谷,借指黄宾虹。月轮楼为夏师在之江大学任教时的宿舍,在月轮山上。

1949年2月6日又转述伯尹所言"马湛翁不满章太炎学问,以太炎时骂程、朱,并谓太炎史学亦不及王壬秋"。马湛翁即马一浮(1883—1967),与梁漱溟、熊十力齐名的儒家学者,字湛翁、蠲叟,浙江绍兴人,于哲学、文学、佛学均有精湛研究,蒋介石曾予其官职而不就。建国后,陈毅副总理在浙江文教厅长刘丹的陪同下去杭州蒋庄拜访,马乃出任浙江文史馆首任馆长。夏师对马先生十分钦仰,1936年作《鹧鸪天·呈马湛翁》一词,有"弥天一老闲无事,坐替雷峰管夕阳"句;1937年作词《玉楼春·呈湛翁》,有"一编来就北窗风,翁与红暾同起早"之句。湛翁曾自署"蠲叟",为夏师《唐宋词人年谱》题签,1950年湛翁有《西江月》词,首句"吹皱一池春水",夏师和作则云"暂与湖光作主",二人同住西湖之滨。夏师于1975年夏移居北京后某次路过政协礼堂,想起当年陈毅曾邀请马一浮、熊十力、沈尹默夫妇、傅抱石及夏师所谓"六客","今存者惟尹默夫人及予耳",不胜感慨。

1950年12月24日《日记》又记张冷僧所言"太炎平生,文第一,小学第二,形义比声韵好","又谓太炎风趣第一,口无择言","能得太炎之学者,惟沈兼士","世称钱玄同音韵之学,实得于家传,受之太炎者不多"。冷僧为张宗祥(1882—1965)字,《日记》中亦时称"冷翁",浙江海宁人,通医学、戏曲、音律、绘画、书法,曾任浙江图书馆馆长、省文史馆副馆长、西泠印社社长。

太炎先生为浙江人而晚年定居苏州,《日记》中所录评述太炎者,除松岑为苏州学者外,余均为浙江学人,此亦可注意者。

再说太炎夫人。汤国梨《影观集》有自称"小门人武进徐复"所作的《前言》,其中说到"一次堂前侍座"时,"太师母(即汤国梨)娓娓说往事",曾言:"老先生(即章太炎)名声盖世,虽擅诗文而不屑于词曲,我之习倚声,亦有意以示非依傍老先生者!"夏师在序其《影观集》中亦有回忆,说"往客上海,与影观章夫人论词,夫人谓太炎先生尝笑词人为词,颠倒往还不出二三百字,故其体视诗为卑"。章夫人不以"老先生"所论为然,认为"二三百字颠倒往还,而无不达之情,岂非即其圣处?"对于夫人如此反诘,"太炎无以难"。夏师亦以太炎夫人所论为是,并进一步申说:"词承诗流,令词尤与绝句近。其始也,皆以体出应歌,不许着难字僻字。五季以还,益以空灵绵邈,与唐绝竞爽,拟之艺事之有书,殆皆蜕糟去粕,几乎无待之境矣。"说明词之为体自有其需求,当然也自有其价值,不可卑视。早在1944年夏师即写有《鹧鸪天·影观夫人惠词,效其体答之》,可见夏师与太炎夫人之间唱酬历有年所。1950年1月18日,夏师还将《白石词谱说笺证》寄赠太炎夫人,并附去黄宾虹所绘《月轮楼校词图》的题词。

1951年2月17日,午后3时,太炎夫人在夏师及沙师孟海先生陪同下去蒋庄访蒋苏庵。辞别时,汤氏在"蒋庄门口写新作浣溪沙词一首见示",并云"少与人谈词,前印词集,仅廿八本"。夏师除"劝其早写一定本",还将汤氏新作录入《日记》中。汤国梨接受夏师建议,编完词集寄给夏氏。1952年6月20日,夏师于"灯下阅太炎夫人影观词,为重录旧作题辞一篇于卷首。其词中涉及予者数首,逐写于此",并将汤氏词集于1952年7月22日"挂号寄还"。

夏师所作《题汤国梨影观词》附于7月21日《日记》后,题词云:

> 影观词皆眼前语,若不假思索者。而幽深绵邈,令人探绎无穷,又十九未经人道。清代常州词人论词,谓若近若远,似有意似无意,此词家深造之境,庶几姜白石所谓自然

高妙。洛诵再过，乃自悔早岁摹清真、拟稼轩为徒费气力。壬辰闰五月，夏承焘题于秦望山中。

夏师谓之"迻写"的几首词为《水调歌头·读瞿禅游夜湖词后作》一首、《菩萨蛮·癸未寒食·寄夏君瞿禅浙东》二首、《鹧鸪天·病中得瞿禅寄词，有和》二首（《影观集》中作三首，《日记》未录第三首"旅怅羁愁一例删"）、《鹧鸪天·读瞿禅词后作》二首、《浣溪沙·辛卯重过湖上作》二首。《日记》所记时间截至1965年8月31日，夏师在"迻写"上述几首词作后，未见再有"迻写"者。如《影观集》中有《临江仙·过湖上，几访夏君瞿禅，每不遇》一首，《补遗》中尚有诗一首《乙卯春，携导儿到杭扫墓，便道访夏君瞿禅不遇》，均未见夏师提及。《夏承焘词集》（湖南人民出版社）中有一首《平韵满江红·飞花一首和汤影观夫人》系1976年所作，夏师已于1975年夏定居北京，《天风阁诗集》（浙江人民出版社）中有一首《答汤夫人影观》，未署年月。

笔者还曾陪同夏师、太炎夫人同游灵岩、天平，那是上世纪60年代初之事。江苏师范学院（今苏州大学）于1958年重办中文系，钱仲联先生与笔者从南京分别奉调前去，被任命为古典文学教研组正副组长，当时钱先生51岁，笔者26岁。1961年钱先生去上海参加有郭绍虞、夏师等学者参与的编选《中国历代文论选》工作，其间与南京大学陈瘦竹教授邀请夏师来南京、苏州讲学。钱先生当时留沪未返，前期接待工作我自然责无旁贷。1961年10月17日《日记》记有"上午陈美林陪游网师园"，18日"上午八时美林陪游灵岩，小轿车半小时到，山高三百六十丈，满山松林，山径甚宽坦"，"下山命车行小径至天平"，夏师心情极为愉悦，"平生重阳登高为最胜矣"。

一般说来，夏师《日记》记事详尽，少有遗漏，这两天日记却

行云驱彩虹旗下秋潇怒吼震古震今挥热汗同开笑口画地能教射虎
伏流无敌说跨龙门是祸夫重曲鉴重诬淯堤柳潆潆合淀沧阔波石
泥三年有炊番姓管秋千敲他日腐颜佶酒宗今朝勒石驱山妻问訪策囊枚茗
春荚童荚香

沁园春 一九五一年皖北五河县治淮

姜桂孪诒房书

夏承焘 一九七四年书于杭州西子

有失记之事，均与汤国梨先生有关。17日上午游览过网师园后，时间尚早，便与夏师步行到相距不远的锦帆路章宅访问汤国梨，稍坐片刻，约定明日同游灵岩后便辞别。18日晨，小车先到锦帆路，接了太炎夫人一同去灵岩、天平。夏师谈及吴文英有一首《八声甘州·灵岩陪庾幕诸公游》词，也是这个季节写的，一时兴起，便提议"我们每人何妨也作一首"，国梨先生欣然同意。访汤、与汤同游，在这两天的日记中无一字涉及，而所提及的《八声甘州》一词，在夏、汤二人词集中均未见有。《夏承焘词集》中有一首作于1961年的《玉楼春·听苏州评弹》，内无一字涉及。《影观诗集》中有一首《登灵岩山诗》，未署年月，但诗的首联为"为登灵岩山，八十始扶杖"。汤氏生于1883年，八十岁当在上世纪60年代初，但诗中亦无一字涉及那次与夏师同游之事。

笔者在这次与汤夫人见面后不久，又由时任历史系主任的柴德赓教授之夫人陪同去章宅读书一周，汤国梨先生热情接待，所以陪同夏师访问汤国梨先生以及同游灵岩、天平之事不会误记。至于《日记》中何以有此缺失，不能妄加揣测，仅如实录出。

注：《天风阁学词日记》第一册（1928—1937）由浙江古籍出版社于1984年12月出版；第二册（1938—1947）由同一出版社于1992年7月出版；第三册（1948—1965）则作为《夏承焘集》第七册，由浙江古籍出版社、浙江教育出版社联合出版。前两册也分别收入全集为第五、六册，版权页未注明出版年月，陈庆惠的"编后记"则写于1997年初夏。

——原载《钟山风雨》2009年第4期

"一代词宗"夏承焘四游江苏

新华社1986年5月21日电:"'一代词宗',缀有这四个大字的一面红旗,覆盖在我国著名词学家夏承焘教授遗体之上。"

夏承焘字瞿禅,浙江温州人,1890年出生。1918年毕业于温州师范学校,先任小学教师,继而在中学任教。1930年秋入之江大学任国文系讲师,此后在之江大学、浙江大学、杭州大学任教授、系主任。

笔者于1950年秋考入浙江大学,曾与夏师一同参加土改、三反五反、思想改造运动,1953年提前毕业后与夏师失去联系。直到1961年秋,夏师来南京、苏州等地讲学,当时我在江苏师院(今苏州大学)任教,与钱仲联先生分任古代文学教研室正、副主任,参与接待夏师工作。之前,夏师曾多次来游江苏,除1961年以外,值得追叙的尚有1931、1934、1955年三次,兹分述如次。

一

1931年4月,夏师从杭州来苏州、无锡游览。在任之江大学讲师之前,夏先生已开始创作和研治古代诗词,颇有所成。入之江后,更结识了马一浮、金松岑、钟钟山等杭城学界名流,继而就有江苏之游。

夏师多次来江苏游历不是无因的。江苏历来人文荟萃,且是词学重镇。中国词史上几个重要的流派均与江苏有不解之缘,如早期的南唐词派(南京)、明末的云间词派(松江)、清初的阳羡词派(宜兴)、清中叶的常州词派等。不但历朝历代有许多著名词人,近现代也是词家辈出,如南京有许宗衡、端木埰、蒋师辙、王伯沆、仇埰、唐圭璋、卢前、陈匪石等;苏州有沈起凤、宋翔凤、吴梅、汪东等;常州有洪亮吉、张惠言、谢玉岑等;其他如宜兴周济、如皋冒广生、扬州任仲敏、兴化刘熙载、江阴蒋春霖、丹徒陈廷焯等辈。还有些词家虽非江苏籍,但曾在江苏活动过,最著名者莫若晚清词学四大家:王鹏运(1848—1904),号半塘,曾寓扬州,主办仪董学堂;郑文焯(1856—1918),号叔问、大鹤道人,在苏州寓居三十年;况周颐(1859—1926),号蕙风词隐,曾在武进、南京等地讲学;朱祖谋(1857—1931),字古微,号彊村,曾寓苏州,又被聘为江苏法政学堂监督。虽然夏师来游江苏时,他们已先后逝去,但影响仍在。尤其是朱祖谋,夏师于来江苏游历之前的1929年10月27日,将其所作《梦窗年谱》寄给朱祖谋,请其指正。当时夏先生在严州中学任教,信中有云:"客处僻左,无师友之助。海内仰止,唯有先生。"信末又云:"惟念半塘、蕙风、静安诸公先后凋谢,先生亦垂垂老矣。绪风将坠,绝学堪忧,承焘虽非其人,而蚊蝱负山,旁礴而出,不自量其力之不任,先生倘亦怜其向学之殷,不以为不可教而终靳之乎?"

朱祖谋当时寓居沪上,于12月11日复信盛赞夏师,信中云:"我兄修学之猛,索古之精,不朽盛业,跂足可待,佩仰曷极!"此后,夏师曾于1930年4月、7月两次过沪拜见朱祖谋。

夏先生1931年4月2日从杭州出发,在上海稍事停留,拜访词人龙榆生、夏敬观,3日下午抵达苏州,住大陆饭店。此次江苏之游主要由金松岑陪同,抵苏州当晚,金松岑便"招饮市楼"。夏师与金氏3月2日才在杭州邵潭秋招宴时相遇相识,在夏先生眼中,金翁"瘦晢近视,喜辩诘,举止时有仕途气。闻甚好游,授予名刺,自署壮游"。是年夏师虚龄四十二岁,金氏长夏师二十余岁,生于1874年,卒于1947年,名天翮,又名天羽,松岑为其字,号鹤望、天放楼主人、鹤舫老人,吴江人,寓居苏州。民国初年曾为江苏省议员,1932年与章太炎主讲苏州国学会,著有《天放楼诗集》、《续集》、《遗集》。此次他对来游苏州的夏承焘说:"平生留词止六七首。"

在苏州,金翁陪同夏先生游历了狮子林、虎丘等名园,又去双林巷27号拜访吴梅。此前夏师曾于1929年10月2日托友人向吴梅问学,可惜此次吴梅不在苏州,未能见到。吴梅(1884—1939)字瞿安,晚号霜厓,苏州人,先后任东吴大学、北京大学、东南大学、中山大学、中央大学教授,卢前、任二北、唐圭璋等词曲名家皆出其门下。

4月5日金氏夫妇陪同夏师前往无锡,住无锡饭店,时在无锡国学专科学校任教的冯振心来会,同游惠山、寄畅园,次日又游太湖鼋头渚、蠡园。当时冯振心写诗记游,金翁有和作,命夏师写词。夏先生在畅游太湖山水后,于7日离开无锡返回杭州,结束了此次江苏之行。

二

1934年11月,夏师再游江苏,先到南京,再往苏州。在南京期间,主要由唐圭璋先生陪同。夏师24日"夜达南京",次日晨便"往利济巷六十三号访唐圭璋"。夏、唐二人于1931年11月22日开始通信,夏师"接南京女子中学唐圭璋函"后,次日即给唐先生复信,但直到三年后双方始见面。

夏师对唐先生第一印象是"人甚诚朴"。在唐宅少坐片刻,即由唐先生陪同"先步往鸡鸣寺,坐豁蒙楼茗话,下山看胭脂井,过中央大学梅庵、随园遗址","午后游后湖及第一公园。后湖雄伟胜西湖,至可徘徊"。

11月26日大雨,不可出游,乃由圭璋先生陪同"访客",先去实业部访陈匪石,"四十余岁",与之"谈白石板(版)本"问题;继而去"晒布厂五号访汪辟疆(彊),年纪少于匪石,短矮如之,江右乡音,十可辨七八",汪先生赠夏师"近著《目录学研究》一册";再去访胡小石,"不值";又去"大石桥十号访林公铎","值其酒后","狂态犹如昔";再访吴梅,已返苏州,"圭璋导入室,见其照片,今年方五十岁";又"过中央大学公寓访汪旭初";午后2时去"王府园五号访蔡嵩云,偏风初愈,颇能健谈,年四十以外,魁梧如武夫";当晚又"与圭璋访曹缵蘅于四条巷良友里,丰腴如嵩云"。一日"连访六客,而态度性格各有不同"。

11月27日,曹缵蘅、蔡嵩云到夏师下榻处回访。当晚由曹缵蘅设宴,"同席有柳翼谋、曾小鲁、冒鹤亭(即冒广生,鹤亭为其字)长嗣君、林山腴嗣君及圭璋诸人"。晚宴前,还由圭璋先生陪同游览了雨花台、莫愁湖。

28日也是由圭璋先生陪同,游览灵谷寺、中山陵、明孝陵等景点,当晚由唐先生设宴为夏师饯行。

夏师在南京"住五日",除游览南京胜迹外,主要是切磋学问。被访问者有的初次见面,有的曾有往还,但都是名噪一时的学者名流。

离开南京后,夏师于11月29日中午抵苏州。夏师此次来苏州,主要由其时任职于世界书局的黄云眉陪同。云眉字小亭,号半坡,浙江余姚人,建国后任山东大学教授。下午由云眉陪同访吴梅,"不值,约明早再访"。次日即11月30日,依旧由黄氏陪同,终于与吴梅晤面,夏师记道:"此为予与瞿安初面,瞿安今年五十一,微须瘦颊,和易近人。"夏师向其询问"子庚事"。子庚,即刘毓盘,著有《词史》,吴梅以为此书"实非其杰作",又问及吴氏藏曲事,"十时辞出,瞿安约晚间会宴。坚谢不可"。

接着又去濂溪坊104号访金松岑。上次来游苏州,主要由金氏陪同,今次再到金宅,依旧"小楼明净,叠书如山"。金氏谈及章太炎收入颇丰而陈石遗困窘不堪。金松岑中午在青年会食堂宴请夏师,并邀来陈石遗与宴。石遗名衍,时在无锡国专任教,著有《近代诗钞》《石遗室诗话》《朱丝词》。在夏师眼中,陈氏"长身鹤立,瘦颧短须,貌悴而神犹健"。金松岑为两人作了介绍,"欢然相揖"。陈氏告知夏师,已将其作品"入其诗话",并邀约夏师"后日午餐"。当晚,吴梅来"邀往松鹤楼",同席有黄云眉、金松岑等。席间,"瞿安谈叔问、蕙风遗事"。

12月1日,游沧浪亭、可园、报恩寺、拙政园。

12月2日"早访瞿安辞行",吴氏又谈况周颐于65岁时娶妾遗事。夏师离开吴宅,在范烟桥陪同下去王长河头游赏周瘦鹃之紫罗兰园。"下午一时,方同赴石遗先生之约",同席有金松岑、黄云眉、范烟桥、诸祖耿等人,"石遗家庖甚美",主人"殷殷劝客"。夏师在苏州期间,一直由黄云眉陪同,直到最后一日晚间"七时半殷勤而别",给夏师以难忘印象,赞叹道:"此君一见如故,真予友也。"

12月3日晨离开苏州,过上海稍事停留,4日返杭州,结束了此次江苏之游。

三

夏师再游江苏已是二十年以后的事了。前两次来游江苏,夏师刚过而立之年,目的主要是拜访词学前辈、交结同辈学人。二十年后再游江苏,词坛情况大为不同,前辈大都凋零,同辈经历抗日战乱,沉浮不一,且都进入暮年。夏师1955年再游江苏时年56岁,已是名扬海内外的词学大家,这次主要是率弟子来南京访学,以增进弟子识见,培养其学习古代文学的意趣。

1953年教育部曾委托少数高等院校举办研究生班。夏师当时所在的学校被指派举办古典文学研究生班,由东北师范大学中文系应届毕业生中选派10人来杭州学习,两年结业。结业前夕,夏师带领他们赴上海、南京等地访学。1955年4月2日,"南京参观之行,今日首途。同行者助教蔡义江及研究生樊维纲、唐德等9人,杨芷华以体弱多病不往"。在沪参观访问两日后,乃于4月5日下午2时抵达南京,即雇马车至南京师范学院住下,"系主任孙望来,副主任刘开荣来,副院长纵瀚民来",当晚"纵院长招饮,席散开座谈会"。

夏师一行在南京逗留三日。4月6日游明孝陵、梅花山,参观博物院,下午往雨花台"谒死难烈士墓","五时归途过小仓山,凭吊袁随园墓。随园遗址三十年前来时尚仿佛可见,今尽改观矣"。4月7日上午游玄武湖,"午后二时访(唐)圭璋于其寓舍,孙望主任已先在",乃同去颐和路参观南京图书馆,先看八千卷楼藏书,继而参观医书资料室、地志室。晚由孙望、唐圭璋宴请,同席者有胡小石、陈中凡、黄药眠等。4月8日,访孙望辞行,又访高觉敷、纵瀚民,均未见到,却遇陈鹤琴院长,继而"圭璋来送行",11时离开南京。

4月8日"下午四时到苏州,寓平门内泰安旅馆",在苏州未曾与有关院校联系,是自行安排。二十年前夏师来游时所交游者大都谢世,尚健在者唯有章太炎夫人汤国梨。当晚夏师与研究生步行至观前街,欲去锦帆路拜访汤国梨。路遇"太炎先生寄女"郁钟慧,告知太炎夫人还在上海,乃作罢。"九时归寓,即就枕。诸生皆打地铺,有臭虫。"

4月9日整天出游苏州园林,举凡拙政园、怡园、狮子林、虎丘、西园、留园,无不游览,直到下午"六时返城,午夜乘车离苏州",次日晨由沪转车,"午到杭州,午后一时返校"。

此次南京、苏州之行,让其研究生得以拜见南京的著名学者,如南京大学的胡小石、陈中凡,南京师范学院的唐圭璋、孙望;参观南京图书馆,了解到杭州丁氏八千卷楼藏书如今安身于南京;又让来自北方的学子领略到以苏州为代表的江南风光,研究生们在游览过苏州后都说"到此乃能体会古典文学"。

四

六年后,夏老又于1961年秋再游江苏,此行则是专门应邀为讲学而来。上世纪60年代,周扬请复旦大学郭绍虞教授组织力量编选《中国历代文论选》,作为高校教材。郭绍虞先后邀请夏承焘、钱仲联、马茂元等人参加这次工作,夏、钱二人分别已十九年,此次方得相聚。马茂元乃邀请夏老于1961年6月5日"过中国照相馆,与仲联、绍虞同摄一影"。笔者自1953年毕业以后与夏师一直未有联系,夏师从钱先生处得知我与其同在江苏师院任职。

夏师在上海参加此项工作期间,曾被上海作协、文汇报社、复旦大学、华东师大、戏剧学院、上海师院、电影局等单位邀去讲学。南京大学中文系陈瘦竹教授此时正在上海,也邀请夏先生到南京为该校中文系五年级学生(上世纪50年代后期,个别学校部分系科一度将本科四年改为五年)讲词学专题。夏师应允后,陈瘦竹教授便返宁安排,隔日又有信给夏先生,说江苏作协也拟邀夏师作一场报告。钱仲联先生与学校联系后,持江苏师院邀请函,请夏师也来苏州讲学。

夏师与从杭州赶到上海的师母二人于1961年10月10日中午抵达南京。陈瘦竹教授和江苏作协章品镇先生从车站将其接至五台旅社。三方商定,在南大讲两次,参加座谈会一次,在作协讲一次,参加座谈会一次。在南大第一次讲词的特点,第二次讲诗眼与词眼。作协的报告安排在南京会堂(即东风剧场原址),讲南唐词在词史上的地位。据夏师所记,在南大的第二场报告,听众虽为四、五年级学生,却感到"甚吃力"。在作协所作报告,尽管"门票限制,到者亦千人左右,词学讲座此为大规模矣"。作协的座谈会安排去总统府西花园召开,与会者有陈彦通、陈中凡、唐圭璋、孙望、顾尔钥、章品镇等二十余人。南京师院孙望主任也邀夏师去该校作报告,夏先生辞谢,仅允参加一次座谈会。

此次来南京,夏师讲学活动频繁,还要接待友人来访、回访友人,游览活动很少,仅去明孝陵、中山陵、灵谷寺东郊风景区一行,在南京停留五日后便匆匆赶赴苏州。

当时,古代文学教研室主任钱仲联先生在沪未返,接待的具体工作便由我负责,再说我又是夏师弟子,自然责无旁贷。我先于10月12日从苏州赶往南京,与夏师商定16日来苏州后便先行回校准备。

16日中午,我与学院党办副主任赵某从苏州站将夏师接到天赐庄,安排住在校内招待所最好的一间。夏师在苏州作了两场报告:17日下午在图书馆谈治学方法,听众为校内师生;19日下午在礼堂讲词的特点,听众除师院师生外,尚有苏州文联、苏州师专及部分中学教师,达数百人。

夏师除讲学外,由笔者陪同游览、访友。17日上午去游网师园,又步行至锦帆路章宅访太炎夫人,约定次日同游灵岩、天平。18日上午小车先到锦帆路,接汤国梨女士同去。此游给夏师留下美好印象,日记中说"平生重阳登高为最胜矣"。他在归途中还说:"吴文英有一首《八声甘州》,是陪庾幕诸公游灵岩、天平而作,也是这个季节写的。我们不妨步其韵,每人一首,以为今日之游纪念。"汤国梨夫人连声叫好,可惜在《天风阁词集》和《影观集》中均未见有,笔者自然也未作。

10月20日上午,夏师离开苏州回上海,我与中文系总支书记陆士南送去车站,挥手而别。这次短暂相聚后,又是十三年没有任何联系。1974年10月,夏师通过唐圭璋先生找到我,从此音讯不断,直到1986年夏师病逝。1975年夏,夏师去北京寓居,曾在1979年1月6日及19日两次来信表示有重游江南之意,前信云"素拟今年春秋佳日,再南游访旧",后信云"今年身体如转好,很想重游江南"。我将夏先生此意向唐圭璋、孙望等先生提及,他们都极表欢迎,嘱我写信郑重邀请。夏师乃于6月21日复信说:"承邀重游石头城,此事亦可考虑,只是八十老人,不能预定时日,一切视健康情况及客观条件而定。"此后,夏师身体一直未能康复,重游江南访旧的心愿竟未能实现!

——原载《钟山风雨》2008年第6期

和夏承焘老师同在"运动"中

我于1950年秋季考入浙江大学文学院中文系,当时的校长为马寅初,教务长是苏步青,文学院院长为孟宪承,中文系主任郑奠(石君)。古典文学课程主要由夏承焘(瞿禅)教授负责。根据国家建设需要,1950年入学的大学生提早一年,即于1953年毕业。毕业后离开学校,离开瞿禅师,直到八年后的1961年,夏师应邀来南京、苏州讲学,我陪侍在侧,方得重聚。1950—1953年、1961年的《天风阁学词日记》(下称《日记》)中,在这两段时间内,我与夏师一起参加的有关活动,夏师都有记叙,并出现了我的名姓。1961年与夏师分别后,又一直未曾联系,直到1974年秋,瞿禅师通过唐圭璋先生找到我,方给夏师写信。瞿禅师收到我的信后,随即于11月7日复信,首先言及"十余年不见,得书快慰,忆解放初在嘉兴参加土改时,一日与你席地睡一处"云云,可见土改运动给夏师留下的深刻印象。至于夏师的《天风阁学词日记》出版部分至1965年8月为止,晚年与我的联系,不可能再从《日记》中得到印证,但夏师给我的十余封信及三帧墨宝,却全是1974年恢复联系后到1986年夏师逝世前所写,亦可参证。本文拟以1950—1953年期间夏师的《日记》为线索,对我与其一同参加的"土改"、"三反"、思想改造运动略作回顾。夏师的《日记》不仅"反映了夏承焘先生在这一时期的教学、科研、社交活动和思想生活情况,还直接或间接地折射出周围许多知识分子的思想生活面貌",《日记》所反映的"心路历程,在经历新旧两个社会的高级知识分子中具有一定的典型性",而且所记"历次运动中的见闻","均出于当时据事直书","既是一份珍贵的史料,又具有高度的学术价值和文学价值"(吴战垒《编后记》)。文中凡注明年、月、日并加引号者,均见该日《日记》,不再反复注明。

一

1950年下半年学期行将结束时,传来中共浙江省委意见,文科师生要关心社会,接触实际,当时嘉兴地区正在轰轰烈烈地开展土改运动,建议中文系师生前往参观,体验农民疾苦,关心阶级斗争。1950年12月2日,夏师在《日记》中记道:"午后中文系开系会,商下乡参观土改日期。"12月27日又记道:"理行装,预备明早赴嘉兴参观土改。"这两则日记都明白无误地写作"参观",而《天风阁诗集》中有关嘉兴参观土改的诗作,则作"参加",显然是误记,因为去嘉兴仅仅十余天,是不可能完成一期土改工作的(据此后去皖北五河参加土改的实际情况看,完成一期土改工作大约需要一个半月左右),《日记》中有记:"(12月28日到1月10日)在嘉兴真西乡参加土地改革,另有日记,已佚。"可见在嘉兴时日不多,不可能参加土改,只能参观土改。

1950年12月28日,由系主任郑奠先生率领,师生同赴嘉兴。由于二、三年级同学已在各地参加土改,此次赴嘉兴的同学全为一年级学生,加上夏承焘、沙孟海、蒋祖怡、王荣初等几位老师,总数不过十余人。下午抵达嘉兴后直奔县委机关而去。当时县委领导见到省委的介绍信,来者又是大学教授、学生,极其重视,主要领导正在主持会议,便命办公室同志安排好住处,我等便在机关院内闲走,见到厨房中杀鸡烹鱼,不知有什么宴请,岂知到了晚餐时,县委领导与几位老师重新见礼,将我们一齐邀进餐厅,才知道原来是招待我们的。当县委书记听说郑奠老师曾与鲁迅先生在女师大同事,而且郑老师当时还是系主任,鲁迅先生是兼任讲师,于是倍加敬重,频频敬酒,以致善饮的石君先生也酩酊大醉,不得不将他扶进卧室。

次日上午,在县委会议室内由有关领导向我们介绍了嘉兴县的历史、现况以及自然条件,重点介绍了正在进行的土改运动,县委负责同志特别强调,此地解放不久,反动残余势力尚未完全肃清;更由于河港交错,交通不便,偏僻村庄尚有零星匪徒活动,会在夜深人静时加害乡村干部和革命群众,因此反复叮嘱我们下乡后要特别注意安全,集中住宿,不要单独活动,以策安全。

下乡前,县委负责同志又仔细检查了安全措施,十几人分乘几条小木船,每船只能乘五六人,其中有两名持有武器的解放军战士,一在船头,一在船尾,保证我们的安全。这是县委根据省委的指示,一定要保证浙大下乡师生的安全所采取的有力措施。不过,也闹了一个小小的"误会"。因为刚刚下过一场雪,两岸白雪皑皑,河道中寒风刺骨,木船无篷,没有任何遮挡。个别老师依旧是城里的穿戴:长袍或大衣,羊皮帽子,又长又宽的围巾,只露出半张脸来。两岸农民哪见到大学教授下乡来向他们学习的事,又见到持枪的战士同船,便很自然地把我们当做逃亡的地主豪绅了,拍手欢呼道:"逃亡地主捉回来了!"弄得几位老师好不尴尬,一时间内成为谈笑的资料。为时不久,就到了乡政府,这场面也就很快过去了。

我们被安排在一所小学里,全体师生十余人都住在一间教室,只有一张课桌,别无椅凳,沿着墙角,铺上厚厚的稻草,师生相对而卧,睡成两排。白天常有附近的小孩来看我们这些"奇装异服"的"城里人",渐渐熟悉后,也有大胆的小孩坐到我们的地铺上来,摸我们的被褥,拽我们的衣服,问我们吃什么,睡得惯否。我们"城里人"两两三三地去附近农民家"做客",也问问他们的生活,老乡们从有些拘束到无拘无束地与我们交谈起来。一旦见天色暗淡,大家便一齐回到学校中来。晚饭后整个教室只有一盏煤油灯,大家就半躺半靠地在各自铺位上,随意地交谈白天所见所闻,从各自的生活经历出发,去感受这些对我们全然是陌生的又是新鲜的生活。

瞿禅师在嘉兴真西乡的生活,"另有日记",可惜"已佚",今不得见。但他写了不少诗,表述了这次参观土改的感受。浙江人民出版社于1982年1月出版的《天风阁诗集》中收有《一九五〇年十二月偕浙江大学中文系友生参加嘉兴土地改革,居乡见闻,皆平生所未有,作杂咏十二首》,首先认定这场土地改革的运动是"人群新史破天荒",为人类历史上从未有过的创举,因而表示要用自己的"秃笔"来"写春光"(之一);诗中写到土改工作组的组长、箍桶匠出身的姜师傅,懂得政策、明白事理,以"一语令人心眼开"赞之(之二);又写到诗人自己如何挨门挨户去访贫问苦,有"一家当作一书读"的比喻(之三);村中牧童都"能唱'是谁养活谁'"的向地富讲理斗争的歌曲(之四),以及向我们参观土改的人员靠拢的情景,"日日村童坐满床"(之五);"无父"的"梁郎"(之六)、"孤栖"的"董叟"(之七)都有人"培护"、也有人代耕;庄稼收成好,"亩亩青秧比昔青"(之八),种田人高兴,"不知笑口为谁开"(之九);最后又述说诗人自己"写到黎元笔有神"(之十),努力做到"稍稍民间阅苦辛"(之十一),只要"能同大众共生涯",就"自有吟情出好怀"(之十二)。这十二首杂咏,正表明一位大学教授在参观土改运动中的亲身体验,反映了高级知识分子在那个翻天覆地的剧烈变化的时代中的感受。夏师这种体验和感觉具有非常典型的意义。

二

1951年下半年,国家规定全国文法学院二、三、四年级师生要参加一期土改。我刚刚升入二年级,自当参加。中文系老师在9月22日开会"谈参加皖北土改",夏师记道"同人自愿参加者,有刘操南、薛声震、张仲浦、蒋祖怡及予五人",也列出明确表示不愿参加者、尚未决定者的老师姓名,并反映"舆论对院长、系主任不参加殊不满",可见当时高校教师对参加土改运动的不同态度。针对这一情况,中共浙江省委宣传部部长林乎加于9月25日作动员报告,"讲土改,谓大学知识分子对此国家大事而无知识,老去时何以对儿孙问,留学外国时何以对外国人问。又谓当认识参加土改工作是改革课程方法之一,是业务必修课之一。又谓乡村生活自甚苦,然农人生活已数千年,我们当去体验三个月"云云。报告结束之后立即分组讨论,瞿禅师在小组会上"报告嘉兴土改经验"。次日在分组学习时,夏师再"讲嘉兴土改归来后,对教古典文学之影响"。由此可见,年前参观嘉兴土改的活动,对夏师是产生了积极影响的。9月26日再次开会讨论,意见还不能一致,"陈卓如与戚叔含、郑石君、马长寿言语抵牾",有所争论。陈卓如即陈立,继孟宪承为文学院院长;戚叔含,外文系教授;郑石君即郑奠,中文系主任;马长寿,人类学系教授。到10月3日止,文学院"同事加入者有陈卓如、方重夫妇、陈乐素、吴定良,共有二十七人矣"。方重夫妇,均为外文系教授;陈乐素,历史系教授;吴定良,人类学系教授。

起初听说是在皖北宿县参加土改,夏师为此还进行了一些准备,于10月4日上午"与马长寿往浙江图书馆,查《安徽通志》

及《读史方舆纪要》",了解宿县的历史、地理概况。其实,确切的目的地应是五河县。10月5日上午,浙大文学院参加土改的师生百余人聚会,进行分队,每队十二三人,共分九队,每队有"教师三人,女同学三人,男同学六人"。夏师分在第九队。下午,听皖北来的"孙学友同志报告五河地方情况",然后进行分队讨论,订立公约,有"服从组织领导"、"严格遵守土改干部八项纪律"等七条。

1951年10月7日"五河土改今日出发",经沪、宁两地,于8日抵达临淮关,9日换船,抵达五河县时,"五河民众列队欢迎,腰鼓杂以笙管、花炮。地方同志导入大戏院中,乃指派与浙大者苇秆盖新房,尚明敞。席地开铺,可容百五六十人"。绝大部分师生齐臻臻排成两行地铺,垫以厚厚的麦秸。舞台后有数间小房,"安置女生及年老教师"。夏师当时年逾五十,领导让其住小房,但遭瞿禅师辞谢,与大部分师生共睡大地铺。

复旦大学土改工作队由周予同教授任领队,也来五河参加土改,但与浙大不在一个区。此际却同住县城共同参加学习,有县长陈雪介绍五河县现实情况,钱政委介绍五河历史沿革,县土改工作队负责人朱玉林布置土改工作等四个步骤。在下乡之前,浙大与复旦还进行联欢,周予同代表复旦、陈立代表浙大分别讲话。

浙大工作队被分派在离县城最近的五北区,"有乡十四、村八十余"。10月14日夏师记道,"各同志惧学习不够,又无经验,下乡以后,不能独立作战",因为可能一村只有一人负责,但夏师下定决心迎难而上:"临睡自念,一生碌碌,当寻事自振。解放以来,我国出了许多奇迹,予独不能勉自请献、为生命吐一光芒耶?此番如被派掌握一村,当不畏难,不自馁,虚心学习,奋力从事,不负此千载一时之机会。"次日在学习会上,夏师即发言,"说如何克服怕陌生与恐惧工作不胜任之顾虑"。

当时五北区部分乡村已进行过土改,尚未进行者仅有七个乡,便于10月18日"并九队为七组"。瞿禅师从第九队调入第四组,"四组组长是陈美林（中文系学生）,同组有薛声震、管佩韦、陈立、柴崇茵、马娟尚、姚吉昌诸君,十五人"。管为历史系老师,柴、姚为教育系同学,马为外文系同学。当时七个组的组长除第四组外,都是当地干部,由浙大派一位老师或同学任副组长,唯独第四组组长则由当时非党非团的我担任,当地干部却任副职。据说这是区教导员刁乃琴同志的意见,作为培养知识分子干部的试验。

四组分在訾湖乡工作,该乡当时有地主二十余人,富农三十余人,人口逾三千,地一万七千余亩。四组组员二十五人（包括浙大师生、当地干部）,要负责十三个村子的土改,每村有二人。瞿禅师10月18日睡在床上还考虑:"此次工作艰巨,当以往日作诗、作考据文字的精神去做,一字不放松。"中文系的老师碰头时也都表示既然来了,就要做好,石君师在10月20日曾戏对瞿禅师说:"今日义理之学是站稳立场,考据之学是调查情况,词章之学是宣传。"虽为戏语,倒也反映了当时高级知识分子对土改工作的体认。在具体分工时,考虑到夏师年事已高,便留在乡政府所在村,夏师于10月23日记道:"予得组长照顾,派住乡公所所在村,并以杨生纯仁照顾予,此陈生美林好意也。"未曾想到当年的自然安排,却让夏师念念不忘,直到1974年秋季给我的信中还提及此事。

不过,夏师在訾湖乡并未多留,因母病加剧,不得不赶回家乡浙江温州。不几日,夏师在母亲病逝后,又于11月15日匆匆返回五河,当晚"留宿土改委员会",次日赶到区大队,大队负责人田汝康、王西彦都感到"五十以上人,尚能行数千里,重返原岗位,可为工作者矜式"。此时正值土改运动后期,区人民法庭需要有文化的工作人员,夏师便被留下参与区法庭工作,偶或外出调查案情,更多的工作是书写判词。不久,整个一期的土改工作结束,根据上级命令,全体师生返回杭州。

如同赴嘉兴参观土改写有诗文作品一样,此次参加五河土改,瞿禅师同样留下了一些诗词创作。在1951年12月16日《日记》后附有《归途五首,自皖北五河县归省,温溪舟中作》,但在1982年出版的《天风阁诗集》中仅录一、二两首,诗题也略有改动,为《一九五一年自五河归省母病,承浙大诸生远送,为予荷行李至蚌埠两首》,两相对照,文字也略有修饰。在一、二两首诗中表示参加土改运动是"千载不再迂"的难得机会,表示要"绵力奋所任",只是由于"亲年迫崦嵫",才不得不如"乌鹊"一般"归飞各匆匆"。在同一天日记后,还附有《五河客次赠戚叔含》七绝一首。另有《满江红·五河县看治淮,汝康、西彦属为此曲》一首,热情歌颂"千年奴隶翻身后",成为"今朝鞭石驱山手",广大群众坚决根治淮河水患的斗争精神。

正如参观嘉兴土改时的表现一样,瞿禅师在参加皖北五河土改中的表现同样是积极的,也是有收获的。返回浙大以后,进行总结,在1951年12月26日的分组讨论上他被推为作典型报告的代表;12月28日还应邀对理学院一年级学生做讲演;12月29日召开的鉴定会上,大家都肯定夏师的进步,当然也指出其不足:"各同志评予者三事:一(王)西彦谓予往时于会场中多不开口,五河归后,乃能批评人。此次小组会,大家且都愿闻予意见。此为显著之进步。二提意见能顾到全局。三(陈)卓如嫌予以旧文学诗词修养深,在革命热情上勇敢不够。"不仅思想上有收获,参加土改、深入农村后,对夏师的治学也有积极的影响。1952年1月2日记云:"札稼轩词毕。欲为稼轩之农村词撰一小文。前月在皖北土改有此意。"夏师的确写出此文,在《夏承焘集》第二册之《唐宋词欣赏》一书中就收有《辛弃疾的农村词》一文。

三

从皖北五河土改归来不久,全国范围内又开展了"三反"、"五反"运动。所谓"三反",是指反贪污、反浪费、反官僚主义;所谓"五反",则是指反行贿、反偷税漏税、反盗窃国家资料、反偷工减料、反盗窃国家经济情报。这场运动当然是在党领导下进行的。按当时的说法,是发动广大的工人阶级打退资产阶级猖狂进攻的群众性的政治运动,是一场激烈的阶级斗争。

"三反"运动主要是在机关、事业单位进行,"五反"运动则在工商企业展开。从时间上来看,全国从1951年12月开始发动,大约到1952年春季结束。而夏师与我参加的"三反"运动则略迟。因为从五河归来后,浙江省率先进行高校院系调整。寒假中浙江大学文学院就与之江大学文理学院合并成立浙江师范学院,以应师资之急需。之江大学财经学院暂时仍与师院在一起,浙大理学院不久并入复旦,农学院与医学院独立。浙江师范学院于20世纪50年代后期又改为杭州大学,90年代又回归浙江大学。

正由于此,瞿禅师与我参加的三反运动从1952年2月开始,9日"上午九时开三反运动动员会。焦梦晓院长、陈立院长、黎照寰(之江校长)、胡寄窗(财经学院院长)、刘丹厅长讲话,十二时散"。焦、陈为新成立的师范学院院长,刘丹为省教育厅厅长。据夏师2月7日所记,原来计划运动"至三月十日止,共十八日",但实际上一直进行到五月底方结束,历时三个多月。

动员之后,运动按下列程序进行:学习文件,端正态度,对照检查,开展批评与自我批评,小组总结并对每人做出鉴定。上午学习,下午工作。检查阶段则整日开会,教学工作暂停。在学生中也选出若干代表,除参加老师的学习会议以外,还要分工与老师个别交谈,进行所谓的"帮助"。我也被推选为代表之一,所以得与包括夏师在内的中文系老师一起参加运动。

运动初期,个别老师颇有抵触情绪,认为贪污、浪费、官僚主义与己无关。有一位教授在讲课之前,先说:"请允许我再抽两口,将它抽完,否则岂不是浪费了么?"说着,举起夹着的半截雪茄,引得哄堂大笑。但大多数老师还是认真对待的,只不过认识比较肤浅,如瞿禅师的自我检查,说"治学数十年,于劳苦大众了无益处,而食稻衣锦,养尊处优,岂非浪费贪污",全盘否定自我;对他人的批评也抓不住问题本质,如说"石君在嘉兴土改时,自己不肯劳动,依赖他人打铺盖","微昭浪费精力于家庭琐事"等等(2月11日)。为了提高大家的认识,推动运动的健康发展,运动的领导者还邀请"店员工会一会员报告店员'三反'情况,举具体事件甚多",对"一店员而能来大学讲演",瞿禅师极为感叹,认为"此解放前所未有者"(2月18日)。

在学习了一个阶段后,领导再次动员,并布置运动将转入检查阶段的工作。3月20日"上午刘丹厅长作三反运动二次动员报告"后,"即酝酿对领导人员的检讨"。自此,"终日开三反检查会,中文系石君、驾吾自作检查,各同事加以批评"(3月21日)。石君即郑奠,原浙大中文系主任;驾吾即王焕镳,原之江大学中文系主任,二人作为系一级领导人先行检查。而校一级领导早在2月4日上午就由"心叔、陈立、王绮带头自我检讨"。心叔,即任铭善,时任教务长;陈立,时任院长。"心叔所说甚严肃诚恳,陈立尚多饰词。午后中文系小组会对彼大不满意,提出意见甚多,且要求其重作检讨。闻历史、教育两系亦然。"而通过这一系列的学习、检查、批评,瞿禅师感受到"此次三反运动,教育意义甚大,初谓与教育界中人无关,不谓成效如此"(3月24日)。

在领导带头检讨之后,每位老师逐个检查,人人过堂。3月1日夏师"作交代,发言一小时,对从前教学不负责、政治学习不关心、脱离群众、做滥好人等等恶习,痛下砭针",并表示"土改与三反运动,为予此生能否翻身关键",要过好这一关。在瞿禅师检查后,张仲浦、王西彦、蒋祖怡、胡宛春、王驾吾、胡永椿、蒋云从、陆微昭、薛声震等诸位老师一一向夏师提出意见,学生代表文心慧及我也提出意见,夏师记道"陈美林望予更增强新观点教学"。

《日记》中还记述了其他老师的检查情况,以及师生所提出的意见。至于兄弟院校以及省、市其他机构的"打虎"情况,也偶有记载。如2月20日记:"闻浙大沈学植(图书馆馆长)、沈学年(农场主任)、苏步青(教务长)皆有问题。刘厅长谓浙大医院有大老虎。"2月27日记:"刘丹厅长谓杭州老虎越打越多,有些机关中打出成群老虎。浙大教职员有被打得痛哭流涕者。浙大医院院长王季午亦甚狼狈。"3月21日记:"西彦报告昨夕人民大会堂打虎情况,文教、卫生、新闻、出版四部分,当场打出老虎七十四只。王某贪黄金二千五百两,朱某以不肯彻底坦白,捕送法院。浙大顾某已交出黄金一千二百两,当场释放,加入打虎队。"所谓"虎",是指"三反"分子,主要是贪污犯。至于瞿禅师所在的浙江师院的打虎情况,4月19日有记:"昨焦院长报告师院大小贪污犯一百九十余人,款项约二十亿左右,学生十人中有一人犯贪污。"在运动中,有子女揭发父母者,3月28日记:"听男女两生检讨包庇资产阶级家庭舞弊经过。"有妻子揭发丈夫者,3月3日记:"陈立作第二次交代,自承囤米为不法商人行径,词色极懊丧。予疑此事是文锦主动,虑其夫妇为此不睦。"

美林同学 来书诵悉 怀念一怀
小诗奉送 顷巳写成 明後日即奉寄
大地发运 无任欣慰,此颂近好。

画廿馀岁客西安,当遇谈故事而著名
诵大作的隆重课,回味醇和 承邀重
游石头城,此事当予考虑。只是八十老人,
不能预定时日,当视健康情况及写银事
件而定。总之,必设复晤尔。啊中坚向
孙望同志致意!

千帆兄弟、亚平兄生起时望吗问,使中一希代候。

每晤,即承

爱好不次!
承焘 六月廿一

1952年5月下旬,运动进入尾声,进行处理、总结。5月24日"全体师生开会,坦白之江黄金案及盗窃物资案。黄金案共一千五百两……数目之巨,令人咋舌。且钱某至今仍任总务长,仍未坦白"。当时,可由本单位组成法庭处理案件。就在师生大会召开的当天下午,"师院、财经学院人民法院成立。焦梦晓为审判长,陈立、胡寄窗为副审判长,心叔、沈镜如诸君为审判员,宣判之江黄金案及盗窃案"。焦为学院书记,陈为院长,胡为财经学院院长,心叔(任铭善)为教务长,沈镜如为教授代表,对案犯分别处以徒刑、记过、察看等不同惩罚,大抵从轻处理,夏师感叹"政府对教会学校,宽大如此"。之江大学,原为教会大学。不仅对教会学校人员处理从轻,对教授也宽大处理。5月26日记,"各系科同事开会,讨论贪污案","多谓领导处理太宽"。但"刘丹厅长谓管制教授,须请示中央,国家需才孔亟,对高级知识分子须爱护争取"。

　　当然,运动初期不免有扩大化倾向,5月25日"沙文汉在浙大报告,亦明白说有偏向",但后期逐步得到纠正。对广大知识分子来说,参加这场运动还是受到很大教育的,瞿禅师在4月25日的小组讨论会上便说:"三反开始时,以为必与我自己无关,不谓在此运动中竟受大教育。最显著一事即三反后对业务之尽心。解放前以著作为正业,以教书为副业,看不起学生,以为学生不能领会我之学问。上课以前从不作准备。近日教书,往往一小时课,须预备一二日工夫,却心安理得,不复杂用心,错用心。"从夏师这番话语,可以看出大多数老师的认识得到了提高,工作更加负责尽力。

四

　　早在三反运动期间,就传来要进行思想改造运动的消息。

1952年3月30日,王西彦老师对夏师说:"不日展开思想改造,须早作准备。闻北大、清华、燕京打思想老虎,甚激烈。"果然,浙江高校的思想改造运动,从5月底即开始,5月30日"传达饶漱石主席演讲"。6月3日"听林乎加部长作思想改造动员报告",随后各系教师分别开小组会表态,夏师在6月6日的小组会上就"述曩年教小学比教大学好,今知十年来教大学,皆为个人名利出发,专心著述,与学生脱节,不似教小学时能与学生接近",表示要积极参加运动,接受教育。

为了减轻教师交谈的顾虑,运动领导者又将教师划分为若干互助小组,三五人聚合在一起,夏师与"孝宽(薛声震)、伦清(胡永椿)、微昭(陆维钊)"共四人为一互助组。彼此"随意讨论,颇亲切有益"(6月12日),"孝宽谓予不问政治,与笃好旧诗词有关,因为深居象牙塔,遂与世隔远,不谙人事。诗之失愚,可如此解释"(6月28日)。学生代表也参加互助小组活动。夏师记道:"夕陈美林、周玉华二生来,助予检查思想。大病在不关心万事。陈生谓若从危害性上多着想,可引起警惕。此语甚好。"(6月27日)"夕陈美林、周玉华来,劝予对人提意见勿保留。"(6月29日)

在同事、学生的帮助下,夏师于7月9日开始"写思想总结初稿",次日"在互助组讲一小时,共分五部分:(一)家庭成分与主要经历。(二)生活态度与思想状况。甲、自由主义,乙、宗派主义,丙、名位观念,丁、旧伦理观念。(三)政治认识与教学建设。(四)思想根源及批判。(五)今后努力方向"。瞿禅师检查之后,王西彦老师、周玉华同学等人都提出意见。7月12日傍晚学生代表"詹尔堃、陈美林、周玉华三生来谈,谓依历史谈下去较有联系,且能全面,勿分片段谈,兹依之改作"。此后连续几天,夏师都在忙于写检查,16日写"初稿毕";17日"改思想检查文"。学生代表提了意见后,夏师又于2日"晨改写思想检查文",直到

21日"上午改写思想检查文毕","午后以检查文交詹、周诸生携去",夏师的检查方告一段落。

在这过程中,夏师对于学生代表参加甚表欢迎,并且认为"予觉同学帮助比同事大"(7月21日)。瞿禅师如此感受并非无因。从《日记》前后所记看来,教师之间由于种种复杂原因,在互相展开批评、帮助时,难免夹杂一些人个成见,而学生代表则无此局限。当然,个别学生代表受"极左"思潮影响,对老师态度粗暴,也是不妥的,同时也引起了老师的不满。这种情况,在三反运动时就已发生,如人类学系教授马长寿就曾对夏师说"帮助师长不应用斗地主态度",马长寿因此语而"被评为右倾思想者,交代两次始通过"(1952年3月4日)。有位中文系学生代表在三反时对老师提意见"出言甚激",夏师叹道:"若在解放前,将激为风潮矣。"(3月2日)这一学生代表在思想改造时的表现依旧,对老师提意见"颇多近于训斥"(7月8日),可见学生代表中亦有不同角色。

夏师在互助小组交代通过后,我被派去帮助其他老师,联系夏师的工作则由詹尔堃、周玉华二人负责。7月22日晚,詹、周二人又找夏师交换意见,夏师又对检查作了修改,被选定为大组第一个交代的老师。大组会在7月25日下午召开,"到中文系同事及学生代表二十余人","交代费时一小时半",大家提的意见"共五十条左右",夏师予以"总括","共十五条",如薛孝宽提"不顾问政治,解放前与解放后不应混为一谈";王驾吾提"不肯得罪人,喜为人捧场";陆微昭提"救汉奸,谓是旧伦理观念不妥"等。大家除要求夏师进一步补充检查外,还希望他也要去帮助其他老师作检查。7月31日晚"陈美林、蒋祖怡来,邀同薛孝宽,过王家山,帮助刘操南思想改造,十一时方归"。蒋、薛、刘,均是中文系老师。

夏师遵照大家的意见,于8月2—3日在写思想检查清稿。8月10日继续"写补充交代稿"。于8月13日作补充交代,夏师在交代中"举皖北土改表现不积极,作文颂扬施德福,谈龙榆生出狱三件事"为例,"讲半小时"之久,"同事提意见六七条",其中有一条即7月25日陆维钊老师所提出的"救汉奸"事,大家认为夏师"谈龙榆生事太轻松,不深刻,民族气节须检讨"。其实,夏师与已投敌之人有书信往还,早就有人议论。1942年1月9日,瞿禅师收到友人吴天五信,"论龙丁出处,嘱予当此风色,须有岩岩气象方得",夏师坦承"对人濡忍不能刚决,□□(作者注:原文如此,下同。)西行后,予仍与书札往复,颇来友朋之讥"。信中所云"龙丁"当指已"西行"附敌之龙榆生、丁怀枫二人。龙榆生即龙沐勋,词人。至于夏师如何"救"他,我原先不甚了解,直到1992年《天风阁学词日记》第二册(1938—1947)出版后,检阅有关日记,方始了解一点眉目,不妨摘录如下。

1946年3月15日"夕见上海小报,榆君近自南京移押苏州",榆君,即龙榆生,此后有关日记中或直书"榆生",或以"□□"代称。4月6日及18日都记有其在"苏州狱"服刑的情况,"予闻之恻然,恨无法相顾,以万元托仲连买蔬肴馈之"。4月20日又"贻万元,托人时时买饼饵馈之"。龙榆生于5月12日在狱中给夏师写信,夏师次日作复,"劝其患难中发心读佛书"。6月12日夏师"阅报,□□判刑十二年,虑其体弱不能支。一念之误,奈何奈何"。8月3日,徐澄宇告诉瞿禅师,说"在南京(卢)冀野座上,遇□□夫人……见人即哭,求冀野诸人设法为□□减刑"。而龙榆生对其附逆一节犹自狡辩,"谓三男五女外,又须抚其兄弟一家,不得已入白门"(5月19日),即投靠"白门"(南京)汪伪乃因生活所迫。当夏师从陆微昭老师处得知龙榆生已获减刑,乃于10月9日"发□□苏州书,昨闻之微昭,报载减刑为五年,明后年可出狱矣"。数日后,夏师于10月13日"得□□苏州函,谓今年可望出狱,约买醉西湖"。大约正是在这种形势下,夏师乃伸出援手,于12月9日"发希真苏州高等法院一函,由心叔转,恳其相机照料□□,如有开脱机缘,多与方便"。12月6日夏师便收到希真的复信,"谓□□保释事,俟郑院长回苏州时即可设法,似不甚难"。希真,潘姓,夏师在之江大学任教时学生,1941年毕业后,旋即被夏师聘为助教,后随其父执郑文礼在高等法院工作。郑字烈孙,浙江东阳人,能诗。曾通过希真与夏师结识,1946年1月21日还以车载夏师去西泠印社茗坐。曾有和夏师《洞仙歌》词作。1947年4月3日,夏师因"视希真病"而"晤郑文礼夫人"。有此关系,夏师方能为龙伸出救援之手。这些活动,我当年并不知晓,而与夏师共事之中文系一些老师当有所闻,因此认为夏师检讨此事"太轻松,不深刻,民族气节须检讨"云云,也就不为无因了。

不过,从夏师的诗词作品以及1984年出版之《天风阁学词日记》(1928—1937)有关记述来看,夏师在民族矛盾的紧急关头,还是能坚持民族气节的,其诗词创作中也饱含着爱国热情,可参见我发表于1991年2月28日《人民日报·海外版》《"我亦有孤剑,植发望燕云"——夏承焘先生的爱国情操》一文,兹不赘叙。

在夏师于8月13日作补充交代之后,运动已进入尾声,8月下旬开始总结、填表、鉴定。8月27日夏师自己填写的优缺点为:"一、求进步心迫切。二、尚能虚心听取他人意见,但只求完成自己工作,帮他人不热心。三、对业务学习尚努力,但不肯多负教学以外责任。四、政治热情不够。五、好逸恶劳。六、缺乏斗争性。"小组的意见是:"同意夏同志这个检查,并希望依努力方向,克服以往缺点,尤其是名士派作风,宗派主义思想,对帝国主义仇恨心不够这几点。"至此,思想改造运动基本结束。8月29日夏师写道:"今日休息,思想改造三个月来,甚感劳矣。"

我也从此专心学习,1953年暑期提早一年毕业后,虽然仍有"运动",但未再与瞿禅师同时同地参加。与夏师再次聚首时已是八年后的1961年10月,那又是另一篇文章的内容了。

——见山东人民出版社出版之《历史学家茶座》2008年第三辑

记夏承焘老师一次讲学活动的前前后后

"一代词宗"夏承焘（瞿禅）老师在上世纪60年代初，往来于上海、南京、苏州做学术讲演，不下十余次。笔者有幸参加了其中一次的接待工作。现据夏师《天风阁学词日记》所记，结合自己的亲历，对那次讲学活动的前前后后略作回顾。

一

夏承焘先生在上世纪30年代后期执教于之江大学，40年代前期起任职于浙江大学。笔者于1950年秋季考入浙江大学文学院中国文学系，古典文学课程主要由夏承焘老师讲授。50年代前期，浙江大学文学院与之江大学文理学院合并成立浙江师范学院，后期又改为杭州大学，90年代又回归新组建的浙江大学。夏师于1961年初夏被借调到上海（时为杭州大学教授），任务是参加编选《中国历代文论选》。

对中国历代文论进行选注，这一课题是由周扬同志提出的。复旦大学郭绍虞先生在给夏师的信中说："周扬同志过沪，属其组织华东力量四月内编就《中国历代文学理论》初稿，六月底完成。初稿付印，做各大学教材。"郭绍虞先生接受这一任务后，考虑到"上海人力不够"，便遵照周扬指示在华东地区，尤其是江、浙两省罗致专家参与此项工作,并将拟请专家名单报请上级批准,"高教部已同意邀"请夏师去沪"任宋元部分及明清论词一部分"的编选工作(《天风阁学词日记》1961年3月29日。凡括号中注明年、月、日者,引文均见该日记,不另标明)。在接到郭绍虞先生此信后不几天,杭州大学"校长室得上海市委宣传部电话,邀往上海参加作协研究编写古典文学理论批评文选会议"(1961年4月6日),便及时通知夏师。夏师原定次日赴北京参加教育部召开的高等学校文科教材编选计划会议,路过上海时临时在沪小留。当日下午,郭绍虞先生便赶往锦江饭店拜访夏师,"谈编中国古典文学理论批评文选"事,并约定夏师"与陶秋英任宋元部分"(1961年4月8日)编撰者。夏师从北京返杭州不久,即去上海参加此项工作,5月24日就"在上海图书馆写词话论"。

对这项工作,有关领导相当重视。8月3日,华东局宣传部副部长俞铭璜来到专家下榻的国际饭店召开会议,"谓编写时间可勿亟亟。对古人勿浪作批判,应以事实比照事实,勿以概念比照事实"。半月后,国务院陈毅副总理因公赴沪,也抽暇去看望专家组。陈毅总理见到夏师便说读过"《唐宋词人年谱》诸书",并对大家说"编文论工作"很有意义,"此工作甚重要",提醒大家不能"只重政治而忽略艺术"(1961年8月21日)。

除夏师以外,华东地区参加这项工作的尚有江苏的钱仲联、安徽的马茂元。夏师与钱仲联很早就彼此相知,但识面却很迟,直到1940年1月2日,夏师参加唐文治的宴请,与宴者有"国学专修学校同事廿余人。钱仲联新自北流归,渴慕十年,方得握手"。彼时夏师执教于已迁沪的之江大学,任国文系主任,并被太炎文学院和国专聘请兼课。1940年3月,汪伪政府成立于南京,沪地文人在汪逆罗致、利诱之下有趋附"白门"者,如夏师与钱仲联共同熟人龙榆生即是著名者。夏师于3月31日午社集会时"闻□□(即榆生)将离沪,为之大讶,为家累过重耶,抑羡高爵耶。枕上耿耿不得入睡。他日相见,不知何以劝慰也"。据《龙榆生年谱》,1940年4月2日,汪伪政府任命龙榆生为立法委员。夏师见同一日"中华日报,果有□君名单"。除龙榆生外,前往白门投靠者尚亦有人,夏师记道,"上海熟人颇有为党派离去者"。

在沪上一些文人"落水"之后,夏师连续创作了一些词作,如《玲珑四犯·过旧友寓庐感事》、《水龙吟·皂泡》、《菩萨蛮·百年作计归来早》、《木兰花慢·题嫁杏图》、《虞美人·感事》、《鹧鸪天·万事兵戈有是非》、《临江仙·古津席上……》、《虞美人·自杭州避寇过钓台》等,或讥讽或惋惜或感叹,将他们视为"夭斜人物","只道青冥易到",岂知"未容着地,已随零落"(《水龙吟·皂泡》);并且向他们表示,人各有志,不要招惹自己,"故人出处幸相忘,容我五更伸脚过桐江"(《虞美人·自杭州避寇过钓台》)。

夏师与钱仲联先生于1940年在沪上相聚不久,旋即分开,乃因"钱萼孙(仲联)来南京,任教中央大学"(见《同声月刊》2卷8号《词林近讯》),时在1942年8月。从此未曾见面,直到此次在沪上共同参加编选中国古代文论选工作时,方始重新相见。夏师在1961年5月26日记道:"钱仲联自苏州来,十九年不见矣。今年五十四,两鬓皤然。"从1942年至1961年整整十九年。虽然十九年未曾相聚,但夏师对钱先生的生活、出处,还是相当关心的。建国初期,1950年2月11日见到钱仲联托人捎来的两首诗,"念其困窘,无从相助",当得知东北地区来招聘教师时,夏师于2月13、16日两次写信给钱仲联,劝其"往东北任教"、"来杭考东北中学教师"。钱仲联未来杭州应聘,夏师依然关心他的出处,后"从常熟女生宓莲芬处,知钱仲联解放前在常熟乡间一师范学校任教务主任,近似在常熟文化宫"(1953年3月22日),旋又从友人处得知"仲联在大南中学任教"(1953年11月5日)。1956年8月,夏师赴京参加高校教学大纲讨论会,会议间隙,还"与柳湜部长说钱仲联事"(8月17日)。两个月后,"得仲联函,已调往扬州江苏省干部文化学院师资训练班任教"(10月15日),后又调至南京师范学院中文系,专事编写函授教材。1958年暑期,江苏师范学院重办中文系,从南京师院选调刘开荣等五位先生去工作,仲联先生也在其中,并写信告诉夏师,"已调至苏州天赐庄江苏师范学院"(9月7日)。这期间,我也被江苏师范学院新任院长刘烈人同志从南京调至苏州。江苏省人民政府任命刘开荣副教授为中文系副主任(正职缺),学院则任命钱仲联先生与笔者为古典文学教研组正、副组长。当年钱先生五十一岁,笔者二十六岁。因钱先生去沪上参加《历代文论选》的编选工作,分手八年从未有过联系的夏师,方始知道我在苏州工作。而夏师与钱仲联未曾见面的时间更长,因此他们二人这次聚会十分高兴,叙谈(1961年6月2日)、拍照(6月5日)、游园(7月23日),当然,更重要的内容则是一同编选《中国历代文论选》。

二

在沪期间,夏师不断地被一些单位邀请去做学术演讲。如1961年8月7日"作家协会诗歌组本月下旬邀予讲词",于8月16日晚"七时开讲,十时一刻方毕";8月14日"《文汇报》送来讲演费十五元,并约再讲一次";8月19日上午赴戏剧学院,"九时开讲,本定十一时毕,以听者要求延长,讲至十二时";8月23日,上海电影局邀请,下午"二时半报告开始,五时半毕"。据夏师自为统计,"在沪共作报告八次(《文汇报》、上海师院、复旦大学、华东师大、作协诗歌组、戏剧学院)",其中《文汇报》社为二次,上海电影局则"为最后"一次。

在此种背景下,正在沪上的南京大学中文系陈瘦竹教授,乃于9月17日邀请夏师"往南大为五年级生(按,上世纪50年代后期,个别部属大学部分系科,本科改四年为五年)讲词学专题,为南大有迫切需要,望予勿却"。陈瘦竹回宁后,又有信给夏师,"谓江苏作协亦欲予作一次公开报告"(9月30日)。隔了一天,"仲联持江苏师院函来,亦要予往讲二日"(10月1日)。于是,夏师乃有来江苏之行。

夏师夫妇于1961年10月10日晨从上海乘车赴宁,中午"十二时五十分到南京,陈瘦竹、栾景芳及江苏作协章品镇到站来迓,同上汽车,至五台旅社。与陈、章诸君拟定南大讲二次,作协讲一次,作协开座谈会一次,南大文论选座谈会一次,星期日往苏州"。次日晨,"南大古典教研组主任王气中偕助教王立兴来,南京师院中文系主任孙望来,同出访袁子才墓,知予所居五台旅社实随园故址,下有汽车站名随家仓,即小仓山也。气中,合肥人。午后在南大中文系讲词的特点。晤(钱)南扬夫妇,晚陪予夫妇往百花书场听评弹《三笑》"(10月11日)。10月12日,"孙望来,邀予在南京师院对学生作大报告,辞之"。同日,"上午对南大中文系四、五年级生作第二次报告,甚吃力,讲题为《诗眼与词眼》。赵瑞蕻来晤。……夕高觉敷来,今年六十六矣"。高为南京师院教育系教授,著名心理学家。10月13日,"上午江苏作协章品镇、顾尔钥来迓往南京会堂作报告,题为《南唐词在词史上之地位》,门票限制,到者亦千人左右,词学讲座此为大规模矣。诸祖耿(教育学院)、王定安(工学院)、刘钱熙及浙大诸同学来晤。午后在南京师院中文系古典组开座谈会,晤唐圭璋……等数十人"。10月14日,"晨,作协在旧天王府西花园召开词学专家座谈会,到陈彦通(七十一)、陈中凡(七十四)……唐圭璋、孙望、顾尔钥、章品镇等二十余人,谈词学普及与提高以及江浙两省词学研究者如何分工合作问题"。旧天王府即国民党总统府,颇有园林之胜。会后,与会者陪同夏师在西花园游览。10月15日,又在南京友人导引、陪同下,游览了明孝陵、中山陵、灵谷寺等东郊风景区。除游览以外,还拜访友人、接待友人来访,活动十分频繁。

笔者奉领导之命,10月12日从苏州赶到南京,住在老家中。当时也不知道夏师被安排在何处住宿,只知道13日上午将在南京会堂(实即东风剧场)作报告。老家在中山南路,距离会场不远,步行十分钟可到。乃于13日上午直接去会场。当我进入会场时,报告已经开始,听众很多,为便于与夏师接触,乃向会场前面走去,见到第一排两边尚有空座,便随意找了个空座位坐了下来。夏师在主席台上大约已看见我,便在休息时走下讲台向我走来,连呼:"陈美林,陈美林。"我乃迎上前去。第一排中间的几位贤达不知我为谁何,投来诧异的目光。我见急于招呼夏师的人颇多,便问明下榻处,约定晚间再去后便闪在一旁。此时,原先坐在我身边、佩着南京大学校徽的一位先生向我伸出了手:"我,赵瑞蕻。"我也通报了自己名字,从此便与其相识,但彼此偶有往来已是60年代后期我调到南京师院工作时的事了。

晚间,我便及时赶到位于广州路的五台旅社。那是位于小山坡上的一座花园旅社,登上二十几级台阶进入旅社大门,几幢解放前建筑的二三层的小洋楼,散布在院子中,花草也不多,但在当年也称得上是比较好的旅社了。与我现在的住处有五分钟步行的距离,但如今不但旅社已不存在,连小山坡也已削平,矗立起高层的古南都大厦。当时问了服务台,找到夏师所住的房间,已有客人在,仍然没法细谈,在商定赴苏州的日期、车次后,便告辞出来。次日赶回苏州,向领导汇报,以便安排接待事宜。

夏师于 10 月 16 日"午十二时到苏州,陈美林、赵年荪(党委办公室副主任)来迓,谓院长及党委书记、中文系主任刘开荣皆不在校"。我们将夏师夫妇接回天赐庄,安排在校内招待所,那是一座东吴大学时代的建筑,楼东一条河,河的对岸是城墙,十分幽静。夏师住房是二楼向南的大间,很是宽敞。阳台也很大,洒满秋日的阳光。夏师还是比较满意的。午餐后,由赵年荪主任陪同去拙政园游览。

夏师在苏州讲学两场。一场安排在 10 月 17 日下午"在师院图书馆讲治学方法",一场是 10 月 19 日"午后二时对师院学生讲词"。第一场范围限于校内师生;第二场除师院学生外,"有文联、师专、中学各单位亦有人来听",以致不少听众"坐大礼堂楼上",甚至"门外场地"也坐有听众。

除讲学活动外,就是游览园林。钱仲联先生仍留在沪上编注文论选,一直到夏师返沪的前一天即 19 日方从上海回到苏州,因此接待工作主要由我承担。如 17 日"上午陈美林陪游网师园";18 日"上午八时美林陪游灵岩,小轿车半小时到。山高三百六十丈,满山松林,山径甚宽坦……下山命车行小径,至天平山……上山往云泉晶舍……品茗小座……下山过高义园燕来榭,其前为宛转桥,旁即范坟,乃仲淹先人墓,三面高山,石笋无数。真如万笏朝天,此他处少见……平生重阳登高为最胜矣"。10 月 20 日夏师夫妇要离开苏州回上海去,"上午仲联、启后、美林、徐永端来送行",聚谈一会儿即退出,让夏师整理行装。午后,由"美林、启后、陆士南附车送行"至苏州站,陆士南为党总支书记。夏师夫妇登车后,我们始返校。

三

　　夏师在苏州的友人不多,讲学活动也只有两场,与我叙谈的时间较多。除游览活动由我陪同外,拜访友人也由我陪同。

　　夏师在上世纪30年代曾来过苏州,当时友人较多。此次来苏州,夏师只去拜访过汤国梨女士一人,并与之同游。夏师原先在之江大学任教,1938年夏,之江大学迁沪,夏师也随之赴沪继续执教。不久,又接受迁沪的无锡国专和太炎文学院的聘请,在两校兼课。因之与太炎夫人汤国梨多有往还,汤夫人亦喜诗词,与夏师有所唱酬。有一次夏师去"答访"汤夫人,在其舍间"聆其滔滔谈至七时半",自述学诗词经过,"谓少失学,廿三岁始自乌镇来沪,入务本女学师范科",并"出示所作影观诗稿词稿两册,自拈出数首",夏师读罢,十分赏识,"皆大佳,小令雅近永叔,长调似玉田、碧山"。汤夫人还说"平生所作,未尝示太炎。太炎雅不好词,谓词之字面仅此数十百字",夏师则以为"汤夫人则由数十百字而能颠倒变化无穷,正词之胜诗处"。汤夫人还"坚嘱"夏师为其所作"题辞,指其利病"。夏师感到"其健谈,其好为谦词,直使人无以置答",情不可却,夏师乃作《题汤国梨影观词》,附于1952年7月21日日记之后。建国之初,汤影观又为太炎先生治葬事,多次求助于夏师,笔者另有文叙说,此不赘。

　　此次夏师来苏州,在10月17日上午游览过网师园后,提议去拜访汤国梨。网师园距汤宅所在锦帆路不远,便与夏师步行前往。汤夫人见到夏师高兴异常,迎进室内,彼此寒暄一番,因时近中午,夏师乃约定明日同游灵岩,汤夫人欣然同意,我们便告辞出来。次日,小车先到锦帆路,接了汤夫人便一齐往游灵岩、天平。国梨夫人年事虽高,脚力犹健,与夏师边谈边登上山。夏师心情也很愉快,对她说吴文英有一首《八声甘州》,是陪庾幕诸公游灵岩而作,也是这个季节写的。我们不妨步其韵,每人一首,以为今日之游记念,汤影观夫人极表同意。可是在《天风阁词集》和《影观集》中均未见有。尤其是这两日的活动,在《天风阁学词日记》中也失记,不知何故。但经此一会,我终于认识了汤国梨夫人。此后不久,在江苏师院历史系主任柴德赓教授夫人陈老师的陪同下,我曾去章府读书一周,查阅有关资料,得到汤夫人的热情接待。

夏师在南京、苏州学术演讲的题目,也予我以启迪,如在曾经是南唐都城的南京,讲《南唐词在词史上的地位》,我便联想到夏师在杭州讲过《西湖与宋词》。这种联系地域特色的讲题,充分体现了演讲人对当地学术和学人的充分尊重,听众会感到亲切,效果自然良好。1985年,笔者从南京应邀去杭州大学讲学,便效法夏师所为。讲题之一是以潘必正与陈妙常故事为题材的笔记、话本、杂剧、传奇乃至弹词作纵横比较。开讲之前,我首先说明我从南京来,讲一个发生在建康(南京)的故事,而以这一故事进行创作的作品很多,尤以杭州文人高濂所作的传奇《玉簪记》为优,堪称这一题材的代表作。经此说明,会场气氛立时活跃起来,听众反应积极。返宁之后将讲稿加以整理,写成《论杂剧〈女贞观〉和传奇〈玉簪记〉》,寄往《文学遗产》,很快就在1986年第1期刊出。对于文学创作的"地域"因素,在我的研究工作中一直予以相当的重视,进入新世纪后,仍然发表了一些从地域特色来研究古代小说、戏曲的论文,如《清代三部以南京为主要场景的传奇》(《艺术百家》2004年第1期)、《论吴敬梓的生活环境与〈儒林外史〉的地域特色》(《江苏社会科学》2004年第6期)等等,这些都是受夏师演讲题目的启发。

在闲谈中,夏师还问到我近年的教学和研究情况,当他了解我在编写古代戏曲讲义的同时,还在改写古代戏曲作品为小说,他极表赞同,并问我何以这样做,我便告诉夏师,由于学校图书馆所藏古代戏曲作品不多,同学难以读到原作,上课时讲授不便,自己年轻时读过英国作家玛丽·兰姆和查尔斯·兰姆姊弟二人合作改写的莎士比亚戏剧,便想效法他们,一则练习文笔,不忘年轻时想当作家的念头,借此另种"创作"来圆梦想;二则也是为了当前教学的需要。夏师听了之后予以肯定,并且说自己也喜欢读小说,也曾练习写过小说。当年我改写的作品,在上世纪70年代中期被一刊物发表多篇,后来结集用不同的笔名出版了几种,80年代中期又被外文出版社选中,陆续译成英、法、德文本在海外发行,新世界出版社还出版了几种中英文对照本。

夏师喜读小说、创作小说的事,当年没有时间细问,近年读《天风阁学词日记》方有知晓。夏师不但读过大量的中国小说,还喜读外国小说,如狄更斯、雨果、大仲马等名家的名著,而且写有笔记,并一度尝试创作小说,1947年2月23日记道:"上午试写一小说,……灯下写小说毕,殊劳心。"隔了两天,"学校试事毕",夏师又"坐写小说,至夕才成半篇,觉此事与作画作诗同理,又恨生活阅历不透,不能深刻。此与人生大学问之关涉,尤密于诗词,最可觇性情襟抱。自己做过数篇,乃能读懂他人之作。予盖为欣赏而创作。此理可推之为处世也"(2月25日)。可见夏师之襟抱,确有常人不可及处。夏师虽以治词名世,但并不如传统文人那样卑视小说,而是充分评估小说之功用。因此夏师乐此不疲,又于"灯下写小说三四页,甚倦,然殊有味,几欲为此废寝馈。此于予为外行之业。可作七八篇,编一册曰外行集"(2月26日)。这几天所写的小说终于在2月27日写完,并"改名曰:秘密上帝","共五六千字,略知此道甘苦,乃能欣赏名作,不望于此有成业也"(3月2日)。夏师被誉为"一代词宗",然而少有人知其曾经创作过小说,乃借此文表而出之,以见大家不为一格所拘,于我们后学当有所启迪。我虽未随夏师治词,但也受到他的熏染。夏师研治词学的同时又创作小说,也坚定了我的教学和研究的思路。笔者在研究小说、戏曲的同时,对诗、文、理论乃至文学史、文化史诸领域的知识同样注意学习,偶有所得也著文发表,努力在教学和研究中既注意古今纵贯,也考虑横向沟通。当然,至于做到何程度,那是另一回事了。

此聚之后,再恢复联系则是十三年之后的 1974 年秋,那又是另一篇文章的内容了。

——原载《文史知识》2009 年第 5 期

「生荣死哀,身没名显」
——「一代词宗」夏承焘的晚年

夏承焘(瞿禅)老师生于 1900 年,至今整整 110 周年;1986 年病逝,至今人天永隔也近四分之一世纪。近读夏师《天风阁学词日记》,1950 年 9 月 2 日有对我们新生进行面试的记叙,至今也已整整一个甲子。60 年前投入夏师门墙,在校期间,与夏师朝夕相处,毕业八年后即 1961 年,方始与夏师重聚数日,对这两段岁月,我分别写有《和夏承焘老师同在运动中》、《记夏承焘老师一次讲学活动的前前后后》。1961 年分别以后,直到 1974 年才恢复联系,从此至夏师仙逝为止,未曾中断,其间我还曾去北京拜见夏师一面。对于夏师的晚年生涯,现据我所知,略作追叙。

一

1974 年"文革"期间,一次政治学习间隙,唐圭璋先生低声对我说:"你的老师来找你了。"说完,掏出一封信递给我,原来是瞿禅师的信。信上说,他有一个学生陈美林,50 年代曾在江苏师范学院工作,现在不知在何处,盼圭璋先生代为打听。"文革"初期就听说夏师是首批被批斗的资产阶级反动学术权威,一直靠边。此时仍身处逆境,却主动寻找一个多年未联系的学生,令我十分激动,当晚就给夏师写了信。不几日,收到夏师于 1974 年 11 月

7日从杭州道古桥杭州大学宿舍寄来的复信。瞿禅师在复信中首先叙及往事,说"十余年不见,得书快慰。忆解放初在嘉兴参加土改时,一日与你席地睡一处。当时同一队者,王西彦亦十余年未见,只沙孟海兄在杭州博物馆任事,住西湖滨,时常见面"。接着叙说近年生活情况,"三年前丧偶,今与吴闻(字无闻,雁宕山人)共生活,乃老友吴天五之妹,任文汇报记者廿余年,近新退休"。多年未见老师手迹,捧读此信,十分兴奋,反复读了几遍,发觉夏师毕竟已是75岁高龄老人,虽然念念不忘往事,但记忆却有些模糊了。1950年冬浙江大学中文系师生奉浙江省委之命去嘉兴参观土改,1951年秋华东教育部又通知国立大学文法学院师生要参加一期土改,浙大文学院师生便去安徽五河参加土改,夏师将这两事相混。嘉兴之行,有沙孟海老师而无王西彦老师,沙师《决明馆日录·土地改革篇》后来影印出版,记参观土改的师生名单很详;而五河土改方有1951年春调入浙大中文系的王西彦老师,并无沙师,因嘉兴归来不久,沙师即调浙江省文物管理委员会工作。

从此与夏师信函不断,夏师来信大都叙及往事,流露出浓郁的思旧之情。特别是嘉兴、五河之行。如1977年12月7日信中说"回忆土改时联床,忽忽如数十年";1978年1月8日信中又说"久久不见,甚念甚念。忆解放初往皖北土改,和您卧铺比邻,三十年往事,尚历历在脑中"。此信与上封来信相距不过月余,就联系而言,不能说"久久",但从晤面而言,则是自1961年相聚以来已十七八年,"久久不见"确非虚言。收读此信后便想寻机会去拜见夏师,但直到1983年5月方有此机会,其时夏师已定居北京,我乃趁赴大连参加学术会议之便,特地在北京逗留数日,在陈翔华兄陪同下前往卫戍区医院探视,此时夏师已84岁高龄,夫人吴闻先生陪侍在侧,夏师乍见我去,还大声呼道:"陈美林来了,陈美林来了。"显得无比高兴,拉着我的手,絮絮叨叨地说及往事,但说着说着又岔到不相干的事上。无闻先生便说:"老先生又犯糊了。"病房不能久留,我便与翔华兄退出。翔华兄是夏师60年代弟子,长期在北京工作,随时可与夏师见面。他对我说,我给夏师的信,夏师都交他看过,而且叮嘱他不要中断与我的联系,夏师告诉他说,陈美林是值得保持联系的他的弟子之一。

总之,自1974年以来夏师给我的信中经常提起一同参加土改的情景,如1979年1月19日来信说"久别得书,如接谈笑。回忆数十年前一次下乡土改,与君打地铺在一起,并同行访农民作诗写斗地主","他日寻觅有得,当写出赠你作纪念"。不久,果然收到夏师手书的条幅《满江红·皖北五河县治淮》。当年土改与治淮同时进行,在土改间隙,还去治淮工地参观。夏师何以再三回忆起土改时的相处,当时还不理解,后来读到《天风阁学词日记》方有所悟。《日记》1951年10月23日记道:"予得组长照顾,派往乡公所所在地,并以杨生纯仁照顾予,此陈生美林好意也。"土改时,我被任命为五河县五北区訾湖乡土改工作组组长。当时夏师已年过半百,便留他在乡政府而不下村,并嘱教育系同学杨纯仁多加照顾。其实这是任何人作组长都会做的事,未想到给夏师留下如此深刻的印象。

夏师晚年给我的信中,经常怀念他的友人。即如未曾与夏师中断过联系的唐圭璋先生,也时时在他念中,几乎每封给我的信中都要我代向唐老问好,并询问唐老的健康情况。其他如钱南扬先生,也是夏师老友,1980年4月3日给我的信中说:"月前接钱南扬先生惠赠新著,欲报以拙著二册,忘其地址,盼弟即示详址。如晤及请先致谢。"除老友之外,1961年夏师来南京讲学时结识的友人,也有在其念中的,如1975年2月6日来信说:

"南京有于北山同志,著《陆游年谱》甚好,十余年前曾与我在南京晤见,近仍在南京否,请代打听。"据《天风阁学词日记》1961年10月13日:"午后在南京师院中文系古典组开座谈会,晤唐圭璋、金启华、杨白桦、于北山(师专)等数十人。于君新著放翁年谱,谈放翁事甚多。"于北山同志当时任职于淮阴师专。

除思念南京友人外,夏师还思重游南京访友,1979年1月6日从北京来信说:"焘拟今年春秋佳日,再南游访旧。"数日之后,1月19日来信再次说及"今年身体有好转,很想重游江南"。夏师曾多次来游南京、苏州、无锡等地,结识了许多著名学者,如金天翮、吴梅、汪旭初、汪辟疆、胡小石、陈中凡、柳翼谋、陈石遗、范烟桥等,但此时除圭璋先生外,大都已先后辞世。我将夏师南游之意向唐老等几位先生说及,他们要我写信郑重邀请,夏师乃于6月21日复信说:"承邀重游石头城,此事亦可考虑,只是八十老人,不能预定时日,一切视健康情况及客观条件而定。"此后夏师终因健康不佳而未能重游江南。

在夏师欲重游石头城时,我曾问及何时南返,夏师于1979年5月12日来信中说:"焘来京五年,初为养病,自去年起,文学研究所办了借调手续,今后拟长期住北京。"又云:"近日与北京诸词老游大觉寺,作菩萨蛮小阕,录奉博笑。"不数日即收到夏师手书条幅,词云:

  诗人尽道江南好,江南人却天涯老。客路看青峰,千峰烟霭中。 绿杨芳草地,伴作寻春计。同唱醉花阴,花深杯更深。

美林弟笑正

夏承焘八十岁

读罢此信、此词,知夏师不复南返矣。但思乡念旧之情并未稍减,半年后又来信云:"焘在京如常,勿念。日前书就小幅,随函附去(1980年2月1日)。"条幅所写为《西湖杂诗》中之第十三首、第六首,诗云:"别有诗心画不成,听人吹笛过西泠。梦中严濑茫茫绿,枕角吴山宛宛青。""断云别我向西峰,绕过孤山却又逢。正有一诗无觅处,杖头飞下凤林钟。"我知道,吴山、西泠仍时时在夏师念中,不能忘却。果然,夏师病逝京华后仍然归葬千岛湖之羡山,一代词宗依旧魂归故土。

二

夏师晚年体弱多病,但著述未曾中辍,即使在"文革"期间,夏师也继续研治学问,1975年2月6日自杭州道古桥来信即要我"遇唐圭璋先生,请代问《全宋词》有法代购一部否"。同年5月赴京之后,在夫人吴闻先生协助之下,不断有著述面世。夏师主要著述约25种,其中13种是在1979年以后所出,主编书5种,全部是1980年以后出版。1978年5月,夏师在《月轮山词论集》的"前言"中写道:"自粉碎'四人帮'以来,我国文化事业又呈现出'百花齐放、百家争鸣'的繁荣景象。我这本集子,也趁此东风,将和读者见面。今天就我个人来说,已经'垂垂老矣',因而更加恳切地希望得到读者的帮助和指正,使我还有'一个新的开始'。"这本《论集》于1979年9月由中华书局出版后,寄我两本,一本嘱转圭璋先生。

在这本《论集》面世前,《瞿髯论词绝句》即已发表,1978年1月18日夏师来信说:"论词绝句八十首,近在香港大公报艺林双周刊滥见,将来汇集出书后再寄奉。"1979年3月中华书局出书,其中有写于1979年春的"前言",说"回溯初着笔时,予客钱塘江上,方在壮年。今葳事于北京之朝阳楼,则垂垂老矣"。后又在

82首基础上增加18首，于1983年2月再版，一、二两版均承夏师题赠。

年逾八旬高龄的夏师不断出书，如1954年出版之《唐宋词人年谱》，又于1979年5月由上海古籍出版社出版"新1版"。《唐宋词欣赏》于1980年7月由百花文艺出版社出版。1981年3月，湖南人民出版社出版了《夏承焘词集》；1984年7月天津百花文艺出版社出版之《天风阁词集》是此书的续编。

此外，他还常常指导帮助后辈学人。或为之审订即将出版的著述，如中国社会科学出版社1981年4月出版之《韦庄词校注》，乃由邓金城校注，夏师审定；或与他们合作出版著作，1981年6月，上海古籍出版社出版之《放翁词编年笺注》，乃是吴熊和与夏师合作而成，在"后记"中夏师还特地说明，此前先有苏州彭重熙、四川刘遗贤二君从事此项工作，"不可没二君前导之功"。书目文献出版社于1981年出版了《域外词选》，夏师在"后记"中自叙此选乃"数十年来"之"搜求"所得，"经历沧桑，幸未坠失。近年检得此稿，以为稍加理董诠释，交付厥刻，将有助于中外文化交流"，至于此选的注释，则由张珍怀、胡树森二人为之。《天风阁诗集》则由浙江人民出版社1982年1月出版，吴闻为之作注。1983年1月，人民文学出版社出版了《金元明清词选》，包括金词50首，元词81首，明词120首，清词214首，此选由夏师和张璋主编，参与编注者有吴闻、黄畲和周笃文等人。

夏师晚年根据毕生治词之经历，认为词籍整理工作，自明季毛晋以后，丛刻渐兴，有《宋六十家词》、《四印斋所刻词》、《灵鹣阁刻词》、《双照楼景刊宋元本词》、《彊村丛书》五大丛刻，搜求虽广、辨审亦精，但皆限于宋元，不及明清。自陈乃乾《清名家词》后，有叶遐庵《全清词钞》，虽有筚路蓝缕之功，但校勘略疏，存词过少，而"有清一代，词学昌隆"，如能整理清人词籍出版，以"鉴古酌今,尤有意义"。夏师在京养病之余,常有词友"风雨过从,议论纵横","乃思裒集清人词集,稍加理董,试为《四印斋所刻词》、《彊村丛书》之继"。以此,便"与周笃文、冯统一、吴无闻诸同志粗定凡例"。不久,由夏师主编的《天风阁丛书》由广东人民出版社出版,但仅出版四种,即《饮水词》(冯统一校,1984年)、《梅村词》(李少雍校,1985年)、《衍波词》(李少雍校,1986年)和《曝书亭词》(吴肃森校,1987年)。

以上诸书均由夏师题赠寄下,《曝书亭词》则为吴无闻先生题赠寄来,唯《金元明清词选》则是1983年5月去京时,夏师所当面赠与,另有赠给圭璋老、千帆先生的二部亦交我转致。如今夏师逝去二十余年,十余部著作仍在,不时翻检拜读,犹记往昔耳提面教之情景,可是再也不能与夏师互通音问、促膝交谈,思之泫然。

瞿禅师晚年除潜心著述外,还积极参加一些学术活动,在与北京词友聚会唱酬、研讨学问之余,还参与发起组织韵文学会。早在1956年,章士钊、叶恭绰、张伯驹等学者经周恩来总理同意筹建中国韵文学会,但不久因"反右"运动而未果。1980年,夏师在京与当时仍健在的张伯驹联名重新提出组织韵文学会。他们拟定了《韵文学会缘起》,分致有关学者签名附议。夏师曾于1980年6月19日给我一信,说"韵文学会事,弟能与诸老联系,甚好甚感。签名纸希望本月底前寄京。如届时仍有一些人外出未归者,只得告罢"。我找了圭璋老和千帆先生,他们欣然签名,1984年中国韵文学会终于成立,夏老被推为名誉会长,圭璋老曾对我说:"夏老身体不好,但名誉会长还是要他来担任的,否则我就不能任会长。"充分表现了唐老对夏老的尊重,也显示了圭璋先生的谦虚胸怀。

夏师对我的学术研究也很关心,早在1961年相聚苏州时,他已了解我的研究重点在于古代小说和戏曲,但不时也有论及诗文的文章发表。晚年与我恢复联系后,让我将近来发表的论文寄他一阅,我就将1977年以后发表的有关小说、戏曲以及杜诗的文章陆陆续续寄给夏师,每每得到他的鼓励和肯定,如对《吴敬梓修先贤祠考》一文,夏师1979年1月6日来信有"读过甚佩"之语。《颜李学说对吴敬梓的影响》一文发表后寄给夏师,引起了夏师回忆,他在1979年6月21日信中说:"大作读过,无任欣慰。此题甚好。煮甘余岁客西安,甚爱读颜李所著书,读大作如温旧课,回味醰醰。"夏师曾于1925年任西北大学讲师,在陕期间,对清初思想家如唐甄(1630—1704)等人做过研究,发表了《唐铸万学考》,自然也会涉及对颜李著作的探讨。

1978年1月18日夏师来信说香港《大公报》"副总编陈凡不久前来京组稿,拙作(指论词绝句)遂为取去。彼离京后曾到南京、上海、杭州各大学组稿,想你们或已晤及"。我未曾见到陈凡先生,但当年段熙仲、吴调公两位先生曾先后对我说及"艺林"副刊组稿事,让我给他们写稿。此后便在《大公报·艺林》发表了几篇有关古代文史的文章。1985年1月,"艺林"负责人马国权先生来信,让我为该刊主持一个"专栏",每月提供1—2篇文章,因当时除了指导研究生外,还忙于学术专著的撰作,一时无暇顾及,便婉言辞谢。总之,我虽然未随夏师研治词学,但我在学林寻步中,也曾得到他的关注,如同另一位词学大师唐圭璋先生对我的关注、支持一样,是不能也不会忘记的。

三

夏师于1918年从浙江温州师范学校毕业后一直从事教育工作,先后任小学、中学教师。1930年起入之江大学任讲师、教授,上世纪40年代起任浙江大学教授,直至1986年5月11日病逝于北京，从教逾半个世纪，是一代名师。从1925年在温州中学任教时起，夏师即专攻词学，不断有论著发表，一生著作等身，成为一代词宗。由于瞿禅师在教育和学术上的杰出贡献，中国韵文学会、杭州大学、中国社科院文学所、中华书局、浙江省作家协会、岳麓书社、湖南人民出版社、浙江古籍出版社于1984年联合举办"夏承焘教授从事学术与教育工作六十五周年庆祝会"。陈翔华兄寄来"请柬"数份，让我分送南京几位老先生。次年为唐圭璋先生举办的庆祝会"请柬"，即以夏师庆祝会的"请柬"为范式印制。这两份"请柬"正是当代词坛双子星的标志物。

夏师庆祝会于12月5日在京举行，新华社当天作了报道："被词学界誉为'当代词宗'的夏承焘教授从事学术与教育工作六十五周年庆祝会今天在政协礼堂举行。"接着是介绍夏师生平，继而报道了赠送贺辞、贺诗的盛况："胡乔木在托人送来的贺辞中称他为'文坛先进，词学宗师'，叶圣陶先生也赋诗四首作贺。"最后介绍了参加庆祝会的各界代表，"首都文化界有关负责人贺敬之、夏鼐和邓广铭、任继愈、余冠英、蔡若虹、姚雪垠等专家学者参加了庆祝会。日本早稻田大学的稻畑耕一郎教授也到会祝贺"。12月6日中央电视台"新闻联播"中还播放了庆祝会实况，参加庆祝会的各界人士有300余人。

庆祝会收到贺诗、贺联、贺词、贺画、贺函数十件。夏师老友缪钺教授贺诗二首，有云"词坛今日推宗匠，天下英雄惟使君"，"头白著书神益健，名山大业足千秋"，充分肯定瞿禅先生学术研究上的成就与贡献。叶圣陶先生贺诗第三首云："欣闻嘉偶是吴闻，体贴惟周夙擅文。诗集重编吴作注，词心毕达至精勤。"则是肯定吴闻先生成为夏师从事著述的得力助手。苏步青教授的贺诗云："词笔中华第一流，祝公京邑日悠悠。"夏鼐先生贺诗云："一代词宗推巨匠，遗编校理亦千秋。"王季思教授的贺联则为：

"海内论词风,惟临桂吴兴,差堪伯仲;天涯怀旧雨,记山楼水阁,曾共晨昏。"沙孟海先生贺联是:"寿同金石固,气与霜天高。"这些贺词贺联,都充分赞扬了夏师的非凡成就,可谓"其生也荣"了。

夏师毕竟年老多病,此会之后,健康逐渐恶化。1986年5月11日因心肌梗塞而病逝,享年八十有七。对于瞿禅师的病逝,新华社于5月21日作了长篇报道,略为摘录如下:

"一代词宗"缀有这四个大字的一面红旗,覆盖在我国著名词学家夏承焘教授遗体之上……告别仪式,今天上午在八宝山革命公墓礼堂举行……四周陈放着的花圈,分别是习仲勋、乔石、胡乔木、邓力群、张劲夫、张爱萍、赵朴初、叶圣陶等同志,以及中央国家机关一些部委、杭州大学和文化界、学术界人士送的……四百多位各界人士今天向夏承焘先生遗体告别。近六十幅挽联悬挂于礼堂大门周围,表达了人们对于著名学者夏承焘教授的仰慕与悼念之情。

真可谓"其死也哀"。

夏师词友唐圭璋先生挽词为《浣溪沙·瞿禅词宗千古》:"噩耗惊传怎禁哀,奋飞无翼到燕台。泪珠自落梦桐斋。海雨天风酬素志,龙川白石出新裁。名扬环宇仰高才。"同时唐老又写有《瞿禅对词学之贡献》一文,说夏师"继往开来,为发扬祖国优秀的文学遗产做出了巨大的贡献"。王季思先生除写有《金缕曲》一词表示哀悼之外,又在香港大公报发表《一代词宗今往矣》一文,记叙了60多年来与瞿禅师的交往历程,文中有"一代词宗,芳流海外;等身著作,光照人间;人生到此,可以无憾"之语。的确,夏师与另一位词学大师唐圭璋先生一样,他们的业绩直可

"光照人间",两位大师均可谓"生荣死哀,身没名显"。

笔者于1991年1月15日在《人民日报·海外版》发表《词坛巨星的陨落——缅怀瞿禅师哀悼圭璋老》后,又在1991年2月28日同一版面发表《"我亦有孤剑,植发望燕云"——夏承焘先生的爱国情操》,以示追念。如今唐老逝去已20年,夏师仙去也近25年,在为文追怀唐老之后,再做此文以追思瞿禅师。

——原载《世纪风采》2010年第12期

从夏承焘老师的一首诗谈学位和职称

先师夏承焘（瞿禅）教授被胡乔木同志誉为"文坛先进，词学宗师"，生平有词学专著近30种，还创作了大量诗词，先后有《夏承焘词集》（湖南人民出版社1981.3）、《天风阁诗集》（浙江人民出版社1982.1）和《天风阁词集》（百花文艺出版社1984.7）出版，但还有不少诗词创作并未收入以上三书，在《夏承焘集·天风阁学词日记》中还保存许多篇什，颇有反映时事之作，如今读来自可引发对史实的记忆，从而产生对现实状况之联想，《脱下黄马褂》一诗即有如此作用。

在1958年10月19日日记中，瞿禅师记道：

午后全系讨论人民公社。予发言二次，说数十年来，在学校教学中，对等级制度的感想及工资制的看法，向党委请求取消予之教授头衔，并降低待遇。继起响应者有王驾吾、姜亮夫、孙席珍、陆维钊、胡宛春诸君。夕席珍邀同胡、姜诸君共贴出大字报一张，推予署首。闻北京师范大学亦有此请求。作一诗。

此诗即《脱下黄马褂》，诗云：

教授教授做久了,
暮气沉沉朝气少。
黄马褂上插白旗,
镜子照照自发笑。
脱下马褂拔白旗,
轻装前进多么好。

瞿禅师及其他诸位老师,在建国前即被不同高校聘为教授,所以诗云教授"做久了",实为纪实之辞。建国后全国统一评审过学衔,上世纪50年代中期,党中央提出对从事教学、研究工作的知识分子评定学衔,按学衔发工资,教学系统分教授、副教授、讲师、助教四级;研究系统划为研究员、副研究员、助理研究员、研究实习员四级。周扬等同志曾于1955年4月15日去中国科学院文学研究所召开座谈会,"提出培养院士、博士,建立学位、学衔制度"(王平凡《文学所往事》"纪年",金城出版社 2013.3)。及至1956年"1月14日—20日,党中央召开了关于知识分子问题会议,会上周恩来代表中央作了报告,他强调要在政治上、生活上关心知识分子,改善他们的生活条件,调整工资,修改制定合理的升级制度,以及学位学衔、荣誉称号、发明创造和优秀著作奖励等制度"。会议结束后不久,"中央政治局于2月24日举行会议,作出了《中共中央关于知识分子问题的指示》"(同上)。文件传达后,在全国引起极大反响,文学所即评定钱钟书、俞平伯、何其芳三人为一级研究员;二级有余冠英、孙楷第、蔡仪等十名,三级有陈翔鹤等六名。"三级以上研究员都享受高级知识分子待遇(即现称为副部以上待遇)"(同上)。除北京而外,各省也都在贯彻中央文件精神,积极开展这项工作,如中共江苏省委在

《江苏省1956年到1957年知识分子工作纲要》中即提出"执行学位、学衔制度"(《中共江苏地方史》第二卷,江苏人民出版社2013.2)。浙江也如此。瞿禅师所在的浙江师范学院乃由浙江大学文学院与之江大学于院系调整时合并而成,1958年改称杭州大学,1998年又回归浙江大学。该校也于1956年进行此项工作。在《天风阁学词日记》5月21日就有"四时开升等会议"的记述,经过几近半年的讨论、研究,领导于10月17日宣布结果,"全院教授第一级只王琎一人;第二级九人,中文系予与姜亮夫二人;任铭善三级;王焕镳、胡士莹、孙席珍四级;胡永声、陆维钊五级(教授共六级)"。一、二、三级为正教授,五、六两级为副教授,四级可正可副。此次评定下距《脱掉黄马褂》之作(1958年10月19日)恰恰二年。何以刚刚做了新中国评定的教授不久,即主动请求免去教授学衔、降低待遇呢?不仅浙江如此,北京师大亦有此事。这就与当年的形势有关。1958年"5月,在北京召开'八大'第二次会议。会议根据毛泽东的提议,通过了'鼓足干劲,力争上游,多快好省地建设社会主义'的总路线。毛泽东号召在各地区、各部门都要'拔白旗,插红旗'"(《文学所往事》)。拔白旗,乃是破除资产阶级法权;插红旗,乃是提出"跃进"指标。在教育系统,就要多办学校、大力培养红专接班人。例如中共江苏省委就提出"今后5年内全省要办各种大学300到400所","1958年即开始兴建16所高等学校"(《中共江苏地方史》第二卷)。当年江苏师范学院(今苏州大学)要恢复先前并入南京师范学院(今之南京师大)的文科,笔者当年正在参加筹备"成立省的科学分院",则被领导推荐给国务院新任命的江苏师范学院院长刘烈人同志,也被调往苏州。开学不久,即听了文件传达,为了破除资产阶级法权,停止实行终身制的学衔,改为与现任职务相应的"职称",不任职则"职称"也不再保留。从此,在有关文件及实际工作中,也不再有"学衔"一说,直至今日仍只有"职称"。

虽然"学衔"改为"职称",但20世纪50年代并未停止申报、评审工作。当年评审条件不外政治、业务二条,但凡被认为政治上有问题者,在评审中都可能被贬或取消或不授予。据《文学所往事》所记,当年因刚刚批判过俞平伯的《红楼梦》研究,即拟将其定为二级,后因何其芳坚持,并报中宣部批准,方维持一级。我所在的院校,有一位先生曾在汪伪中央大学任过职,虽然彼时已定为教授,但建国后只定为不属于"职称"四个档次的"教员",直到20世纪70年代末方始恢复;还有一位老教授,因反右中定为右派分子,乃取消教授职称,调到中文系资料室任资料员。据瞿禅师《天风阁学词日记》1958年8月23日所记,"午后党委宣读处理中文系右派分子任铭善,开除职位,下乡监督劳动,照顾其多病,留校资料室工作"。铭善(心叔)师原定三级教授,乃予开除"职位"——即"职称"也。可见北京、江苏、浙江等地情况一致。至于业务条件,高校系统助教升讲师,必须能独立讲授一门基础课,且教学效果良好;而讲师升副教授、教授,除讲授基础课外,还要能开设一二门专业选修课,同时还要有学术成果。总之,对教育系统而言,教学始终是第一位的。而助教开课又有一定程序,先要随老教师听课,替老教师做辅导工作;开课前先要写出讲稿,经老教师、教研室主任认可后(必要时还要试讲)方可上讲堂,先讲二节课,反映良好后继续讲一个单元,没有差错后,方可讲授一个学期或一年,完成一门课的独立讲授,而且要经省里批准方可晋升讲师,副教授、教授则要报到教育部。如大学毕业生留校三四年仍不能独立开课,则下放到中学任教。当年笔者调往苏州,先为一年级新生开设基础课,同时编写为三四年级开设的古代文学课讲稿,院方曾举办过自编教材展览会,系里选中我所编的部分章节展出,《光明日报》1961年3月21日以头版头条报道《江苏师院积极培养红专师资队伍》(中央电视台前身北京电视台新闻同日播出)中即说,"参加科学研究和编写教材等活动,也是青年教师掌握科学知识和资料的重要途径",并举出在下所编的教材为例说明。其时,系副主任刘开荣教授(正职缺)即与我谈话,要我积极争取在二三年再晋升一级即副教授;教研室主任钱仲联先生(笔者副职),曾于1961年1月16日复信中华书局约稿函,在说明自己可以承担的课题后,还曾经推荐笔者,说"我院讲师陈美林同志,擅长古典戏曲,文笔生动流利,马列主义文艺理论修养较深,可以参加编写一些这方面的读物,特为介绍"。中华书局复信同意后,钱先生乃对我说及中华书局约我写《李玉和清忠谱》。当年一直以为是中华书局来人,钱先生口头推荐的,直到新世纪,网上拍卖钱先生书信(涉及推荐信有二封),为我早年的博士生孔教授见到下载送来舍间,方知是钱先生函荐的。中华书局约稿于1961年6月交稿,1963年发排,笔者又于1964年1月调回南京。此际职称评审工作业已停顿。直到1979年11月26日方收到编辑部寄来的"文革"前排样,于1980年印出书来。而笔者自20世纪70年代中期起,不断有学术成果面世,当恢复职称评审时,便由笔者所在单位南京师院中文系古代文学研究室主任唐圭璋先生推荐晋升副研究员、教授;唐老还亲笔写了推荐信,荐举在下增补为博士生导师,后由国务院学位委员会批准。

20世纪50年代晋升"职称"虽然严格,但一旦评定,只要不犯错误,一般不会取消或降低,尽管在"拔白旗、插红旗"过程中,有人主动要求降级减薪,并未见有获准者,依然穿着"黄马褂"。马褂,原为满族人骑马服装,后成一般官员的常礼服,套在长袍之外。但"黄马褂"则非一般士人所能穿服,必为高官或皇上特许方可,所谓"凡领侍上大臣、御前大臣、侍卫,乾清门侍卫、外班侍卫,班领,护军统领,前引大臣,皆服黄马褂"(昭梿《啸亭续录·黄马褂定制》),因为"教授"享受副部级待遇,所以瞿禅师以"黄马褂"喻之。

确实,周恩来在1956年知识分子工作会议上所提出的"改善他们的生活条件","黄马褂"们依然受益。据《中共江苏地方史》(第二卷)所记:"1962年前后,正值全省经济比较困难时期,……为了改善高级知识分子的生活条件,除按居民定量供应外,又分别给予适当的副食品(大豆、食油、荤食品)供应。"笔者当年虽定为"讲师",但也列属于高级知识分子,每月领有"高级脑力劳动者专用油票"一斤半(居民定额四两),另有大豆三斤、食糖半斤,荤食品一二斤。为此,"黄马褂"们同样受到社会尊重。尽管改"学衔"为"职称",知识分子实际待遇并无大的改变。

至于周恩来同志提及的"学位"问题,20世纪50年代并未解决,虽然教育部指定少数有条件的高校招收研究生班,如浙江师院与北京师大被指定招收古典文学研究生班,但并非广泛招生、自由报考,如浙江师院1953年所招之研究生,全由东北师大应届本科毕业生转来,《天风阁学词日记》1953年10月20日条,就记录下这十名研究生的姓名、籍贯,学制二年,毕业时并未授予学位。50年中后期,少数重点高校曾学习前苏联招收过副博士(即硕士)研究生,但最后也只领到毕业证书,而未颁发学位证书。我国的学位制度直到上世纪七八十年代方始确定、实施,先是1977年10月国务院批转教育部《关于高等学校招收研究生工作意见》,此后于1981年1月1日起实施《中华人民共和国学位条例》,同年5月20日国务院又批准《中华人民共和国学位条例实施办法》后,方逐步在不同高校先后实行。此前,学位与学衔(职称)如何衔接、转换,并无明确规定,1958年一位从上海某高校研究生班毕业的同志分配至笔者当年任教的高校,职称定为助教，工作几年也未能晋升讲师，一度下放中学，数年后调回，直到20世纪70年代末方始定为讲师，而此际"讲师"这一档次已从高级职称降为中级职称。20世纪50年代初次评定职称时，条件严紧，讲师要省里批，副教授、教授要教育部批，一般高校教师职称结构为宝塔形，助教最多，讲师次多，副教授再次，而教授为数甚少。20世纪80年代恢复职称评审工作，条件虽较20世纪50年代为宽松，但也比较严格，所有学校正、副教授都要由省高级职称评审组审议通过。笔者曾于20世纪80年代后期到90年代，多次被聘为省评审小组成员参与此项工作。此后，逐步下放权限，各校大都具有审批高级职称权限，因而一些高校教师职称结构形成反宝塔形，再加上各校自订政策，非博士不进，而博士一旦进入高校即定为讲师，二三年后就晋升为副教授、教授，所以"助教"反倒成为"稀有动物"了。再说学位，20世纪80年代初，硕士生导师要省批，博士生导师则要国务院学位委员会审批，要指导完三届硕士生方能申报博士生导师资格，而且指导完一届(三年)方可招收下一届。因此，当年博士生为数不多，极受社会各方面欢迎。但导师批准权限逐步下放，招生人数逐年增加，硕、博数量大增。笔者有一弟子于1998年取得博士学位后去宁波任教授，今年春节来电话说及当年全宁波市仅有37名博士，如今他任秘书长的宁波市博士联谊会有博士4 000人，不足20年，剧增百倍。笔者自20世纪80年代初，被老辈段熙仲先生邀请为其所招之研究生答辩委员起，逐步招硕、招博，参加硕导、博导评议，并曾被国务院学位委员会邀请为1997年博士点和硕士点通讯评议专家组成员，于评审意见之后还提出几点建议，可以说，在一定程度上对学位工作的全过程有一些了解。为此曾应邀撰写《从事研究生教育工作的回顾与思考》一文(见《教育文化论坛》2012年第4期，又收入《清凉问学》一书，东南大学出版社2013年1月版),此不具论。

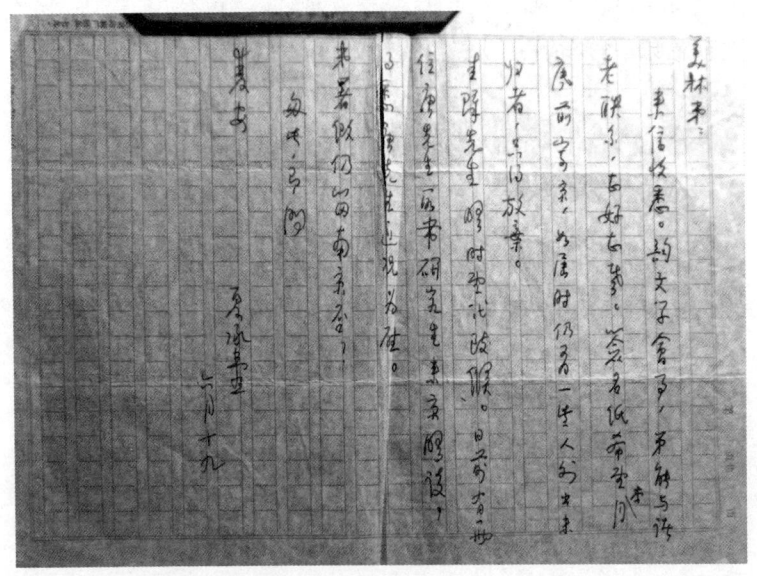

总之,博士是最高学位,教授是最高职称(学衔),这都是知识分子中的"黄马褂"。博士、教授如此充斥各个领域、各个部门,这表明我国学术水平的大幅度提升,应予肯定,这毕竟有利于我国的精神文明和物质文明的建设。但也有识者看出有些穿着"黄马褂"的士人,"黄"色渐淡,甚至泛色,而有些"黄马褂"自身也担心,可能有朝一日出现"文革"前属于高级职称的讲师于"文革"后变为中级职称那样,出现副教授、甚至教授也成为中级职称。如今不是又有特聘教授、资深教授等名目么? 在下也于2000年被评为资深教授,但还是做原先的工作,依旧教书著书而已。笔者从教50年,如今年逾八旬,退休也已10年以上,但仍关心我国教育事业的发展,不时也听到目前有"教授不教(不上课)、博士不博"的议论。近期母校档案馆委托江苏浙大校友会前来作视频采访,又重读先师夏承焘、沙孟海的日记以及其他老师的著作,在《天风阁学词日记》中发现《脱下黄马褂》一诗,读来别有意味,乃拉杂写些联想,谬误难免,祈请识者指正。

——原载《世纪风采》2015 年第 6 期

率先建立书法专业的陆维钊先生

我国传统的书法篆刻艺术源远流长,而将其引入高等学校,建立专业,并先后招收本科生、研究生者当为陆维钊先生。书法大师沙孟海先生认为这是陆先生对中国书法的巨大贡献。

笔者于上世纪50年代初曾受业于陆师,与其共同参加"思想改造"运动,听他授课,接受他的指导。近日发表回忆王驾吾老师的文章(《钟山风雨》2016.3),编者又配发了王驾吾、陆维钊、胡士莹、向达四位先生的合影,引起我的思念,乃将陆师当年赠我的墨宝取出不断展视,往昔师生相处情景又一一呈现眼前,虽时届盛夏,年及老耄,仍勉力写此短文以为纪念。

一

陆维钊先生(1899—1980),字微昭,浙江平湖人。父早逝,自幼随祖父生活。祖父陆勋为饱学之士,诗书画无不擅长,又精通医药,教私塾二十余年,也曾挂牌行医。这对维钊先生产生巨大的潜移默化作用,正所谓"目濡耳染,不学以能"。甚至小学读了三年,便转入祖父私塾,专心学习中国传统文化,并学习书法,诸凡行楷隶篆,乃至钟鼎,无不习学。三年后又转入学校。毕业后考入秀水学院,与徐震堮(声越)、胡士莹(宛春)同学,三人均嗜诗词，相互唱酬，有嘉兴三才子之称。著名学者浦江清在《寄题胡宛春霜红簃填词图》中有云："蕙风云殁彊村老，天下音声付年少，浙中并起有三人，宛春徐陆皆驰妙。"蕙风、彊村为老一辈词人况周颐、朱祖谋，他们或逝或老，但"天下音声"并未断绝，后继有人，乃为"浙中"之"宛春"（士莹），"徐"（声越）和"陆"（维钊）。

陆维钊

维钊师中学毕业后，于1918年考入杭州之江大学，其间因病休学，也因病继续研读医书。1920年考入南京高等师范文史地部，原先师从竺可桢先生学习气象地理之学，但因病足，不良于野外徒步考察，乃改学文史，师从柳诒徵、王伯沆、吴梅等大师。此际秀水同学徐声越、胡宛春亦在南京，同时师从词曲大家吴梅。胡先生于1979年病逝，陆先生有《金缕曲·悼宛春》词作，回忆早年读书南京的情景，有"记曾同谒霜厓第，正师门三吴风雅，百嘉初理"之句。霜厓即吴梅。其时吴梅另一得意弟子王驾吾也与陆、徐、胡同学，后来又同在杭州执教。陆先生晚年写有《金缕曲·赠驾吾》，开首即云："往事何堪忆！记当年台城城下，鸡鸣寺际。早岁文章期济世，寻遍天下知己。"台城、鸡鸣寺均为南高附近胜景，即今之东南大学周围。下阕又云："而今老去人同弃，……词赋从今须少作，数千秋多少彭殇例。凭珍重，会君意。"青年时代的同窗之情,至老而弥笃。

陆师因从地部转入文史,较王、徐、胡迟一年于 1925 年毕业。由老师吴梅推荐至清华大学国学研究所,任王国维先生助教。一年后因祖父病重南归,继而祖父病逝,因之陆先生未能再行北上,乃在杭州、秀水、松江一带任中学国文教员。抗战期间,迫于生计,一度在沪上鬻书售画为生,与吴湖帆等颇有来往,切磋技艺。1942 年在圣约翰大学执教,又被叶恭绰延请,为其董理《全清词钞》。1945 年应浙江大学之聘,前往龙泉分校任职,抗战胜利后随校返回杭州,便一直执教于此。

新中国成立后,由于课程改革,中文系古代文学课程只开设三门:韵文选、散文选、文学史。原先讲授国学各类专门学问的老师无课可授,各谋工作,如徐声越先生便在正课之余为我们讲授世界语。徐先生原是研究古代文史的专家,又精通外文,俄文、英文、世界语均有译作面世。不久,华东师范大学成立,首任校长便是原先浙江大学的文学院长孟宪成,徐先生乃调往华东师大。陆维钊先生则被派往设在苏州的华东革命大学政治研究院学习。期间,陆先生还曾向徐声越、夏承焘两先生通报"革大"情况,"谓学习精神是重实践,不重博闻广知,颇似宋儒工夫,特宋儒向内展多,此则内外兼重耳"(夏承焘《天风阁学词日记》1950.11.7,下再引此书仅作《日记》)。及至学习归来,仍在浙大执教,但同样未能讲授古代文学,虽然陆师曾专心于魏晋文学研究,早年就出版有《三国魏晋南北朝文选》。

不久,高校进行院系调整,浙江大学文学院与之江大学文理学院合并组建浙江师范学院,加大师资培养力度,以满足不断发展的中等教育对师资的需求(该学院于 1958 年又改为综合性的杭州大学,1998 年并回浙江大学)。新成立的师范学院中文系系主任由王西彦先生担任。但不久,王先生调往沪上任华东文联专职作家,乃由夏承焘先生继任系主任。为了推动中文系的教学改革,由时任教务长的语言学教授任铭善先生和系主任夏承焘先生分任两个小组的组长,而副组长则由陆维钊先生和蒋祖怡先生分别担任。在这过程中,陆先生除了认真完成自身的教学工作外,积极参加系中的教改工作,颇得师生好评。

在此期间,"三反"、"思想改造"运动次第展开。当年由学校领导指派若干学生作为代表参加老师的学习活动,笔者也为代表之一。无论是大组会还是小组会,学生代表均须参加,有时还与相关老师进行个别交谈。在这过程中,增进了教师与学生间的相互了解,也加深了师生情谊,自然也有个别学生代表态度粗暴,引起了老师的反感。这在《天风阁学词日记》中有所反映。

运动告一段落后,又恢复正常的教学秩序。在第一个五年计划开始的1953年,我们也升入三年级。正当此际,政务院决定1950年入学的本科生提前一年毕业参加社会主义建设,学历依旧算本科。因此,课程必须做相应的调整,如夏承焘先生讲授的文学史、元明清部分便匆匆结束,而应在四年级开设的教学法和教育实习,必须提前安排。系里决定由陆维钊先生讲授教学法并指导教育实习。这样的安排,就当年的情况而言也是适宜的。陆先生虽然精研古代文学,但也曾任过中学国文教员,有实践经验,又曾与徐声越、王季思、施蛰存等先生合编过《当代国文》12册,作为中学国文教材出版。不过,三年级同学共八名,有六人来自浙大中文系,二人来自之江中文系,原先都没有做教师的打算,系里发表调查志愿时,"肯作人民教师者只两人"(《日记》1953.4.27)。因此对教学法一课,并不认真学习;对于教育实习,也欠缺热情。面对学生如此状态,陆师一面循循诱导,说明中等教育的重要,如不能培养出合格的中学生,那么高等学校就难以培养高质量的大学生,这对祖国的建设事业是极其不利的,同时又让我们认识到做一名优秀的中学教师必须自己先受教育,培养高尚的师德。在此基础上还必须懂得教书的技能,陆师常将自己的教学体验传授给我们。与此同时,陆师又精心安排教学实习,每个同学听课、备课、试讲等环节,陆师都工作到位,还组织有教学经验的老教师来听试讲,如夏承焘老师等,征询他们的意见(《日记》1953.6.11)。在陆师的认真教育、精心安排下,教育实习取得很好的成绩,深得系领导的认可(《日记》1953.7.27)。八名毕业生全部服从分配,到教育战线上工作。

二

笔者于1953年秋参加工作后,与母校老师少有联系,直到1961年秋,夏承焘老师来苏州江苏师范学院(今之苏州大学)讲学时,由时任教研室副主任的笔者参与接待(教研室主任钱仲联先生在沪),陪同出游、访友。在三日相聚中,夏师谈了师友一些情况,说陆先生不久前被浙江美术学院潘天寿院长聘去任中国画系主任。70年代中期与夏先生恢复通讯后,他先从杭州后由北京不断有信来,也告诉我不少师友情况。其间也有友人从杭州来,叙及往年种种情事。说及陆师之所以被聘去美术学院,乃由于当年中日文化交流日趋频繁,我国传统的书法篆刻艺术在日本日渐被接受并兴盛发展起来,为了弘扬祖国的书法艺术,潘天寿院长便邀约擅长丹青书艺的陆维钊等名家,积极筹设书法篆刻专业,终于在1962年被文化部批准成立,并由早在1948年就出版有《中国书法》专著的陆先生任系主任。这在我国高校中是首先设立的,并于1963年、1964年连续招收两届本科生。不久,"文革"骤起,陆先生被打成反动学术权威,关进"牛棚",接受审查,又因前列腺发炎于1970年住院治疗。出院后虽已过古稀之年,仍要参加劳动,接受再教育,以致1975年再次复发住院,经诊断已发生癌变,无从根治,住院一段时日后乃出院在家休养,并于 1975 年 11 月退休。

形势发生变化,"四人帮"倒台,各项工作在整顿的基础上不断发展,文教事业也不例外。1977 年 10 月,国务院批转教育部《关于高等学校招收研究生工作意见》发布,为了培养高端人才,有条件的学校都在申报建点招收研究生。浙江美术学院是一座建国前就享有声誉的老学校(其前身为 1928 年创办之国立西湖艺专,林风眠为首任校长。1950 年更名为中央美术学院华东分院,1958 年改称浙江美术学院,1993 年更名为中国美术学院),自然要发展研究生教育,书法篆刻专业乃被批准建点招生。1978 年,80 岁的陆师又被收回退休证,敦请回校,于 1979 年招收书法研究生五人。但陆师病情不断恶化,住进浙江医院,周扬同志夫妇还去医院探视,虽经大力救治,也无法挽回,于 1980 年 1 月去世。病重时,乃将在读的研究生委托老友,也是著名的书法家沙孟海先生继续指导。

对于多才多艺的陆维钊先生,姜亮夫先生有很高的评价,说陆先生是全面、完整地精通中国传统文化,能够将文学、绘画、书法融会贯通,因此被学界尊为"诗书画"三绝。据蒋祖怡先生说,他与陆先生为多年邻居,当其尊人伯潜先生病重时,陆先生曾为其诊治,因之又有"诗书画医"四绝之称。其实,除此而外,对于古琴,陆师亦能操弄。对于他的去世,学界都认为是文化界的一大损失。

1981 年笔者应邀去杭州大学讲学,在拜望昔日师友时也经常提及陆先生,自然也引起笔者的回忆和思念。自从 1953 年离校后也未曾与陆师有过联系,唯一一次是在 1978 年秋。先是在 1974 年秋冬之季,收到瞿禅师给我的信,说目前养病在家,不时去龙游路沙孟海先生府上闲谈,我便去信给夏师说,不知沙先生还记得我否,如记得想求他一帧墨宝。11月26日便收到瞿禅师复信,说沙先生记得你,并将赠我的墨宝寄来,写的是宋人杨万里的诗作:"人间暑气正如炊,上了湖船便不知。湖上四时无不好,就中最说藕花时。"后来西泠印社寄赠他们于2005年6月出版的《沙孟海先生日记写本两种》中,确也不止一次提及拙名。得到沙师墨宝后,便又想求得陆师一帧墨宝,但夏师于1975年夏去了北京,此事只能告罢。岂知两年后有友人来宁,谈及此事。友人返杭后有机会见到陆师,便缓缓说及,陆师听到后即说:陈美林,我记得,当年他还提了我的意见,我一直记得,慨然允为作画,但迟迟未曾收到,原来邮寄时未曾挂号,不知在哪一个环节出了问题,查找不到。陆师得知此节,便写了一幅字挂号寄来,并说明因老衰患病,不能再作画了。此次付邮挂了号,并寄至办公室,打开信封展视,只见十个大字:

世上无难事,只要肯登攀。
　　书请
美林贤弟补壁
　　　　陆维钊

当时太炎先生高足诸祖耿先生在场,见后赞叹不已,并说他与陆先生相识,当直接向他求字。

友人见陆师对笔者如此厚爱,不禁问我当年提了什么意见,我也完全记不得年轻时的"狂言"。后来《天风阁学词日记》出版,未曾想到夏师倒有记叙,说当年讨论"诚恳"的性质时,"陈生美林谓为人民、为革命诚恳者,为真诚恳。此语甚精,微昭事后谓此语并指示其致力之路"(1952.3.3)。两位老师所语,数十年后见到,令我感动不已。

陆师病逝后,挽诗、挽联颇多,仅录沙孟海老师挽联,并略作阐述:

世短意恒多,欣见词钞播域外;
笔精人俱老,不徒蜾匾足名家。

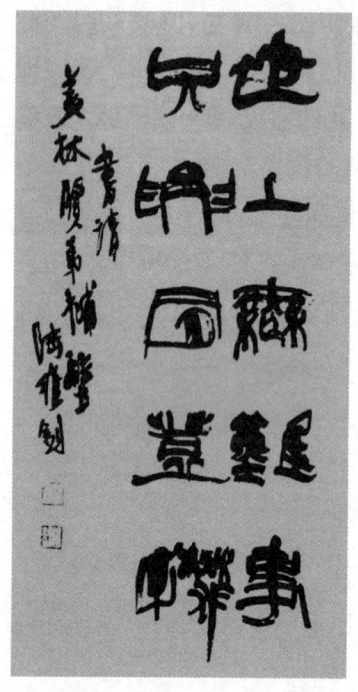

陆维钊赠送给陈美林的书法作品

"词钞"指叶恭绰主编之清词总集《全清词钞》。叶氏在"例言"中说,"是编工作,始自1929年",在编辑过程中"多赖同好诸君之力",并举出襄助其事者五十余人姓氏,诸如冒鹤亭、夏敬观、柳翼谋、马夷初、陈垣、吴湖帆、唐圭璋、夏承焘、龙榆生、吴梅、卢冀野、陆维钊等人,"恭绰受成而已"。在1952年6月写的"后记"中,则交代了此稿最后竣工的过程,抗战兴起,曾携稿避居香港,但书稿几乎被毁,乃决心再回沪上,"誓毕其役,延陆微昭助编次,大体粗完,而余又患病,几于不救"。可见始终其事者则为陆维钊先生。"词钞"选录词家3 196人,录词8 260余首,分为40卷。先于1975年由香港中华书局出版,所谓"播域外"也,陆师尚能见及,而北京中华书局于1982年始行出书,则陆师不得见矣。

"蜾匾"亦作"蜾扁",为一种出入篆隶的书体,其特点是非篆非隶,亦篆亦隶。清人徐树丕《识小录·蜾匾篆法》引崔融《禹碑赞》云:"神圣夏禹,岣嵝纪德,龙画傍分,蜾书匾刻。"康有为《广艺舟双楫·说分》云:"吾邱衍曰'篆法扁者最好,谓之蜾扁'。"沙孟海师认为陆师探求十余年,其所书笔法圆熟而精湛,凝练而流动,确为蜾扁体上乘之作,足以名家。而陆师可以名家者又非仅仅"蜾扁书"而已,其诗词、丹青、书法,在其身后均有精选面世。陆师西去三十余载,而赠我的墨宝珍藏至今,见者无不赞叹,誉之为传世之珍品,笔者得此又何其幸哉。

至于陆师将书法篆刻引入高等教育,完全可以媲美其师吴梅将古代戏曲引入北京大学、东南大学之举,都是对学术史、教育史的巨大贡献,再三表而出之也不为过。

——原载《世纪风采》2016 年第 10 期

沙孟海先生与建国初期的土改

去冬,西泠印社出版社江兴祐编审来宁公干,特来舍间相访。该社所出版之《沙孟海先生日记写本两种》之一《决明馆日录·土地改革篇》中多次提及笔者姓名,江君乃以此相赠。读之喜不自禁,一则重睹先师手迹,二则当年共同参观土改的情景,仿佛又重现于眼前。

沙师是浙江鄞县人,名文若,字孟海,号决明、石荒等,又署劳劳亭长,于1992年仙逝,享年九十有二。沙师一家,多人参加革命,如三弟沙文汉,建国初期曾任浙江省省长。但沙师则一直从事文化教育工作。早年曾师从吴昌硕学书法、篆刻,隶、行、草、楷无不能,尤善作擘窠大字。与朱彊村、章太炎、马一浮有往还,受益良多。著述亦丰,有《印学史》、《沙孟海书法集》、《沙孟海论书文集》及本文要介绍的《沙孟海先生日记写本两种》等。先后任过西泠印社社长、西泠书画院院长、浙江省博物馆名誉馆长、浙江省书法家协会主席、浙江省考古学会名誉主席、中国书法家协会副主席。

《决明馆日录·土地改革篇》(下称"日录")从1950年12月28日赴嘉兴之日起,止于返回浙江大学(1951年1月12日)止,共计16日日记,"记下了当时的气候变化、土改政策、风土人情"

（出版者后记），尤其是对建国初期浙西地区的土改实况有全面的反映。

何以有参观土改之举，"日录"中没有说明。笔者在《和夏承焘老师同在"运动"中》（见《历史学家茶座》2008年第三辑）一文中有所交待，乃因中共浙江省委的建议，浙大中文系师生便去正在进行土改的嘉兴地区体验农民疾苦，了解阶级斗争。夏师《天风阁学词日记》中仅记录了"理行装，预备明早赴嘉兴参观土改"（1950年12月27日），而在嘉兴的活动，夏师"另有日记"，但"已佚"。沙师的"日录"却正弥补了这一缺失，记录了中文系师生在嘉兴参观土改的实况。

一

沙师"日录"首篇记载了浙江大学中文系赴嘉兴参观土改的师生名单，教师有郑奠（石君），系主任，由他率队；有夏承焘（瞿禅）、徐震堮（声越）、蒋祖怡、王荣初等；沙师自然也是成员之一。学生九人，除一人为四年级学生外，其余八人均为1950年入学的一年级学生，笔者名字也在其中。

以此为始，"日录"逐日记载了师生在嘉兴的活动，从而反映了土改任务、方式、阶段、政策，以及对土改干部的生活规定和纪律要求，等等。

师生参观土改的地区为浙江嘉兴县王店区真西乡及附近之邵桥、庄清二乡。师生有时集中，有时分散，均根据工作需要而变动。土改的任务有二："一曰发动群众，提高农民之阶级觉悟；二曰镇压反革命分子，彻底摧毁农村中反革命势力。"土改的进程，分四个阶段："一曰宣传动员，二曰划分阶级，三曰分配土地，四曰庆祝胜利。"土改方式有三："一曰联合平推，即三乡同时进行，此必干部人多乃可行；二曰重点带外围，指定一乡为重点，其余二乡为外围,以重点乡示范,获得经验带至外围乡;三曰干部轮流学习,以一乡或二乡为单位,彼此轮流学习。"

中共华东局规定了土改干部的八项纪律,上级也向我们做了传达,但具体内容,沙师"日录"没有写出。夏师《天风阁学词日记》中有在皖北参加土改的记录,其中也提及浙大文学院师生赴安徽五河参加土改出发前夕,曾订立公约七项,其中第二项也说"严格遵守土改干部八项纪律"(1951年10月6日),但同样没有记出具体内容,而且不论浙江的土改,还是安徽的土改都相同,因为这是华东局所规定的,只是可惜具体内容不得而知,笔者虽身历其事,但至今已全然忘却。至于土改干部的生活安排,沙师"日录"中也有记载,如伙食标准,"出差干部膳费有定例,粗粝青菜,每日一粥二饭,依米价、菜价折算",大约"每人每日三千金左右"。三千金乃指旧人民币,折算为新人民币乃三角钱。至于在"民家具食者,亦视此例"。因为每村土改干部仅一二人,不便单独起伙,乃在农民家吃"派饭",则将三千元全部交给代伙之农家,浙江大学中文系师生在此地参观土改,"亦仿行之",这就是说按照这一标准就餐,不另行安排。

土改中一些政策界限,"日录"中也有详细记载,如地主分为五类,处理办法也不相同:"恶霸地主,逮捕法办;非恶霸地主,但有破坏行为者,亦予逮捕,分别情节惩办;一般地主,开展面对面的斗争,使其低头;守法地主,自动交出田地、契约及应该没收之财产者,予以宽大;开明地主,团结他们。"沙师还在"日录"中特地说明"此为报纸所不载,故记之"。在实际工作中,也确实按照这一政策执行,如"庄清乡有恶霸地主曰曹锦丰,吃农民之鸡一千只,去年已枪决。今日午前斗争另一恶霸地主曹洪山,斗毕解送法院","地主中有王姓者,蓄田千三百余亩,其宅即今作乡公所者,此人宽厚,故村民不与为难"。而在与地主斗争的过程中,重要的工作就在于发动群众,向群众讲清政策,掌握火候,沙师记录了土改干部的工作经验,说"掌握政策颇不易,农民向来畏地主恶霸,如发动不够,则开会时噤不发言;如发动太过,则群情愤激,难免乱打",这全在于干部如何掌握分寸。

"日录"中还记载了如何区别地主与富农的界限,最主要的一条是"有无主要劳动",这是划分阶级成分工作中十分重要的一条,因为对待地主与富农的政策不同,涉及没收与征收的区别,也涉及能够分配给贫雇农土地的多寡。因此必须十分细致地加以区别,不能以感情代替政策。"日录"中还举出具体例证:"有一人游手好闲,不洽舆情,但其子自耕,有主要劳动,村人有指为地主者,最后议定仍为富农。"

关于没收与征收的政策界限,也是土改成败的关键之一,"日录"中也有记载。以没收而言,有"六要五不要"的规定:"一要土地","二要耕畜、牛棚、牛草","三要农具","四要多余粮食","五要多余之房屋","六要田契";五不要为"一不要掘地财","二不要乱骂乱捉乱罚乱杀","三不要扫地出门","四不要动农村中的工商业","五不要六要以外的东西"。至于征收的范围以及留给地主的口粮及住房数量,"日录"中也有详细记载。

在没收、征收之后,要计算出可以分配的土地,统计出应该分得土地的人口,除必要留下的少量土地外,全部分配给应得土地的农民。以庄清乡为例,"平均每人三亩八分六厘"土地,因"须留若干亩,照顾鳏寡孤独,今定每人授田三亩五分","各乡大抵如此数",唯"镇西乡则有四亩二分"地。

土地分配后要公布,让农民知晓。分配工作完成后就是开庆功会,一期土改也就结束。

"日录"真实地反映了建国初期浙西地区土改的进程及政策界限,以及农民分得土地的数量,是一份极为珍贵的第一手资料。

二

《决明馆日录·土地改革篇》不仅客观真实地记录了建国初期浙西地区土改的实况,而且在最后一天的日录中,还以较多的文字表述了沙师的见解,反映了一位大学教授对土地改革的感受与体认。

在这篇"日录"中,首先概括地小结了浙大中文系师生赴嘉兴参观土改的全过程,说:"此次参加土改工作,来去共十六日。余以流动时多,初未留住一村,故如宣传动员、分配土地皆未参加,惟斗争恶霸所见最多,划分阶级所历最详,其余诸人更历各有不同,计十五人(按,其中一位同学因病来嘉兴不二日即返杭州)共分六组","大约师生二、三人为一组,在一、二个村子参与工作",而系主任郑奠在助教王荣初参与下为一组,"通观各乡村",也就是在有浙大师生参加的有关村子巡视。而全体师生刚抵达县城时,"县委会同志曾告各乡犹有盗匪,同人咸具戒心。真西乡第十三村,有一夕果闻近处盗警,其余诸村俱平安无事","该乡向多盗贼,港汊旁午,郊原高低",极利盗贼活动,再加上"土改工作发动较晚","乡中土匪有名可指者凡有五十三人"。正因为如此,我在《和夏承焘老师同在"运动"中》一文里曾记,当时从县城下乡时,县委曾派解放军战士护送。

其次,表述了孟海师对土地改革伟大意义的认识过程。起始,沙师认为土地改革"可以法律行之",不必"用斗争方式",既可免除"纷扰",又可避免"偏差",不致发生北方土改时"将富农阶级与地主同等待遇,所谓扫地出门者"的现象。但在沙师参加嘉兴土改的实践中,发现这种现象并未出现,而是"依靠贫雇农,团结中农,孤立富农,打倒地主",从而消除了这种担心,倒是在"江南试办之初,愈益宽大",甚至"几无斗争,名曰和平土改"。

沙师起初以为这种做法"与余悬想可以法律行之者相去不远"。不过,这又是另一种偏向,但很快得到纠正。沙师也认识到"斗争会之意义最深长,必如此始能树立农民当家作主之信心,巩固农民之团结力量,彻底铲除数千年来之封建势力",而"和平土改"或"以法律行之",都是行不通的,也难以实现改革土地制度的根本目的。

再次,沙师又对历史上一些有识之士提出的改革土地制度的种种设想做了回顾和评述,说土地私有制所导致的"贫富异等,贵贱悬隔"的两极现象已有三千余年,"往昔有识之士亦有深以为非者",如汉之董仲舒、师丹,魏之司马朗,后魏之李安世,宋之张载、朱熹,清之颜元等辈,他们提出的种种主张,"皆洞悉民瘼,语重心长",但沙师认为他们的设想"大抵补偏救弊,仅为修正之论而已"。唯独对于刘师培在《悲佃篇》中之言论、主张,沙师则颇多肯定,认为刘氏此文,"指陈利害,大声疾呼,宜为世所重视",但令沙师遗憾的是"未有应和之者,甚至孙中山之民生主义,亦但言平均地权而止",而且"国民党执政二十余年,何尝见诸施行"。在回顾了这些言论、主张之后,沙师认为建国后所实行的土地改革,乃是"连根带叶,全盘翻动数千年世界历史之大转折,非仅一国一时之事也",在引用毛主席所言"文武周孔以来直至孙中山所未做的事,我们做了"之后,兴奋地表示:"余生逢其会,目击其事,是何快耶!"由衷地表现了一位高级知识分子对土地改革的充分肯定。

最后,在这篇小结式的"日录"中,沙师在充分肯定土地改革的伟大意义之余,还连带地对负责土改工作的工农干部予以热情赞扬。当时主持王店区土改工作的干部是县委民运部部长马吉德。在与他多次交往接触中,沙师对他的工作能力极其赏识,说马吉德是山东日照人,年仅二十八,贫农出身,南下干部,"初未知书,后参加革命始渐识字"。当时在王店参加土改工作的干部,"多属知识分子,无不听其指挥,心悦诚服",认为他的知识和能力,全是"从群众斗争经验中学习得来者,共产党中此类人才极多,回想往昔但以文化程度衡量人才,不知埋没几许人才矣",充分肯定了工农干部的能力和水平。

三

《决明馆日录·土地改革篇》主要内容当然是记录土改实况,但由于沙师视野广阔、学养深厚,于记载土改进展过程中,也常寥寥几笔涉及该地区的历史地理、名胜古迹、风土人情。例如该区何以称"王店",乃因"石晋时镇边使王逵所居,故名",乡名"真西",乃是因该乡有真如寺,寺有真如塔,"乡名真西即在真如寺西也"。沙师知道"王店为朱竹垞故里",来到此地后便留心寻访,初"闻曝书亭尚在,不知在何处也"。朱竹垞为清代著名学者朱彝尊号,朱字锡鬯,清康熙十八年(1679)以布衣荐举鸿博,授翰林院检讨。曾参与修《明史》,有言"东林不皆君子,异乎东林者,亦不皆小人。作史者未可存门户之见,以同异分邪正"而为人称道(《清史稿·本传》)。竹垞博通经史、考据,兼擅诗、词、文,著有《经义考》、《日下旧闻》、《曝书亭集》,又辑选唐、宋、金、元五百余家词成《词综》,创浙西词派,影响甚大。

土改工作大体完成,沙师已访知曝书亭所在,寻步而至,但因"一狗当道吠人未果"。听附近书肆主人说,"十余年前尚完好,其后楼舍尽倾,子孙秤其木石材料及林树悉以售人,故荡然都尽"。沙师感叹道:"竹垞老人学问文采独步,当时是处旧迹,阮伯元修葺之,至今始废,前后将三百年,故家乔木,遗泽亦远矣。"伯元为清代著名学者阮元字,乾隆五十四年(1789)进士,嘉庆朝曾任浙江巡抚,"博学淹通",著述极丰,"主持风会数十年,海内学者奉为山斗"(《清史稿·本传》)。

初访未果,于返杭之日,邀约石君师再度探访,终至亭下。亭额"曝书亭"三字为清代著名词人严荪友所题。荪友为无锡人,其人自幼即"能作擘窠大书",与朱彝尊同以"布衣入选""试鸿博",又同修《明史》。沙师记道,"伯元倡议修建亭苑在嘉庆元年,越岁落成","竹垞老人手定竹垞十二景",但"今来垞既无竹,池上无荷,但余一亭,岿然独存","围墙并失,惟桑木无恙"。

此外,对于嘉兴的风俗人情,无论厚薄,沙师也秉笔直书。如说"太平军后,嘉郡各乡人烟稀少,故多客民,绍兴人最多,湖南人次之。直至今日犹是地旷人稀,妇女悉下田与男子同耕,最为此乡美俗。唯居民公德心少,入境便见耕者但知推广陇亩,不留行路,虽诸乡孔道,亦狭不容足,桥梁崩坏,亦无人兴修",而"移风易俗,属望于土改之后矣"。沙师希望土地制度改革之后,能有助于社会风气之改良。

总之,《决明馆日录·土地改革篇》客观地记录了一位大学教授心目中的土改实况,不仅有历史文献的价值,也有启示现实之意义。

四

读罢"日录",近60年前的往事又浮现在眼前。笔者于1950年秋季考入浙江大学文学院中国文学系,当时浙大名师辈出,校长为马寅初,教务长为苏步青,文学院长为孟宪承,中文系主任为郑奠,以古典文学教授而言,有夏承焘、徐震堮、沙孟海诸师。入学之初,尚未开设古代文学课程,震堮师虽研治古典文学,但精通多种外语,便于课外为一年级学生讲授世界语。但自嘉兴参观土改归来后不久,即去苏州华东革大学习,其后便调至新组建的华东师大任教。而孟海师未曾给我们开过课,唯一的接触

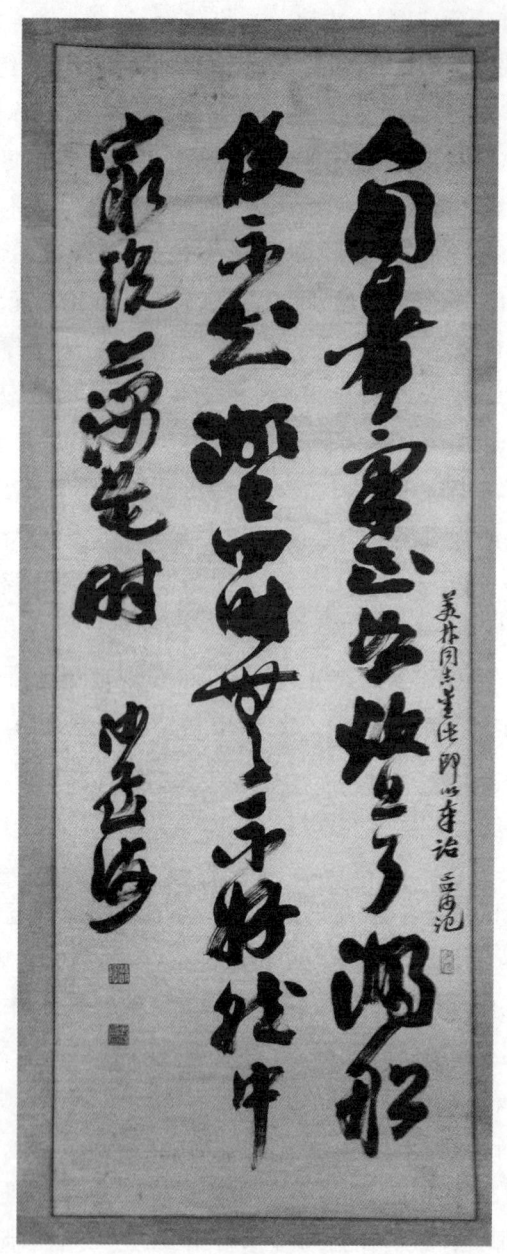

就是在嘉兴一同度过的16天。返校后不久,沙师调往浙江省文物管理委员会任职,而为我们讲授古代文学课程的则是夏瞿禅老师。但大学毕业以后,与夏师也无联系。直到1961年,夏师应郭绍虞先生邀约,在上海参加《中国古代文论选》的编纂工作。其时笔者与钱仲联先生同在江苏师范学院(今苏州大学)工作,钱先生任古代文学教研室主任,我任副主任。钱先生也被邀请赴沪参与此项工作。夏师从钱先生处得知了我的下落。1961年秋,瞿禅师应邀到南京、苏州讲学,我参加了接待工作。但此后又未再行联系,直到1974年秋,夏师有信给唐圭璋先生打听我的下落,从此才恢复了联系,直到1986年夏师逝世也未曾中断。大约在1975年初,夏师来信谈及他在杭州养病,时常去龙游路沙师府上相聚,我便写信给夏师说,不知孟海师还记得我不,如果记得,想向他求一帧墨宝。很快,瞿禅师即有复信,说沙师记得你,对与你在嘉兴的相处还有印象,并附来沙师为我写的一帧条幅,是宋人杨万里的诗作:"人间暑气正如炊,上了湖船便不知。湖上四时无不好,就中最说藕花时。"至今珍藏。

将"写本"送我之江兴祐君,现任西泠印社出版社副总编,是笔者同窗邵海清教授所指导的研究生,1990年5月由我主持他的论文答辩。江君也可说是沙师的再传弟子,由他所在的出版社来出版沙师的"写本"日记,也是一种缘分,特附笔记之。

——原载《世纪风采》2009年第4期

"忠言直行"的任铭善先生

任铭善(1913—1967)先生为江苏如皋双甸镇人,字心叔,书室名尘海楼、无受室。1935年毕业于之江大学国文系,留校执教。早期专治文字音韵之学,后又拓展至经学,由《礼》及《易》而《诗》,其所著述多有发明,为人所未道者,极得马叙伦赏识,誉之为"经学江南第一",但20世纪60年代即"郁郁以殁"。其弟子王元化在《记任铭善先生》文(《文汇读书周报》特稿,2005年2月4日)中说,任先生由于"忠言直行"以致坎坷一生而"陷入悲惨之境",未能尽展其才,令后学惋惜不已。

一

任先生为人耿介,重视气节。之江大学是一所教会大学,读书于此、教书于此的任先生却从不为教会利用。杭州沦陷后,之江大学迁至上海英租界慈淑大楼办学,校方曾诱迫教师加入教会,而任铭善与蒋礼鸿(云从)坚决抵制,此事为他们的老师夏承焘(瞿禅)先生钦佩不已,新中国成立后两度提及,先是在抗美援朝座谈会上,"予讲在之江时,明思德胁迫蒋云从、任心叔入教会事,二君当时处境皆甚艰难,而毅然拒绝,予至今佩之"(《夏承焘集·天风阁学词日记》,1950年11月18日。下引仅称《日记》及年月日)。1964年,夏师又写文章回忆此事,说校方召集任、蒋、夏三人去会议室,先让任入内间谈话,要他加入教会,任坚决抵制,校方说:"你不入,我们就开欢送会(辞退)。"任则说:"那就开会吧!"接着找云从,蒋也坚决抵制,说:"中国书都读不完,哪有工夫入教会读《圣经》!"明思德见二人都拒绝,也就未找第三人夏师了。夏师家乡温州当时未沦陷,"对我来说,进退裕如。但任、蒋二位家乡已沦陷,如此倔强,极可佩服"(见吴思雷编印之《夏承焘轶闻》,下称《轶闻》)。

心叔师不为美国教会所利诱,也不被日伪刺刀所吓倒。1942年2月7日,日寇封闭了之江,夏师乃于4月30日回到家乡温州;稍后任师也回到业已沦陷的如皋。夏师先在温州中学执教;任师则闭户侍奉亲人、潜心治学,岂料"寇来据其家,日与非人处",虽"艰辱备至",但"著述不倦"。夏师闻知其困,挂念不已,作《念奴娇》词,有"孤愤书成,八方箝动"句(《日记》1942年9月14日及19日)。任师一次外出就医,还被"伪兵所执,亟挟至营舍","鞭挞甚厉",任师则表示士可杀不可辱,高诵《孟子》"以自解",后得"邻人愤集,乃释归"。夏师获悉后,不禁感叹"心叔患难之中,不屈不迫如此,真令人敬畏,其生平谔谔不阿,在沦陷区中至可危,又有老母妻女,不能招之来温,念其困苦之状,为之心神不宁"(《日记》1942年11月6日)。不久,夏师被浙大龙泉分校郑晓沧主任聘为国文系教授,便力荐心叔,龙泉分校聘之为"教授,月薪三百元"(《日记》1943年3月27日及6月2日)。心叔师乃于6月25日抵达龙泉,从此师弟二人又在同一校执教,直到任师病逝。

抗战胜利后,浙江大学迁回杭州。对于战后国民党统治的腐败,任师极为不满,曾对夏师说"国民党政府中主管人员,家中一切开销,无不取给于国家"(《日记》1949年2月4日)。杭州解放前夕,物价腾飞,人心惶惶,每当学校发薪,教工都上市换金以保,"争先恐后","惟心叔澹定,耻于言利,其家累重于予数倍,夷然不以为忧,其定力可佩"(《日记》1949年4月10日)。而任师之所以"澹定",乃由于对解放区的了解,曾对夏师说"苏北情况,谓四民皆安乐",并断言"江南约须两年后乃能有此"(《日记》1950年2月27日)。杭州解放,任师在努力学习列宁、毛泽东著作(《日记》1950年5月1日及29日)的同时,又全身心地投入新社会的文教事业中去,如办冬学、推广新文字活动等(《日记》1950年1月15日及26日),当然教学工作也并未放松。

二

笔者是1950年秋考入浙江大学文学院中文系的。当年教育部对高校的课程开设有所改革,如"古代文学仅散文选、韵文选、文学史三门",而"往年专书选读,有诗、易、三传、三礼、论、孟、老、荀等,……均已停开,由国学转入文学",以致不少老师无课可开,年过半百的系主任郑奠(石君)先生,面对如此局面,"以人事不易分配,甚感为难"(《日记》1950年3月16日及6月24日)。而任师在各项工作中表现出的行政才干,颇得校长马寅初的赞许,在赴任北京大学校长前夕,曾"邀心叔任中文系主任,心叔逊谢"(《日记》1951年4月9日)。马寅初北上后,由副校长王国松(劲夫)主事。他虽认为"石君有问题,恐不易维持",但"又嫌心叔太粗"(《日记》1951年6月29日)。心叔师也表示不会接受此任,但又认为"任事如作战,须有必死之心,乃无不成之事"(《日记》1951年6月13日)。正当此际,之江大学来聘其为教务长,乃"决心往之江任职"(《日记》1951年7月31日)。但之江人事之复杂亦如浙大,到任方十天即感到"之江文学院殊难领导"(《日记》1951年8月12日)。如原先任职于之江的夏、任二师,抗战时入了浙大,而1937年即应竺可桢校长之聘去浙大任教的王驾吾(焕镳)师,却于抗战胜利后去之江任代理秘书长,解放后则任中文系主任。在任师重返之江不到一年,浙大文学院又与之江重组浙江师范学院。人事分分合合,关系自然复杂,身为教务长的任师,特别敬业,对老师讲课、学生听课,常亲临教室检查。为一位老师"开课事",中文系副主任与之发生争论,"几失和"。由于任师"做事太犀利、太意气"(《日记》1952年11月7日),因而招怨多多,在"三反"和"思想改造"运动中颇遭批评、责难,当然其中也难免不夹杂个人成见。夏师即认为在运动中"同学帮助比同事大"(《日记》1952年7月21日),乃因同学提意见大多就事论事,没有同事那样涉及往日恩怨。笔者也作为学生代表参加了老师的运动,《日记》中也不时提及笔者所提的意见。后来我还写了《和夏承焘老师同在运动中》一文(《历史学家茶座》2008年第三辑)有所回忆。在运动中,对任师的"共同意见为自高自大,脱离群众,轻作批评,战斗性胜于团结性等等"(《日记》1952年2月25日)。党委书记焦梦晓同志曾对当时的系主任王西彦师说,"心叔工作积极,而缺点亦多,今日同事提意见甚尖锐,虑其体弱动气",请西彦师转嘱瞿禅师对其"婉言规劝,稳定其心情"(《日记》1952年8月15日),但心叔师并未能摆脱这一困窘处境,终于在数年后的"反右"运动中被定为"极右"。笔者于1953年毕业离校后,对任师的情况不甚了了。在王元化同志文章中,知道他被定为"右派"的"罪行"有二:"一是鼓励学生走白专道路,二是因龙泉窑遗址遭到破坏,他曾提出过呼吁和批评。"一旦定为右派,便被"开除职位,下乡监督劳动,照顾其多病,留校资料室工作,监督其在本校农场中劳动,月给十五元"(《日记》1958年8月23日),直到四年后方脱"冠"。瞿禅师记其摘帽后"努力工作,得一部分党员信任,但又好臧否人物,好出主张,引出旁观者又欲揽大权之谤。六七年前故态渐渐又萌,甚以为惧"(《日记》1964年6月9日)。两年后,"文革"骤起,老"右"自然被牵出批斗,直到胃癌不治,于1967年病逝。一生忠言直行,坎坷以终。

三

任师又极富情义,此可从其与瞿禅师的相处中得知。

夏师曾说:"心叔初来之江,仅十八岁,今年四十矣。与予相处二十年,中间仅二年暌隔。心叔谓与家人相处,亦不及与予之久长,谈话亦不及与予之多。"此乃1953年1月16日夏师所言(见《日记》),但此后相处亦如此,直到1967年病逝。当然,戴"帽"四年暌隔,乃形势使然,并非师弟二人所愿。

夏师被浙大龙泉分校聘去任教,一住进建于青山高松中的宿舍,"爱其萧爽",便"欲招心叔共之",并赋《小重山》词,有"休问武夷船,何如来抵足,宿松颠"之意(《日记》1942年12月9日)。此际,之江已在福建邵武续办,分别给夏、任二位寄了薪水及川资,力促他们回去。但浙大不愿夏师去职,而任师又因夏师"在浙大,惮于独往"(《日记》1943年2月26日),在夏师推介下,浙大亦聘心叔。任师应聘而来龙泉,夏师即与之商量之江事,表示"予决不去,心叔亦决留此"(《日记》1943年6月26日),并将之江所汇款项退回。

龙泉分校建于离县城十余里的坊下村,教师宿舍用杉木、竹竿搭成,虽十分简陋,但处青山丛中,景色可人,郑晓沧名之曰"风雨龙吟楼",孙养癯集宋词为联:

凭栏久,望西北神州,东南佳气;
吾庐小,在龙蛇影外,风雨声中。

可见他们虽执教于万山丛中,却心念战乱中的"神州"。王季思回忆说:"中文系教师同住集体宿舍的,除瞿禅和我外,还有嘉善徐声越、如皋任心叔、寿县孙养癯。他们家乡早已沦陷。永嘉地处沿海,敌人随时可登陆。为了抗战的胜利,我们力图以爱国思想教育学生,在诗词创作里反映国民党统治区的黑暗、腐败现象。思想上的同仇敌忾,使我们休戚相关,学问上的志趣相投,又常得文字商量之乐。"(《一代词宗今往矣》,香港《文汇报》1986年8月18日)夏"治词",王"治曲"而任"校经",用力极勤,夏师诗云"邻任真痴人,深灯勘豕亥"(《天风阁诗集·龙泉竹楼各友会吟》),记心叔治学半夜犹不歇。

夏、任师弟二人在治学之余,还相互砥砺名节,早年夏师就曾说过"自我识心叔,平生兼师友"(《日记》1938年7月12日)。在龙泉,生计艰难,但均能分清义利,任师自如皋赴龙泉,原可领川资及学术研究费而不支取。夏师感叹道:"噫,他人有妄取不义之财者,闻心叔耿介之操,能不愧死。"(《日记》1943年11月24日)当教育部颁发任教15年以上的教授奖金1 500元时,之江、浙大均为夏师领得,而夏师却辞去浙大一份,"同事有劝予不妨两领者,予念平日教人者何事,不得以此自愧于此"(《日记》1943年12月16日)。夏师还应心叔之请,摘录所读之中外典籍、中西哲人有关为人治学之警语30余条约3 500余言,名之曰《贻任录》,赠给心叔,并在小序中说:"心叔郁郁多高抱,不能谐俗,幸诵此相勉。"此录最后一条,则为心叔师所自语:"心叔有二语曰:胸有成竹,目无全牛。又云,未成大方,先立小隅。皆确对,可置座右。"

当心叔戴"帽"后,处于逆境,虽师弟二人再度"暌隔",乃由形势使然,彼此感情未曾稍减。当心叔每月只领生活费15元时,生计十分艰难;文章又发不出去,夏师乃毅然在文稿上签上自己名字，发表后将稿费交心叔。为此，夏师挨过多次批评。当其脱"冠"后再来夏师府上"小坐"，夏师不禁感叹道"四年不来矣"（《日记》1962年3月19日），包涵无限。此后一如往常，一齐"吃元宵"、"共午餐"（《日记》1964年3月1日及29日），讨论白石词（《日记》1964年3月15日），还一同去探视病中友人（《日记》1964年3月24日）。及至"文革"骤起，夏师首批即被定为资产阶级反动学术权威，屡遭批斗，而任则"陪斗"，师弟之间的正常交往又中断矣。晚年，夏师在北京还对友人说："当时令心叔陪斗，我自己倒无所谓，褒如充耳，任凭造反派乱说，可是心叔气傲，他受不了。"（《轶闻》）

1974年，心叔殁后七年，徐声越师访夏师于湖楼，谈及龙泉往事，乃"共伤才子早生天"，心叔殁时方54岁；"临平冷月梦回车"，任墓在临平，至今梦中也难忘（《天风阁词集·玉楼春》）。此际，"文革"尚未结束，夏师仍在"靠边"，却思念弟子不已。"文革"结束后，1979年又写有《挽任心叔二绝》，则直言"路人都怪气纵横"、"高年厚福君无分"（《天风阁诗集》），记心叔之耿介性格和坎坷生平。心叔逝后，徐声越亦有诗云："屈指交情廿五年，中间相望隔山川。""临平此去泥涂阻，细雨清明并罔然。"王季思诗云："耿介谁能及，锋芒我独钦；龙吟风雨夜，回首泪沾巾。"心叔已殁，当年同聚者，忆及往昔，能不伤悲！

四

心叔师虽享年不永，但却成就后进不少，佼佼者有王元化、陈从周等。一如任师对夏师那样，他们对任师也是感念不已。

王元化是著名的文艺理论家，抗战时期从北京来沪，师从正在之江任教的心叔师。据其晚年回忆，心叔师执教极严，要求也高，多次指出其为文缺少"气"，再三强调中国传统文化中有关

"文气"的论述,如曹丕《典论·论文》中即云"文以气为主"。王元化受其启迪、教诲,后来在自己的文论著作中特别注重"文气"的阐说。当任师被定为"极右"之际,元化同志也被打成"胡风反革命分子",多年不能相聚。迨元化同志复出后,任师早已病逝。复出后的元化同志曾任中共上海市委宣传部部长等职,后又在华东师大指导博士生,直到上世纪90年代、年逾古稀之后,方专程去杭州探望思念不已的任师家属,坚持以弟子身份立在坐着的师母身后合影留念,并将此照收入他的画传《跨过的岁月》中。当其患病卧床时,口述《记任铭善先生》一文,由心叔师弟子黄屏记录,再经他修改后定稿。此文发表当日,他又电告黄屏,让她注意文末加写的一段"论曰",并说过去他写过熊十力,写过郭绍虞、林淡秋,都没有在文末写过"论曰"一类的文字,此次乃学习"太史公曰"的形式,对心叔师忠言直行的性格和坎坷一生的际遇,做了深入的剖析和评价。"论曰"中云:"忠言常忌于当道,直行多为社会所不容也。呜呼,任先生两者兼而有之,怎能不陷入悲惨之境。他的敬业精神是令人肃然起敬的;他以直道事人,也是无可厚非的。""要他和光同尘,与世推移,那么恐怕也会使身上那种耿介正直与敬业精神随之消失……恐怕这也就是人生产生许多困扰和悲剧的原因之一吧。任先生也难逃此数。"元化此论,极其深刻而中肯地揭示了任师的际遇和命运,使后人能正确地认识和评价这样一位杰出的学者。记录者黄屏在《吾师吾友王元化》(《上海滩》2008年6月刊)一文中介绍了元化的评论,并引用了"任先生的学生、华东师范大学的施亚西教授"和"也是任先生的学生、南京师范大学博导陈美林教授"的读后感。只是据编者说此文在编发中,元化同志即于2008年5月9日病逝。

中国建筑史专家陈从周教授,也是夏师、任师弟子,他们师弟间的交往,《日记》中多有记述。心叔师去世后,他曾以高丽笺请任师同学、同事蒋礼鸿（云从）将心叔师《尘海楼诗词》写成长卷，并请当代名家题跋，叶圣陶为之题《浣溪沙》词一首，有云"蒋钞何殊吴札剑，陈藏长托子期悲，交情生死见今时"，用"季札挂剑"、"伯牙破琴"的典故，以喻任、蒋、陈师弟间之深情，读之令人伤感不已，益增对心叔师之思念。

　　笔者读大学时，任师也是我的老师，但未从任师学习文字音韵之学，对经学也不甚了了，平常不敢以弟子自居，但在1977年末，却被前辈学者段熙仲先生说出："你是浙大毕业的，任铭善的弟子。"段老何以有此言，乃是他看到南师学报（1977年第4期）上我所写的《略论吴敬梓"治经"问题》一文而发。1977年安徽出版的《儒林群丑的讽刺画卷》和北京出版的《儒林外史》前言中，都认为这部小说是"反儒"的。对批林批孔、反修防修大有裨益，并断定吴敬梓是"用经学新解等曲折、隐蔽的方式进行反理学斗争"的。为了学术研究的健康发展，有必要对这种歪论做些驳正。不由想到当年任师与我个别谈话时再三让我注意扩大学习范围，不能仅停留在"文学"面，又介绍我读读皮锡瑞的《经学历史》、马宗霍的《中国经学史》，因而对经学略具常识。此际，又重新细读朱熹、王先谦、魏源、姚际恒、阎若璩、毛奇龄、孙星衍等人著作，以及与吴敬梓有种种关系的程廷祚、程晋芳、金兆燕、王又曾、江宾谷等人的相关论述，予以比较分析写成此文。发表后，随即收到上海陈汝衡于12月17日的来信，认为该文"提出独到见解，征引诸书，尤见学有根柢"；次年3月2日开封任访秋来信说："关于吴敬梓的'治经'问题，我过去没有很好考虑，大作读后，觉用力勤劬，颇有发明，个人深受启发。"段老对"经学"研究有素，读到拙作后，他对我说："当时有些纳闷，建国后高校已不讲授经学了，你这个年龄的人，怎么会写出这样的文章来。我想了很久，你是浙大毕业的，任铭善的弟子。"此后，他所指导的唯一届汉魏六朝文学研究生,上世纪80年代初进行答辩时,坚邀笔者参与其中二位的论文评审、答辩;稍后,又有一位随我攻博,早年已评定为教授。回忆往事,任师让我扩大学习范围,尚未及"而冠"之年;段老对拙作的肯定,年过"不惑";写此小文感念师长、前辈则已"老耄",岁月悠悠,念及当年的师长、前辈,追思不已。

——原载《世纪风采》2015年第11期

《首都志》编纂者王焕镳先生

王焕镳先生是著名的中国文史研究专家,著述极丰,长期从事文化教育事业,培养了许多后进。笔者于上世纪五十年代初,曾受业于王师。八十年代初,应杭州大学之邀前往讲学,曾专程去王师寓所拜望,岂知返宁后不过一年,即惊悉先生已驾鹤西去,至今也已三十余载。每每回忆当年受业情景,恍如昨昔。

一

王焕镳先生(1900—1982),江苏南通人,字驾吾,号觉无、因巢。于南通读完中学,考入南京高等师范文史地部,这是一所历史悠久、影响深远的高等学府,曾先后改名东南大学、中央大学、南京大学等,改革开放后又复称东南大学。当然,该校的系科设置、专业内涵,均随着时代的发展而不断更新、拓展,在我国高等教育战线上一直占有重要位置。

驾吾师就读于南高时,名师聚集,诸如竺可桢、柳诒徵、吴梅、王伯沆等大师都曾执教于此,对先生的学术研究和人生道路都有过重大影响。1924 年先生于东南大学毕业后,一度留校任助教,做过短时期的中学教员;1927 年,应时任江苏省立国学图书馆馆长柳诒徵先生之召,任该馆保管部及编辑部主任。柳诒徵，字翼谋，号劬堂，江苏丹徒人，为前清优贡。历任两江师范、南京高等师范、东南大学、浙江大学、中央大学、贵州大学等校教授，建国后任复旦大学教授。柳先生是著名学者，其所著《中国文化史》《国史要义》等，资料繁富，架构宏伟，素为学人所重视。柳氏不仅是著名学者，其诗作也负盛名，有《劬堂诗录》，陈衍在《石遗室诗话续编》中赞之为"功力甚深之诗人"。竺可桢先生字藕舫，浙江上虞人，是著名的气象学家、地理学家，先后任教于南京高师、东南大学、中央大学，为中央研究院院士，建国后任中国科学院副院长。1937年赴杭州任浙江大学校长，随即聘其弟子驾吾赴浙大任教。抗战期间，王师随浙大西迁，先后至建德、江西、广西，最后抵达贵州遵义，前后十年。抗战胜利，浙大为迁校返杭之需停课一年，驾吾先生即被贵州大学聘任，一年后重返杭州，被之江大学聘为秘书长，建国后任之江中文系主任。1952年浙江大学文学院与之江大学文理学院重组为浙江师范学院，1958年又改为杭州大学，可以说驾吾先生自1937年赴杭，一直执教于此校，最后终老于斯。驾吾先生读书时，除受到柳诒徵、竺可桢两位师长的教诲、重视外，还受到吴梅、王伯沆等名家的熏染陶冶。吴梅字瞿安，号霜厓，江苏吴县人，早年受蔡元培之聘任北京大学教授，讲授"古乐曲"，首次将吹笛、唱曲、订谱、制曲带入高等学校课堂，为我国高等学校开设戏曲课之始。北大任教五年后，南下任东南大学教授，成就后进甚众，1939年病逝于云南大姚。驾吾先生之古文写作，极得吴梅赏识，在《吴梅日记》（卷十二）中有云："余及门中唐生圭璋之词，卢生冀野之曲，王生驾吾之文，皆可传行后世，得此亦足以自豪。"王伯沆，字伯谦，号冬饮，又署无想居士，祖籍江苏溧水，出生于南京。世代业儒，家庭文化传统深厚。曾应两江师范监督李瑞清之邀，去该校任教，继而学校更名南高、东南大学、中央大学，伯沆先生一直执教于此。同时受该校总稽查陈三立（散原）之聘，为其西席。陈三立是晚清最后一位大诗人，被誉为"同光体"领袖，其诸子衡恪、寅恪、登恪、方恪均曾受业于王伯沆先生。而在两江师范学习之唐圭璋、卢前、王焕镳、常任侠、张其昀等皆曾为其弟子。伯沆先生治学极广，诸凡经学、理学、禅学、红（楼梦）学等无一不精，但不轻易著述，曾研读《红楼梦》二十余年，用五色笔批注五次。不仅学问好，人品亦极佳。敌伪时期，汪伪多次登门威逼利诱，欲其出山，但均遭严词拒绝。1944年8月病逝，殁前嘱其家人葬于寓所后院，不可出殡中华门外，以免向守门之敌伪弯腰敬礼。其所作所为，影响弟子甚巨。

二

江苏省国学图书馆前身为两江总督端方所创建的江南图书馆，首任馆长为缪荃孙。该馆藏书以杭州丁氏八千卷楼及武昌范氏月槎木香馆所藏为主，约二十余万册，其中颇多善本。继缪荃孙之后，柳诒徵出任国学图书馆馆长。柳氏招来弟子王焕镳任职，并指导其将馆藏图书先行编目。首先确定分类原则，根据馆藏图书实际情况，于传统的经、史、子、集四类以外，增设方志、丛书、舆图三目，由四分法扩创为七分法；同时还编有《江苏省立国学图书馆印行书书录》及《印行书提要》，分别有油印本和铅印本。

在编纂藏书目的同时，焕镳先生又自行编纂过一些年谱、志书等，亦有其特殊价值和意义。例如唐宋八大家之一的曾巩，字子固，江西南丰人，人称"南丰先生"，著有《元丰类稿》等，是宋代著名的文人。历来为其作谱者甚多，如姚范有《南丰年谱》、杨希闵有《曾文定公年谱》、周明泰有《曾子固年谱》等，但均嫌过简，驾吾先生乃作《曾南丰年谱附补遗》，十分详备，远超前人所作，先行发表在江苏省立国学图书馆第三年刊,后由商务印书馆出版。

特别值得注意的是《明遗民万履安先生年谱》和《明孝陵志》的编撰。万履安即万泰,字悔庵,明崇祯举人,是复社成员。入清以后服道装,隐居不出。《明孝陵志》是为明开国皇帝朱元璋陵墓所编,朱元璋推翻蒙古族的统治,重新恢复汉族天下。驾吾先生编撰"万"谱、"明"志之际,正当日寇大举入侵我国,民族存亡危在旦夕,驾吾师此作显然有激励民众奋起抗日之用意。《明孝陵志》1934年由钟山书局出版,1970年台北文海出版社亦有刊本。

驾吾先生在国学图书馆工作期间的著述,当以《首都志》的编纂最为人称道,也最有影响。南京是江南大邦、文化名城,历史悠久,人文鼎盛。历来有关该邦的文献为数甚夥,著名者有《丹阳记》、《建康实录》、《六朝事迹编类》、《建康志》、《至正金陵新志》等等,明清两朝有关南京的史志更多达百余种,但民国定都南京七年,尚无一部反映南京历史与现状的志书,有关政要找到时任国学图书馆馆长的柳诒徵先生,柳氏是著名学者,又擅方志之学,希望柳先生能承担起编纂新的南京志书的重任。柳氏不便拒绝,但又忙于馆务,不能全力以赴,乃"爰举王生焕镳从事编辑,周生慤佐之,六阅月而成志廿四卷,都五十余万言,经以纲要,纬以图籍,循原竟委,融冶旧新"(《首都志》柳诒徵序)。确实,驾吾先生有鉴于有关南京载籍繁富,但时代发展,不能完全沿用旧志体例,"时异事殊"必有所创新,在廿四卷《首都志》中,"沿旧志之名者十之六,自立义例者十之四",将"旧新""融冶"于一部之中。如沿革、疆域均为旧志所有,而"向之所无"者如气候、司法、外交等篇则为新创。至于人物,"旧志最详,今当表其名"而不立传"以省篇幅"等等(《凡例》),考虑周详,设置合理。

该志于1935年由正中书局印行,至今仍有参考价值。1985年10月,南京地方志编纂委员会办公室还据以翻印,内部发行,供学界参考。

驾吾先生自离开江苏省国学图书馆后,一直在高等学校任教,终生从事教育工作,几十年来培养后学多多。不但长期担任本科教学,还培养许多研究生。其受业弟子不仅限于浙大、之江、浙师、杭大等校,他所主持的"先秦文学师训班",乃受教育部委托,有许多其他高校的教师前来学习,于古代文学的师资培养贡献良多。

在繁忙的教学之余,驾吾先生还倾心于学术研究。上世纪五十年后期出版了《先秦寓言研究》,是书还被译成日文,在北海道中国哲学会《中国哲学》刊物第七、八号上刊出,颇得汉学家好评。六十年代中期,出版了《韩非子选》,该书既肯定韩非学术思想中的进步成分,也深刻指出其严重不足,多有创见,为学术界所重视。此书在"文革"期间曾经再版,有关方面要求驾吾先生按照"儒法斗争"的观念重写"前言",王师拒绝,因此再版书中无"前言"。晚年,驾吾先生又专心研究《墨子》,完成了《墨子集诂》、《墨子校释商兑》等著述,于生前、身后陆续出版。在为教育事业做贡献的同时,也为学术研究事业提供了众多的成果。

三

笔者于1950年秋考入浙江大学。师辈中颇多于上世纪二十年代在南京读完大学又回故土浙江执教者,如徐震堮(声越)、陆维钊(微昭)诸师。但也有江苏籍而去浙江任教的老师,如王驾吾、任铭善先生,但任先生原就在杭州之江大学读书,毕业后留校任教;王驾吾先生却是毕业于东南大学而去浙江任教,两位先生均终老于浙江。任铭善先生于抗战时期从之江去了浙大，而王驾吾先生在浙大任教多年，却于抗战胜利后去了之江。所以笔者入学之初，并不认识驾吾先生，虽久闻大名，却无由得见，只与任铭善先生相识，但一年后任先生又去之江大学任教务长，直到浙江大学文学院与之江大学文理学院合组浙江师范学院后方得见王驾吾先生。那是在浙大、之江两校中文系师生联欢会上，郑奠（石君）先生代表浙大中文系、驾吾先生代表之江大学中文系先后发言才得以认识。此后，在三反、五反、思想改造等运动中，笔者被指定为学生代表之一参加老师的"运动"，方始与诸师（包括驾吾师）有机会接触、交谈。

当驾吾师得知笔者来自南京、入学考试又是在他的母校（东南大学——中央大学）参加的，颇感亲切。我告诉他，中央大学于建国初期改称为南京大学。因为定都北京，南京一些冠名"中央"的单位迅即改称，如中央大学、中央图书馆等等均改为南京

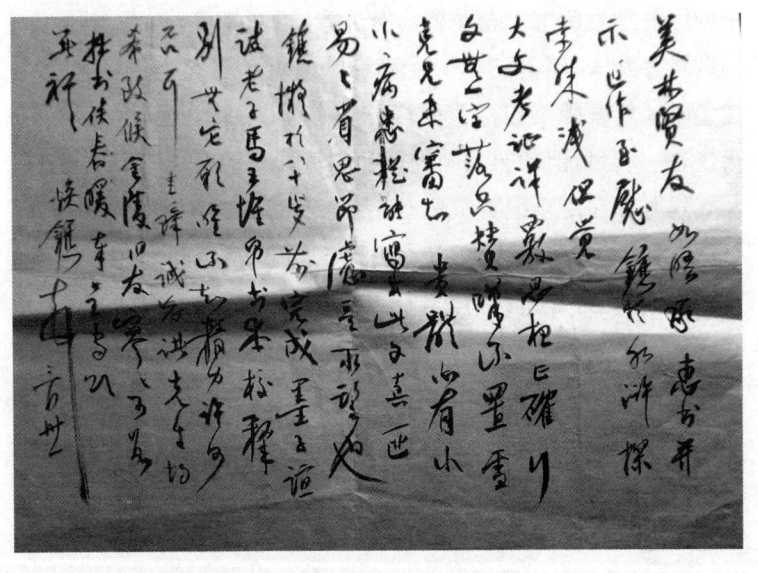

大学、南京图书馆等等。他很关心母校状况,我告诉他是仅换了一块校牌,校园似乎没有任何变动。

运动告一段落,教学秩序恢复正常。驾吾先生为我们开设了"工具书使用法"一课。王先生有丰富的图书馆工作经验,所以讲授内容生动、实用。特别令我难忘的是驾吾先生教诲我们除要熟悉"书目"一类书外,还要"亲近"图书,平素要多在藏书室中"巡回",只要不乱架,可随时抽出一本书出来翻翻,以后说不定能派上用场。不要等要用图书时才去图书馆、资料室。遵循驾吾先生的指导,我们逐渐养成亲近书籍、文献的习惯。记得1958年江苏师范学院(今之苏州大学)重组中文系,学校任命钱仲联先生与笔者承担古代文学教研组正、副组长,系里建立资料室时,系主任刘开荣先生则推荐笔者兼资料室主任,她认为我喜欢书。其间,还与钱仲联先生同赴常熟采购图书。这一习性伴随我大半生,直到2004年5月,在南京召开世界历史名城与文化的会议之际,还被南京图书馆特聘为首批学术顾问,由文化厅王副厅长颁发聘书。与聘者尚有齐康、卞孝萱、阮仪三、戴复东、葛剑雄等九人,笔者还作为受聘者代表在大会发言。南京图书馆包融了驾吾师工作多年的江苏省国学图书馆,虽然"顾问"云云仅是一名目,但却感到与驾吾师的精神联系更密切了一步。

驾吾师在南京编纂成的《首都志》,对我的研究工作颇有助益,所附的南京文献极多,诸如《金陵通纪》、《金陵通传》、《金陵文征》、《金陵诗征》、《金陵待征录》、《金陵见闻录》等等,对于地域文化的研究极富参考价值。上世纪七十年代初,研读《儒林外史》,其作者吴敬梓虽是安徽全椒人,但中年以后移家南京,并且安居、入籍南京,病逝于扬州又葬于南京,因而有关南京的文献中保存了一些有关吴的记载,前人虽有些发现,但可补遗之资料仍有不少。笔者在这些文献中颇有所获,并撰文发表,为多人所引用。迨至八十年代,省市有关部门组织南京文化、南京文学特色的研讨会,都曾邀请笔者参加,并应约在《南京史志》上写过几篇小文章,以致被白下区政府邀请参加《白下区志》审批验收会,市社联华彬清同志送来《南京社科志》请予审阅。特别是《金陵通传》等著作的编纂者陈作霖后人陈鸣钟先生通过市社联何开庸等同志找到笔者,邀约笔者与之共同研究《清代南京学术人物传》的编纂工作。迨此书出版之际,鸣钟先生已去世,但南京社科院仍继续此项工作,周直院长再三邀请在下主持明代卷的工作,因当年公私鞅掌,乃推荐沈君为之,仅允为明代卷作一序言。此后,又出版了有关南京文献的"综合目录"等,汇成《南京文化研究丛书》,周直院长任编委会主任,副主任则为笔者及张宪文,执行编委为朱未易。虽未有任何具体工作,但同意这一名义上的安排,也是昔日受到驾吾师重视史志在学术研究中作用的潜移默化影响的表现。

四

笔者于1953年毕业后未曾与诸师有所联系,1961年夏师承焘(瞿禅)在沪上参与《中国历代文论选》的编选工作,得知我在苏州江苏师范学院工作。秋季,夏师应南京大学陈瘦竹及省作协章品镇两先生之邀来南京讲学,笔者专程来南京请瞿禅师在返沪途中在苏州稍作停留并讲学,因此得与夏师相聚三日。此后又长期未曾联系,直到1974年深秋,夏师给唐圭璋先生写信打听我的下落(我于1964年调回南京),乃立即给夏师写信,并于数日后收到夏师11月7日从杭州大学宿舍寄来的信,从此才与母校的诸位老师先后恢复了联系。其间,与驾吾师通讯多次,并曾向其索取六十年代出版的《韩非子选》,先生在寄书给我时,还附有一信,有云"向注《韩非子选》,匆匆写就,尚需订正,望随时为改正谬误为祷"。所寄之书即无"前言"之再版,这种坚持学术独立、不迎合潮流的精神对我亦有启发。记得在评《水浒》高潮时,有关方面便要求在下能有所表现,因为笔者一直从事于元明清文学的研究工作。思索再三,乃撰写了《明嘉靖朝都察院和武定侯郭勋为什么刊刻〈水浒〉》一文,仅就史实说明问题,不与"四人帮"鼓吹的腔调相呼应。发表于《文史哲》1976年1期,曾寄呈驾吾先生,王师于2月6日来信云"贤'时文'刊于学报者尚未收到,谅不为洪乔所误也",王师函中的"时文"乃引述笔者信中自语。收到拙作后,王师又于3月31日来信云:

> 美林贤友如晤:承惠书并示近作,至慰。镵于《水浒》探索殊浅,但觉大文考证详覈,思想正确,行文无一字落空,赞叹不置。雪克兄来,审知贵体亦有小小病患,犹能写出此文,真非易易……

驾吾先生赞许拙作在于以史料说话,不做空论,尤其不与时论"接轨",所以驾吾师读后不再目为"时文",而誉之为"大文"。信末,驾吾先生又谆谆叮嘱:"圭璋、诚忘诸先生均希致候,金陵旧友寥寥可数……"乃将此信呈圭璋、诚忘两位先生一阅。唐老从此知道在下不仅从夏瞿禅先生受业,驾吾先生也是笔者师尊。老辈学者十分重视师承,1985年圭璋先生在为笔者所作的一份学术鉴定中开首即言:"我校陈美林教师早年受业于王驾吾、夏瞿禅两先生,对我国古代文学已打下深厚的基础。以后又经过自己的刻苦学习,遍阅我国流行的多种文学史、文学批评史、文学作品,所获的知识更广,欣赏兴趣及辨别能力也都有更大的进展。"云云,下文方始对笔者取得的成绩作具体评述。一如七十年代后期,老辈学者段熙仲先生见到笔者发表的有关吴敬梓"治

美林贤友如见 得书并
大作寄来喜逐诣日深 适有友来爱而携去
以无如何也 后当见还 书细辩之 此次为
吴以俗り 草率知 我曾襟之 秀 裹此难
来瓶之佳若拟此可逐尔多乐也 近继病重
子皋诂吉有甯热惜明月与 贤一言稀可
春暄珍重
                        煥鑣上 四月四日

经"问题的论文,曾对我说:"建国后高校已不讲授经学了,您这个年龄的人,怎么会写出这样的文章来?我想了很久,你是浙大毕业的,任铭善的弟子。"而任先生被学界视为"江南经学第一"。唐老一度让我做他编纂《全金元词》的助手(后因客观原因未果)、段老让我参加他所指导的研究生的学位论文评审和答辩,也就并非偶然。对于诸师及诸前辈的栽培至今令我难忘。

1981年11月,笔者应邀赴杭州大学讲学十天,终于有机会去拜望诸师。当然,驾吾先生府上也曾去过不止一次,王师见我回母校作演讲,十分高兴,表示要请我去楼外楼一聚。我不敢劳动已八十高龄的驾吾先生,坚决辞谢。虽然他再三说自己被任命为浙江省文史馆馆长,可以用车代步,笔者也再三辞却。王师表示可为我再写一幅字,返宁不久,就收到王师墨宝,写的是王安石的诗:江水漾西风,江花脱晚红。离情被横笛,吹过乱山东。

杭州归来后,曾遵命向唐老、千帆等先生致候。千帆先生还说:"可以建议驾吾先生将其所作古文汇编成册。"在下尚未及转述程先生意见,竟然传来驾吾师已于1982年末去世的消息,至今让我懊伤不已。如今,驾吾师西去已三十余年,千帆先生也去世多年,此议更无从谈起,只能于此文之末叙述这段往事,以为纪念耳。

——原载《钟山风雨》2016年第3期

"诗孩"孙席珍教授琐记

鲁迅于1925年1月在《京报》副刊发表了《诗歌之敌》(收入《集外集》)一文,乃应该刊编辑"诗孩"所约而作。"诗孩"为谁何?乃我的老师孙席珍教授。

孙先生于1906年出生在浙江绍兴平水乡,参加过北伐和南昌起义,长期从事文化教育工作,于1984年逝世。今年为其诞辰110周年,乃写此文以为追念。

一

孙师名彭,学名志新,字席珍。先后在故乡绍兴及上海、芜湖等地读完小学、中学,因家道中落,其父安排他去银行做练习生,因受"五四"新文化运动的影响而未就,于1921年8月只身前往北京半工半读,一面在北京大学学哲学,同时选修或旁听经济、法律、历史、文学等课程,并努力学习英文、法文,一面由孙伏园先生介绍,在《晨报》任校对。由于读中学时即喜爱文艺,阅读了许多中外诗篇,也开始练习创作,《春风》诗为其处女作,于1922年4月24日起在《民国日报》副刊"觉悟"上连载四次,计24首,此时年方16岁。以此为始,诗作不断涌现,数年间竟然发表诗作近百首,从而在文艺圈内渐为人知。

1924年春天的一个下午,孙先生照常去《晨报》社工作,走到孙伏园先生办公室门外,只见鲁迅、陈大悲、钱玄同几位先生在座,便立在门外,不便闯入,只听钱玄同先生滔滔不绝地说:徐志摩可谓"诗哲",谢冰心是"诗华"。说到此处,回转身来,瞥见门外的孙席珍,便扬手一指:"此君可叫'诗孩'。"在座几位,均予默认。此后不久,孙先生在北大校园中遇见刘半农几位先生,刘见到他,便招呼说:"喔,诗孩来了,可带来什么好诗给我们欣赏吗?"可见"诗孩"之称已逐渐传开,特别是《诗歌之敌》中如此称呼,将与鲁迅之文传之久远了。当年孙席珍先生还曾编选历年所作诗歌数十首,题名《素心兰》,已有出版社同意出版,但后来孙先生又考虑不宜过早地出版少时之作而作罢。

1924年18岁时,孙先生在《晨报》由校对升任助理编辑,同时又与焦菊隐先生合编《京报》文艺副刊。但仍在北大学习,同时不忘创作,并且从写诗拓展至写散文、作小说,并且在有影响的刊物上发表,如《东方杂志》21卷22号(1924年11月)发表了他的早期小说《槐花》,叙写一个少年漂泊者的孤独、哀愁与忧伤,颇获好评,被认为是"京华才子"。以农村少女阿娥的遭遇创作的小说《阿娥》,反映了农村少女所遭遇的侮辱、蹂躏的悲惨,同时也显示了她的抵制与反抗。美国作家、记者斯诺读后极其赞赏,写信给孙先生说:"我确实极其喜欢《阿娥》,我想除了鲁迅的作品以外,比任何其他中国小说更令我喜欢。我肯定它不久就可发表。"斯诺将其译为英文,先行在《亚细亚》杂志上发表,后来又收入他所编选翻译的现代中国短篇小说集《活的中国》中,1936年10月在伦敦出版。

斯诺还写有《孙席珍小传》,说孙先生"最著名的是他的三部曲:《战场上》、《战争中》和《战后》"。谢冰莹在《作家印象记》中写有《孙席珍》一文,说"他曾在战场上生活过一个时期,所以在战争三部曲里描写战争的残酷淋漓尽致,颇有雷马克的作风"。20世纪50年代,听孙先生在课堂也曾说起,他的战争三部曲早于雷马克的《西线无战事》在国内面世。雷马克(1898—1970)是德国著名作家,他所写的反战小说《西线无战事》,20世纪30年代有中译本,孙先生的《战场上》于1929年2月由上海真善美书店出版,《战争中》于1930年4月由上海现代书局出版,《战后》则于1932年1月由上海北新书局出版。孙先生以他的创作,充分表明他不仅是诗人,也是小说作家。

孙席珍先生早年不仅当编辑,搞创作,还从事教学工作。1930年24岁时即在河南洛阳第四师范学校任国文教员。半年后即去北平,在女子师范大学国文系任讲师,次年又在中国大学国学系任讲师。由于早年在北大学习时刻苦努力,兴趣广泛,选课甚多,以哲学课程而言,先后听过陈大齐、徐炳昶、胡适、梁漱溟等先生的中外哲学课;以经济学而言,则听过李大钊、马寅初等先生的课程;而文学类课程则旁听了更多先生的讲课,如黄晦闻的诗、刘毓盘的词、吴瞿安的曲、周树人的中国小说史、周作人的欧洲文学史、张凤举的文学概论等等。由于广泛学习众家之长,所以能在高校讲堂上应付裕如。1935年29岁时即在中国大学升任教授,东北大学也聘之为教授。此后一直在高校任教,如河南大学、上海震旦女子文理学院等。新中国建立后,1950年任南京大学教授,1951年调浙江大学任教授。

孙席珍先生在教学之余,还从事学术研究,并以他的研究成果充实教学。上文提及的女作家谢冰莹曾在1930年至1931年间在北京女师大受业于孙先生,她在后来所写的《孙席珍》文中曾记叙孙先生当年任讲师时"不过廿四、五岁,而他已经是著述等身了。例如《辛克莱评传》、《莫泊桑的生活》、《雪莱生活》、《英国文学研究》、《东印度故事》、《近代文艺思潮》等著作",并且表示"我很喜欢上他的课"。

杭州大学

姜椿芳吾兄：

久疏音问，时切常思。比聆潜心科研，宝岛硕果累累，无任钦佩。弟年迈多病，精力益衰，今年春节才过，因气荒急性发作引起心脏不适，住院百日有奇，顷始出院回家。例来喜写数字，因平生不习书法，深恐搁笔，因续迄今。日昨偶以机缘，借得缕笔，勉录定庵诗一首，随函寄上，聊抓雅命。字体歪斜，不成体统，幸勿见笑。江南黄梅时节，湿热难堪，只能居店揭庐，八月须往大连开会，顺道拟转聘东海滨避暑。一俟秋爽，联文旌转重莅西湖，定图良晤，藉慰离衷。匆此不一，顺颂俪礼！

弟孙席珍 84.6.20.

二

孙席珍先生早年赴北京原就是受到"五四"新文化运动影响之举,在北大学习期间,接触到马克思主义思想,除了学习《共产党宣言》、《社会主义从空想到科学的发展》等经典著作外,还涉及马克思主义来源之一的空想社会主义者圣西门、欧文等人的著作,并阅读了《向导》、《中国青年》、《新青年》等进步报刊,从而认识到只有信仰马克思主义、走社会主义道路、在共产党领导下,才是中国的唯一出路。基于这一认识,便积极参加到反对帝国主义的五卅运动中去,并遭到北洋军阀的逮捕。释放后便参加了C.Y(共青团)。在此之后又去长辛店参加工人运动。1926年三一八惨案发生,北京处在白色恐怖中,在组织建议下,离开北大前往广州,加入C.P(共产党)后,投身到北伐队伍中去。先在第六军政治部主任林伯渠领导下任连政治指导员,进而晋升为营指导员、团政治助理。攻克武汉、南昌后,调任总政治部秘书。在郭沫若直接领导下,主编《革命军日报》南昌版。不久,蒋介石、汪精卫先后背叛革命。参加南昌起义失败后,一度流亡日本,返回上海后转入地下。因无固定经济来源,乃于1930年春赴洛阳任教,但又为特务迫害,半年后连夜出逃北平。由师友介绍,在北师大、中国大学、女子文理学院任讲师,生活方有保障,并从此长期在北方参加进步的文化活动。

当孙先生在1930年8月从洛阳来北平方二月,潘漠华、台静农便找到他,说北方文坛冷落,最好要有一个组织,团结大家,一齐努力。此际中国左翼作家联盟在上海已成立半年,几人商量认为可成立北方"左联",潘、台更捎来李俊民、李霁野可做发起人的信息,孙席珍乃表示同意。陆续有二三十人参加,便在年底成立北方"左联",众推孙席珍、潘漠华、台静农、刘尊棋、杨刚等五人为执委,孙席珍兼书记,潘漠华为党、团负责人,具体事务则由杨刚负责,他是组织指定的联系人。组织还建议,孙席珍只以高校教师的身份参加活动,不亮明"左联"负责人的身份,以免暴露。北方"左联"成立后,编辑出版了《文学导报》,旋又改称《文学季刊》,限于条件和环境,未能长期出版。除"左联"自编刊物外,孙席珍先生又参与吴承仕教授主办、与齐燕铭等人合编的《文史》月刊,但也仅出版四期便被勒令停刊。在第4期上,发表了孙席珍所写短篇小说《没落》,通过一个白俄流氓的罪恶勾当揭露了特务的罪行,惹怒C.C,孙席珍先生被逮捕关押审讯达两个多月,因反动派未能找到确凿"罪证",被许寿裳等人联名保出。北方"左联"确实团结了一批要求进步的作家,成立之初就有成员30人左右,后逐年发展、壮大,诸如林林、曹靖华、李何林、林焕平、谷牧、谭丕谟、陈沂、张致祥、张磐石、陈北鸥、端木蕻良以及欧阳凡海、梅益、刘白羽、宋之的等等,他们也自行组合编有刊物,如《文艺月报》、《文学前哨》、《泡沫》、《浪花》、《科学新闻》等等,发表进步作品,虽然限于条件,未能长期出版,但都起了不同的作用,也产生了一定的社会影响。

1935年孙席珍先生在参加了"一二·九"运动后,经北方局批准,与齐燕铭、张致祥等参加了特别党员小组,组长陈伯达。1936年在沪的中国左联在完成历史任务后,为团结更多的文化人参加抗日救亡活动而自行解散。北方局指示,北方"左联"也应同样如此处理,成立六年的北方"左联"乃结束一切活动,并于1936年11月成立了团结更为广泛的文化人的北平作家协会。据《时代文化》(1936年12月)上《北平作家协会成立大会速写》所记,大会选举孙席珍、曹靖华(均为33票)、李何林(17票)、顾颉刚(16票)、谭丕谟(14票)等11人为执委,陆侃如(12票)等5人为候补执委,孙席珍兼书记。作协成立后,在《北平新报》上编过《文学周刊》，也出版了十几期。作协的主要活动为动员作家参加抗日救亡的宣传活动。

卢沟桥事变后，北平沦陷，孙先生方始离开北京，先到天津，再转山东，继而去武汉。1938年3月赴江西，先后参加组织江西文化界救国会、江西抗敌后援会，也曾做过江西经济建设委员会研究部主任等抗日救亡工作。1942年去福建、广西，1945年8月抗战胜利后返回南昌，联合国救济总署聘之为专门委员，负责编译工作。1947年至上海，在震旦女子文理学院任教。新中国建立初，在上海参加高校联合会工作，1950年被华东教育部派往南京大学中文系任教授。1951年调入浙江大学文学院中文系工作，因校院调整先后在浙江师范学院、杭州大学任教。除教学工作外，仍积极参加文化事业的学术活动，于1978年建议成立鲁迅研究会，后任顾问；1979年又建议成立郭沫若研究会，后任顾问。1979年还参加第四次全国文代会；1980年参加在北京召开的纪念左联50周年大会。一生为祖国的文教事业作贡献，追求进步不辍，终于在晚年恢复了党的组织关系。

1984年12月31日，孙席珍先生病逝。1985年1月9日举行告别仪式，有300余人参加，100余个团体发来唁电、唁函。生前好友谷牧、周扬、夏衍、段君毅、林默涵、林焕平、张致祥、梅益、陈荒煤、唐弢、李何林、戈宝权、陈企霞、端木蕻良、刘白羽等均有唁电。谷牧1985年1月8日唁电云："惊悉孙席珍教授不幸逝世，深感悲痛，谨向你们并通过你们向孙席珍教授的家属表示深切哀悼和亲切慰问。"梅益唁电云："惊悉席珍同志不幸去世，三十年代战友又少一人，不胜悲痛，谨电哀悼，并望吕苹同志节哀。"余不录。

三

孙席珍先生是1951年调入浙大任教的,笔者则是1950年考入浙大读书的。在校期间,听过孙先生所讲授的两门课:现代中国诗歌和西洋文学。当时浙大学生中各种社团较多,文学院有"浙大文艺社",主要成员是几位喜爱写作的文科学生。学校举办联欢会、营火会,常有诗朗诵的节目。我也多次应约执笔写过。因为孙先生讲授诗歌课,我曾向他请教,请他斧正。在第一次向孙先生请教时,他见到诗稿上我的名字,便说了一声:"这名字,我见过。"继而他讲了经过。原来孙先生刚到浙大任教时,是自己赁屋而居的,所租之屋在庆春街上一条巷子内,到学校时要走过半条庆春街,一次走过庆春街上的杭州新华书店,见门前有告示,读书比赛结果,第一名就是"浙大中文系学生陈美林",所以他留下这个印象。他便问我经过,我说也是路过书店,见他们举办读书竞赛,便进店去报了名,星期天就在附近的一所中学里参加考试,大约有百来人,做完试卷便自行归来,后来也是同学路过书店,见到发榜告诉我,便去领了奖券。20万元(旧人民币)一张购书券,可随意挑选该店所出售的书籍,如此而已。后来,我每每向孙先生请教学习上的问题,他都很耐心地一一回答,有时还检查我的听课笔记,甚至直到1953年毕业已25年后的1978年7月3日还来信,说及当年的听课笔记事,信中说:

美林兄:

又有许久没有通讯了,不时有人去南京方面回来,谈起你近来潜心科研,颇有心得,我听了非常忻慰。……现在我有件小事要麻烦你:记得二十年前,在六和塔山上前浙江师范学院曾一度给同学们讲过现代中国诗歌,其时你也在场,不知你当时曾摘记其要点否？……兹以某种需要，打算翻查一下，……故特草草奉渎，……烦你检出借我一阅。……

十分歉疚的是，当年所记笔记为下一届一位同学借去，此君后来调去东北，失去联系，一直未曾归还，无由寄给孙师。

虽然听课笔记未能保存，但当年孙先生的课堂讲授仍然给我留下深刻印象，而且对我此后的教学、科研产生长久的影响。孙先生讲西洋文学时经常联系中国文学进行比较，例如在分析《十日谈》时，会与《金瓶梅》联系起来，探讨各自的特点。这种比较方法予我很大启迪，在一些论文中也常将中、外文学，古、今文学，不同体裁而题材相同的文学……做综合研讨。还在《光明日报》"文学"副刊（1980年10月15日）发表了《也谈比较文学史》一文，对《书林》1980年第1期上一位老专家的《漫谈比较文学史》一文"略作补充说明"。《文史知识》编辑部曾约我写一篇"治学之道"的文章，发表于1990年第3期，文中提到当年读书时所接受的许多老师如郑奠、夏承焘、徐震堮、陆维钊、王西彦等先生的教诲，当然也提及孙先生的中外比较的特色。文章发表时，孙先生已过世，但孙师母吕苹先生却见到此文，给我打电话说："孙先生生前提到过你在《光明日报》上发表的文章，近日读到《文史知识》上你写的《学林寻步》一文，很高兴，你不愧是孙先生的好学生。"此后，便陆续收到孙师母寄给我的三部孙先生的著作：1991年9月寄来的《孙席珍创作选集》（杭州大学出版社1991年3月）；1992年8月寄来的《悠悠往事》（百花文艺出版社1992年6月）和2003年8月寄来的《孙席珍文论选集》（浙江大学出版社2002年10月）。这三部书均为师母吕苹整理编成，并签名题赠，殊有意义。特别是《悠悠往事》，大多为回忆早年经历，对我了解孙师生平以及撰写这篇纪念文章大有助益。记得2003年秋，收姜林兄：

　　又有许久没有通信了，不时有人从南务方面回来，谈起你近来潜心科研，颇有心得，我听了非常欣慰。我金益衰迈，从去年以来，经常生病，今年春夏之交，大病一场，住了很久的医院，是冠心病复发，同时又患切性肺周围炎，现在虽已稍瘥，回家后仍在继续服药治疗中。你以多要我给你写一幅字，说来惭愧，我一无毛笔，二无宣纸，而主要由于我从未学过书法，信手涂鸦，孔颜孔柳，简直跟蜉蝣蹩列一般，实在难登大雅之堂，所以迟迟未克应命，殊深歉憾。不过想到你我同窗故友，你要我一纸墨痕，无非是当作他日忆念，因此我考虑到今年秋凉时候，无论如何要尽力设法了此任务，以报雅嘱。现在我有件小事要麻烦你：记得二十年前，在衡和塔山之华浙江师范学院，曾一度给同学们讲过次代中国诗歌，贵时你也在场，不知你当时有摘记其要是否？本来是胡谈八道，不值一哂，兹以某种需要，打算翻查一下，但这份提纲，在林彪、江青之流横行猖獗之时，被当作"四旧"，运用我的全部藏书和拟定手稿等等，一古脑儿给抄没了。后来落实政策，部分发还，但已只賸断简残篇，此提纲则已杳无踪影了。我曾写信询蔡一平兄，回信说原来有所保存，因数度搬迁，水漏鼠啮，业已荡然；他提到你生活比较稳定，建议我向你询问一声，故特奉书焉。倘若你居然把这种早该抛弃的东西还放置在废品堆里，烦你检出寄我一阅，为委归匣，谨奉为命。或者一时找不到，将来找到时再寄给我亦可，但请勿转给别人。倘若业已丢掉，也就罢了，但希望从速回我一信！我因病休在家，很少到校办公，来信请寄杭州道古桥杭大教工宿舍十一幢三号，较为便捷。你爱人曾到杭州来玩过吗？如若有雅兴，你不妨旧地重游，同时陪你爱人一览湖光山色之胜，届时容图良晤！率复率复，文褥上，不尽。顺询俪祉！

孙席珍
78.7.3.

到《孙席珍文论选集》后,曾去信、去电话,但均未能联系上,据云是原住处拆迁。在检阅"文论"一书版权页时,见到责编张君,笔者曾被他的导师邀请参加他的论文答辩,便冒昧地将给师母的信寄他,请他代转,却石沉大海,一无回音。孙先生晚年曾赠我与师母的合影一帧,仍妥善保存,在他逝世半年前给我信中(1984年6月20日),还深情地写道:

美林吾兄:

久疏音问,时切萦思。比稔潜心科研,定必硕果累累,无任钦企。

信中又自道"年迈多病,精力益衰",最后希望能谋一见。"一俟秋爽,盼文旌能重莅西湖,容图良晤,藉罄离衷"。而我却未能预知孙师已极度衰颓,到年底竟然不起,否则一定赴杭拜见。如今只见二老的合影以及不多的来信,唯有歉疚和唏嘘而已。

——原载《世纪风采》2016年第4期

追念卅年代老作家王西彦教授

王西彦老师是三十年代初就发表创作的老作家,八十年代被选为上海作协副主席。曾在湖南大学、武汉大学任教授,1951年春应聘来浙江大学,执教两年后于1953年春调往上海华东文联任专职作家。在浙大执教时,笔者曾受业于西彦老师。与老师分别近四分之一世纪后,于七十年代后期又得与西彦师及师母周雯先生于南京相聚,师生愉悦非常。如今垂暮之年,回忆往昔所受教益,犹令我感念。

一

笔者于1950年秋考入浙江大学,西彦先生1951年春来浙大工作时,我正是一年级下学期的学生。当年浙大中文系名师众多,但大都开设国学类专门课程,中国现代文学及外国文学课程的师资则阙如。在同学强烈要求下,学校便多处罗致人才,1951年先后聘来王西彦、孙席珍二位先生分任现代文学和外国文学课程的讲授。

西彦师先为我们一年级开设写作课,当我们升入二年级时,又为我们开设中国现代文学课。西彦先生不但是著名作家,而且是多产作家。讲课中,不但引用中国著名作家的名作,而且也大量引用国外、特别是俄罗斯作家如果戈理、屠格涅夫、托尔斯泰、陀思妥耶夫斯基、契诃夫乃至高尔基的名作，扩大了我们的视野。西彦师还特别看重写作实践，要求我们多多动笔。同学所交的作业中偶有佳作，常得到他的称赞，并提出意见，要求进一步修改，达到发表水平，便推荐到有关刊物。有一位同学来自农村，写了一篇农村生活的短篇，受到西彦师的青睐，嘱其认真修改后，便推荐发表了。二十余年后，西彦师有机会与这位同学再相晤，得知在其所从事的专业研究中无可称道的成绩，便不客气地批评"你这几十年做了啥？"也不管这位同学的妻、儿正在身边，毫不假以辞色。当然，与从前任教时比较起来，虽然言辞之犀利不减当年，但语气要委婉多多。犹记当年一位同学的习作，西彦师很不满意，将其叫到办公室来训斥一通，掷还其作业，令其重新写过。据夏承焘老师《天风阁学词日记》1951年4月24日所记(以下凡引用此书，只称《日记》)，夏师召集有关老师研究基本国文及写作实习的教学工作，西彦师就提出"学生好高骛远，望不劳而获"。在日常教学工作中，为了纠正同学这种不良学风，西彦师要求十分严格，做出成绩，便予首肯、扶持；屡无成绩，便予批评，促其努力，毫不姑息。当年，浙大本科生入学也要进行面试，由系主任及几位任课老师主持，笔者参加面试考试(1950年9月2日)，西彦师尚未来浙大，而1951级新生入学时，9月27日进行面试，而"西彦问话最多"，引起夏师注意，便在该日记中特别提及。

西彦师对学生要求十分严格，对自己同样严格。听他讲课，只要认真做笔记，课后温习便会发现原来是一篇完整的论文，不久便会在相应刊物上刊出。但西彦师对自己的成绩从不自满，而是感到不足。一次讲课之余，不禁喟然叹道："我虽然写了不少作品，但能留下来么？多少文人的名字都从历史上消失了。

美林：

　　接到你送给的《批评选析》和《李劼和〈青春潭〉》二书，非常高兴。这是你多年埋头研究的成绩，值此奉贺。

　　上周忽成方女士过舍来，知乳嘱居一陆文夫而任曾去连忙室访问。因会家亲仅住了一晚，无暇去苏，复你和培泽（嘉苏地内以返沪时，连火车也没务下。宜

　　你这未身体子好？全家都安吉吧？培泽一家子好？便中请代致意。这两三年来，我的健康状况还不错，也跑了些地方；就是杂务过多，写你也缺乏时间，心里常多望着呢。

　　匆匆，即说

　　　　　　　　　王西彦

　　　伯凌附此。
　　周室嘱致政意。

　　　　　　　　1987 六月二十七日

能在文学史上留下一个名字,也就不容易了!"此言给我的印象极深,至今仍不时想起。清人赵翼有言"江山代有才人出,各领风骚数百年"。如今社会发展极其快速,学术研究人才包括文学创作人才不断涌现,成果(包括文学研究和创作)日新月异,能在"数十年"内不被人忘记已非易事,岂能轻易断言"数百年"!西彦师当年的感叹,正促进我不断努力向前!

二

在不断开展的政治运动中,与西彦师有更多的接触,从而有了更多的了解。1950年寒假前夕,中共浙江省委宣传部要求浙大中文系师生前往嘉兴参观土改运动。12月28日,由系主任郑奠(石君)教授率领,包括教师沙孟海、夏承焘、徐声越等以及一年级学生十余人前去嘉兴县王店区真西乡,半月后于1951年1月12日晚返杭。其时,西彦师尚未来浙大,嘉兴之行自不可能有他参加。但在1951年秋季开学不久,华东教育部要求国立大学文法学院师生均须参加一期土改,于是浙大文学院师生一百零几人便在文学院院长陈立率领下于10月7日赴皖北五河县五北区参加土改,西彦师于是年春便已就聘浙大,此行自必参加。历时三个月,于12月21日返回杭州。不久,浙江率先进行院系调整,浙大文学院与之江大学文理学院合并组建浙江师范学院(1958年改为杭州大学,1998年又并回浙江大学)。新学院组建不久,1952年2月9日起展开"三反"运动,历时三个月,至5月底方结束。接着从5月30日起进行思想改造运动,又历经三个月,至8月底告一段落。这些运动,师生都一起参加,概不能免。

前往皖北土改前,在学校就开始动员,学习文件。其中一次活动就是请王西彦先生报告土改工作经验,从此知道西彦师在湘西老区参加过土改,正因为他有这一段经历,便参预了大队部的领导工作。浙大师生一百零几人分成七个组,每组有师生十余人,再配合当地干部十余人,负责一个乡的土改工作,七个组中有六个组组长由当地干部担任,浙大出一名副组长;唯独负责訾湖乡工作的第四组,却由区指导员决定由当时非党非团的笔者为正组长,当地干部任副职,说是作为培养知识分子干部的试验。本组中有浙大老师夏承焘、薛声震、管佩韦等,同学有柴崇茵、马娟尚、姚吉昌等。既然作为组长,不但要向区指导员汇报工作,也得向大队部反映浙大师生情况,这就与西彦师有了更多的接触。

至于对西彦师个人情况的了解,那还是在返校后开展的"三反"及"思想改造"运动中。当时领导指定一些学生参加老师的学习,笔者为其中之一。在学习一段落后,每位老师要检查交代,然后开展批评和自我批评,最后给每位老师做出小结。而检查交代又是由领导带头,然后是一般教师。在中文系,就由新组建的浙江师院中文系主任王西彦老师,以及原浙大系主任郑奠老师、之江系主任王焕镳老师三位先行检查。从这些活动中了解到一些老师的基本情况。

西彦师是浙江义乌人,1914年出生,来浙江大学工作时还不到四十岁。在家乡读小学,中学是在杭州学习的,1933年去北平读中国大学。在杭州读中学时便开始练习创作,到北平读大学时更是不断写作,由于发表作品而认识了沈从文,并受到其教益多多。"一二·九"运动后,曾参与谷牧等人组织的北平文艺青年抗日救国协会工作。从国学系毕业后,正值"七·七"事变,便回到故乡浙江,一度在温州师范任国文教员。1938年去武汉参加党领导的战地服务团工作。其后,又积极为进步报刊撰稿,参与编辑工作,宣传抗日,1948年参加民盟。1949年解放初,曾任长沙文联副主席、中南区文联筹委会副主任。1951年春应浙江大学之聘回到故乡工作,分外高兴,全身心地投入教学,并积极美林旧鉴：

四日信和学报都收到。

古籍编辑室的新状况，我很不了解，所来书是通过邮里的较早的寄的，不知道具体和你联系的是谁。《美报移为世三等》他们寄来，我已给了李他们看了，要求他们也送一份《三等》给木铎给学校的。他们希望你能把《红心研究》中两收文章，早日定稿，交校字至改行。从《三等》看，这本《研究》定能受到欢迎。

我国较抗力较的，是这又患病毒性流感，多烧不退，有了十卵审书才把热度压下去，现在还在咳嗽咯痰。上海亭热，伴迎到已至下午四时，射衣裤都把上通湿沁等不迭，工作智时是没不了了。李师智未归来，说你健康欠佳，经肯疾伤，好多好念。

仔九善旧思的逝出，是又已学一大损失。你到她不甚熟识，但她的译论文章，不仅是积闳博，文笔行扎文采，常人不易企及。听到噩耗，很是深念。

安康！祝！

妇和   王运熹 8.6.下午

1977.

参加党所领导的各项运动。

在各项运动中,西彦师勇于参与,也勇于开展批评与自我批评,如对在皖北土改时的领队陈立教授,不顾忌其为院长,对其工作颇多批评,直责其"不负责"。这一批评颇得同时参加土改的师生赞同,夏承焘老师赞之为"直心快口"(《日记》1951.12.26)。不仅如此,即令与其相处"投缘"之人,也能展开批评,如说夏师有"宗派作风"(《日记》1952.6.30),对瞿禅先生的治学也提出建议,希望夏先生"引古人文句,不应忽略其历史时代环境。治学论人,应掌握其整个思想情况"(《日记》1952.7.25)。被批评者,皆知西彦师言辞虽明快,而心地全为人好,所以不以为忤,相处依旧融洽无间。但西彦师此种心直口快的性格,岂能见容于别有用心的小人,在"文革"期间,自然受到"四人帮"爪牙的嫉恨而遭到严重迫害。

三

1952年秋,西彦师被派往朝鲜慰问志愿军,三个月后返国时已是寒假临近,开学后不久即被调往上海华东文联任专职作家。1953年2月赴任。临行前夕,交我去派出所代办户口迁移。户籍员接过户口簿,朝我看了几眼,便问:"你就是王西彦么?"我答曰:"我是王西彦老师的学生。"他便说:"这就对了,你也不像四十岁的人嘛!"由此我记得1953年王师正当不惑之年。从此一别,直到七十年代方始重见。

"文革"初期,夏承焘老师是杭州大学首批抛出的反动学术权威,而王西彦师则在沪上成为首批被点名批评的反党反社会主义分子。瞿禅师较早地被"冷处理",1972年即因病告长假在家休养;1974年秋写信给词友唐圭璋先生找到笔者,随即恢复了联系,除告诉我现在无事时常去龙游路沙孟海老师府上闲谈,又经常告诉我当年其他老师的一些情况,如1976年秋告我西彦师已获"解放",现暂时挂名在上海人民出版社等等。我乃先后与沙师、王师等恢复了通讯联系。西彦师于1976年12月7日来信,首先说因长期关押,宿疾复发,"许久未去出版社,你十月二十七日信是今天转到的,你可想象,读到你的信,我十分高兴"。信末说"我的工作算是派在出版社,其实每周只去参加两个半天学习",让我今后去信寄"复兴西路"他的家中。

不久,西彦师表示多年未离开上海近日想到南京走走,叮嘱我此行纯然是私人活动,切不可惊动有关部门,只让我为其安排一下。终于在1977年暮春,与西彦师及师母周雯在南京相聚。

王西彦(左)、陈美林1977年春于南京白鹭洲

西彦师心情十分愉悦,他告诉我在家乡读初中时即喜爱读文艺作品,如《三国》、《水浒》等古代小说,也喜欢同是浙东的作家鲁迅的作品;在杭州读高中时,又喜欢外国特别是俄罗斯的作家、作品。读得多了,便也动手写起来,在杭州时写了一篇习作《残梦》,居然在1931年南京出版的一个刊物上刊出,从此便开始了自己的创作生涯。这次来游南京,自然回忆起少年时代的生活。

在南京,除了到舍间便饭外,还领略我工作的校园景色,大部分时间是他们夫妇同游,个别景点则由我陪同。在游览白鹭洲时,周雯师母还为西彦师与我拍了一张合影。西彦师在南京亦有一些文友,但很少去拜访,只带我去过住在中央路上的陈白尘府上拜访。当年陈先生在南京大学任教,西彦师离开南京后,我也未再去过陈府,倒是西彦师1979年1月12日来信告诉我,在上海文联举行的叶以群同志追悼会上,"见到白尘同志,并约他在我们家里吃了便饭"。

在陪同游览时,自然也问起西彦师在"文革"中的遭遇。他告诉我早在1966年6月就被宣布为"专政对象",是因为六十年代初写了一篇散文《湖上》,文中引用了浙东俗谚"民心若不顺,皇帝下龙廷",便被上海的"文痞"们抓住,说他别有所指,乃被认定为"反党反社会主义分子"、"反动学术权威"。既然成了黑帮分子、牛鬼蛇神,当然便被扣工资、抄家、游街、挨打,还被赶出家门,与巴金、魏金枝、师陀、孔罗荪、吴强等六人,关押在很小的一个灶间。由于始终不认罪,"文痞"们欲将其进一步打为现行反革命分子,尚未及定案,"四人帮"即被打倒,西彦师方始"解放"。西彦师是三十年代的文艺战士,一直追求进步。这样的老作家却被"四人帮"加上种种罪名,予以打倒!真是妖魔横行,不可理喻。值得庆幸的是乌云终于散去,新时代已经来临,西彦师又全身心地投入创作,只是创作力最旺盛的十年却被生生扼杀,令人惋惜。

四

创作勤奋的西彦师,即使在被关押的十年中,也未曾全然放弃研究和创作。在1977年1月10日给我的信中说,"在沉重的精神压力下,借到一部《红楼梦》,就陆续写些笔记","整理成一篇篇文章,这样就好像可以编为一本书了。我靠边九年零两个月,倒有一半时间花在这上面",信中还希望我能为他搜集一些有关《红楼梦》以及清史资料。西彦师在信中说:"自然,我的意愿是写一部批判解放战争时期民主个人主义的长篇小说。这部作品,'文化大革命'前已写成三分之一初稿,但什么时候能专心写它,还很难说。"

天遂人愿,"四人帮"终于倒台,西彦师又创作了许多散文、小说。手边就有西彦师于1980年3月题赠的《王西彦近作》,是1979年12月四川人民出版社出版的"近作丛书"中一种,该丛书收入郭沫若、巴金、茅盾等名家在粉碎"四人帮"后的新作。1981年8月题赠的《书与生活》则是西彦师长年读书笔记的结集,由花城出版社出版。1980年江苏人民出版社出版的《王西彦散文选》,则是笔者与出版社谈及的事。1977年12月3日西彦师信中曾说及"江苏人民出版社陈乃祥同志曾来信,说是从你处知道地址的,他要我给他们编写书稿,你见到他时,代致意"。总之,在从"牛棚"中出来后,西彦师爆发了新一轮的创作高潮,终其一生,创作了一百多部短篇,十余部中长篇,以及大量的散文和理论文章,著名者有"追梦"三部曲:《古屋》、《神的失落》、《寻梦者》,以及反映农村妇女命运的《村野的爱》、《微贱的人》,以及理论著作《唱赞歌的时代》、《论阿Q和他的悲剧》等等。1999年去世的前一年,上海作协等单位还曾于1998年举行王西彦创作65周年讨论会。他的创作是我国现代文学史中的宝库之一,后人是不会忘记他的。

除了创作以外,从"牛棚"出来以后,西彦师还做了许多有益的社会工作。在八十年代终于参加了中共,作为上海作协副主席,率团出访,频繁地接待海外作家、学者的访问,国内各地邀请也不断,如1982年曾"和高晓声、陆文夫两位同志去连云港访问,因在南京只住了一晚,无暇去看你(1981年6月27日来信)"。到九十年代,江苏省作协评审高级职称,两度聘笔者为评委,1993年太湖开评那次是由陆文夫任主任,1995年在南京评审时主任为高晓声,高晓声还数次来舍间,我们都谈及西彦先生江苏之行。八九十年代,笔者除本职工作外,出外参加学术会议、讲学、主持论文答辩等活动也颇多,曾借去沪机会去复兴西路拜见西彦师,但彼此都很繁忙,相聚一次也殊为不易。

五

西彦师"解放"以后,对笔者的研究十分关注。在1977年2月3日来信中就说我在1976年发表的论《水浒》和杜甫的文章,他在刊物上见到,"写的都很好",让我再寄几篇文字给他看看,我照办了。3月16日就收到他的信,说"过去我未读过你写的文章,最近读了几篇,很为你高兴。做学问,一般总是先作较为广泛的涉猎,然后进入专精,希望你能做出很好的成绩"。因为寄给西彦师的几篇文章,既有唐宋文学方面,又有明清文学方面;既有谈诗文的,也有论戏曲小说的,所以引发了西彦师要重视专、博的意见。其时,我也注意到点与面也即是专与博的问题。在西彦师提出这一问题后,更引起我的重视。在2006年10期《文艺研究》刊载对我的长篇访谈中还专门回顾了我的治学经历。我乃复信告诉西彦师,五十年代后期在江苏师院(今之苏州大学)任教时,由于钱仲联先生的安排,让我重点讲授戏曲和小说,当年还为中华书局撰写了《李玉和〈清忠谱〉》,戏曲研究就成为重点。近年又为江苏人民出版社作《杜甫诗选析》,只是尚未见书(八十年代初,二书终于出版,寄赠西彦师,他在1981年6月27日的信中说"接到你题赠的《杜诗选析》和《李玉和〈清忠谱〉》二书,非常高兴,这是你多年埋头研究的成绩,值得庆贺")。七十年代初,人民文学出版社约请我所在的学校南京师院整理《儒林外史》,当时领导组成老、中、青三结合的四人小组负责,当我执笔的"前言"被出版社通过后,即被调出小组,"前言"落入他人之手。但我个人的研究并未中断,这就成为我所"专"的课题之一,并将新近写成的几篇选出业已发表的《吴敬梓身世三考》一文寄给西彦师,请他代询出版社是否可以出版这类选题的著作。1977年7月23日西彦师便来信说"《三考》刚读完,写得很不错",并表示即向社里询问。一周后在8月1日就收到出版社"沪版77古字252号"的约稿信,约我撰写《吴敬梓研究》。我乃将此信息及时函告西彦师,8月6日给我回信说,"他们是先看了《三考》才给你写信的,他们希望你能把《研究》中所收文章,早日完稿,直接寄去就行。从《三考》看,这部研究定能受到欢迎"。此后出版社就直接与我联系,当我得知《吴敬梓研究》已经过三审于1983年秋发排后,便函告西彦师,他在1983年12月16日来信说"等着拜读尊著《吴敬梓研究》"。1984年8月,一得到样书,便给西彦师寄去,他十分高兴。不久,吴敬梓逝世230周年学术讨论会于11月初在南京召开,全国多地学者一百余人与会。此书作为会议赠书,受到学术界的认可和好评,也为笔者从事这一专题研究的后续之作,如《吴敬梓评传》、《新批儒林外史》、《儒林外史人物论》、《〈儒林外史〉研究史》等等铺垫了基础。而这一切,均是早年受到西彦师的助益而致,令笔者难以忘却,也不能忘却。

——原载《钟山》2016年第4期

"仿佛音容,如在昨日"
——纪念唐圭璋先生逝世20周年

1990年11月28日,唐圭璋先生以90高龄仙逝,至今20年矣。回忆起与唐老相处20年间(1969—1990)情景,令人难忘。每读唐老为其老师吴梅写的《吴先生哀词》"遗函在箧,遗诗在壁,仿佛音容,如在昨日",便有同样感受。追忆之余,乃将唐老对我的支持、帮助,摘其要者表而出之,以见老辈学者奖掖后进的博大胸怀。

一

上世纪40年代,我在南京市第一中学读书,圭璋先生一度在该校兼课,我虽闻其大名,但未曾拜见。1950年秋,我考取浙江大学文学院中国文学系,先师夏承焘(瞿禅)先生知我来自南京,便问及唐先生,我只能如实回答,不曾拜识。60年代初,有两次遇到圭璋先生,但也未曾交谈,一次是1960年春,中国科学院文学所编著《中国文学简史》,由余冠英先生率领数位先生来南京召开座谈会征询意见。与会者有南京大学、南京师范学院等校部分老先生。笔者当年任职的江苏师范学院被邀请者,有系副主任刘开荣先生、古代文学教研室主任钱仲联先生以及时任教研室副主任的笔者。与会者大都年长于我,我便在后排入座,遥见圭璋先生,也不便唐突上前拜识。另一次是 1961 年 10 月,南京大学陈瘦竹教授、江苏作协章品镇先生邀请瞿禅老师来南京讲学,我奉学校之命前来南京接夏师去苏州讲学,在短暂的停留中也曾见到圭璋先生,同样因为在座人众,轮不到晚辈趋前晤谈,乃失之交臂。

1969 年 12 月,进入南师工作后,不数日,中文系全体师生去句容农场接受再教育,与圭璋先生同吃同住同劳动,彼此方得以相识。在食堂劳动时,圭璋先生得知我来自杭州,是夏师弟子,便对我谈起他与夏师相识、相交的过程。劳动一年后归来,各回住所,但每周两次的政治学习、一次的教研室活动,仍然在一起,中途休息时还常与先生在中大楼附近散步、闲聊。

1971 年初,人民文学出版社委托我校整理《儒林外史》,并撰写前言。院、系领导都很重视,指定包括我在内四人承担此项工作，这是我来南师工作后领导分配的第一项业务工作，自然不能拒绝。关于这项工作，后来我在《文史知识》2001年11期发表了《〈儒林外史〉前言有四稿》一文以回顾此事。

完成"前言"后，领导又交给我一项新任务，让我作唐圭璋先生编纂《全金元词》的助手，我自然也不能拒绝。圭璋先生见我去接受任务，显得很高兴。他对我说当年赵万里出版《校释宋金元人词》，辑校很精，但仅收词人70余家，录词作1 500余首，不够齐全，他有意重新辑录。唐老又说，多年来得师友之助，此书在60年代大体编定，后因"运动"而停顿，现今领导同意继续进行，但已年老，行动不便，要有人来帮忙做些工作。唐老给我布置的工作很具体，他取出写满词集目录的几页活页纸递给我，让我去南京图书馆查出这些词集来，每集写一二百字的提要，百来字的作者简介。领受任务后我考虑，不认真研读全集，写不好提要；介绍作者，要遍寻文献资料。这些都是很费时间的事，如下了大工夫仅出三四百字成果，未免可惜。我乃设想，每集写成三五千字的短文，从中提炼三四百字以供唐老所需，其余文字可以汇编成金元词叙录或金元词概说。圭璋先生听了我的汇报，极表赞同，鼓励我就按这一思路去做。

岂知不足一月，便有一助教来舍间，说奉系革委会之命，唐老助手要由他来做，并且要我立即交出有关资料，不容我先还给唐老。唐老不知此事，听我说后便默然不语。事后，有同事对我说："南师要接唐老班的有一串人，你怎能干？"但他也知道我是奉命而为。至于当年何以未从那几人中找"助手"，却要我这个"外来户"做，至今我也不明白。不久，又有一位老教授私下要我替他做助手，我再也不敢接受。后来听说这位老教师为此一直耿耿于怀。

唐老并未以我未能为他做助手而怪罪我。《全金元词》于

1979年出版后,唐老还亲笔题赠我一部。细读此集,收词人282家,词作7293首,审校精到,辑录齐全。唐老以七八十岁高龄独力完成这项工程,令我钦佩不已。

除题赠此书外,唐老还以我未做成"助手"一事劝慰一位弟子说:"陈美林未能做成助手,也未从我研究词学,他研究自己的学问,也很有成绩,不是也成名家了么?"当这位同志多次向我转述唐老这番话语时,我既以唐老未曾怪罪而感到宽慰,又以未曾替唐老做点实事而心怀愧疚。

二

上世纪80年代,中国社会科学院文学所主编《中国文学通史》,宋代卷委托唐老主编,研究室成员及教研室部分成员参加,我当时编制正在唐老任主任的研究室,自然要参加此项工作。唐老年高,具体编务由另一位先生主持,这位主事者找我谈话,说由潘君昭先生与笔者二人任"专职",承担其他先生未曾认写的章节,并先行分配北宋、南宋、辽、金几章概说让我编写,我提出不做"专职",他不同意,我便找唐老汇报,唐老对此事全然不知情。我便想到70年代初,曾在这位主事先生的领导下参加四院校、十三院校协编教材中的"教训",决心不与之共事。在一次全体编写人员会议上,我提出不参加"宋代卷"的编写工作,主事者自然不同意,我则坚辞,最后唐老表态:"我们是古代文学研究室,不是宋代文学研究室,陈同志希望继续研究元明清文学,我们就不要勉强他。"唐老如此明确表态,别人也就不好再说什么。

其实,唐老知道我辞去这项工作是迫不得已,他了解我原先是想做好这项工作的。因为在这项工作启动之初,我就发表了《重视对文学史著作的研究工作》(《南京师院学报》1980.3)。又在《光明日报·文学》(1980.8.27)发表了一篇谈比较文学的短文。当年学术界重写文学史的讨论尚未提出，比较文学研究也未普遍展开。这两篇文章给唐老留下一定的印象，直到1985年为我作学术鉴定时，唐老还写道："我校陈美林教师早年受业于王驾吾、夏瞿禅两先生，对我国古代文学已打下深厚的基础。以后又经过自己的刻苦学习，遍阅我国流行的各种文学史、文学批评史、文学作品，所获的知识更广，欣赏兴趣及辨别能力也都有更大的进展。"首先肯定我对多种文学史著作的了解，其后才是对我在小说、戏曲研究中取得的成绩作出评价。

正因为此，唐老在同意我辞去这项工作后，又找我去说："你就安心研究元明清文学吧，不过，《董西厢》这章，你还是要替我完成。"我当即表示接受。此章写成交稿时，唐老已不再任主编，我也彻底与"宋代卷"的编写工作告别。我写的这一章被一刊物要去发表；我又就此文的论艺术部分进行深化研究，写成《论〈董西厢〉的艺术个性》一文投寄《文学评论》，后在其古典文学专号刊出（丛刊三十一辑，1989.3）。

我很庆幸唐老同意我辞去这项工作，一是为我继续研究元明清文学赢得了时间，二是免于卷入一场无谓的纠纷。"宋代卷"的编写工作启动于1980年，直到1996年方始见书，在这长达十五六年间，我出版著作17种（有3种与人合作），其中有获得省哲学社会科学优秀成果二等奖、一等奖以及首届全国高校人文社科优秀成果二等奖的著作，发表论文180余篇。《人民日报·海外版》（1991.5.7）发表了对我的学术专访和工作照片。

同时，辞去这项工作后，又使我在因主编署名而引发的纠纷中能置身事外，不被卷入。此事闹得沸沸扬扬，从校内到校外，从南京到北京，甚至要对簿公堂，当时我对具体情况不甚了了，直到当事人常国武同志将其所著的《井天书庐诗文选》送我，其中有关文章对此事记叙甚详，我才明白这一纠纷乃由某人向人民昔日征讨清霜剑战寒角声鸣严更论兵据鞍壮气顿萦胸生坐拥貔貅十万呷放勇零梨交横笑谈顷匈奴授首千里静槌枪刺衰人投墙提壶勤酒争殷俯耕之夫羌子歌舞戚名如足轻裘缓带轻营阵绝漠横行功谁比飞书驰檄闰画丹青

吴林之师咏之
唐圭璋玖秩书

一九九七年
十月十四日

文学出版社举报而引起。责编管士光同志随即就此事向丛书负责人邓绍基先生汇报,邓先生认为此人"与此事无关,不要理他"。管士光同志也认为"天下本无事,别有用心者,也许觉得太平淡了吧,故而挑起一点儿是非来,好在邪不压正"。此人也的确喜欢"挑起""是非",不数年他又"挑起"另一件"是非"来,撰文指责老辈学者詹瑛不遵守学术规范,向詹瑛先生讨要稿酬,后被葛景春同志著文驳斥,认为不遵守学术规范者正是此人自己(葛文见《河北大学学报》1999年2期,又见人大复印资料同年9期),此人并无一言可答,成为学界笑谈。我想,如果当年我被安以"专职"名分,则难免不被卷入。为此,我至今感激唐老不尽。

三

我的高级职称也是在唐老支持下得以晋升的。我1953年参加工作,1958年任教于江苏师范学院时已获讲师职称,当年讲师即被视作高级知识分子。此后长期未曾进行评定工作,直到改革开放后方始恢复。1981年申报职称时,我因编制在研究室,乃由研究室主任圭璋先生推荐申请副研究员。1985年评审职称时,我已招收硕士生,系里让我改报教授。申请教授者需校内一位专家、校外两位专家推荐,三位专家均由学校聘请。在被批准后不久,参加评审的一位研究外国文学的老专家许教授与我闲聊时,谈及当时的评审情况。许教授与我原不熟悉,他告诉我80年代初在上海参加美国文学讨论会时,遇到《光明日报》一位副总编,向他询问我的情况。那位副总编说,陈某人写了一篇谈比较文学的文章,他们很重视,排在"文学"副刊的重要位置。许先生说,从此他对我便有印象了。在这次评审中,许先生说他并不懂古代文学,但三位评审专家都是著名学者,评价都很高,他便毫不犹疑地投了一票,他还告诉我校内的专家就是唐老。由此可见,晋升副高、正高,我都曾得到唐老的助力。

增补博导也得到唐老的支持。尽管有些波折,但唐老的支持却是不能忘却的。增补中的波折已是20余年前的事了,本无再提之必要,但喜爱"挑起""是非"的某人又在为《明清文人话本研究》一书作序时,将往事重新"改编",以自高身价,贬损他人。对此,不能不略作说明,以还历史真相。

1989年初,在学校工作汇报会上,蒋副书记(兼副校长)传达学校工作安排时,提到古代文学博士点亟需增补导师,经校、系负责人与唐老研究后决定提名陈美林教授增补。我曾任省政协六、七两届委员,照例参加此会,亲聆此语。会后,即有人私下活动,我这个"外来户"则一无所知,还是唐老把我找了去,说根据校、系领导与他研究的意见,他为我写了推荐书,但近日有人找他活动,让他推荐某人,他感到此事蹊跷,让我问问领导,我便向校党委冯书记作了汇报。冯书记说,蒋副校长宣布的事,是经过研究的,他知道。至于唐老所说的事,他不了解,因为当时是校长负责制。隔不数日,冯书记对我说,确有此事,但他们已抓紧把此人上报了,既然如此,就由它去罢。

岂知1990年秋,一位副系主任来舍间说:"唐老病重,上报的某人,著作不合要求,挂在那里。现在要上报明年招博计划,谈校长很着急,感到责任重大,经研究,还是以唐老名义上报计划,由你来指导元明清文学博士生。"我未同意,后在离休多年的老书记杨巩同志以保点大局为重的劝说下,我方应诺。

1991年博士招生时,唐老已病逝,系领导明确唐宋文学由某人负责,元明清文学由本人负责,各自命题、阅卷、面试、录取,互不相干。当年报考元明清文学者有校内外硕士生十余人,报考唐宋文学的考生仅有一人,而且是同等学力。为免除此人的难堪,系里在既未与我通气,又未征求考生意见的情况下,将原先

减字木兰花

奇才渝彦，笑对钟山心自乐。揿墨研朱，描绘人间丑恶图。

千里石狮来集会，家家户户有高祖。祖国之约更有扬。纪念吴敬梓诞辰

美林同志教正

唐圭璋

一九八三年三月

报考我的程君,强行划到此人名下。结果唐宋文学只能录取程君一人,而元明清文学合格者三人,但仅有两个名额,所以录取二人,但此人却说他多招一人让我指导。事实是如果不将程君强行划去,此人第一次招生就无人可取。居然能编出这种谎言!程君事后还给我写信,说明原委。此信当时的系领导看过,目前的院领导也看过,事实俱在,岂容任意编造。在我指导二名博士生期间,第五批增补工作已经进行,虽有行政方面个别人的干扰,但学校领导体制已改为党委领导下的校长负责制,党委加强领导,召开学位委员会和学术委员会联席会议,增补者须公开述职,并提交科研成果,由与会委员无记名投票决定,笔者顺利通过后上报。在国家学位委员会组织的通讯评审中,据校领导告诉我获得全票,接着学科组自然通过,学位委员会正式批准。虽然,这已在唐老身后,但推本溯源,唐老推荐我增补,我又奉领导之命用唐老名义招收第一届博士生,凡此种种,都令我不能忘却唐老的支持和提携。

四

与唐老共事20年,感受唐老的高尚品德多多。

首先,唐老尊师重道的精神令人感佩。他自己本就是一代名师,但对老师却尊崇备至,永执弟子之礼不衰。当吴梅先生于1939年3月17日病逝于云南大姚,远在成都的圭璋先生得悉后,即于1939年11月20日写有《吴先生哀词》以为悼念。文中历数吴梅老师对他的教诲和提携,有云"计予从先生十六载,勉予上进,慰予零丁,示予秘籍,诲予南音,书成乐为予序,词成乐为予评",念念不忘老师关怀、教诲的恩情;文末又极其沉痛地表述自己的悲伤:"而今已矣,旧游不再,承教无期。千里江南,未知归旐何年?一尊蜀道,窃比心伤宋玉!"唐老对老师的维护尊

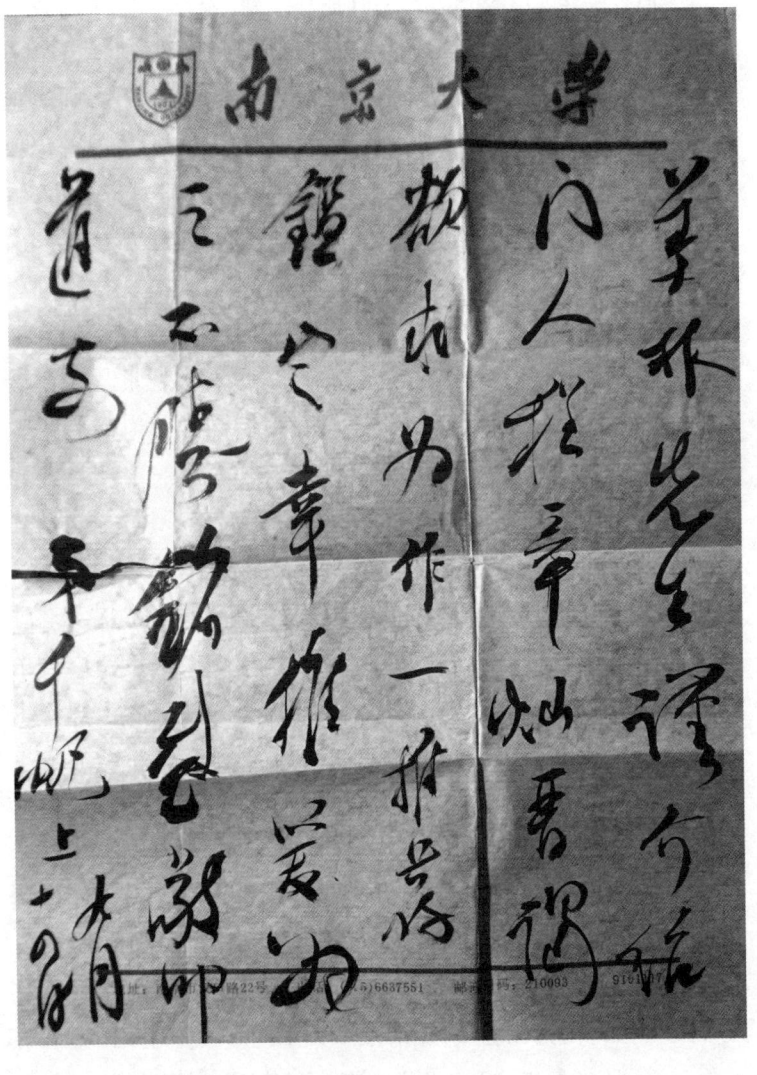

崇,不仅仅表现在文字上,而且也体现在行为上。据圭璋先生女公子所记,上世纪40年代,唐老执教于中央大学,"系主任某氏",与唐先生老师"汪辟疆先生有宿怨",要"停发汪先生的救济金,并迫使众人举手赞成",但圭璋先生"独不附议",并且"毫不畏惧"地说:"汪先生是我的老师,我决不举手!"(《词学大师唐圭璋》)。对于有叛老师言行者,则予斥责,程千帆先生文中曾记叙说,当唐老得知"某君背师负恩之事,则愤然曰'此真忘恩负义,丧尽天良!'"(《圭翁杂记》)。其实"背师负恩"之徒,历来都有。据一位南师60年代毕业的同学告诉我,当年有人写文章批判唐老,还在教室中面对同学,用拇指指着自己的胸口说:"我就是批唐第一人!"十分得意。而当唐老仙逝后,此人又赶紧写文章借悼念之名而自重。告诉我此事的人说,他们同学都齿冷其人之行径。

其次,在治学上,唐老极其尊重他人成果,绝不掩人之长,凡得人之助者,必一一具体列出。在先师瞿禅先生《天风阁学词日记》中也每每见及此类文字。唐老在有关论著中,多次提及老师吴梅、汪辟疆先生对他的帮助;至于同学赵万里、卢冀野、任中敏,友人龙榆生、赵叔雍、夏瞿禅、王仲闻等人,也常被圭璋先生提及,肯定他们对自己的帮助。唐老与我谈话时,经常谈到夏承焘、钱仲联两位先生,因为他知道我既是夏师弟子,又与钱先生在苏州共事六年。唐老一再称道夏、钱两位先生,说他们读的书比自己多,学问比自己大。唐老的言谈,让我深深感到一代词学大师尚且如此谦虚,不断称道他人之长、不掩自己之短,实在令人钦敬!唐老自己搜集的资料和研究成果,也无私地提供给友人参阅,例如唐老从《道藏》中辑录了大量的金元道士词,曾借给先师一阅,但在夏先生"隔离"时被抄家焚毁,唐老亦无一言责怪,又以自己保存的目录重新辑抄。但自己的研究成果如被人无端侵占,唐老也态度鲜明地提出,曾有一刊物托一位先生向唐老约稿,唐老便将一篇重要讲稿交付,这位先生便将自己的名字加于文稿之上,唐老知道后,就不客气地说:"这简直是反客为主!"

再次,唐老是久享盛名的词学大师,但却平等待人,绝无好为人师、盛气凌人的言行。无论是从学术上还是从年辈上讲,唐老均是我的师辈,但却以平辈待我,每每令我惶恐不安。圭璋先生先后赠我墨宝三帧,赐书十余种,均题作"美林同志吟正"、"美林老师教正",偶或题"美林先生指正"。要说明的是"老师"一词,此处意指同事,绝非师生关系中的老师,是从职业的角度而言,如同日常共事中彼此称呼"张老师,李老师","张医生、李医生"一样,也是一种平等相待的称呼。老师瞿禅先生赠我的墨宝也有三帧,赐书也有十余种,全题作"美林弟"、"美林贤弟"、"美林老弟",这是老师对学生的称呼。其实,唐老的的确确是我的师辈,完全可以如同夏师一样称呼我,唐老却不如此,实令我不安。

虽然我也以师辈事之,但却不敢贸然称之为"老师",以免他人讥不佞拉大旗作虎皮。因之,在1985年11月唐老祝寿活动中,我只是远远地坐在会场的门边,不趋前招呼,事后方去唐府礼拜。唐老说:"那天多少人与我拍照,你怎么不拍?"我说:"人太多,怕您体力不支。"正好,唐老的博士王筱云也在书房,唐老便让她为我们拍了两张照片。1990年11月,我因参加一项评审活动,未能参加唐老的追悼会,但十分悲伤,事后写了一篇追悼文章《词坛巨星的陨落》,发表在1991年1月15日《人民日报·海外版》上,人大复印资料还予复印(1991年3期),据台湾友人告诉我,此文也曾被宝岛媒体转载,他是看到这篇文章才知唐老仙逝的。如今唐老已归道山20载,与唐老相处20年间的情景,依然历历在目,往事并未付诸红尘,笔者虽年近八旬,但回忆起唐老对我的提携、扶持,丝毫未曾忘却,依然感激不尽,在唐老20年忌辰将近之日,乃提笔成此短文,以为追念。

——原载《世纪风采》2011年第11期

沉痛悼念稗坛前辈吴组缃先生

1994年1月18日晚9时参加省政协历时三天的视察活动刚归家,书桌上赫然放着吴组缃先生治丧委员会发来的讣告,顿时一惊,衣帽未除,立即去电讯局拍发唁电。此时正值"四九"之际,南京城连日来大雪飞扬,似乎也在编织着一代学人凋谢的满天悲伤,使得乍闻噩耗的人心情格外沉重。

记得一月之前(1993年12月20日),我还给组缃先生寄去贺年片,遥祝健康,并期冀先生所批评的《红楼梦》早日面世。后来听说他近来罹患小疾,更默祝他早日康复,不料却蓬尔长逝!

吴组缃先生是我的前辈,虽然未曾面聆过教诲,音信往还也极少,但在收到征集文稿的信函时,我想悼念之文一定要写。

我在年轻时代就知道组缃先生是位有名的作家,因为我在中学时代就喜欢文学创作,曾广泛阅读中外的名家名作,其中也包括吴先生的《一千八百担》、《差船》等等。1950年考入浙江大学文学院时,想当作家的愿望并未改变,但毕业之后却做了一个"人之患"(——好为人师),教了几十年书。50年代中后期在苏州大学(原江苏师院)担任古代文学的教学时,曾读过吴先生一些研究古代小说的论文,更知道组缃先生不仅是名作家,也是名学者。但认真研究组缃先生的论著,则是70年代初期的事。当时人民文学出版社委托我系重新整理与校注《儒林外史》,我被指定参与其事。这期间,我们常向一些老辈学者如唐圭璋、段熙仲等先生请教有关问题,从他们谈话中对组缃先生有了更多的了解。原来吴先生早在1947年秋季起就曾在南京师大的校园内生活和工作,那时他任金陵女子大学教授(南京师大的校址就是当年的金女大)。直到1949年10月,吴先生接受清华大学之聘后,方始离开。知道吴组缃先生这段经历后,对他就倍增亲近之感。每当讨论有关《儒林外史》的问题时,好像他就站在窗外,以亲切的目光注视着我们。

吴组缃先生为纪念吴敬梓逝世200周年所撰写的长篇论文《〈儒林外史〉的思想和艺术》,是我们反复认真研读的重要文章之一。他对时代思潮、作者生平的考察,给我们以极大的启迪。尤其是对《儒林外史》艺术特征的评论,更令我们叹服,文中对性格描写的重视、对白描手法的肯定、对结构特色的剖析,都是极为精辟的。而且,他的这些见解,也贯彻在他的创作实践中。创作小说的人来研究他人创作的小说,体会自当不同,不但处处为读者考虑,也必然时时为作者设想。吴先生如此治稗对我也产生影响。虽然我没有什么小说创作,但曾经想当作家,写过新诗、散文。在出版社约我批评《儒林外史》时,就规定自己在落笔之前,必须兼顾读者与作者。此书出版后不足三年就印了五次,据说反响甚好。前几年,中华书局曾约我写一篇谈治学之道的文章(《学林寻步》,见《文史知识》1990年第3期),文中在提及一些老师如郑奠、夏承焘、徐震堮、孙席珍、王西彦等前辈学者的教学和研究对我的启发时,曾说:"虽然我讲授和研究的元明清文学,在大学学习期间并没有听过几位大师的传授,但仍然是在他们的无声指导下进行的。"这同样可以用来对待组缃先生。我和组缃先生没有师生关系,甚至缘悭一面,但我的研究也同样是在

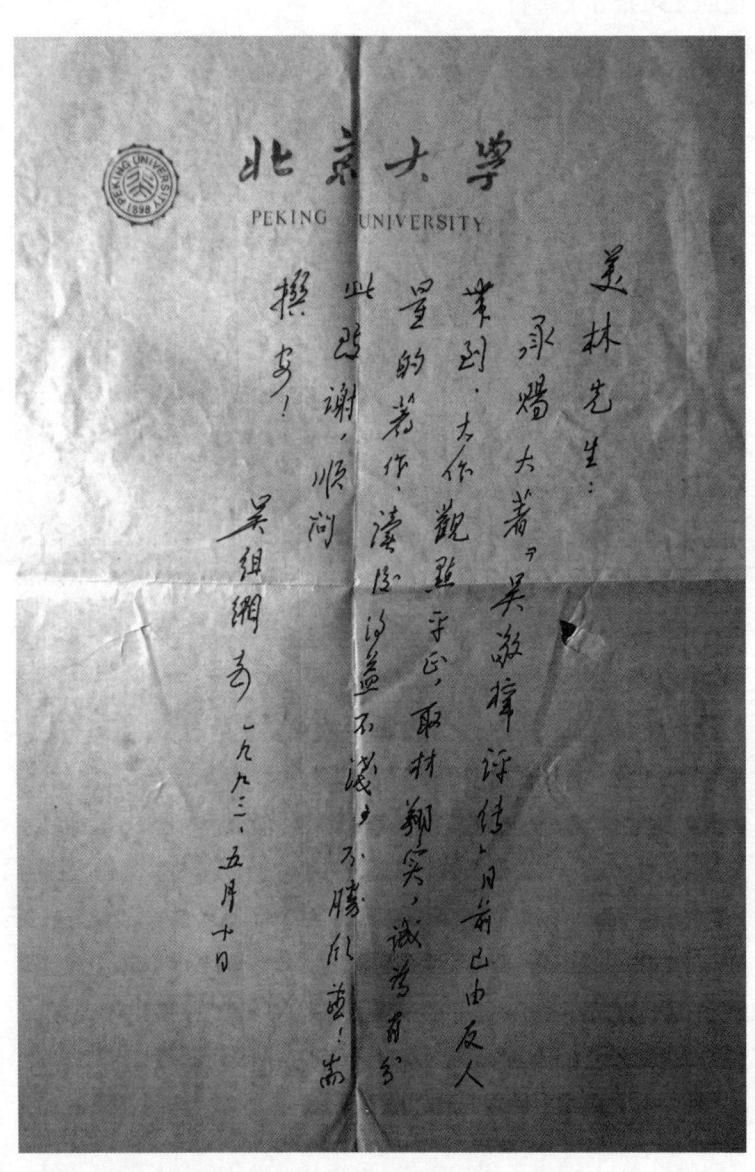

他的无声指导下进行的。

组缃先生对后辈奖掖有加,当他收到我的《吴敬梓评传》后,不但来信予以充分肯定,而且在其他学人面前一再赞扬。1993年7月,美国加州大学Hsiao-jung Ya女士通过南京大学刘勇博士与我联系,准备来访问学。9月间她先去北京再来南京,她说,在她拜访吴先生时,组缃先生一再向她赞扬我的成果,并且对她说,研究《儒林外史》,陈某人是一定要去访问的。组缃先生是研究《儒林外史》最有影响的学人之一,却能对后辈如此肯定和赞扬,表现出前辈学者鼓励后进的崇高风范。仅就此而言,吴先生虽然去了,但他留给后人的遗产却极为丰厚,不仅仅是他等身的创作和著作,而且还有他高尚的学术道德,令人景仰不已。

1993年夏,我去避暑山庄参加首届国际元曲讨论会,事先决定南返时去拜望组缃先生。岂知会议组织者代购的车票,在京转车时间不能逾越24小时,北大又远离车站,深怕误车而未果行,终于失去了这一次面聆教诲的机会,也永远失去了这样的机缘,如今追悔也来不及了,留下的只是不尽的悼念。唯一可以告慰组缃先生的是,他一再推许的《吴敬梓评传》,近日在江苏省第四届(1990.7—1993.12)哲学社会科学优秀成果评选中获得一等奖。这荣誉的获得,也当然与组缃先生的"无声的指导"有关。泉下有知,他也会为之欣然的。

——原载《吴组缃先生纪念文集》,北京大学出版社1995.5

追念何满子先生

数年前,惊闻满子先生谢世,不禁脱口而出"一声何(河)满子,双泪落君前"。笔者与何满子先生交往近三十年,陡闻此变,与悲伤一起涌上心头的还有那些枝枝蔓蔓的往事。

一

我与满子先生初识于 1981 年 10 月,彼时安徽滁州正举办纪念吴敬梓诞生 280 周年的学术讨论会,与会者有范宁、霍松林、何泽翰、何满子、章培恒、宁宗一、李厚基、平慧善等全国各地研治古代小说的专家学者数十人,其中两位何先生都是在上世纪五十年代就有研究《儒林外史》专书出版的学者。尽管此前有很多论文发表,也发掘出不少资料,但以专书呈现给读者的不能不说是从两位何先生始。何泽翰先生的《儒林外史人物本事考略》于 1957 年由上海古典文学出版社出版,1985 年又由上海古籍出版社重版。而何满子先生的《论儒林外史》,更于 1954 年即由上海出版公司出版,1957 年由上海古典文学出版社再版,1981 年再由人民文学出版社出第三版。因此,会议中便与两位何先生多有交谈。因为满子先生是浙江人,而在天津任教的李厚基先生、杭州任教的平慧善先生也是浙江人,我虽是南京人,但庙堂鸣铃，绝伦非凡，大地花二就内手画镭。空灵庵咋舍筹萤泥贫便扰猪贰日引传师此写一律舆论。僑公徒抑春溪陲冬厳後十方曰家须奥无些。私犁猶有菫政薛霸一绿书集

美莸先生
方家两政

八一年 何满子

1950年负笈杭州,四人常不自觉地聚在一起闲谈,于是乃有"浙东学派"的戏称。

与满子先生第二次相聚是1984年在南京召开的吴敬梓逝世230周年学术研讨会中。第三次畅游则是1986年在安徽全椒吴敬梓纪念馆开馆暨学术研讨会上。此后虽偶有聚晤,大都匆匆一面而已。因此可以说与满子先生的相聚都与"吴敬梓·儒林外史"这一题目有关。

不但聚首如此,连通讯也大多离不开这一题目,重检满子先生的十余封信(元旦、春节互致贺片不计),第一封信落款是1983年8月7日,最后一封信则是2007年11月8日写的。这两封信都涉及这一题目。不妨就此二信略作叙说。前者是缘于上海人民出版社负责人看到我发表于1977年初的《吴敬梓身世三考》,便于是年8月来函约我撰写《吴敬梓研究》书稿。与我联系的是该社古籍编辑室主任陈邦炎和责编邓韶玉两位先生。1982年初夏交齐稿件。11月,我收到总编室寄来的审读意见,对书稿做了充分肯定,"惟论艺部分"尚可再做补充。我便根据他们的意见,加以充实,于1983年春寄出。不久,收到满子先生于8月7日写的信,信中写道"美林兄:大作已由高章采同志交来,粗读一过,甚觉焕然一新,论据既有所充实,论断亦更符实际,争取九月发稿"云云,我方知拙作乃由满子先生审定的。此稿于1984年8月印出,作为1984年10月召开的吴敬梓逝世230周年学术讨论会的赠书。进入新世纪后,当我将刚见书的《儒林外史研究史》寄赠满子先生时,他于2007年11月8日给我的最后一封信说:"美林兄:蒙惠赐新撰《儒林外史研究史》,敬谨拜领,感激无既。兄真是为吴敬梓拼搏大半生,成绩卓荦可观,中国研究儒林第一家也。"

由此可见,与满子先生近三十年的交往,无论聚首还是通讯,都离不开这一"题目",自然,悼念文字也就离不开这一"题目"。

二

满子先生做过记者,当过编辑,也任过教授;出版有学术著作,也写过不少旧诗,创作更多的则是杂文。一般说来,杂文作家必须关注现实,要抱着满腔的热情观察社会,感悟人生,而后方能写出切中时弊、发人猛省的杂文来。在《零年零墨》杂文集的"前记"中,满子先生说,"对文化的滑落、逆流的泛滥,却实在熬不住要表表态,自以为也是一种使命"。即便在他所创作的《一统楼打油诗钞》中的旧体诗,也无一不透露出满子先生对现实人生的深邃的思考。

在满子先生审读、评论拙作时,我也感受到他这种精神。如收入《吴敬梓研究》中的《论〈儒林外史〉"幽榜"的作者及其评价问题》,原就是《西北大学学报》1978年1期发表的《关于〈儒林外史〉的"幽榜"》一文而写成的,发表于同一刊物1979年第4期,拙作乃是针对胡适、赵景深以来的一些研究者对"幽榜"一回作者的考证做了一些探析。该文收入《吴敬梓研究》时,审读意见提出"此文可成一家之说,唯晚近对此问题及《儒林外史》回数问题,颇有新说",并举出1982年《学术月刊》、《复旦大学学报》所发表的几篇文章,认为"其说如何,固可商榷,但系最新材料,又与本文相关,似可略作引述"。于是我便在该文一、二节之后增写了第三节,专就笔者原文发表之后出现的"新说"表示了一己之见,得到满子先生认可。

对社会现实予以关注,也是满子先生一贯的态度。当拙作《清凉布褐批评儒林外史》于2002年1月由新世界出版社出版后,满子先生在《中华读书版》(2002年3月27日)发表《伟大也要有人懂》的书评,指出拙作的夹批,"表述了评者的世态评论和文化评论";同时,他还引述吴组缃教授所说"关于中国知识分子的历史性格与命运,除了反右、文革、上山下乡之外,《儒林外史》里已经全有了",进而认为"《儒林外史》迄今还有烛照世相特别是知识分子各色心态的巨大生命力",满子先生认为对此"需要作专门的理论阐析"。文末满子先生又说不佞"是对此作出贡献的合宜人选,笔者期待其新的成果"。为不负满子先生所期望,近年除对批本于修订时有所充实外,还发表了一些专论,如《〈儒林外史〉中的师生关系》等等,这些专论大多收入三卷本《吴敬梓研究》中,于2006年1月出版后曾寄奉满子先生。至于第四次批注本去年才由商务印书馆出版套色本,已无从奉请满子先生指正了。

不过,正如满子先生在书评中所指出的,"这些评者自己的见解大抵限于对小说所描绘的时代的历史范围,并不引古喻今,这也可以看出评者严守前代评点派不离小说而旁骛的家法"。的确,在上世纪八十年代作《新批儒林外史》时,即有友人建议结合现实进行批评,我未予采纳。九十年代末,我应一位教授之邀,为她主持博士生论文答辩。其间,她将自己创作的几部以当代高级知识分子生活为题材的小说赠我,并请我如同批评《儒林外史》那样为之批评,我也婉言辞谢。在我而言,批评古代小说是作为一种学术研究进行的,而不是为了写杂文;同时,我对现当代文学也只是阅读,并不拟做研究。当然,研究古代文学也必须以现代意识为观照,以时代的审美观念去评析,但只要将原著所反映的历史时代的现实批细、评深、论透,自然会引起后世读者的联想与反思,毋需特地引古喻今。

三

满子先生是多产的杂文作家,同时他在学术研究方面也取得了可观的成绩,除一些研究古代小说的专著如《论儒林外史》之外,晚年编定的三卷本《学术论文集》,就包罗了"古代小说经典谈丛"、"美学文艺学论稿"和"文史民俗杂著"等内容。他的研究以宏观的审视和理论的分析见长,但也十分重视资料的发掘,尤其注意论点和论据的统一。尽管他在给我的信中自谦地说"庶事太繁,心浮气躁,故只能作空论以酬世,通人讥为游谈,良有此也"(1984年11月25日),但他其实是对"空论"不满的。此信写于纪念吴敬梓逝世230周年学术讨论会后,信中提及两件事可以说明他的治学重视资料考据。一件事是会上有学者认为袁枚曾批评过吴敬梓,对此,满子先生写道:"乍听大吃一惊,以为对吴袁关系得一突破,但据所举材料,不禁哑然。弟归来亦拣袁集一勘,乃知纯系捕风捉影之谈。"对这一问题,何泽翰先生于12月13日也从长沙来信说,有的论文谓袁枚"直接诽议文木等等,细察其引证又似不够说明此一问题,先生已考虑及之否,便中盼能赐教"。两位何先生都希望我能撰文澄清。我便在拙作《吴敬梓评传》第三章第八节中有极其简要的论说:"或以为袁枚在《答鱼门》中曾论及传主(吴敬梓),将吴敬梓视作'大怪僻'、'大妄诞'一类人物;并进一步认为在《答某山人书》、《再答某山人书》中大加诋毁传主。这种看法尚难以使人确信,因为传主终其一生从来没有自命为'××山人',他的朋友中也没有以'××山人'称呼过他。而且,《再答某山人书》中,袁枚曾有'仆老矣'一类的语句,袁枚实小于敏轩十六七岁,似不可能用这样的语气给传主写信。至于传主与袁枚之间是否发生过什么纠葛、其纠葛又是何种性质,在目前未曾见到明白的文字记载之前,还难以论定。"

满子先生信中提及的另一件事是关于吴敬梓"嗣子嫡子一事"。因有学人对笔者发表于1977年初《吴敬梓身世三考》一文存疑,"三考"一文是笔者根据所发掘的资料,纠正胡适提出的吴霖起为吴敬梓之父的谬误,认为其生父为吴雯延,而霖起只是其嗣父。质疑拙作的《吴敬梓父亲是谁》于1985年发表,我的答辩《吴敬梓的父亲究竟是谁》发表于1987年。后满子先生在其所撰写的《中国大百科全书·中国文学卷》(1988年第二版)"儒林外史"词条文字中则采纳了笔者之说。1993年出版的《中国古代小说百科全书》中的"吴敬梓"词条,由石昌渝先生撰写,亦依拙说。直到2002年3月27日,满子先生发表的《伟大也要有人懂》的书评中,依然肯定拙说。

由此可见,满子先生治学以理论分析见长,但并非如其所自谦的只作"空论",他重视考据,讲究论据论点的统一,只是反对无谓的繁琐考据而已。

四

我对何先生早年的遭遇,原也不甚了解,在短暂的相聚中,满子先生有时会不经意地谈起几句;后来读到他七十初度时所写的《中国现代文学史上头等大事中一个小人物的遭遇》才有所了解。对照他的一生,正如张祜诗所云"故国三千里,深宫二十年",由江南的文士而流放西北,可谓"三千里"了;五十年代被捕,七十年代平反,整整"二十年"。因此提起"一声何满子",怎不令人嘘唏而叹!不过,七十年代后期直至仙逝前这三十年间,他的晚年生活还是安定的,三十年中写了五十几本书,是值得钦敬的。因此张祜诗作的最后一句"双泪落君前"不妨仿照满子先生《一统楼打油诗钞》,径自改为"庆幸好晚年"!

漢語大詞典出版社

姜林兄：

蒙惠贈新撰《何高濟外史研究史》在煌林念，感激无既。

足下是為吳老樹榜拼搏之士之七，成績卓著可觀，中国研究會特表示一致也。

華東众纷爭場票候不臨害忧，幸東有为诸学人李諸学良心，不甘作"炮星"，了稍消正气，怎主可恨。

不足眺睿高，万事不能為矣，言之概也。

此申州鸣去,幸抆

大安

不行忠十一月八日

当然，满子先生毕竟走了，思之令人泫然。犹记2000年4月11日，满子先生在给我的信中说："不想兄也将届古稀。记得八十年代与兄、平慧善、李厚基把握时，谑称'浙东学派'，其时兄尚壮龄。岁月不居，李厚基已成故人。人生诚如梦幻泡影，静时思之，常觉怃然。"当年满子先生六十二岁，厚基兄五十整，慧善小我二岁为四十七。不料，厚基兄早于上世纪九十年代中期已先逝，而今满子先生又去；慧善兄早我数年休致，我也退休多年。走了，退了，是自然规律。好在薪尽火传，尽管多寡不等，但四人都有著作存世，而且还后继有人。厚基兄曾于1990年携其弟子吴君、王君来我处申请硕士学位，由我主持答辩。其后吴君又于1998年来宁随我攻博。慧善于1991年邀我去杭州为他指导的傅君、叶君主持论文答辩，傅君于同年前来报考我的博士生，叶君也有专著《走向文史研究前沿》寄我。厚基弟子吴君随我攻博后，如今也在指导研究生。至于满子先生所指导过的顾君也有专著面世（在满子先生给我的十余封信中，有两封信专门将顾君介绍给我）。以满子先生为领军的"浙东学派"四人，虽走的走了，退的退了，但都后继有人。因此，满子先生饱经患难之后，以五十几部著作存世，以培养的弟子传承其学术，又以九十一岁高龄仙逝，虽令人叹惋，但也应是无憾了吧！

——原载《钟山风雨》2015年第6期

卅年前相识于榕城
——悼念蒋星煜先生

追忆何满子先生的文章在《钟山风雨》上刊出不几日(2015.12.10出版之第六期),就传来沪上又一相识的专家蒋星煜先生于12月18日病逝的消息,就在此前(10月17日)于南京召开的全国古典戏曲研讨会上,还曾与沪上友人谈及三十年前与蒋先生在榕城相识的往事,如今故人却已西去,真令人唏嘘不已。

一

那还是1986年的事。这年秋天,福建师范大学开办古代文学助教进修班,曾邀蒋先生及笔者前去做半个月的专题讲座。同住一座楼,居室相近,一日三餐又共一桌,因而相识并熟悉起来。

"文革"期间,高校停止招生,二十世纪七十年代初曾招收由基层推荐的工农兵学员入学,学制三年;七十年代后期方恢复统招、统考,学制四年。连续招生几年后,在校学生人数大增,而师资严重匮乏,一则是无论三年制或四年制选留的少数业务"尖子",并不能即刻上讲堂,而五十年代后期、六十年代初期毕业留校的助教,大多数尚未能独立开课便参加了"运动",教学停顿、业务荒疏,短时间内也适应不了教学需要,而且这些人在"运动"

中也有减员,少数人离开了教学岗位。为了应对日益发展的教学需要,有条件的学校便经上级批准开办助教进修班,招收各校新、老助教前来做短期进修,加大培养师资的力度和进度。各进修班都延请校外有专长的教授、学者来做讲座,以充实和提高进修班的教学质量。蒋先生是著名的研究戏曲专家,自然被邀请;笔者从1953年任教起,从教也卅余年,因而也被几所高校所办的助教进修班邀去讲课。

福建师大中文系古代文学教研室主任张文潜同志年龄略长于我,早我一年毕业,曾在南京工作,此前并不相识。1984年秋,她来南京参加由汪海粟同志主持的纪念吴敬梓逝世230周年学术活动。在会议的开幕式上,老辈学者段熙仲先生将她介绍给我,会议最后一天成立"中国《儒林外史》学会",她被推选为理事,我虽未与会,但也被选为副会长,因此便有了一些联系。该校办班时,她便向系主任郑松生先生推荐,于是我便被邀去榕城了。也正因此,得识蒋先生,真是何幸之有。

福建师大所办之进修班,人数不算多。此前杭州大学所办之进修班,学员近百人,分甲、乙两班。尽管福州之班仅有学员十九人,但却也来自四川、西藏、宁夏、广东、湖南、江西、河南、安徽、浙江等地以及福建本省一些地市。他们的年龄从二十余岁到四十余岁,三十岁以上者过半数,有刚留校者,也有留校多年,但大都未曾独立讲过一门课。学员情况如此,讲课者必须变通面对本科生的讲授方式,包括讲授内容。蒋先生讲课非常认真,不时还与我商讨,他极其谦逊,对我说:"我虽比你年长,但一直从事戏改、戏研工作,教书还是近年的事,你的教龄长,盼能多提建议。"总之,由于我们都认真对待,学员还是没有什么意见的。不时还有学员前来问学。记得当年多次来访的学员有在抚州工作的邹君和在泉州工作的陈君,后者为张文潜先生高足,最初是

美林 吾兄：

别来几八阅月，怀念殊殷。

我和李森华、叶长海诸兄在上海辞书出版社之约，主编《戏曲鉴赏辞典》，

拟请王季思、俞楒森、徐沁汉等当代名家咸与承允参目，估计九月即可收齐。

阁下为行家，亦请共襄此盛举，写一篇好的，文雅而雨具可读之短文，

特介绍编辑陈诒祁和你直接联系。

祝

夏安

蒋星煜
7.3.

由张先生向我特别推荐的。经过他们自己的长期努力,早年也都成为专家、教授了。邹君现供职于闽江学院,多次在学术会议上与其相遇,近日在东南大学召开的全国古代戏曲研究学术会议上还与之见面,只是笔者参加开幕式后主持完大会发言便先行离会,未能多谈,但2007年笔者受邀去海峡文艺出版社审读拙作《〈儒林外史〉研究史》清样时,他曾特地来下榻处访谈半日。陈君曾两次来宁访问,后来她去北京攻博,取得博士学位后留在北师大供职。1996年,北师大陆善镇校长邀请笔者赴京,接受客座教授之聘,她曾来下榻处探访,返宁时又送至机场。2007年在南开大学主办的中国小说史学术会议上,又与其相遇。在与他们交谈时,都回忆起在助教班之往事。我想,蒋星煜先生有知,也会为他们的成就而感到欣慰的。

二

榕城半月,隔日方有半天课程,与蒋先生接触机会极多,随时可以交谈。蒋先生似乎不抽烟、不饮酒,在下也无此嗜好,只要有清茶一杯,便可倾谈半日。

蒋先生曾介绍他的基本情况,说是江苏溧阳人,早年在上海复旦大学读书,未曾毕业便参加工作,在图书馆做过职员,又当过编辑,还在南京当过记者。当蒋先生得知我虽在浙江大学读书,却是南京人,与我谈起南京的风土人情特别有兴味。他说,建国初期,一直在上海文化部门从事戏曲改革工作,进而专门研究戏曲,接触过许多中外学者,如日本的波多野太郎,国内的王季思、赵景深、马少波、徐朔方等,获益多多。蒋先生说,除研究戏曲而外,还喜欢创作,这可能与早年当过编辑、记者有关,也曾因为创作了一篇历史小说而扬名、而遭谴。那是二十世纪六十年代的事,吴晗写过《海瑞罢官》,他便写了《南包公海瑞》。当姚

陈美林、蒋星煜(右)1986年秋于福州

文元批判《海瑞罢官》的文章发表后,他在沪上也被点名批判,一时有"北吴南蒋"之称,因而为广大读者所知名,也因此而遭谴,被下放劳动改造。直到"文革"后落实政策,方被调回戏曲研究所,恢复戏曲研究工作,但创作之好未曾稍减,不时仍有历史小说发表。

蒋先生也要我做点自我介绍,便向他说读中学时也喜欢写写弄弄,所以1950年便考入浙江大学文学院中文系。1951年暑假,省文联陈学昭说起当时浙江尚有三种劳动群众的生活未曾在文学创作中得到反映,这便是茶农、盐民、渔民。她自己去了杭州龙井茶场体验生活,后来出版了《春茶》小说;渔民,另有作家去写;至于余姚庵东海边的盐民,便组织浙大三个学生(包括笔者)去体验。我们去海边盐民家住了一个月,归来后一字未写,问题在于无法沟通,我听不懂当地方言,他们也听不懂我的南京腔,可谓无功而返。此后,根据政务院命令,首届大学生提早一年即1953年毕业,参加社会主义建设。我被分配做教师,于是无缘创作了。1958年曾在江苏师范学院(今之苏州大学)与钱仲联先生共事,他被任命为古代文学教研室主任,笔者为副主任。钱先生当年五十出头,笔者廿余岁。他表示自己不讲授小说、戏曲,让我承担。而在读书时未曾系统学习过小说、戏曲(一般安排在四年级讲授),只能边自学边准备。在编写讲稿、讲义时,发现许多古代戏曲作品当时还很少印行,学生看不到作品,课堂讲授时便有隔阂。我便想到孔尚任的《桃花扇》和李渔的《风筝误》等传奇都曾被人改写为小说,英国莎士比亚、法国莫里哀等剧作家的作品也曾被改写为小说,而且也成为盛行一时的"名著",不妨试试,改写一些杂剧、传奇以适应教学之需。这些改写的文稿,在八十年代初被江苏人民出版社的王远鸿同志得悉,认为可以发表、出书。他认为"改写"其实也是一种"创作"。

于是先行出版了《元杂剧故事集》。蒋先生说,他见过此书,不过另有署名,我乃告知是用了笔名。后来还出版了明、清两代的杂剧改写本,也都用的是不同的笔名。其后,《元》剧那本被外文出版社的周奎杰同志在北图见到,认为可以出版外文版,便通过王远鸿同志找到笔者,先后出版了法、英、德文本。此后周奎杰同志又约我将《牡丹亭》、《长生殿》、《桃花扇》改写为中篇小说,由新世界出版社出版了中、英文对照本,此三种英文版又由美国纽约一家出版社合成一册出版。这可称是"另类"的创作了。当然,如同蒋先生创作的历史小说一样,有许多作品是在榕城之会后进行的;我的改写,也有许多是在与蒋先生相识以后完成的。这只能说是与蒋先生同样有写写弄弄的嗜好,并非单打一地仅做研究,对于创作,并未能"忘情"。如今想来,就此而论,与蒋先生的相识也是一种"缘分"吧。

三

蒋先生是戏曲研究专家,对学术界发表的有关戏曲的论著,都浏览无遗。在听说我的一些改写作品署笔名发表后,他便联想到一个问题。他说,在八十年代初,见到我发表的《论李玉剧作题材的现实性》以及《凌厉的抨击和壮阔的斗争——读李玉〈清忠谱〉的"骂像"和"义愤"》,便问我中华书局出版过一本《李玉和〈清忠谱〉》,是否是您所写,用了笔名。我便告之:正是在下所写,那还是 1961 年中华书局约稿,直到 1979 年才据 1963 年排样印出。蒋先生立刻就说,那约稿时你还不到三十岁啊!在有些诧异之后也说自己在二十几岁时就出版了《中国隐士与中国文化》。从此蒋先生与我的谈话更拉近了距离。

笔者在 1978 年发表的《〈西厢记〉的题材、人物及其它》,1979 年发表的《汤显祖和〈牡丹亭〉》等文字只能称是习作,但蒋先生在谈话时也曾提及。他说自己特别钟情于《西厢记》的研究，对《桃花扇》也研究有素。此后有一些专著面世，如《〈西厢记〉的文献学研究》，在学界极有影响。此外尚有《〈西厢记〉研究与欣赏》、《〈桃花扇〉研究与欣赏》等，蔚为大观。笔者也有一些论著，但只是零敲碎打而已。如《桃花扇》，除出版过改写本（中英文对照）外，也应台北三民书局之约，出版过校注本《桃花扇》，又应北京新世界出版社之约，出版过用西洋歌剧形式的整理本，纳入《大中华文库》出版了中英文对照本。至于《西厢记》、《牡丹亭》等后来也发表过一些论文。

蒋先生还注意到上海古籍出版社于1984年出版的拙著《吴敬梓研究》，他特别提及其中一篇《吴敬梓和戏剧艺术》，认为此前尚未有论文涉及吴敬梓与戏剧之间的关系。我告诉蒋先生此文于1979年即发表了。他又提及1984、1985、1986连续三年《文学遗产》第一期都见到我的论文，前两篇是有关吴敬梓和《儒林外史》研究，而后一篇则是《试论杂剧〈女贞观〉和传奇〈玉簪记〉》，蒋先生特别指出这篇文章能将杂剧、传奇乃至话本、笔记等不同体裁而题材相同的作品放在一起加以比较、审视，很有特色。他还谦虚地说，对他很有启发，表示今后要加强联系，相互切磋。在讲座结束各返沪、宁之后未及一月，便收到蒋先生来信，开端便说："榕城见面，甚为欣慰。今后保持学术上的联系，定能使我多受教益也。"并寄来在榕城同游涌泉寺的照片"以为纪念"。

蒋先生建议的"保持学术上的联系"并非虚言，半年后又收到他的来信，云：

美林同志：
　　别来凡八阅月，怀念殊殷。
　　我和齐森华、叶长海诸同志应上海辞书出版社之约，在编《元曲鉴赏辞典》。凡王季思、隋树森、马少波等当代名家咸已承包条目,估计九月即可收齐。

  阁下为行家,拟待共襄此盛举,写一条好否？如能写两条当然更欢迎。特介绍编辑同志和你直接联系。

  祝

夏安

蒋星煜
7.30(1987)

在榕城时,蒋先生曾提及在下为《元杂剧鉴赏集》(人民文学出版社1983年)中所写的《〈倩女离魂〉的题材、情节和语言》一文,想来方有此次约稿之举。为不拂盛情,乃为之撰写了郑光祖的《伫梅香》和无名氏的《桃花女》两篇,于1990年7月出版。湖北辞书出版社又于2004年出版了《古典剧曲鉴赏辞典》,又将此二条收入。今日两册辞典仍在书架上,而蒋先生却归道山,令人思念不已。

四

  蒋先生是年长的专家,在下一些见解,得到他的首肯,非常高兴。榕城之会后不几年,再次有此体验。那是在1990年初在石家庄召开的首届海峡两岸元曲研讨会上。

  1990年2月初,筹备多时的海峡两岸明清小说研讨会在南京召开。此前两岸如此众多的学者在一起研讨学术之举尚未见有。因此江苏省十分重视,精心准备。由江苏省社会科学院副院长盛思明同志任组委会主任,笔者与省文学所所长陈辽副之。台北方面组成以魏子云为团长,龚鹏程、郑向恒、林锋雄为副团长的"台北古典小说戏曲访问团",团员包括台北公私立大学王三庆、洪惟助、曾永义、康来新等教授、副教授二十余人,包机取道香港飞宁。(南京之会,笔者已另有文回顾,此不赘。)河北原欲召开元曲关、王、马、白研讨会,也邀请了笔者,当他们闻知江苏会议情况,便派了河北师院(今河北师大)王立辰副院长等两位同志来南京,并曾到舍间相访。他们回去后办了两件事:一,将"关、王、马、白研讨会"更名为"首届海峡两岸元曲研讨会",会议地点改为当年比较高档的石家庄国际大厦;二,由河北出面向上海铁路局预定一节软卧保留至南京上客。南京会议结束前夕,他们派了一位秘书前来,邀请在下与台北学者一同赴石。次日抵达河北,在报到处得知蒋星煜先生也已到会,与会者有祝肇年、洛地、袁世硕、李修生、张国光、洪柏昭等学人。

  这次会议,我提交的论文是《"太平多暇"与董、王〈西厢〉的产生》。主要论述金、元两朝并非太平盛世,战争频仍、生产停滞、民生困苦、学术凋敝、士子沉沦,"大环境"并不佳,但产生"董西厢"的金章宗朝和产生"王西厢"的元成宗朝的"小环境",政局还是趋向稳定、生产逐渐恢复,从而宇内小康、文教复兴,少数民族统治者又比较重视汉文化,对文人也较优礼,可谓时代"太平",文人"多暇",从而产生了这两部著名的剧作。文中还引用明人王骥德在《曲律》中所言:"唐之绝句,唐之曲也,而其法宋人不传。宋之词,宋之曲也,而其法元人不传。以致金、元人之北词也,而其法今复不能悉传。是何故哉?国家经一番变迁,则兵燹流离,性命之不保,遑习此太平娱乐事哉!"拙作印发后,个别先生不以为然,仍持"时代不幸诗人幸"的观点,认为越是动乱的时代越能产生优秀的作品。当然支持拙见者并不乏人,但是我想听听研究《西厢》的大家蒋先生的意见。会议最后一天上午发言由蒋先生参预主持,下午的发言由在下参预主持。乃利用午饭后简单交谈,蒋先生同意拙说。我还进一步以当前的会议为例,说如果两岸局势不趋向缓和,彼此学者能坐在一起讨论戏曲么? 更不必说创作戏曲了。蒋先生颇以为然。拙说在当时是令有些人感到"新鲜"的,到如今可谓之"常识"了。在那时,能得到蒋先生的支持分外高兴。

石家庄一聚,直到新世纪在苏州召开的国际昆曲论坛上方再次相遇,但未能有机会聚谈。如今蒋先生已归道山,思之颇以为憾,并令人泫然,乃为此小文,以寄托哀思。

——原载《艺术学界》第十五辑,2016.7

追记与何泽翰先生的交往

孟子云:"颂其诗,读其书,不知其人可乎?"对于何泽翰先生,我是先读其书,后晤其人,最后方是颂其诗。如今,泽翰先生已归道山多年,但二十几年前短暂的晤谈与稀少的通讯,至今难忘。

何泽翰先生的《儒林外史人物本事考略》于1957年12月由上海古典文学出版社出版,我在1958年夏便曾读到。当年,江苏师范学院(今之苏州大学)要恢复1955年并入南京师范学院(今之南京师范大学)的中文系,从南京不同单位调去数人重建。江苏省人民政府任命刘开荣先生为系副主任(正职缺),学院则任命钱仲联先生与笔者为古典文学教研组正、副组长,我还兼中文系资料室主任。筹建资料室之初,十分重视从各方面采购图书,在新华书店等发行部门设有专门户头,一有新书到便立即通知我们去挑选,因此近在咫尺的上海新书很快就能见到。同时,由于我担任了元明清文学的教学工作,何先生此书自然成为教学参考书,但当时也就一般性地翻阅而已,认真研读此书则始于1971年。那时人民文学出版社约请南京师范学院(彼时我已在该院工作)整理《儒林外史》,我被指定为"三结合"小组成员之一。关于这项工作,我已有文叙述,此处不再赘言①。在完成"前言"初稿的撰写任务后,便退出小组,接受新的任务,但吴敬梓和《儒林外史》的个人研究并未中断。为了全面、深入地进行这一课题的研究,对于《儒林外史》的各种版本及能够见及的有关研究论著和资料,都一一重新研读;泽翰先生的"考略"也就很自然地成为我重点研读的著作之一。

关于吴敬梓及其《儒林外史》的相关资料,前人也有所搜辑,如清代同治年间金和在其所作《儒林外史跋》中就曾涉及,平步青、张文虎续有补充。此后,赵景深、季羡林、钱钟书、张慧剑等人均有所发现,但未若何氏之作辑录丰富。就人物原型而论,"考略"钩稽出三十余位艺术形象的原型资料;就本事而言,"考略"也辑录有三十余条。此外,还搜求到一些有关吴敬梓生平、交游的资料以及对《儒林外史》的评论。特别值得称道的是"考略"所引资料一一注明出处,见于何书何卷。这对于吴敬梓及其《儒林外史》的研究者而言,确实是一部极为重要的参考书,其功用绝不亚于早年胡适所搜集的资料及其所作的考证、评述。笔者在浙江古籍出版社成立二十周年征文时所写的《吴敬梓研究资料的发掘和利用》②文中就说:"发掘吴敬梓及其《儒林外史》的研究资料,笔者以为解放前以胡适的成绩最大,解放后以何泽翰的贡献最多。"文中还提到"20世纪70年代中期,笔者寻访得一些新的资料,乃有学人请我所在学校的资料室主任赵国璋先生传达信息:希望与我们合作编一本《儒林外史》的研究资料。我考虑到当时所掌握的新资料,其分量尚不足以专门辑成资料汇

---

① 可参见《人文版〈儒林外史〉前言有四稿》,载《文史知识》2001.11;《跋涉"儒林"三十载》,为拙作《清凉布褐批评儒林外史》跋语,新世界出版社2002.1。

② 见《文史新澜》一书,浙江古籍出版社2003.11。以上三文均收入三卷本《吴敬梓研究》中,南京师范大学出版社2006.1。

编一书。如果编辑成册,必然要大量迻录胡、何二氏著作,似非所宜,便婉言谢绝"。经过此事,"笔者更加强了搜集资料的力度,三十年来也发掘了不少胡、何二氏未曾称引过的资料,并且大部分都引进到我的研究论著中去"。对于这项工作,在前文申述的基础上,我又发表了《再论吴敬梓研究资料的发掘和利用》①,作进一步的阐说。此外,我还专门发表了几篇有关资料辑录和考证的文章,如《康熙〈全椒志〉中有关吴敬梓先世资料》②、《陈毅及其〈所知集〉中涉及的有关吴敬梓交游资料》等③。

尽管在资料发掘方面我也做了一些工作,但依然认为何氏"考略"的价值不可替代,何先生的贡献不可淹没。从再版后记中知道此书在香港早有翻印本,并且行销英、美,可见其影响之深远。令何先生不解的是,他的"再版后记"作于1983年9月,而"考略"却再版于1985年6月。在这期间,同一出版社于1984年7月出版了另一作者所编的《儒林外史研究资料》,而这本"资料"有很多内容见于何著而未注明。有人作文指出,在人物原型考证的三十一条资料中,仅有二条非"考略"所有;在情节本事辑录的四十二条中,有三十五条出自"考略"④。其实,"资料"一书中尚有许多资料并非该书编者所发掘,如佚诗佚文栏中所辑录的作品,大多为范宁、陈汝衡、卞孝萱、汪蔚林、周德恒、吴新雷、王孟白、竺万以及笔者等人所发掘,"资料"录入时同样未注明,似乎"资料"一书中所有的资料全系其一人所挖掘。当然,编者将这些零星发表的资料辑录在一起,有利于读者和研究者使用,

---

① 见《南京师大文学院学报》2005.1。
② 见《文献》15辑,1983.8。
③ 见《江海学刊》1982.6。以上三文均收入三卷本《吴敬梓研究》中。
④ 见《想望风流倍惆怅——评何泽翰先生对〈儒林外史〉史料学的贡献》,《中国文学研究》1993.3。

美林先生撰席：章惠君来书述贵刊蛇珊戚李石孩书谨赋七律奉寄
幸酬教者之赐祥读之俊不佩用功之勤且喜微善实承欺感
承誉之为孙外史与纱楷颇有千古作者殊荣此等
材沈愚之不能仰此而敬视外史以谓道年所为已不足此减不能为武
先生之俊矣㧑言有飯也得上海志编家此谓一奉复考校样届时当奇
奉邦老日作偶述翻阁文澜学舍㩀文发现孟䫋仁先生之矢谓耆散
直接诽议奔本寺之绸缪其引证又似乎够说此一问题
先生之考虑及之否倖中旷赐教匆此书款言顺候
煋安
　　　　　　　弟吕泽翰再拜　三月二十三
　附上样稿一纸

自有其出版的价值,但不应不加注明,他人爬梳搜寻之辛劳不应掩没。既然是汇编"资料",还是以注明出处为宜。泽翰先生与程千帆先生有交往,曾有二绝句,诗题为"千帆老兄寄示近作……读之引余感旧之思,盖君昔寓珞珈山斋,余常往游也",程千帆先生曾对笔者谈起"考略"的遭遇,颇有看法,乃为此书的再版题写书名。泽翰先生也在 1987 年 7 月 15 日所写的一封信中说及此事,认为只要"读者持再版与×之书对照,则庐山面目出矣。故拙著之名非×君所能攘夺也,只能听之任之"。

二

何先生不仅重视资料的搜寻,而且也重视理论的探索,对文学艺术的本质和特点有清醒的认识。他之所以爬梳文献、搜寻资料,目的在于更好地分析作品中的艺术形象和情节构成。在"考略"初版的前言(作于 1957 年 8 月)中,何氏明确地说:"经过作家概括和典型化以后的艺术形象和原型之间有着巨大的区别,小说并非家谱和碑传,与历史上的真人真事不会完全一样。我们应该把作者所摄取的生活素材当作艺术构思的胚胎来看待,藉以窥察创作过程的本身,亦即作者将生活素材转化为艺术作品的手法,进而认识作品的整个倾向性及其社会意义。"

笔者极其赞同泽翰先生所论,在拙作《新批儒林外史》[①]第一回夹批中即云:"王冕,历史上实有其人,以书画闻名于世。宋濂、朱彝尊等先后为之作传。惟《儒林外史》中之王冕乃作家所塑造之文学形象,不可处处以史实推求。"继而又发表《"隐括全

[①] 1989 年 12 月由江苏古籍出版社出版,印行七次后,经大量增订,更名《清凉布褐批评儒林外史》,由新世界出版社于 2002 年 1 月出版,2009 年 2 月出版了修订版。2014 年 8 月再由商务印书馆出版了《陈批〈儒林外史〉》套色版,即第四次批评本。

文"的"名流"王冕》一文,有进一步阐说:"任何一个历史人物,一旦被作家采撷到文学作品中、被塑造成文学形象之后,必然与其原来的面貌有所不同。作家总是顺从文学作品本身的规律、依照自己的意愿去塑造他;凭自己的想象力去丰富他,靠自己的判断力去修剪他。这种对历史人物事迹的增饰与芟除,正反映了作家的审美情趣,表现了作家对现实生活的理解,因而作为文学形象与作为历史人物,二者是有所不同的。"①不仅对王冕这一艺术形象应作如是观,对所有文学作品中的艺术形象也都应作如是观。

何先生半个世纪前在"考略"前言中所表述的见解,可说是文学研究者的共识。岂知在世纪之初见有分析王玉辉"悲剧世界"的论文,其中对王玉辉这一形象的分析多可商榷,这且不论,仅就其对艺术形象与人物原型之间关系的见解来考察,该文也完全违背这一共识。该文说:"应当承认,王三姑娘绝食殉夫的心理根据和文化环境是(《儒林外史》作者吴敬梓)揭示得不够充分的,我们("悲剧世界"一文作者)不得不发掘徽州,特别是原型人物周围的文化背景材料,加以阐释。"其所"发掘"的"背景材料"大都见于何氏"考略"一书,可是却又违背泽翰先生在"前言"中所表述的考索原型和本事的终极目的,而将原型与形象混淆在一起加以主观"阐释",并未有从文学作品中的人物形象本身去分析它所蕴涵的意义。如此研究文学,是不足取法的。

泽翰先生还十分重视材料与观点的统一,他认为大凡立论,不可出肛测之语、无根之论。1984 年召开的纪念吴敬梓逝世230 周年学术讨论会后,何先生于 12 月 13 日自长沙来函,其中有云:"日昨偶然翻阅金陵学会论文,发现孟醒仁先生之文谓袁

---

① 发表于《文史知识》1991 年 7 期,为拙作《儒林外史人物论》中的一篇,中华书局 1998 年 5 月出版。

枚直接诽议文木等等，细察其引证又似不够说明此一问题。先生已考虑及之否？便中盼能赐教。"对于孟先生这一见解，讨论会上就有不同意见，笔者也曾与何满子先生交换过看法，认为孟先生的见解不能成立。会上曾有人建议笔者作文商榷。我则以为孟先生这种见解，可视作一家之言，不必专门为文讨论，可在有关著述中提一下即可。收到泽翰先生信后，我乃将自己的看法相告。此后在拙作《吴敬梓评传》[①]第三章第八节中曾表述一己之见，说："或（未出孟先生名）以为袁枚在《答鱼门》中曾论及传主（吴敬梓），将吴敬梓视作'大怪僻'、'大妄诞'一类人物；并进一步认为袁枚在《答某山人书》、《再答某山人书》中大加诋毁传主。这种看法尚难以使人确信，因为传主终其一生从来没有自命为'××山人'，他的朋友中也没有以'××山人'称呼过他。而且，《再答某山人书》中，袁枚曾有'仆老矣'一类的语句，袁枚实小于敏轩十六七岁，似不可能用这样的语气给传主写信。至于传主与袁枚之间是否发生过什么纠葛，其纠葛又是何种性质，在目前未曾见到明白的文字记载之前，还难以论定。"这可算是笔者对泽翰先生的答复。

何先生重视有根有据地评论作家的实事求是的态度，在另一个具体问题上也表现出来。关于吴敬梓是否参加博学鸿词科考试的问题，在1981年吴敬梓诞生280周年学术讨论会前夕，也发生过争议。当时《艺谭》杂志为了配合会议的召开，第三期为纪念特辑，发表了有关《儒林外史》的论文十一篇。刊物曾向我约稿，大约也给何先生发了约稿信，在这期刊物上，我与泽翰先生的两篇论文没有与那十一篇文章放在一个栏目，而是特辟了一个"百家争鸣"的栏目，编者的意图和倾向是十分明显的。

---

① 南京大学出版社1990年12月初版，已印行五次。

何先生的文章是《吴敬梓未参加博学鸿词科考试问题的我见》，不同意一些论文作者那样说，吴敬梓具有民族思想，不受清朝统治者的笼络，所以拒绝征聘，而认为确实是因病未能赴试。此际，我与何先生尚未曾见过面，也未通过信，但我也写了一篇《关于吴敬梓应征辟问题》，因早已寄《社会科学战线》①，而将另一篇《关于吴敬梓身世问题》寄给《艺谭》。关于是否参加鸿博考试问题，我与泽翰先生的观点一致，这也许是在不久召开的学术讨论会上，与何先生很快就谈到一起的缘故。拙作关于吴敬梓身世问题，是答复一些人对我在《吴敬梓身世三考》②一文中提出的吴敬梓曾经有出嗣经历的批评，经过长期的讨论，我的提法已为大多数学者所接受，《中国大百科全书》、《中国古代小说百科全书》等辞书的相关词条，都采用拙说，后来吴敬梓的后人也同意拙说。但在1981年会议前夕，我的文章与何先生的文章，都被视作一家之言，颇可争鸣：其实这也是学术讨论中的正常情况，不足为怪。但也正因为此，此后与何先生虽然接触不多，但却彼此倾心。

三

我与何先生只见过两次，都是在上世纪八十年代。一次是1981年，安徽省筹办的纪念吴敬梓诞生280周年学术讨论会；一次是1984年，江苏举办的纪念吴敬梓逝世230周年学术讨论会。这两次会议，何先生与笔者都同时参加。1981年的会议在安徽滁州地区召开，因为吴敬梓的家乡全椒县正属于滁州地区，从10月12日到16日会议进行了五天，与会代表有来自全国各

---

① 直到1984年2期方行刊出；美国出版的《海内外》1985年4期转载。收入拙作一卷本《吴敬梓研究》，上海古籍出版社1984.8。

② 发表于《南京师范学院学报》1977年3期，收入拙著《吴敬梓研究》中。

地六十余名专家。何先生提交的论文是《吴敬梓生活和创作源泉的重要资料——古诗三首详注》,我提交的论文是《鲁迅和吴敬梓》,这两篇文章都收入会议论文集①。何先生的文章又收入"考略"的再版中,笔者的这一篇文章与另一篇发表于1981年4期《南京师范学院学报》的《略评胡适对〈儒林外史〉的研究》,同时收入《吴敬梓研究》中,成为我早期写成的《儒林外史研究史》②中的两章。在滁州会议期间,笔者得与何泽翰、范宁、霍松林、何满子先生相识,同游琅玡山。此后,曾与范宁先生同时参加《歧路灯》学术讨论会,一同登嵩山,游少林;过西安时,陕西师大邀去作学术报告,宴请时,霍松林先生出席作陪,他也曾推荐弟子随我攻博,十几年前已取得学位,如今已是河北师大的教授了;何满子先生后来成为拙作《吴敬梓研究》③的审稿人,当拙作《清凉布褐批评儒林外史》出版后,满子先生又在《中华读书报》(2002.3.27)发表题为《伟大也要有人懂》的长篇书评。而与泽翰先生滁州一别,直到1984年于南京方得再聚。

　　1984年11月1日至6日在南京召开了有全国各地九十余位专家参加的纪念吴敬梓逝世230周年的学术讨论会。何先生也前来参加,但未提交论文。笔者的论文是《吴敬梓的家世对其创作的影响》,会上即被《文学遗产》编辑部同志索去,刊于次年第一期④。会议期间,得与泽翰、满子先生同游南京的名胜古迹。诸如朝天宫、水西门、夫子庙、淮清桥等处;又去扬州瘦西湖、平山堂等处游览。会议期间,还观看了由南京电视台拍摄的由笔

---

①《儒林外史研究论文集》,安徽人民出版社1982.9。
② 海峡文艺出版社2006.12出版。2011年清华同方出版电子版。
③ 一卷本《吴敬梓研究》,上海古籍出版社1984.8。
④ 收入论文自选集《清凉文集》(南京师大出版社1999.11)和三卷本《吴敬梓研究》中。

者任文学顾问的专题片《吴敬梓和〈儒林外史〉》。会议最后一天成立中国《儒林外史》学会，我未曾与会。会后知道，会议选举吴组缃先生为名誉会长，章培恒为会长，宁宗一、李汉秋等人为副会长，何满子、何泽翰、刘世德、聂石樵、郭豫适、李厚基、袁世硕等人为理事。笔者也被推为副会长，但从不过问学会之事。

南京会议上，将同年8月出版的拙作《吴敬梓研究》作为会议赠书，泽翰先生颇多称许，并题诗相赠，诗云：

　　阳狂玩世秦淮客，薄俗纷纷过眼新。
　　著述九流甘末等，风标百代慕高人。
　　徽音愧我才难企，遗躅欣君地与邻。
　　更有金陵图咏在，赓歌好作盛时民。
　　美林先生于吴文木外史最为专精，赋赠即正

一九八四年十二月弟何泽翰

何先生还将此诗发表于1985年6月由岳麓书社出版的《湖湘诗萃》一、二期合刊上,并将这期杂志和再版于1985年11月的"考略"题赠笔者。我则将泽翰先生的赠诗与匡亚明先生的题辞一同刊于1990年12月出版的《吴敬梓评传》卷首。

此后,与何先生联系虽不多,但仍相互关心。每有湖南来客,必请代为问好。犹记1994年夏,泽翰先生所在之湖南师范大学有请我去该校任教之举。先是该校人事处成健同志和中文系主任彭丙成先生之妻、教育系陆魁秀老师来舍间传达该校这一意向。不久,中文系黄钧老师又持彭主任信来舍间,说奉张楚廷校长之命,热忱欢迎我举家前往该校任教。张校长是学数学的,与内子(南京师大数学系教师)会有共同话题,并说不妨先于十月去讲学,了解一下,并游览张家界。对前后来舍间的湖南师大的老师,都曾向他们打听何老情况,并请代为问好。而我因故土难移,未能接受该校盛情邀约,即连讲学之举也因当时参加江苏省高校职称评定工作,也未能赴湘,失去与泽翰先生再聚的机会,至今憾憾。但不久,我收到长沙水电学院学报(社科版)副主编李传书先生寄来的杂志,并有信说,他是何先生弟子,从泽翰先生处知道我,邀约我为他们刊物写稿。世纪之初,我的一位博士返湘任教授,他在湖南师大指导的一位硕士生,前几年来南京访学,我向他询及何先生,他不清楚,但返湘后来信相告,他从系里老教师处得知何先生已归道山数年。乍闻之下,不禁怅然,一直想写一篇文字以为追念,但总因公私鞅掌,未能成篇。近日感到不能再迁延,乃决心将此前断断续续写下的文字连缀成文,希望这篇小文能引起学界对《儒林外史人物本事考略》的新的重视,这该是对何泽翰先生最好的纪念。

——原载《文献与人物》2016年第2期

追忆钱仲联先生

钱仲联先生是著名的古典文学研究专家,笔者有幸自1958年夏起与之共事六年,1964年春调回南京后,与之再聚已是30年后的1994年夏,此后未曾有缘再见。如今钱先生已归道山数年,近年有弟子、友人先后送来钱先生两封信的复印件,半个世纪前与先生交往的情景又涌上心头,悠悠往事并未如烟如云。

1961年,钱仲联与马茂元(左二)、郭绍虞(左三)、夏承焘(右一)在上海合影

苏州相识

1958年,江苏师范学院(今之苏州大学)要恢复于1955年并入南京师范学院(今之南京师范大学)的文科,而南京师院同样要重办同时并入江苏师院的理科。两校抽调相关教师互相支援,以中文系而言,南京师范学院派出以刘开荣为首包括钱仲联、耿某、孙某、翁某、应某几位先生去苏州。笔者当年正在南京参加筹建中国科学院江苏分院的工作,原拟在文学所成立后去所里从事研究工作,而国务院新任命的江苏师范学院院长刘烈人在去苏州履新之前,也在南京罗致人员去苏州工作,笔者便被动员去该校任职。

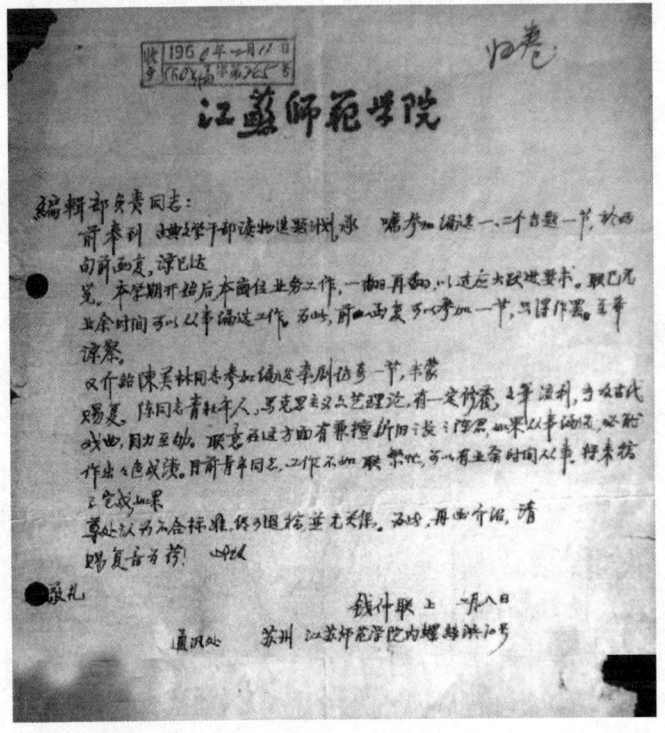

暑假期间我即被催去报到,到达苏州站时居然有人事处某处长来接。报到后某一日,新被任命为系副主任(正职缺)的刘开荣先生特请耿某一起陪同我游览苏州园林。饮茶之际,刘先生含笑对我说:"我们有不少课程尚未有教师担任。听刘院长说,他从科学院要来一位先生,我们的期望很大呢,不曾想到你还这么年轻。"听了这番话语,我方明白何以有人事处长接站之举,如今见到人后,怕是既感意外,也有几分失望。不过,话说回来,院、系对我这样一个 1953 年大学毕业(毕业时 21 岁)的青年教师还是信任的,当时院方任命钱仲联先生为古典文学教研组组长,我为副组长,系里又任命我兼系资料室主任。当时古典文学教研组仅三名教师,钱先生与笔者之外还有一位当年从华东师大研究生班毕业分来的助教。教研组后来不断充实,人员渐多,乃升格为教研室,钱先生与笔者继续任正副主任。

当年我知道钱先生曾对黄遵宪、韩愈的诗作进行笺注、系年、集释,很有成就,但他的职衔却是未曾定级的教员,虽不知就里,也不便询问。任命后不久,总支书记把我叫了去,说:"你虽是副的,有事可要找你。"我有些不解,他接着说:"你知道钱仲联的历史么?"我说不明白,他也只含糊其辞地说了几句,让人感到是在民族气节方面有些问题。接着又问我:"你知道金某某是什么人?"我自然不明白,他便明确地说:"他是教授,但是个右派,派在资料室做资料员,你要好好督促。"经他这样"提醒",我虽凡事要向钱先生汇报、请示,对他的学问也很钦佩,但在日常相处时不免要保持一定距离,因为民族气节问题可是大是大非的问题。我相信,凡是从那个年代过来的人对此情景都能理解。我们之间这种不亲不疏的状态一直保持到 1964 年春我离开苏州为止,而钱先生的"教员"则一直做到"文革"后的 1979 年,恢复教授职称后问题才得以彻底解决。

会朱季海

1958年秋季开学后不久,我在办公室内遇见钱先生,他说起在南京师范学院工作期间有唐圭璋、段熙仲、徐复等先生可以交往谈学,如今调来苏州,已无人可以共同探讨学问了。他说,北京友人建议他可以找章太炎弟子朱季海交往,但经友人联系,朱季海先生既不愿来江苏师院拜访钱先生,又不愿意在家中接待钱先生前去拜访,而是建议星期日在怡园见面。钱先生无可奈何地对我说:"我不认识他,他也不认识我,两个不曾见过面的人,在公共园林中如何碰头呢?"当年没有可以随时联络的手机一类的工具,这的确是个难题。我立即自告奋勇地对钱先生说:"不要紧,我认识朱季海先生,可以陪你去。"钱先生大喜过望,就问我是如何认识这位"怪人"的,我便一五一十地讲给钱先生听。

1956年暑期,我应大学时代外文系一位同学之邀去苏州游玩。她的家住在山塘街,前临街,后背水,房舍逼仄,不便接待,就把我安排到她的同学沈某家。据说沈某是《浮生六记》作者沈复(三白)的后人,家在学士街天官坊,所居宅第据说是同治年间状元陆润庠的一处房产,出借或让与沈三白后人居住的。前面是几进高堂大屋,后面有玲珑精致的花园,园中有一座二层的读书楼,我独自住在这座楼的二层上,早晚对着房内悬挂的对联:"小楼一夜听春雨,深巷明朝卖杏花。"这是陆游《临安春雨初霁》中的名句。推开窗扉,满园青翠,夹杂着红红白白的花卉,墙外不时飘进一两句吴侬软语的市井叫卖声,让人真不知身在杭州(临安)还是苏州。正当遐想时,我的同学在沈某陪同下叫我去客厅早餐、会客,原来她们请来曾经在桃坞中学任教的朱季海先生一同早餐。餐后闲谈,朱先生便向我发问,有关中外古今的文史问题,他想到什么就问什么。面对长者不断地考问,我真有些

皖赣湘黔丰日游云樨小坐过诸州重温十八年前话
依旧层城在下头　南峤残樱丰作尘杜鹃又逼满城
春人间已换昆池劫猎有沁边话劫人被发当时
话九天佳人碧血葬蛮烟来寻马矢崇封坯妖乱同
伤十一年春云暖护碧瑶房来试人间第一汤洗画
十年西子垢不须上药气神方　己未滇游诗录似
美林方家两正　甲戌孟夏八十七叟钱仲联

惶惶然,难以招架。午餐后继续,直到傍晚方止,因此与朱季海先生仅此一会,已给我留下难忘的印象。事后,我有些嗔怪,但同学说:"朱先生对你印象不错呢。"时过境迁,事后也就没有任何联系,想不到两年后却对钱先生与之相会起了作用。我在约定的周日早晨陪同钱先生去怡园,两人终于见面。

此际,朱先生赋闲在家,我们曾向领导汇报,建议请他来校任教。但他提出的几项条件之一,在当时形势下任谁做领导也不能同意,此事遂作罢。

常熟购书

资料室初建,藏书极少,除从院图书馆选调部分图书外,还需多方采购。有一天钱先生找我,说常熟县图书馆有不少《燕京学报》待售,可以去购来。经领导同意后,我便与钱先生去常熟。

常熟乃人文之乡,藏书楼甚多,有名者如钱谦益的绛云楼、毛晋的汲古阁、赵宗建的旧山楼等,其中特别以瞿氏的铁琴铜剑楼声名最著,与聊城杨氏的海源阁、归安陆氏的皕宋楼、钱塘丁氏的八千卷楼并称为全国四大藏书楼。去常熟购书,我们自是抱着很大期望,可是此行却空手而归,不知是早已脱手还是另有安排。

购书不成,钱先生便领我去王四酒家午餐。钱先生点了常熟名菜如该店的油鸡、黄笋豆腐之类,并向我作了介绍。餐后又去附近的兴福寺游览,钱先生介绍此寺为北齐时郴州刺史倪德光舍斋兴建,最早名叫大慈寺,梁时改名兴福寺,因位于破龙涧附近,所以又叫破山寺,有石幢、破龙桥、空心潭、日照亭等胜迹。

听了钱先生对常熟饮食、名胜的介绍,又听到钱先生地地道道的常熟话,我不免随口而出:"钱先生是回家乡来了。"钱先生听了此话,颇有些激动,立即声明:"我虽然生在常熟,但原籍却不是常熟,是浙江湖州。我的书室名叫梦苕庵,苕就是指吴兴的苕溪。"

于是,钱先生向我介绍了他的家世:他原籍浙江湖州府吴兴县,本是务农人家,曾祖开始读书,成为秀才,直到祖父钱振伦高中进士,家世才渐渐显赫起来。钱振伦曾任四川乡试主考,主试完毕后返京,升任国子司业,其岳父翁心存曾任国子祭酒。祖父因母病辞官返乡,以教书、著书为生,有《鲍参军诗注》等著述。祖母为常熟翁氏,其弟翁同龢为咸丰六年状元,官至协办大学士,为同、光两朝帝师,死后追谥"文恭"。翁氏在其夫振伦死后,生活无着,乃携子回到常熟母家,依弟同龢为生,未再返回吴兴。因此,仲联先生出生在虞山之畔,却常想望先世故土吴兴,用"梦苕"命名书室乃是不忘先祖乡土之情的表现。

常熟之行,虽未能购得一卷书籍,却了解到钱仲联先生的家世大略,对后来的一些传言也就能加以辨别。

推荐撰稿

建系之初,我除了担任一年级的教学外,还要准备新生升入四年级时的元明清文学的讲授工作。由于钱先生声言不治小说、戏曲,这一段古典文学的教学任务便由我承担。在新生升入三年级时,也就是1961年秋季应该讲授唐宋文学时,钱先生却于该年5月底被借调到上海去参加《中国历代文论选》的编选工作,留下的课程便由我和另一位先生承担。这一经历,笔者在《学林寻步》一文中有所交代,兹不赘述。

当年可以见到的文学史著作很少,连许多古典戏曲作品也不易借到。为了讲好课,必须自己动手编写教材、讲义,我除了上好一年级的文选、习作课外,到1962年该讲授戏曲、小说内容时还完成了百万字的编写任务。大约在1960年底,学校办了个自编教材展览会,我编写的部分教材经教研室推荐被系里选报上去公开展出。1961年3月22日的《光明日报》头版头条报道《江苏师院积极培养红专师资队伍》,其中还提到我所编写的教材。这些讲义讲稿,钱先生不可能全部看过,但起初要抽一些看看——也就是审查。大约我所编写的教材讲义,他还比较满意,后来也就不再看了。

1960年初,钱先生在教研组开会之后对我说:"中华书局有约稿,你写我也写。"选题便是《李玉和〈清忠谱〉》。我在2006年五六月间接受《文艺研究》访谈时说起此事,还以为是中华书局有人来苏州约稿的,直到是年8月,我的一位已取得博士学位六七年的弟子孔庆茂君送来钱先生给中华书局的信以及中华书局复信的复印件,方知是钱先生写信推荐的。2008年元旦前夕,《藏书》杂志主人金小明、徐雷两位先生又送来钱先生给中华书局的第二封推荐信的复印件。第一封信是1960年1月16日写的,第二封信是同年2月8日写的,先生不足一月连续两次写信推荐,令人既感激又难忘。特将两信有关内容摘要如下:

第一封信:

> 我院讲师陈美林同志,擅长古典戏曲,文笔生动流利,马列主义文艺理论的修养较深,可以参加编写一些这方面的读物。特为介绍,请示复为感。

第二封信:

> 介绍陈美林同志参加编选杂剧传奇一节,未蒙赐复。陈同志青壮年人,马克思主义文艺理论有一定修养,文笔流利,专攻古代戏曲,用力至劬。联意在这方面有兼擅新旧之长之陈君,如果从事编选,必能做出出色成绩。

《藏书》在刊出第二封信的同时,还介绍了此信的拍卖情况,

睎髮才臨日觀東　又來嵩室攬芙蓉　撐胸猶帶
崢嶸氣　明眼偏驚駿極峯　鋪海雲垂空際瀑
排衙仗列殿前松　罏香瀚涌千雲會　真宰中
天若可逢

甲子秋游嵩山中岳廟詩兼似

美林道兄兩正　　錢仲聯

说是"钢笔书写,一通一页","起拍价60元","浏览次数239","最高出价410元"。还有点评说:"钱先生是著名诗人、词人、国学大师,这件手札既是一件珍贵的墨宝,也是一件重要的史料……钱先生连续两次推荐了青年学者陈美林参加编选杂剧传奇的工作,信中对陈美林先生在古典戏曲研究方面的能力充分肯定。如今陈美林先生以古稀之年依旧活跃在学术舞台上,确如钱仲联先生所言'做出出色成绩'了。"钱先生所推荐、中华书局所约定的《李玉和〈清忠谱〉》一稿,我在与友人合作下于1961年6月交稿,1963年发排,但由于众所周知的原因,直到1980年12月才根据1963年校样印了出来。从约稿到见书整整二十年!这正反映了那个特定年代的特色。往事已矣,但钱仲联先生不足一月的两次推荐,可谓不遗余力,是不能忘却的。

信函墨宝

仲联先生已于2003年12月仙逝,我检点书柜,有先生手札一通,著作一部,墨宝三件。

1981年夏,我将钱先生推荐之《李玉和〈清忠谱〉》以及新出的《杜甫诗选析》寄给钱先生。他于7月5日复信云:"惠赐杜诗选析、李玉和清忠谱二册拜领,谢谢。"信中只说杜诗"解释得十分好",而于他所推荐的李玉戏曲却未置一词,这可能是其时我在《光明日报·文学》、《社会科学战线·形象思维论丛》上发表了几篇论杜诗的文章予钱先生以一定印象,而钱先生又不研治戏曲、小说所致。

钱先生赠我的墨宝有三幅,其一为横幅,写的是两首《买陂塘》词,并有题记云,"光绪戊戌冬,文恭舅祖西山墓庐落成,有《买陂塘》词二首",其后人"笃念世德,绘图嘱题",钱先生便"用文恭词韵"写了这两首词。后题"己未冬至录奉美林同志两正",落款为"虞山钱梦苕"。"光绪戊戌"为1898年,文恭指翁同龢,

"己未"为1979年,落款又强调"虞山"、"苕"溪,仔细揣想,不无深意。因为当年有人误认为钱先生与由明入清之钱谦益有"远亲关系",钱先生在访谈录中也明说见于日人所著《金陵学记》。该书作者坂田新于上世纪七八十年代曾在我国活动,虽然笔者与之毫无接触,也未见过《金陵学记》一书,但知其曾在南师大访学。钱先生当年赠我这一横幅,怕也不是没有原因的。

1984年8月,上海古籍出版社出版了我的《吴敬梓研究》,收到样书后我寄了一本给钱先生。不久收到他所题赠的《梦苕庵清代文学论集》(齐鲁书社1983年出版)和一幅条幅,写的是钱先生"甲子秋游嵩山中岳庙诗","录似美林道兄两正",落款为"钱仲联",未再有"梦苕"字样。

1994年孟夏,我应王钟陵教授之邀前往苏州大学,为其研究生主持论文答辩。答辩委员会秘书为周秦,我从与他的谈话中知道钱先生仍住在原处,便去螺丝浜10号拜望。敲门后,是先生亲自开的门。此际我与钱先生分别后已整整三十年未曾见面,所以我第一句话就是:"钱先生,我是陈美林,还记得么?"钱先生仍然一口地道的常熟话:"记得咯,记得咯。"一边谈话一边让进书房,我们谈起五十年代末六十年代初的往事,既感到亲切,也难免有些神伤。返宁不久,便收到他寄赠的条幅,内容为"己未滇游诗","录似美林方家两正",落款为"甲戌孟夏八十七叟钱仲联",同样未再用"梦苕"。己未为1979年,甲戌是1994年,"孟夏"正是我去拜望他的时日,可见在我走后他就写了这一条幅。此后,我未曾与先生再有谋面机缘,连他的仙逝,由于没有及时收到讣告,也是事后方知,自然不能有所表示。近年接连读到钱先生当年所写的两封推荐信,虽已过了近半个世纪,但感念之情并未稍减,乃为此文,以为追忆与缅怀。

——原载《钟山风雨》2008年第3期

附录：

钱仲联先生信札、诗词

一　给中华书局编辑部的两封信

编辑部负责同志：

编字1571号来信敬悉。嘱参加编写古典文学中级读物一节，经考虑后，当为人民事业效力。唯学校业务工作较忙，完成任务，势必要一年或壹年半。下列题目，都可以担任，请你们指定一、二种。

先秦文学小史	汉魏六朝文学小史	中国诗歌小史
先秦散文	两汉的乐府和民歌	六朝的诗和文
唐代的诗	明清之际的爱国诗人（原题是作家，范围太广）	
清代的诗和词	宋代的词	黄遵宪

有一些问题，还不明确。如在文学小史和概论后，是否要选作品？作品后面，是否要分析文章。（如要分析，恐三万至五万或五万至十万的字数很难容纳）统请指示。

我院讲师陈美林同志，擅长古典戏曲，文笔生动流利，马列主义文艺理论的修养较深，可以参加编写一些这方面的读物。特为介绍，请示复为感。此致

敬礼！

钱仲联
1960.1.16

通讯处：苏州天赐庄江苏师范学院螺丝浜10号

编辑部负责同志:

前奉到古典文学干部读物选题计划,承嘱参加编选一、二个专题一节,于两旬前函复,谅已达览。

本学期开始后,本岗位业务工作一翻再翻,以适应大跃进要求。联已无业余时间可以从事编选工作。为此,前函复可以参加一节,只得作罢。至希谅察。

又介绍陈美林同志参加编选杂剧传奇一节,未蒙赐复。陈同志青壮年人,马克思主义文艺理论,有一定修养,文笔流利,专攻古代戏曲,用力至勤。联意在这方面有兼擅新旧之长之陈君,如果从事编选,必能作出出色成绩。目前青年同志,工作不如联繁忙,可以有业余时间从事。将来稿已完成,如果尊处认为不合标准,尽可以退稿并无关系。

为此,再函介绍,请赐复音为荷!此致

敬礼!

钱仲联上　二月八日

通讯处:苏州天赐庄江苏师范学院螺丝浜10号

说明:

1960年春,在一次教研组会议后,钱仲联先生对我说,中华书局有约稿,你写我也写。让我写的是《李玉和清忠谱》,李玉是苏州剧作家,《清忠谱》的故事发生在苏州,我便以为是中华书局来人组稿的。1961年完成书稿,寄中华书局,1962年根据审稿意见稍作修改,1963年发排。此后"十年"无消息,直到1979年寄来1963年校样,要求重阅一过,1980年终于印了出来。从约稿到见书,整整二十年。

钱先生推荐书稿事,我曾多次提及,最近一次是在王廷信教授接受《文艺研究》的委托,对我进行访谈时说及的(见该刊2006年10期《姜兮斐兮,成此贝锦——陈美林教授访谈录》)。正当访谈录刊出前夕,1999年获得博士学位的孔庆茂君送来从网上下载的第一封信,方知是钱先生写信推荐的。我便在《教学与研究、约稿与著述——戏曲研究的回顾》(载《文史知识》2007年12期)文中称引此信。及至2008年元旦前夕,《藏书》杂志主人金小明、徐雷二君又送来第二封信,并在《藏书》第四辑上报道了第二封信的拍卖情况,摘要如下:"拍卖时间:2007年12月10日";"起拍价:60元";"最高价:410元";"浏览次数:239"。"点评:钱仲联先生是著名诗人、词人、国学大师,这件手札既是一件珍贵的墨宝,也是一件重要的史料。……(钱仲联先生)连续两次推荐了青年学者参加编选杂剧传奇的工作,文中对于陈美林先生在古代戏曲研究方面的能力充分肯定。如今陈美林先生以古稀之年,依旧活跃在学术舞台上,确如钱仲联先生所言'做出出色成绩'了。"

笔者之所以从事古代戏曲、小说的研究,确是钱先生指派的结果。1958年,钱先生与我先后从南京调去苏州,参加江苏师范学院(今之苏州大学)复建中文系的工作,并分别担任古代文学教研组正、副组长(后升格为教研室,钱先生继任主任,笔者副之)。在教学工作分配时,钱先生申言不治戏曲、小说,让我承担。当年钱先生51岁,笔者26岁,老教师的指派不能拒绝,但我于1950年考入浙江大学文学院中文系后,仅学习三年便根据政务院的命令,提前毕业参加第一个五年计划的建设工作,因此对元明清文学也没有认真学习过;同时,当年任教的夏承焘、徐震堮诸师中也没有专治戏曲、小说者。如今工作需要,只能自学。而自学的方法就是在讲授一年级文选、习作课的同时,为三年后要讲授的元明清文学编写讲义、讲稿。经过二年左右的自学,编写的戏曲讲稿逾百万字,并被系选送学校举办的展览会展出。《光明日报》1961年3月22日头版头条报道《江苏师院积极培养红专师资队伍》中还提及我所编写的部分戏曲教材。这些教材,就成为此后研究戏曲、改写作品的基础。2007年曾就这两方面的工作作了一些回顾,研究的回顾见于上述的《文史知识》12期;改写的回顾见于《古典文学知识》2007年5期。

此后,由于工作需要,研究重点有所转移,但对戏曲的研究并未中断,截至2007年,出版的戏曲著作(包括研究著作、校注、改写,以及英、法、德文版,中英文对照版)十二种,在《文学评论》《文学遗产》《文献》《艺术百家》等刊物上发表的戏曲论文也近四十篇,直到近年还发表了《"通变"中的〈牡丹亭〉》《清代三部以南京为主要场景的传奇》等论文。至于发表在2008年2期《古典文学知识》上的《以文会友、以友辅仁——第七届全国古代戏曲研讨会总结发言》,则是参加2007年10月在厦门召开的第七届全国古代戏曲学术讨论会时受会议委托而作。如果说,在戏曲研究方面稍有作为,也是由于当年钱先生指派的结果。

二 诗词

买陂塘

听龙吟、楚臣当日,九歌哀怨如诉。文狸赤豹非人世,来买沃洲深处。含睇语、望偃蹇、瑶台众女蛾眉妒。回天事去。问老屋霜飚,空林落叶,谁踏翠微路。　　南冠客,漫记西州乞墅。孤峰青断何许。湖山几点伤心泪,分付画中秋雨。丘首赋,奈换劫,平泉花木都无主。词魂且住。有遥夜松声,万壑摩荡,与我忍终古。

光绪戊戌冬,文恭舅祖西山墓庐落成,有《买陂塘》词二首。宗庆表再侄笃念世德,绘图嘱题,即用文恭词韵　　己未冬至奉录美林同志两正

虞山钱梦苕

游嵩山中岳庙

晞发才临日观东,又来嵩室揽芙蓉。
撑胸犹带峥嵘气,明眼偏惊骏极峰。
铺海云垂空际瀑,排衙仗列殿前松。
炉香滃涌千灵会,真宰中天若可逢。

甲子秋游嵩山中岳庙诗录似美林道兄两正

钱仲联

滇游诗

皖赣湘黔半日游,云槎小坐过诸州。
重温十八年前话,依旧层城在下头。

南峤残樱半作尘,杜鹃又荡满城春。
人间已换昆池劫,犹有池边话劫人。

被发当时诟九天,佳人碧血葬蛮烟。
来寻马矗崇封地,妖乱同伤十一年。

春云暖护碧瑶房,来试人间第一汤。
洗尽十年西子垢,不须上药乞神方。

己未滇游诗录似美林方家两正

甲戌孟夏八十七叟钱仲联

说明：

横幅《买陂塘》词是钱仲联先生于1979年（己未）写赠的。仲联先生原籍浙江湖州吴兴，祖父振伦为清道光十八年进士，曾任四川乡试主考。晚年在淮阴、扬州一带教书。祖母为江苏苏州常熟翁心存之女，名端恩。祖父客死异乡后，翁氏携子回母家，依其弟翁同龢为生。同龢为咸丰六年状元，官至协办大学士，为同治、光绪帝师，后被追谥文恭。小记中的"文恭舅祖"即翁同龢，光绪戊戌为二十四年（1898），虞山指江苏常熟；"梦苕庵"为仲联先生书室名。亦常自署梦苕，苕，指吴兴苕溪。

条幅《游嵩山中岳庙诗》，作于"甲子"年（1984）秋，该年七月，仲联先生曾赴郑州参加会议，拙作《吴敬梓研究》于这年八月由上海古籍出版社出版，收到样书后便寄赠钱先生一本，不久就收到他写的这幅条幅和题赠的《梦苕庵清代文学论集》（齐鲁书社1983年出版）。

条幅《滇游诗》作于"己未"年（1979），该年春，钱先生恢复教授职称，赴昆明参加学术会议。这幅条幅是甲戌年（1994）"孟夏"写赠的。该年"孟夏"，我应王钟陵教授之邀，为其研究生主持答辩。期间，专门去螺丝浜10号拜望仲联先生。这次拜望是1964年离开苏州后第一次也是唯一的一次与钱先生相聚，仲联先生很高兴。归来后不久，就收到这幅条幅。

——原载《南京师范大学文学院学报》2008年第3期

从一帧照片谈起
——钱仲联先生一二往事

笔者与钱仲联先生曾共事近六年（1958.8—1964.1），还写过《追忆钱仲联先生》（《钟山风雨》2008年3期）一文，因而见到《雅集》（2012年1期）广告，有范培松同志所写《我眼中的钱仲联》，便从友人处寻来杂志一阅，以期了解不同人心目中（眼中）的钱仲联先生。不期读罢该文，若有所失，事涉业师，不敢三缄其口，乃作此不识时务之文。

一

先扑入眼帘的是一帧四人合照，其说明文字如下："钱仲联先生与马茂元先生（左二）、郭绍虞先生（左三）、姜亮夫先生（右一）在上海合影。"以之对照合影，令笔者惊讶不已。渠所指之姜亮夫先生，其实是夏承焘（瞿禅）先生。

夏先生是笔者老师，早在1950年秋考入浙江大学文学院中国文学系时，于报到次日即由系主任郑奠先生主持、有夏承焘等几位老师参加的面试（见夏师《天风阁学词日记》1950.9.2，以下称《日记》），从而见到夏先生，至今虽已六十余年，但夏师容颜仍清晰地留在脑海中。笔者曾发表过几篇回忆夏师的文字，其中有三篇是与夏师交往的三个时段的回忆：一篇是回忆从入学后直到毕业的几年间相处情景。建国初期,运动不断,从1950年冬季起便与夏师及沙孟海老师等人去浙江嘉兴参观土改(夏师之《日记》、沙师之《决明馆日录》中均有记载,并提及贱名);此后又与夏师、王西彦师等去安徽五河参加土改;返校后又参加三反、五反、思想改造运动。在安徽参加土改时,夏师与我同在一乡,笔者任乡工作组组长;思想改造时,笔者为学生代表之一,参加教师学习。凡此种种活动,在夏师之《日记》中均有详细记载,我便撰写了《和夏承焘老师同在运动中》(《历史学家茶座》2008年3期,《扬子晚报》2008.11.24摘录发表)以回忆这一时段的相处。一篇是回忆毕业八年后与夏师再度晤面的《记夏承焘老师的一次讲学活动》(《文史知识》2009年5期)。彼时夏师正在上海参加历代文论选的编选工作,上海的高校和文化团体纷纷邀请夏师作学术报告。南京大学中文系主任陈瘦竹教授正好也在上海,便邀约夏师来宁讲演。我所在的江苏师范学院(今之苏州大学)领导则让我来南京邀请夏师去苏州作报告。我赶到新街口东风剧场时,夏师正在讲台上演讲,休息时夏师走下讲台直向我招呼"陈美林、陈美林"。可见夏师也能在众人中一眼认出我来。南京讲完后,夏师即赴苏州。在苏州逗留期间,讲学之余,就由笔者陪同游览、访友。一篇是《生荣死哀,身没名显——夏承焘老师的晚年生活》(《世纪风采》2010年12期,《宋代文学研究年鉴》全文辑入)。六十年代别后,又是十余年未有联系。1974年初冬,唐圭璋先生收到夏老来信,托他打听我的下落,我便于当晚作了复信。此际夏师正在"靠边",收到我的信后,夏师立即复信,除介绍他自己的情况外,还询问我的工作、生活情况,并要我拍一张全家福给他,他也寄了一张照片给我。特别是夏师定居北京后,我于1983年因参加学术活动之便,曾去看望夏老。次年有关单位在全国政协礼堂为夏师祝寿,也有请柬寄来,上有夏师照片,同时收到胡乔木贺词"文坛先进,词学宗师"的复印件。1986年夏师逝世,新华社发表了长篇报道,习仲勋、乔石、胡乔木等人送了花圈,我也收到有关文件及悼词的复印件,其中也有夏师遗照。因此,我虽没有四人合影,但却另有夏师的照片可以比对,"说明文字"确实有误。

此外,在夏师《日记》1961年6月5日中有记:"午后茂元邀请过中国照相馆与仲联、绍虞同摄一影。"同时,钱仲联也写有词作《金缕曲·辛丑秋与瞿禅共寓国际饭店十三楼,别十九年矣。仍夜联吟谈艺,同寓者郭老绍虞、马生茂元,合摄一影留念》。辛丑为1961年。这四位先生正在从事古代文论的编选工作,而姜亮夫先生并未参与此事。

《钟山风雨》在发表拙作《追忆钱仲联先生》一文时,也选发了这一帧四人合影,说明文字则为夏而非姜。凡此,均足以说明范文所附之照片及其说明文字,未免张冠李戴,应予辨正,以免以讹传讹。

二

除照片说明文字有误外,范文所记也偶有小疵。如说钱先生"在上海编《辞海》时与陈毅元帅以诗词唱和"。据周秦《钱仲联学术年表》,钱先生"参加《辞海》古典文学部分的审稿工作",实为1962年间事,而与陈毅元帅晤面则在1961年。周秦所记不误,有夏师《日记》可证。同时,夏师于1961年10月来苏州讲学时,也向笔者详述了两个月前与陈毅元帅相聚一事。范文所述,不仅时间有误,而且相见时的活动也有误,并未曾有过"唱和"之举。与其由笔者来更正,不如以夏师的《日记》来说明,1961年8月21日日记:

晨九时方欲下电梯,得陈毅副总理秘书来电话,说陈副总理欲邀予与郭老、钱、马诸君叙谈,因告郭老诸君,候汽车来迓。不料十时许,予方解衣据案写家片,服务员来报副总理来。去年文代会听其报告,风采依旧。谓读予所著《唐宋词人年谱》诸书。遍询予四人年龄,自谓今年六十,在此不能称老大哥。予问其所作诗词,谦谓新旧杂糅,时时在改乙中。因纵谈最近在日内瓦作卢骚湖各诗;笑法国代表不读书;谓在日内瓦、巴黎买卢骚全集不得;谓卢骚回归自然之语,由闻法国传教士咏陶潜后得返自然之诗而来;谓郭沫若近自选其诗却留许多不好之诗,无艺术意味;谓政治由业务表现,学校必须重视业务,每日必有六小时学业务;引学钢琴者与飞行员为喻,谓从前学校批判之错误;反右派本在打击章罗同盟诸人,结果每一单位必指出几右派;询及编文论工作,谓此项工作甚重要;谓选诗文词选只重政治而忽视艺术,亦违反毛主席思想。纵谈至十二时去,谓昨陪巴西古拉特副总统来沪。在京时于北京晚报所载消息知予等四人在此,百忙中抽暇来访,明日即离沪,将来有新著新诗幸相示云云。

此次会晤,是陈毅副总理的秘书先行通知夏师的,而由夏师转告"郭老"和"钱马诸君",不同的称呼与四人合影的或坐或立,各自的身份是一致的。夏师在一年前参加全国文代会期间见过陈毅(《日记》1960.7.29),所以方有"风采依旧"之语。此次会面,因陈毅副总理于离别之际,"有新著新诗幸相示"之语,钱先生乃将自己著作寄去,陈毅副总理也的确有复信。此信钱先生十分珍视,特别是在六十年代初期,颇可改善钱先生的处境,钱先生将其压在写字台的玻璃板下,有客人来必说其事,笔者也曾亲见,但只见显示陈毅落款的半页,钱先生未曾取出全信,自然不便要求,所以信之内容也就不甚了了,不敢妄加猜测。

近两个小时的谈话,内容很丰富,是不会有时间来"唱和"的。在《梦苕庵诗存》、《梦苕庵词存》中均未见有"唱和"之作,倒是在"诗存"中有作于"辛丑"(1961)的七绝四首,题为《上海国际饭店十三楼与郭绍虞夏瞿禅及马生茂元共晨夕者数月……得七绝四首》。在夏师《天风阁词集》、《天风阁诗集》中同样没有此次"唱和"之作,倒是在《夏承焘词集》中有一首《玉楼春·陈毅同志枉顾京寓谈词》,但此词作于1963年,又是在京而非沪,可见"与陈毅元帅诗词唱和"之事似不存在。

三

范文所记,在一些情节上,笔者亦有类似经历或感受,读来饶有兴味,但亦可稍作补记。例如朱季海讲课事,确实发生过。而朱季海何以能来师院讲课,则范文未曾提及。原来是钱仲联先生于1958年夏调来苏州后,感到不如在南京有一些饱学之士如唐圭璋、段熙仲等先生可以切磋,友人乃建议他找朱季海先生。经联系后,朱先生不愿主动来拜访钱先生,同时也不愿在家中接待钱先生,而提出在一个星期日于怡园见面。钱先生对我说,两个从未见过面的人如何在公共场所见面。我说我见过朱季海先生,那还是1956年暑假,应大学同学之邀来游姑苏,在同学的友人家中,与朱季海先生有一日之聚。为此,便由我陪同,钱仲联先生与朱季海先生见了面。此后拟邀朱季海先生来任教,他提出三个条件:一、有教授职称;二、要有教授薪水;三、不参加政治学习。前二条,领导表示只要教授职称开评,即可解决;第三条,则不能同意,此事遂告罢。之后,便有请他来为青年教师上课之举,此事,笔者未参与,也未听其讲课,但从当年的青年教师如唐文(此君1959年毕业于南京大学,惜英年早逝)的谈话中得知一些情况。

范文还记钱仲联先生坚决不肯在钱谦益墓前拍照,并说:"不照,如照了,照片传出去,人家还以为我是他的后代或亲属呢,我和他没关系。"这倒是钱先生一贯的态度。1958年重建中文系时,学院任命钱先生与笔者为古代文学教研组正、副组长(后教研组升级为教研室,则为正、副主任),同时还让笔者兼任系资料室主任。一次与钱先生同去常熟购书,在王四酒家午餐,又去兴福寺游览,听钱先生用地地道道的常熟话介绍常熟的饮食文化、旅游景点,便脱口而出:"钱先生回故乡啦。"钱先生立即有些激动地说:"我虽生在常熟,但祖籍却是浙江湖州,我的书室叫梦苕庵,苕就是吴兴的苕溪。"在了解到钱仲联先生在抗战时期的经历后,方知他何以有此忌讳。钱先生曾于1979年、1984年和1994年分别赠我三帧墨宝,细玩其款识颇有意味,分别为"美林同志两正"、"虞山钱梦苕"(1979)、"美林道兄两正"、"钱仲联"(1984)和"美林方家两正","八十七叟钱仲联"(1994)。后两帧均落"钱仲联"本名,唯独七十年代一帧则作"虞山钱梦苕"。此际日本爱知县大学一个青年学人在南京师院访学,写了一本《金陵学记》,说钱仲联"与钱牧斋有远亲关系",这显然是以讹传讹。而我当时正在南师工作,钱先生给我的墨宝如此落款,不会是全无用意的。当然,这一体味是在事后才悟出的。

范文还说"别的老师都是站着讲课,唯有他,在上课前,办公室的一个工友恭恭敬敬地,搬来一张椅子,放到讲台前,享受着坐着讲课的特权"。我相信范文所云必有其事,但此事应该在1979年恢复教授职称之后,至少在范培松同志考入苏师(1961.9)之前未曾见有。苏师重建中文系时,钱先生五十一岁,笔者虽然已是讲师,但还是二十六岁的"小青年"。1958年首届招收四年制两个班,有百来人,六年制一个班,五十来人。当时上课在阶梯教室,又没有扩音器,坐着讲课,后边的学生根本听不到,五十岁左右的钱先生当然也只能站着讲课。而且,约在1958年、1959年之交,全系师生还去常熟莫城公社参加劳动,以贯彻教育必须与生产劳动相结合的方针。从常熟归来后不久,即开展教育革命,拔白旗、插红旗,进行大批判,钱先生则首当其冲,而批判"火力"之猛,连我这个青年教师也胆战心惊。1958年入学的同学至今仍有与我有来往者,今年4月曾有几位邀请我在豁蒙楼一聚,他们如今也年逾古稀,谈及当年"批钱"之事,依然历历如在目前。其实,正如陈毅副总理在晤见夏、钱诸先生时所言,反右有扩大化,而拔白旗、插红旗又何尝不是。当年挨批判的"臭老九"不一定就是他们自身有什么大问题,即如钱仲联先生讲课时言及"花木兰是大脚还是小脚"成为批判他的主要内容之一,如今看来真有些不可理喻。但当时将钱先生定为批判的重点一事,正说明钱先生当时的处境,不可能独自享受坐着讲课的优待。

四

范文之后有一"链接"文字《钱钟联简介》,云钱于"1926年毕业于无锡国学专修馆,先后任教于大夏大学、无锡国学专修馆、南京中央大学、南京师范学院、江苏师范学院(苏州大学前身)"。黄山书社出版之《梦苕庵诗文集》勒口介绍文字亦云:"1926年毕业于无锡国学专修学校,历任上海大夏大学、无锡国学专修学校及南京中央大学教授。1949年后先后执教于南京师范学院、江苏师范学院及苏州大学。"

此二段简介,不知出自何人手笔。有两点须予说明,一是"南京中央大学",应是汪伪政权下之中央大学;二是"1949年后先后执教于南京师范学院"云云,应是1957年。两份介绍均略去钱仲联先生历史上不光彩的一段。周秦所作之《钱仲联先生学术年表》对此作了比较好的处理,在"一九四二年"条云:"太平洋战争爆发,日寇占领上海租界。国专分校处境益趋艰难,部分师生离校返乡。应陈柱先生之召,兼任南京中央大学课务。不久聘为专任教授,与龙榆生先生等同事。"在"一九四五年"条云:"上半年在南京中央大学任教,并任文学院长。八月,日寇投降,抗战胜利。遂办理交接,息影还乡。"在"一九四七年"条云:"兹后十年,先后任教于常熟……等乡间中学。"在"一九五七年"条云:"秋,奉调南京师范学院。"作为弟子,不便直斥老师"落水",但行文之间也隐约有所显示,未若上文二段文字全然抹去钱仲联"落水"的史实。

对于1940年至1942年间沪上文人"落水"投汪之情况,是时也在上海之江大学、无锡国专等校任教,且与钱仲联共事的先师夏瞿禅先生在《日记》中颇有记载。如对投敌之龙榆生(沐勋)、丁宁(怀枫)等人多次劝诫,除有信函外,还写有多首词如《玲珑四犯·过旧友寓庐》、《水龙吟·皂泡》、《菩萨蛮·百年作计归来早》等等婉讽变节者。有已投伪之友人还算计先师,《日记》1941年12月17日记"白门(南京)人物,颇有询近况者,为之讶然。前日寄怀枫函,已隐示介然之操",并且在词作《虞美人·自杭州避寇过钓台》中写道:"故人出处幸相忘,容我五更伸脚过桐江。"表明人各有志,别打他人主意。为此,我曾写有《"我亦有孤剑,植发望燕云"——夏承焘先生的爱国情操》一文,发表在《人民日报·海外版》(1991.2.28)上。对于钱仲联的投敌,夏师再也未曾料到,因为钱之"弟又为日人所戕"(见夏师《日记》1940.1.2)。在1941年末,钱仲联还与夏师约定各返家乡常熟、温州以避。1941年12月28日,夏师曾应钱仲联之请写有《鹧鸪天·题梦苕庵图送钱仲联翁归常熟》一词云:

> 莫叹埋头屈壮图,只应携手就归途。鸥波照眼吟逾好,牛角听歌兴未孤。　　三亩竹,五车书。前身四水一潜夫。龙湫雁荡君休问,各有家山画不如。

先师于题图后不久,便于1942年4月30日离沪返乡。岂料钱仲联却忘了家仇国恨去了南京。抗战胜利,夏师曾托人寻访钱仲联下落;建国后更劝他报考东北来杭州招聘之中学教师;1955年8月23日有长信给钱仲联"劝其站稳人民立场,努力以学术研究为人民服务";1956年8月赴京参加教育部召开的中国文学史教学大纲会议期间,还找柳湜部长,"说钱仲联事"(见《日记》有关各条)。钱仲联先生调去苏州工作,也立即写信告诉夏师(《日记》1958.9.7)。而钱先生赴沪参与郭绍虞、夏师等之文论选工作,于"十九年不见"后与夏师重逢,夏师在《日记》(1961.5.26)中特地记有此事。此前不久,中华书局上海编辑所总编李俊民向夏师约稿,夏师还推荐钱先生担任部分工作(《日记》1961年

1月28及30日,2月2日)。夏师对友人之"落水",予以婉讽、劝诫,而当其受过处理后,则予以关心、帮助,确为诤友。

重建中文系时任江苏师院副院长的杨巩同志,于七十年代先后调任扬州师院、南京师院任书记兼院长,1984年离休后,不时与笔者闲聊,也曾谈及钱仲联、柴德赓、纪庸等人。杨巩同志喜作诗,每有新作都蒙见示,他的诗集中有一首《纪念钱仲联先生》:

> 诗林词苑变无常,曾说江南钱子香。一念附羶涉鲍肆,卅年洗炼再登堂。探骊学海珠光灿,点将文坛阵势皇。爬抉明清赓唐宋,薪传有继赖弘扬。

诗之"后记"云:"或谓论死人短,有伤忠厚;或不屑褒扬曾有历史污点者。我谓是是非非,皆应本实事求是精神,一失足固成千古恨,回首是岸,仍可成佛。仲联先生皓首穷年,不忮不求,培养后进,著作等身,毕竟升入了天堂成了佛,怎不令人敬佩!"笔者以为夏师作为钱先生的友人,杨巩同志作为钱先生的领导,周秦作为钱先生弟子,他们的文字正表现了各自"眼中"的钱仲联,因为符合实际,所以可以传世。对于周秦同志还要说几句,笔者与周秦始识于1994年,彼时王钟陵等几位教授的研究生论文答辩,邀笔者去主持,而周秦同志任答辩委员会秘书。周秦极擅昆曲,曾多次主持中国昆曲论坛,也几度邀约笔者赴会;渠所指导之研究生也曾前来舍间访学。特别是在钱先生逝世前夕,受命编辑《梦苕庵诗文集》后,"无日敢忘","春秋五度"方始出书。承其见赠,手捧钱先生遗著,既缅怀当年与钱先生相处的情景,又感念周秦报答师恩之难得。如今从学者,能如此作为者亦不多见。

(2012.9.18)

与吴调公先生相处的岁月

吴调公(1914—2000)先生是著名的文艺理论家,笔者有幸与之共事三十年。如今调公先生已逝世十余载,但往昔交往的情景依然令人难忘。调公先生曾在给我的一封信中说"夙仰硕学,兼以交亲"(1987.4),我在为一位弟子的博士论文作的序中则说:"调公先生为学界前辈,我经常登门向他请教,他亦不时光

左起顾易生、徐中玉、吴调公、陈美林

临舍间谈学,相处甚洽。"(2000.7)调公先生说在下"硕学"显为过誉,"交亲"倒是真切,而"亲"则为不断交往所聚成。

一

虽久仰调公先生大名,但直到1969年末笔者调入南师,方得相识。在一次偶然相遇的交谈中,我说到1958年曾被调去苏州参加江苏师院重办中文系的工作,他便说及自己则是五十年代中期从江苏师院中文系调来。有此一段错时的"因缘",似乎有了共同的话题。但正值"文革"高潮期间,彼此均不能深谈,直到七十年代初,高校逐步恢复招生之后,方可交谈业务、切磋学问。

我虽是南京人,但却在杭州读大学,在苏州教大学,在新环境中纯粹是个"外来户",处境十分艰难。除却做好领导分配的工作外,只是埋首牖下,读书作文而已。当然,不合"潮流"的学术文章是无法发表的。但在"四人帮"倒台之后,从1976年下半年起,每年都有文章在各种报刊上刊出,少则四、五篇,如1977年4篇,1979年6篇;多则十余篇,如1981年10篇,1984年14篇,逐年不断。因此得到系中老辈学者如唐圭璋、段熙仲先生的称许,而调公先生也十分关注,每次见到都予首肯,并根据他早年的经历,告诉我只有努力做出成绩才能改善处境。

从此,每当他闻知有关笔者的讯息,便及时告我。如1977年我所发表的《吴敬梓身世三考》、《略论吴敬梓"治经"问题》等文章,被上海人民出版社负责人李俊民先生见到,便交代古籍编辑室(后分立为上海古籍出版社)给我发出"沪版77古字252号"约稿信,约我撰写《吴敬梓研究》书稿,"读者对象为大学文科师生"。此事我并未声张,岂料不久后,调公先生特来舍间,说上海有两位编辑来,谈此前约他撰写的《李商隐研究》书稿事,谈话中还提及曾约我写《吴敬梓研究》,我乃将约稿信出示,他颇为我高兴。后来编辑室主任陈邦炎先生来舍间谈书稿事,他说及该社很重视书稿质量,一般以"研究"题名的书不多,即令老先生的书稿,尽管为其印出,也不轻易称为"研究"。他还提及如吴调公先生的书,我们就冠以"研究";又说像我这样年龄的人,该社当时尚未约过冠以"研究"的专著,但又表示读过我的文章,相信能写好,希望我要抓紧,又要认真。我则表示,一定认真写,并汲取如调公先生专著的经验,但表示不拟写成分章分节传记型(此际已初步有写作《吴敬梓评传》的计划)的,而以"专题"的形式,就热点、难点、疑点等问题,分别成文。陈邦炎先生表示,这由作者自己抉择,他们不做规定。事后,我将此事告知调公先生,并表示今后要向他请教,调公先生则很谦虚地表示对吴敬梓素无研究,彼此可切磋讨论。

香港《大公报》约稿事,调公先生也及时告诉我,说副总编辑陈凡先生来南京向他约稿,并请他转告我,因要拜访几位老先生,时间紧迫,不及来看我了,希望我也写稿,并请调公先生将该报在宝安(现深圳)的一个邮箱号码告我,稿件可直接寄该箱,他们每天有人来取。几天后,遇到段熙仲先生,他也说了同样的事。不久,收到夏承焘老师从北京来信(1978.1.18),说"香港《大公报》副总编陈凡前不久来京组稿,拙作(指论词绝句——陈注)遂为取去。彼离京后,曾到南京、上海、杭州各大学组稿,想你已晤及",方知陈凡先生约稿事,乃由养病北京的瞿禅师推介,但吴、段两位先生热情而及时告知,也是令人感谢不已的。由此,我在该报发表了几篇文字,后该报《艺林》副刊责编马国权先生来函,希望我能为他们主持一个专栏,每月提供二篇文稿。因当时除教学工作外,正抓紧时间撰写已约定的专著,便婉言谢绝。

其他的社会工作、学术活动等等,时常也得到调公先生的告知。如1987年秋,调公先生特来舍间,说省高教系统高级职称评审工作,他曾继徐复先生之后被聘为评审组成员,今年则由我继任。此际我一无所知,但不久果然收到聘书。此后,八九十年代,曾多次被聘参加此项工作。调公先生属于文艺理论教研室,笔者则归于古代文学教研室,但有些活动,却同时被邀请。如1987年4月,《南京日报》社、《南京史志》等单位主办"南京文化"讨论会,南京大学有叶子铭等先生与会,南师则有调公先生与笔者应邀,《南京日报》5月8日、6月4日及11日,以及《南京史志》87年4期均有报道。1988年1月,省、市作家协会和《南京日报》社联合主办"南京味"文学讨论会,作协有艾煊、海笑以及《钟山》主编刘坪等参加,南师则有调公先生、吴奔星先生以及笔者参加,记得刘坪在会上说,说起"南京味",清代的代表作有两部小说一部戏:《儒林外史》、《红楼梦》以及《桃花扇》。此言引起我的共鸣,会后并向调公先生说及。因为此际,对于《儒林外史》的研究,我已出版了一些专著、发表了许多论文,而《红楼梦》、《桃花扇》也在我的研究计划之内,但虽有零星论文发表,尚无专著问世,此后则出版了校注《红楼梦》(中州古籍社刊印三次,前二次用笔名,第三次出版社自行改用真名);至于《桃花扇》则在台北出了校注本(合作),又在北京出版改写本(中英文对照),还出版了用西洋歌剧形式整理本(汉英对照,纳入大中华文库,在海外发行)等,更发表了一些论文。至于"南京味"的文学,除刘坪先生所说的三种之外,亦尚有多种。仅以传奇而言,清初有《秣陵春》、清末有《秣陵秋》,不一一具论。至于这次会议,《南京日报》1988年1月17日及2月11日也有报道。因与调公先生共同参加这些活动,会前、会后都会交流、探讨,自然交往更"亲"了。

二

与调公先生相处三十年中,有过多次合作,诸如被邀请参加论文答辩,又如接待国外学者等,都留下愉快的记忆,令人难忘。

我校中国文学专业,分别于1978、1981年先后建立硕士点和博士点,均由词学大师唐圭璋先生领衔。唐老曾于1978年招收词学硕士生二名,段熙仲先生于1979年招收汉魏六朝文学硕士生六名,继而为吴调公先生于1981年、1984年分别招收两届中国文学批评史硕士生二名和三名;再下一轮即为笔者招收元明清文学硕士生三名。除段老邀请北京曹道衡先生主持答辩外,也邀请笔者任答辩委员;吴调公先生则邀请上海徐中玉先生任答辩主席,两次也都邀请我为委员。第一次邀请,吴调公先生事先来舍间相约,在我同意后,乃由系里发出聘书。三年后(当年招收研究生,必须教完一届后才能招收下一届)调公先生指导的第二届硕士生,同样邀请笔者参与答辩。此次邀请,则是调公先生事先发来信函,说:

美林同志:

调所带87届研究生答辩会将于6月上旬举行,夙仰硕学,兼以交亲,拟再次奉烦俯就答辩会评委,经系办安排如下:

1. 陈书录　　6月8日上午8时　　明七子方面
2. 高小康　　6月8日下午2时半　金圣叹方面
3. 张节末　　6月9日下午2时半　王夫之方面

知道您很忙,只请您略略惠阅高、张二人(陈论文篇幅特长)之文。聘书暨论文五月初一并送上。

琐渎　　清神，感愧交并！
　　专颂
著祺！

吴调公上
4.27

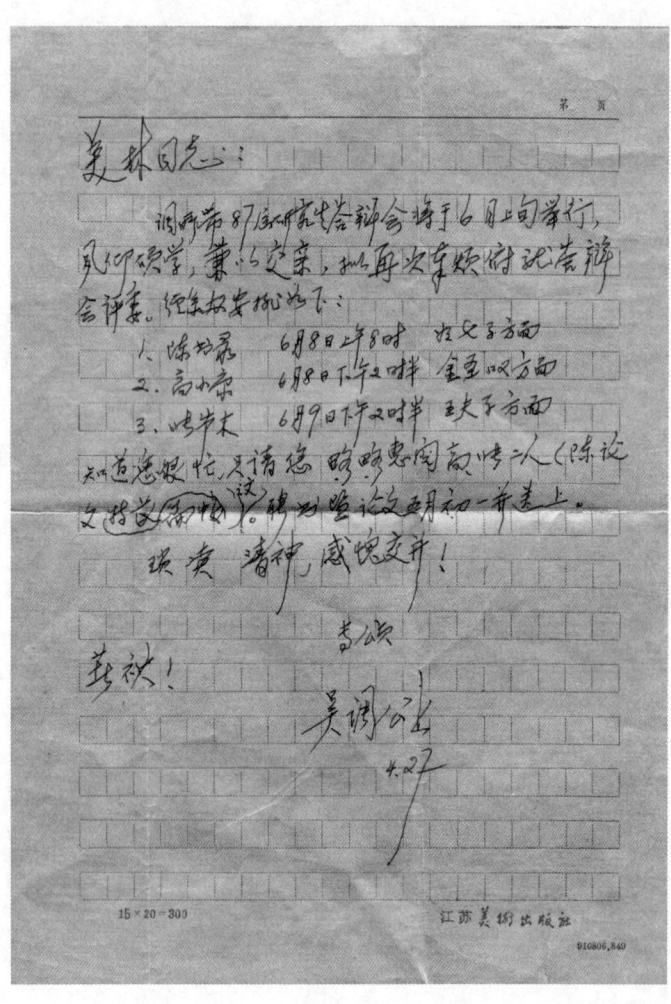

从此信可知，调公先生工作之认真负责，同时又表示对他人的尊重，尽管他年长我近二十岁，可是一直以平辈待我。"略略惠阅"只是客气话，我则表示要认真学习。调公先生便介绍了三篇论文的有关情况。在仔细审读两遍之后方写出评审意见。如今重读此信，也可知当年对答辩工作之重视，每半天只能进行一位研究生的答辩，而论文则要提早一个月送到答辩委员手中，以便有充分时间审读。

正如段老所指导的硕士生中有一位后来随我攻博，调公先生所指导的硕士生中也有一位随我攻博，两位早已学有所成，成为著名的专家学者了。调公先生指导的这位硕士生，他的博士论文《中国近古社会文化与叙事》出版时，约请笔者写序，在序中我写道，高君"此书即将出版，嘱我为序。我答之曰如调公先生健在，此序当请调公先生撰写为宜"。高君则"答曰：'调公老师在，当请两位老师写，如今调公老师已归道山，只能请美林老师写了。'言之不胜怆然"。此文开首所引之言，即此序中之语。重提此言，也令我"怆然"。

至于与调公先生共同接待国外学者事，那还是1986年初，学校领导找了调公先生与笔者去，交代我们一个任务：罗马大学终身教授焦里阿诺·拜尔突乔里是研究我国明、清文学的专家，重点研究张岱，因为他曾任过意大利驻国民政府大使馆的官员，所以去了浙江，便要来南京访问。要我们认真准备，做好交流工作。调公先生乃推我主谈，再三推辞不掉，只能接受。过去只读过张岱的小品、散文，如《西湖梦寻》、《陶庵梦忆》等，张岱著述极丰，当时只能就重要的几种如《石匮书》及后集、《琅嬛文集》等以及有关志书、史料，粗粗检读，对他的家世生平、思想气节、著作特色等方面进行初步探讨，列出提纲、交谈要点。交流如期举行，从交谈中得知拜尔突乔里教授曾将我国一些著作译成意大利文,如《陶庵梦忆》等,可见其研究有一定深度。他曾再三询问我在浙江读大学以及何以名"美林"的情况,慢慢谈出,原来他的夫人是杭州人,名"朱美琳",说到此处,交谈更为轻松愉快。分别后大半年,他曾令几位女博士在南京汽车厂(生产依维柯车)工作之余找到我补习中国文学课程。接待工作后,调公先生建议我将准备的材料组织成文。乃检索中华书局《中国古典文学论文索引》(1949—1979)和江苏人民出版社《中国近八十年明史论著目录》(1900—1978),有关张岱的论文并不多,包括港、台在内,不过三数篇而已;八十年代初国内有几篇,多为考据其字号、籍贯、卒年,或鉴赏其几篇散文如《西湖七月半》、《湖心亭看雪》等,少有全面研究的论文。便按调公先生的建议,写成《晚明爱国学者张岱》,刊于学报1986年4期。从此,或有单位将研究这一课题的申报材料送来评审,或有人请为其著作写序。如现任闽南师范大学教授的张则桐,因早年随我攻硕,后来一直与笔者有联系。他的研究成果《张岱探稿》,在成书过程中一再请我作序,"不能不勉力为之"。成文后先在文学院学报发表(2009年2期),又值湘潭大学再三邀请笔者参加他们主办的明代文学讨论会,乃将此文提交会议,收入大会论文集。后又收入拙作《三读集》(商务印书馆 2013.12)一书。则桐在"后记"中说:"感谢陈老师为本书撰写序言,为我今后继续深入研究张岱指明了方向。"2015年10月7日收到则桐来信,并寄来上海2012年6月出版的张海新同志所著的《水萍山鸟——张岱及其诗文研究》一书的几页复印件,因该书言及拙序,说"虽是序言,但对张岱的研究也不无参考价值",认为拙序指出的张岱文艺思想的演变和创作的师承,以及将张岱的史学和文学"联系起来"一并研究等等见解都是值得重视的。则桐则在信中说:"我研究张岱的思想和方法主要是学习您研究吴敬梓和《儒林外史》的路线,虽然未得精华,但已获益良多。所以在感情上和学业上,我一直把您视为自己的授业老师,也一直以为能列入您的门下而自豪。"上述之事均在与调公先生共同接待海外学者之后所发生,但如不是调公先生坚持让我主谈,建议我写文章发表,那么也就不会有后来这些事了。

三

调公先生治学刻苦、著述勤奋,他的高足王长俊教授在《我的老师调公先生》(《烟云集》,四季出版社 2015.11)中就说:"除了读书,就是写作,这就是他生活的全部。"

天道酬勤。由于调公先生全身心投入治学,成果丰硕,为人所重。他的《李商隐研究》1982 年由上海古籍出版社出版后,在1985 年江苏省哲学社会科学优秀成果著作评比中获一等奖;笔者追随其后,1984 年由上海古籍出版社出版的《吴敬梓研究》则在 1988 年第二届评比中获二等奖,但拙作《吴敬梓评传》(1990 年南京大学出版社出版)则在 1994 年第四届评比中获一等奖。可以说,在九十年代中期以前,南京师范大学古代文学研究著作在省哲学社会科学优秀成果评奖中获得一等奖者仅调公先生与在下的著作。而 1995 年国家教委主办的首届全国高校人文社会科学优秀成果评奖,自七十年代末至九十年代初长达十余年间的成果均可申报。其中中国文学(包括古代、现代、当代文学研究,美学、少数民族文学等)一等奖 17 项,南京师范大学唐圭璋先生《词话丛编》获一等奖(排序 3);二等奖 52 项中,有拙作《吴敬梓评传》(排序 1)和调公先生的《李商隐研究》(排序 37)。笔者还被邀请赴北京人民大会堂参加颁奖大会。匡亚明同志对拙作获奖十分高兴,要求"思想家研究中心"主编的《动态信息》(78 期)及时发表《〈吴敬梓评传〉再次获奖》的报道,说:"据国家教委社会科学研究司公布的'全国高校人文社会科学研究成果奖'评审结果,南京师范大学中文系陈美林教授撰著的《吴敬梓评传》荣获二等奖。据悉,举行这样大规模的评奖是建国以来第一次,参评对象的时间跨度和数量均不同于以往一般的评奖。《吴敬梓评传》作为'中国思想家评传丛书'之一而名列其中,这对于扩大整套'丛书'的影响,提高'丛书'的声誉,起到了积极的作用。"调公先生见到这一报道,颇为笔者高兴,但也分外感触。

调公先生取得的成绩,对提高学校的声誉也是有贡献的。不仅《李商隐研究》获奖一事,另有一事也可说明。《文学遗产》是国内研究古代文学的重要刊物,素为全国学者所肯定。在它创刊四十周年、复刊十五周年之际,中国社会科学院文学研究所于 1995 年秋在京举办隆重的纪念会,邀请全国有影响的学者与会。笔者虽被邀请,但因课务繁忙,未能与会,仅发去贺电。会后收到《纪念文集》(文化艺术出版社 1998.8)。集中有《〈文学遗产〉复刊以来论文和作者队伍的统计分析》一文,据云该刊复刊十五年(1980—1995)以来,共发表研究论文 1 005 篇,发文较多的单位 26 家,中国社会科学院排名第一,发文 139 篇;北京大学第二,发文 35 篇;北京师大第四,发文 30 篇;苏州大学第五,发文 28 篇;华东师大与南京师大并列第七,各自发文 26 篇。该文还统计了在刊物上发表三篇以上的作者(称之为活跃作者)名单,列出其发文篇数和所属单位,活跃作者有 84 人,发文 330 篇,有 16 个单位活跃作者人数较多,第一位仍为文学所,18 人 71 篇;第二为南京大学 4 人 12 篇;北京大学与南京师大并列第五,各为 3 人 11 篇;复旦大学第七,2 人 10 篇。南京师大三人为段熙仲先生 3 篇,调公先生及笔者各 4 篇。当年段老经常说起"文革"前,南师古代文学专业在全国排名一直靠前。而 1995 年《文学遗产》的排名,虽仅从论文一个方面考虑,但由于该刊的学术地位,也能在一定程度上反映出高校古代文学专业的实况,而调公先生的贡献则是有目共睹的。虽然他并不隶属于古代文学教研室,但对古代文学的研究成绩则不是可以忽略的,应予充分肯定。

调公先生一生勤奋,教学、科研贡献良多,然而晚景十分凄凉。据长俊教授文中说,他曾去"临终关怀医院去看他",只见他"双眼紧闭,直挺挺躺在床上一动也不动",不禁感叹道:"唉,一位著名的学者,我的老师调公先生,他的'最后的日子',竟然是如此的凄凉!"行文至此,笔者不禁要补叙一事:多年以来,每逢春节,总有校领导和院领导分别来看望,每次来都携有一袋食品以示慰问。有一次院长带了一纸箱来,说是橘子。隔了几天打开纸箱,却是满满一箱书,竟然全是调公先生藏书:大部分是作者送他的,也有少数他自己的书。当即请人送回院长。调公先生曾题赠《李商隐研究》、《古代文论今探》、《神韵论》等著作,如今人虽去,书仍在架上;我也曾将自己的几本论著如《吴敬梓研究》、《吴敬梓评传》、《新批〈儒林外史〉》等题请调公先生指正,不知是否也在此一"劫"中。人去书散,更令人神伤!

——原载《钟山风雨》2016 年第 6 期

鼓楼名人文化漫谈
——与著名画家杨建侯为邻

政协鼓楼区文史委张国防主任一再邀约笔者撰文弘扬鼓楼文化，因素无研究，只能以漫话应之。

一

笔者以为不能仅就鼓楼地区来讨论鼓楼文化。2008年有关部门主办"清凉山文化与南京"主题首届论坛，笔者应邀在发言中就曾说，无论是清凉山文化、钟山文化、秦淮文化等等，均不能离开南京乃至全国的文化背景来孤立地讨论某一地区或某一景点的文化。因为所谓文化者乃是人类社会发展中所生产、积累的物质财富和精神财富的总和。仅就精神财富而言，是指社会的意识形态以及与之相适应的制度、机构，是一定的社会政治、经济的反映，又反过来予政治、经济巨大的影响。鼓楼地区的精神财富或说精神文明自然离不开南京这一整体；当然，鼓楼地区也有不同于其他地区之处，我们讨论鼓楼文化正是要从这一基点出发。而由于创造物质或非物质财富的成员又具有流动性，这就必然导致不同地区文化的交融性，相互渗透，彼此补益。文化的发展有一个历史过程，因而又具有连续性和继承性，今日的鼓楼文化与既往的鼓楼文化是割舍不开的；当然，时代在发展，

社会在进步,为满足新的需求,今日的鼓楼文化也必然具有其现实性。凡此都说明,需要全方位地来研究鼓楼文化,才能揭示今日鼓楼文化的丰富内涵。特别是就创造物质和非物质财富的社会成员来说,他们可能就是鼓楼地区内的原居民,也可能是外来户,他们的创造可能是在鼓楼地区完成的,也可能是在外区、外地形成的,但他们所创造的文化不仅是在鼓楼区内,而且在全市乃至全国甚至海外都产生巨大的影响。对此,我们应同样予以足够的重视。

二

南京最早的人类活动应该属于六千年前的新石器时代,在鼓楼岗附近的北阴阳营地区,就曾发现这一时代的遗迹。而最早的政区机构应是楚国所建置的金陵邑,三国吴时又予以修建为石头城,而其位置正在鼓楼区的清凉山附近。因此论及南京文化自不能不首先重视鼓楼地区,此后的发展不必一一缕述。仅以被誉为"世界航行第一人"的郑和,其"七下西洋"的船只,全都出自鼓楼区内中保村的宝船厂所建造;而放眼看世界的《海国图志》作者魏源也定居在鼓楼区内乌龙潭附近。虽然明初南雍建立在玄武区内,但明清时代鼓楼区也有不少著名的书院,如清凉山中的崇正书院、山下的惜阴书院,一时人才辈出。清末民初,南雍附近建立三江师范学堂而发展为东南大学、中央大学,但在鼓楼区内也建有金陵大学、金陵女子文理学院。建国后,中央大学许多文理科系又与原在鼓楼区内的金陵大学、女子文理学院合并,组建成南京大学、南京师范大学、南京艺术学院等院校。早年建置的国学图书馆也在鼓楼区龙蟠里,后来并入南京图书馆,近年新馆落成于玄武区。在这些文教事业单位迁徙过程中,许多杰出的人才也有流进流出者,对鼓楼地区的文化必然产生、留存许多影响。如出入国学图书馆读书的名人有蔡元培、鲁迅、胡适、顾颉刚、陈寅恪、黄宾虹、徐悲鸿等等。而首任馆长柳诒徵原先在东南大学担任教授,馆员中也有不少学者,如柳诒徵和吴梅的弟子王焕镳(驾吾)在馆七年,曾编著有《首都志》,后应浙江大学校长竺可桢之邀去浙大任教,吴梅在日记中,将其与词家唐圭璋、曲家卢冀野并列,认为唐之词、卢之曲、王之文"皆可传行后世"(《吴梅日记》卷十二)。笔者五十年代初曾一度受业于王驾吾、夏瞿禅老师,1981年应邀前往杭州大学讲学,曾去拜访驾吾师,当时驾吾师担任杭州大学中文系名誉主任,次年任浙江文史馆馆长,年底去世。而在中央大学任教的许多名师也从玄武区前来鼓楼区,如艺术大师徐悲鸿、傅抱石等,他们的纪念馆就设置在鼓楼区内。总之,鼓楼区人文之盛、名家之多,在南京应占前列,论说鼓楼文化,怎能忽略这些名家大师!

三

以汉口路南京大学、宁海路南京师范大学为中心点,周围有河海大学、艺术学院、教育学院、医科大学、中医大学、药科大学、南京工业大学、江苏社会科学院、金陵神学院等等一批高校和科研单位,集聚了大批文化科技精英,仅以文学艺术类而言,在汉口路、宁海路之间先后就有陈中凡、段熙仲、唐圭璋、孙望、程千帆、吴奔星、吴调公、许汝祉等等著名教授。虽然他们先后逝去,但他们的弟子以及弟子的弟子仍然活跃在鼓楼文化舞台上;同时这些名家所创造的业绩仍然长照人间。

再缩小范围至笔者所居住的这一幢楼的四单元而言,就曾住有古文字学家徐复和著名美术家杨建侯。这一幢楼建成于1985年,其中四单元可以入住十二户,是属于南京师大的,这十二户除去拆迁户外,均由校长指定,所谓校长指定房。除几户离休老干部外,文科、理科各有几户。犹记1990年初冬,匡亚明在南大斗鸡闸会议室召开座谈会,研究次年召开的国际学术会议的准备工作,会后匡老要用车送我回来,坚辞不得,便对驾驶员说先送匡老再送我,匡老坚持先送我,并说要看看我的住处。后来江苏电视台制作专题片《九十老人的追求》采访笔者,我谈起这一往事,该片中就出现了这幢楼的外景。

徐老与笔者均在1985年初夏入住,杨老则于该年初冬入住,1993年去世,与之为邻八年;而徐老去世于2006年,与之为邻二十年以上。徐老出生于1912年,今年为百年祭,原想撰写一文以为纪念,徐老不仅与我同系,虽然他专攻语言文字,笔者则学习文学,但语言、文学原不可分,每有疑难常向徐老请教,他总是诲人不倦、助人为乐。同时,他的女婿景教授是卞孝萱教授弟子,其博士学位论文则由笔者主持答辩,可追忆之事甚多。但因今年两次入院抢救,错过大祭之礼,纪念文字也就未能写出,只有待诸来日了。而杨老出生于1910年,早于徐老两年,但也早于徐老去世十余年,因此,借鼓楼区政协约稿之机会,先行写作追忆杨老的文字。

四

题目是"为邻",此乃写实,我与杨老同住二楼,他在东首,我在西边,门对门,距离不足二米,开门即见。原先并不相识,虽然早闻其名,但他在美术系,笔者在中文系,活动不在一起;原先杨老住在妙耳山(这也是后来熟悉了,杨老对我说的,至今笔者也不知其确切位置,仅知道在三牌楼附近),1985年初冬方迁来此处,因此而"为邻"。

"为邻"尚有另一层含意,杨老擅治丹青,属于"艺术"学科,笔者在中文系"混饭",属于"文学",但两者关系迩密。在院校从艺术学科攻读学位者，取得的是文学学位；在群众团体中有"文学艺术联合会"即简称"文联"的机构，统领艺术、文学等各种协会；在公开发行的刊物中有各自的专刊如《文学评论》、《艺术百家》之类，亦有兼顾两类的《文艺研究》。近期学科重新分类，"艺术学"已提升成与文学、哲学等等同等的类别，不再隶属于文学，这是学术研究，学科教育细化、发展的必然趋向，也说明文学与艺术虽有紧密联系，但毕竟是两种不同的学科，有各自领域。但画家、书家必须要有文学修养，有的画家、书家充分意识到这一点，所以早年一位美术系的教授，一定要报考我的博士生，我一再表示不能接受，无从指导，他则表示此举是为了加深古典文学的根底，如今已成为部属重点大学的著名教授、博士生导师了。学古典文学的人，不可避免地要涉及古代戏曲（传奇、杂剧等），当然，中文系出身研究戏曲者，大多数人只涉及戏剧文学，而少有研究戏曲音乐、戏曲美术等等，但毕竟跨进"艺术"行当，不过仅仅是作为综合艺术的一部分而已。即如笔者，虽然为不少高校中国戏曲史专业的博士生主持过论文答辩；虽然除在文学刊物《文学评论》、《文学遗产》发表论文外，也在艺术刊物《艺术百家》发表过论文，兼顾文学、艺术两类的刊物《文艺研究》也发表过对笔者的长篇访谈，但笔者也仍然是研究文学的而不是研究艺术的，涉及艺术的仅限于戏曲文学而已。

说了这么些"常识"的话，目的在于说明笔者与杨老的相识、相处，因为两者学科"为邻"，所以有共同的话题，但也仅限于"邻"而未"入室"，尽管杨老对古典文学修养有素，而笔者于美术学则连皮毛也谈不上。杨老曾主动画了两帧梅花赠我，我只能说"美极了"，至于如何做出细致、中肯的评说，则非我力所能及了。

杨老赠我的画，我则回赠以书，真正的是"秀才人情"。不才的拙作常得到杨老的好评,尤其是对《吴敬梓评传》称道再三,我也未曾在意,直到有一次杨老对我说,他有位友人要为他写传,要了不少材料去,写出来片段给杨老审阅,杨老在笔者面前虽未多有贬辞,却一再说若能写成如《吴敬梓评传》的水平,他将十分满意。如此,我方明白杨老之意,我只能表明非不为也,乃不能也。没有美术理论、画法技巧、美术史、现代画坛等等方面的修养,是无法为著名的美术家杨建侯教授写传的。落笔即可能出错,成为笑谈,反有损于杨老形象。对此,杨老也能理解,未再要求。尽管如此,杨老与笔者的友谊并未受到影响。也正因为此,一直觉得有欠于杨老,如今杨老逝去近二十载,乃写此短文以为追念,略补歉疚之情。

五

从与杨老的多次闲谈中,得知杨老的艺术道路是很不平坦的。他出生于太湖之滨无锡北部一个以造船为业的木工之家,乃父虽是一个造船能手,却并无什么文化,一心希望乃子能子承父业,也成为一个木匠。所以杨老小学一毕业,尽管成绩优异,仍被送到造船工场做木工。但杨老生性聪颖,喜爱美术,他从大人吸烟丢弃的烟盒上,见到做宣传用的各种人物画像,不由就临摹起来,得到造船工人的称赞,让他为新建造的木船画一些以图吉利的画图,也受到欢迎。乃父终于同意让他考进无锡美专。毕业后便来到南京,他的一幅素描,得到中央大学美术系主任徐悲鸿教授的赏识,同意他先行旁听,次年通过考试,被正式录取成为徐悲鸿的弟子。

由于执着于美术,终于从一个造船木工进入艺术殿堂。但是进入殿堂,并非一定能成为一个有造诣、有成就的著名画家。在杨老的艺术人生中也屡经磨难,颇多挫折,但杨老以他对艺术的热爱与执着,终于逐个克服一个个的障碍,取得了辉煌的成绩。杨老对我讲了他的一些经历,当年没有笔录下来,岁月匆匆,二十年前的闲谈难以准确地复述出来,但有一件事却记忆犹新,那就是杨老画梅的故事。"文革"期间,和许多知识分子的遭遇相似,杨老也受到冲击,他的画被造反派用黑笔打上粗粗的"×",一律被视作黑画,人也受到批判。杨老气愤之极,一度表示从此不再作画!

正当杨老消沉之际,部队的一位友人来看他,杨老乃向之倾诉心中积愤,这位友人当时未说什么,隔了几天再来看望杨老,说他回去后仔细考虑过,不能放下画笔,一天不作画尚可,长久不作画万万不可。他建议杨老画梅,他说毛主席在诗词中咏梅,你画梅怎么不可?造反派不敢随便在梅画上打"×"。杨老颇认可这位友人的话,乃开始画起梅花来。岂料杨"梅"一出即广受人们喜爱。"四人帮"倒台之后,杨老更以空前的激情创作了巨幅梅画《春满人间》,不但在南京、也在北京展出过,受到好评。一时将杨"梅"与广东之关(山月)"梅"并称,极享盛誉。由此可见,杨老以他坚韧不拔的毅力,执着于艺术追求,方取得如此巨大的成绩。

六

杨老之所以取得艺术上的辉煌成就,不仅仅在于毅力、执着,同时也由于他善于学习,不拘一格地取人之长。从造船工场做木工起,就临摹烟盒上的各类人物画像;及至投入徐悲鸿大师门下,更得名师指点,有了长足的进步。徐悲鸿一向主张要弘扬中国传统艺术之长而弃其之短,就绘画而言,主张"古法之佳者守之,垂绝者继之,不佳者改之,未足者增之。西方画之可以采入者融之",主张兼采中西绘画之长,使之相互补益。杨老终身实践这一主张,国画《群雁归来》就融进西画之技巧,从而将百只鸿雁井然有序地呈现在画面上,有主有次、有先有后、有上有下,前后穿插,繁而不乱,是在国画中融进西画技巧的花鸟画之杰作。

同时,中国传统艺术思想十分讲究作者与现实、与自然的关系,明人袁宏道就说:"善画者,师物不师人;善学者,师心不师道;善为诗者,师森罗万象,不师先辈。"吟诗如此,作画亦如此。杨老也一直实践"外师造化,中得心源"。据杨老告诉我,为了画好梅花,他曾多次去东郊梅花山欣赏、观察不同时期、不同姿色的梅花,以之入眼、入胸从而入画。为了接受中央军委的委托,画好《南京解放》这幅大型油画,杨老构思多日,决定以总统府的门楼为主景,为了更真切、形象地将其纳入画面,杨老也多次去总统府观察,从不同角度予以审视,不如此身临其境地观察,如何能创作出精品呢?

此外,杨老一生足迹遍及祖国各地,西北的敦煌、新疆,西南的桂林、昆明以及海南等地,或独自去,或率学生去,亲近自然,进行写生创作,宋代大诗人陆游就曾对其子说:"汝果欲学诗,工夫在诗外。"陆游所说的"诗外",在他为另一秀才诗作的题记中说:"君诗妙处吾能说,正在山程水驿中。"这就是说他的好诗,全由于亲近"山程水驿"也即是社会、自然而创作出来的。

从杨老的言谈身教中,可以明白这是一个"老生常谈"的道理,即得到名师指点后要身体力行,要善学习,首先要深入现实社会、体味人生,观察宇宙自然的本色及其变化,也就是说只有对"画外"的万事万物,有切身体验才能创作出杰作来。

七

昔人有云:无论画品、诗品均是人品,汉人扬雄认为:"故言,心声也,书,心画也。"好诗好画,必待好人品,明人屠隆说:"夫草木之华,必归之本根;文章之极,必要诸人品。"近人刘熙载更直截了当地说:"诗品出于人品。"诗如此,画又何尝不如此。艺术大师徐悲鸿认为:"人不可有傲气,但不可无傲骨。"杨老一生遵从师教,为人正直、耿介,不媚俗,不迎合。

杨老曾说及,他在建国前一度失业,只得靠卖画为生,但时间不长,一旦有了职业,即不再卖画,不以画作为谋利之具。杨老还说,他从不随便送画予人,尤其不以画作讨好权势者。省里某部门一负责人曾代其上级机构(北京)某领导求画,杨老说:"我不认识这位领导,我不能画。"虽求之再三,杨老终于未画。但有关公益事件,则勇于承担。我们所住的这幢楼建于1985年,当年十二户人家共用一只电表,到九十年代初,家家要装空调,需要扩容方能实现。而扩容申请后要排队等待,酷暑即将来临,户户都盼望早日扩容,杨老乃主动找到电力公司的朋友(曾向杨老索过画的人),提出此事可否提前安排。经协商后终于在夏季来临前扩容,可惜杨老于该年7月仙逝,自己并未享受到空调带来的清凉。原先住户的主人已经过世,他们的后人虽然居住原屋,但也未见得知道"清凉"之来历,更无论新迁入之住户了。

杨老虽为著名的画家,资深教授,在美术界、教育界都很有声誉,然而日常生活十分俭朴,尤其是涉及公家款项,更是节约开支。在率领学生外出写生时,不坐头等车厢,白天不乘卧铺;住宿与学生同等待遇,有时为他安排较好的房间(价格自然要高),他即时退掉;就餐与学生一样,不另加菜,真正做到与学生同吃同住,令学生敬重。在教学、作画之余,有时也做一些力所能及的家务,尽管家中也请了钟点工,因为其妻身体也不佳,子女又另住,杨老还是尽其所能地承担一些事务。例如他经常穿一袭蓝布工作服去附近菜场买菜,菜场的人都熟悉这"老头",从不计较,付了钱即走人;有时构思某一画作,或考虑某一问题,付了钱忘了取菜,走回去后又想起来,再返回菜场,卖菜人都笑着说:"您老又忘了!"大家都认识他,毫不留难。与这些市井平民,杨老都能和谐相处,平等待人,所以也赢得了大家的尊敬。

  杨老出生于1910年,去世于1993年,享年八十三岁。前些时候《扬子晚报》报道,总统府门楼建成至今已八十三年,近期要大修。笔者即刻想到:民国建筑作为物质遗产已然得到重视,而以总统府门楼为主景的《南京解放》大型油画显然是杰出的非物质文化遗产,也必然更长久、更广泛地为世人所欣赏。长久生活、工作乃至病逝在鼓楼区的艺术大家杨建侯教授的画作不仅是鼓楼文化史上光辉的一页,而且在南京乃至全国的文化史上也占有重要的地位,他的影响必将长久地留在人间!杨老永垂不朽!

——原载《鼓楼文史》总第十五辑,中国文联出版社2012.12

陈鸣钟和《清代南京学术人物传》

一

《清代南京学术人物传》于2001年11月由华星出版社出版，经校订后纳入《南京文化研究丛书》中重版。这套"丛书"还收入《明代南京学术人物传》、《民国南京学术人物传》和《南京文献综合目录》，全由南京大学出版社先后出版。书前冠有《南京文化研究丛书》编委会名单，主任为周直，副主任为笔者和张宪文，编委十一人，执行编委为朱未易。笔者虽为副主任，但并未参与"丛书"全部工作，仅就笔者所经历的《清代南京学术人物传》和《明代南京学术人物传》的编纂工作的若干情节略予回顾。

这项工作是由陈鸣钟先生于上世纪八十年代末发起的，他并亲任"清代卷"的主编。

陈鸣钟先生于上世纪八十年代离休之后，便向中共南京市委宣传部及南京市社科联提出请求，欲以有生之年全力弘扬南京文化事业，将千百年来南京有影响的学术人物系统编排，为每一位学者撰写一篇传记。通过这一篇篇的传记，将南京的学术发展史勾勒出来，为继承历史传统并发展南京的文化学术事业提供有益的借鉴。他的要求自然得到南京市领导的大力支持。

鸣钟先生从事这项工作是有着得天独厚的条件的,不但他本人长期在中国历史第二档案馆任研究员,可以接触大量的文献资料,而且他的先辈都曾为南京的学术文化事业做出辉煌成绩,有着深厚的家族文化传统。尤其是他的曾祖陈作霖对于乡邦文献的整理贡献巨大。陈作霖生于清道光十七年(1837),卒于民国九年(1920),字雨生,号伯雨,晚号可园老人。一生著述极丰,特别是在有关南京史志的搜辑、整理、编纂方面做出的贡献尤为宏巨。他曾先后任过《上(元)江(宁)两县志》、《续纂江宁府志》的分纂,县志的大事纪、府志的人物类均出自他的手笔。尔后又在江苏通志馆从分纂直做到总纂,所编纂的地方文献更多。陈三立对之极为推崇,说"凡省府县志局、书院、学堂、官书局、官报局、图书馆之属,先生皆互董其役,终其身,亦因以著书百数十卷,跻为通儒"(《碑传集补》卷五十三《江宁陈先生墓志铭》)。卢前也极为赞颂其贡献,说"江宁自六朝以来,千五六百年。文物之盛甲东南,既屡更丧乱,荡焉无存。先生旁搜博采,悉为著录,于乡邦文献,厥功伟焉"(《冶城话旧》卷一《可园乡谊》)。

在参与官修史志之余,可园老人又以个人之工力,三十余年不间断地执笔撰成《金陵通纪》、《金陵通传》两部巨著,无论内容之广博还是体例之创新,"二通"均可谓不朽之作。特别是《金陵通传》之作,不但利用了其父陈葆常多年所搜集的丰富文献(见《金陵通传叙传》),本人还广采府县名志、大家谱牒乃至稗官小说(见《金陵通传凡例》),极富学术价值。"二通"之外,尚著有《金陵琐志》五种等等。

可园老人之子陈诒绂即鸣钟先生祖父,也能承继父业,于《金陵琐志》五种之外又有补作。乃父可园先生在为其所作《石城山志》所写的序中说:"小子诒绂,学步邯郸,《淮北钟南》,斐然有作。"对其所作《淮北钟南区域志》颇为赞喜。完成此志之后，诒绂又拟续作《石城山志》，可园老人乃"树石城以为的，定其界址，授简诒绂，旬月乃成"，并谓"父作子述，仍为一家之言"。由此可见可园老人及其子诒绂长年累月着力于乡土文献之搜集、辑录、整理、编纂，乐此不疲。鸣钟先生继承先人事业，于新时代重新审视南京历史上的文化学术人物，选择有巨大成绩者，予以编写传记，从而理清南京千百年来学术文化的发展轨迹。这显然是一项极有现实意义的工作。

二

上世纪九十年代初，南京市社联何开庸与邬醒倩两位同志找上门来，他们知道南京市有关文化建设的活动经常邀我参加，如建设秦淮风光带的座谈会，南京文化、南京文学的研讨会等等。南京城市科学研究会于八十年代创办的《南京城市研究》约我撰写有关如何保护和弘扬南京文化传统的文章，刊载于创刊号。因此，社联同志来访并不意外，只是在他们谈起编纂有关南京文化丛书时，说陈鸣钟先生特别邀请我参与这项工作。我与鸣钟先生素不相识，也无来往，他之所以特别提出邀请笔者参加，大约是他看到笔者自上世纪七十年代以来发表的有关吴敬梓和《儒林外史》的研究论文中，曾大量引用地方文献，诸如朱绪曾的《金陵诗征》、张熙亭的《金陵文征小传汇刊》、金鳌的《金陵待征录》以及鸣钟先生曾祖陈作霖的《金陵通传》等。特别是早在1977年发表的《吴敬梓身世三考》一文，引用了《金陵通传》卷三十三《吴烺传》，再参照其他大量文献，辨明吴敬梓生父为吴雯延，吴霖起乃其嗣父。拙说一经发表，广为学术著作采用。如《大百科全书·中国文学卷》等等。朱绪曾《金陵诗征》有关吴敬梓父亲的记载，何泽翰先生曾在其《儒林外史人物本事考略》书中引用过，唯对原文做了欠当的"纠误"。而陈可园的记载则为笔者首次披露。拙说虽为许多学人首肯，但也有个别研究人员持不同见解，为否定拙说连带否定朱绪曾、陈作霖二氏著述的文献价值。我又撰文说明朱、陈二氏著述不可轻易否定。熟悉南京文献的南京籍的著名词学专家唐圭璋先生当年也对我说，某人没有根据地否认《金陵诗征》、《金陵通传》的态度是轻率的。大约是我所发表的几篇文章都称引了鸣钟先生先辈的著述，从而引起了他的注意，方有盛情邀请之举。

在何、邬两同志来访不久，邬醒倩同志于1991年3月20日又有信来，说"上次在府上所谈编写《清代南京学术人物传》一事，已与陈鸣老谈好，在本星期天（24日）下午二时在他府上商谈"。可见这项工作在1991年春季即着手进行。

鸣钟先生住在淮海路31号，我按时去他的府上。这是第一次见到鸣钟先生，他的健康似乎不佳，但待人礼貌周到，言谈朴实诚恳。除陈老外，也就是何、邬与笔者，很快就进入主题。他先谈了这项工作的大体设想，初步商定编委会成员，包括市委宣传部的领导以及南大、江苏社科院的教授、研究员和陈老及笔者八九人，当年我记有名单。但此后并未正式成立，此处也就不列出了。

不久，又在陈老府上开了一次会，参会人员多了几位，也就是拟请为编委的几位先生，商谈的主要内容就是拟定清代卷的传主名单，初步确定了二十九人，其中丁雄飞与黄虞稷、甘福与甘熙为合传。至于确定传主的原则也明确为南京籍（江宁一府及所属七县）的学人，非南京籍而在南京地区从事学术活动并有影响者也予列入。此外，对于写作要求也初步做了讨论，要求充分占有材料，认真核对史实，评述要力求客观。对于引文的规范、书写的格式等等，也有所规定。

南京市社联根据这次座谈会讨论的意见,整理出《清代南京学术人物传》的传主名单以及撰稿要求两份材料,分寄有关人员征求意见,要求在5月25日以前反馈回去。征求意见稿的传主名单增至79人(正式出版时为43篇45人)。收到社联寄来的征求意见稿后不久,鸣钟先生又于5月30日来信说:"美林兄:日前市社联对《清代南京学术人物传》入传名单又作了增补,想已察及。"并要求笔者"务请多认写几篇,至少十篇",而且说"兄在南师久,门弟子多",可以发动弟子写,"多多益善"。当时教学、科研任务很重,笔者只能为之承担二篇;另外找了两位已取得学位、留在南京工作的研究生,请他们各写二篇,一位如期完成,一位另请两位同学各写一篇。我乃将六篇文稿集齐交给鸣钟先生,后来全都刊入书中。该书于2001年11月由华星出版社出版。

交稿之后,未再过问此事。2002年初,邬醒倩同志来舍间送来样书及稿酬。邬同志告诉我,陈鸣老于1992年去世,他们请了徐复先生为顾问,并由徐复老写了序言。她说如果没有徐复老先生的协助,这本书是出不来的。的确,徐老对此书的出版贡献极大。同样,邬同志对这项工作也付出了辛勤的劳动,做了大量的工作。

三

鸣钟先生归道山之后,其未竟事业仍有后来者继续进行。2002年4月5日,南京市社科联和南京市社会科学院邀请了南京高校和研究机构的专家学者二十余人座谈,会议由南京社科院周直院长、朱未易处长主持,商谈如何继续编纂这套丛书,重点讨论"明代卷"的编纂问题。会后,周直院长一再邀约我来主编,考虑到年届古稀即将退休,身边尚有几位博士生和博士后要指导,工作较忙,同时个人的研究工作也较繁重,未予首肯,周直院长建议我找一助手来做具体工作。我便推荐了沈君新林。沈君虽系他人指导的研究生,但八十年代曾与我的研究生一同听过我的课。将此意对沈君说明,他欣然同意,考虑到沈君当年也已五十余岁,且已晋升教授,便写信给周院长推荐他任主编。沈君持此信去面呈周院长,归来后告诉我,周院长同意他参加明代卷的编纂工作。

沈君得此任务,颇为兴奋,但又担心能否胜任,请我务必多加指导,我则表示当尽绵薄,一同做好这项工作。

不久,沈君来舍间商谈此项工作,我谈了两点意见:选好传主,约好作者。关于第一点选传主问题,我着重说明朱明王朝与南京的关系甚为紧密,此前建都于南京的王朝均为偏安一隅的政权,朱元璋建立的王朝定鼎于南京则是大一统的政权,尽管数十年后朱棣迁都北京,但南京依然为留都。在近三百年中,有明一代出现了许许多多有影响的人物,仅《明史》所收,除后妃、诸王、公主、土司及西域诸传外,也有四千余人。当然,其中南京籍者仅占少数,但南来北往的学人极多。南京学术人物传,自然以收南京籍的学人为主,但非南京籍的学人如果长期在南京生活,他们的主要成绩是在南京做出的,对南京的文化学术事业做出很大贡献的人,也可以入传,但不宜将短暂来南京活动的士人(或应试或旅游等)列入。同时,要特别注意表幽发微,一些正史未收的南京学人应予入选,如顾起元等。此外,还要考虑在元明之交、明清之交,哪些人断上,哪些人属下,要从他们的主要学术活动、重大的学术业绩是在何时进行和产生的来考虑。

关于第二点即约请作者问题,建议沈君不必过多地考虑职称,要多注意其研究方向及业绩。如能约到研究方向与拟约写的传主相关的作者,就能取得事半功倍的效果;如果作者对拟写的传主素无研究,只为有课题、能发表而新起炉灶,那就会事倍功半,难以保证质量。

沈君对笔者的意见颇以为是。就此,沈君即着手展开工作,未再"问",我也未再"顾"了。书稿排出清样后,沈君来舍间传达周院长意见,由我挂主编,沈君副之。我以未曾有任何贡献,坚辞挂名;周直院长退而请我作序,不便再辞,乃成一序先交《东南大学学报》于2003年6月期刊出,并冠于2004年3月由南京大学出版社出版的该书卷首。

在编纂《明代南京学术人物传》过程中,得知《清代南京学术人物传》也将重版,我乃建议在重版前寻找一位先生认真校阅一遍,以改正初版中一些小疵。例如该书第一页第一行说"阉党阮大铖作《东林点将录》",显然有误。作《东林点将录》者为陕西咸宁人王绍徽。其他误记者也有一些,而开卷即误,影响不好。朱处长接受我的建议,便请人"对全书作了通校,第一版中的错讹得到了细致的校正"(《再版补记》)。

往事已矣。离陈鸣老发动此次工作至今已二十年,第一本《清代南京学术人物传》出版也近十年。这套丛书对于弘扬南京的学术文化还是有作用的。可惜上限止于明代,当年陈鸣钟先生的愿望是能编写"上下几千年"的南京学术人物传记,以"详其始末"、"通其源流"。如能继续编纂明以上的南京学术人物传,当更有意义。

——原载《炎黄文化》2010年第4期

参加《中国思想家评传丛书》撰作工作的回顾
——兼怀匡老

匡亚明教授主持编撰的《中国思想家评传丛书》以几近20年的时间,出齐200部,被誉为当代规模最大的"中国传统思想文化研究工程"。笔者承担一部评传的撰写并被邀请参加有关活动,从1988年起以迄2006年止,也可说是始终参与其事。

陈美林与卞孝萱(右)

一

最早参加这项活动是在1988年5月。当年4月中旬收到由中国孔子基金会学术委员会和南京大学中国思想家研究中心(下称"中心")联名发出的邀请,邀我参加于5月4日至6日召开的"丛书"工作会议。

工作会议是在南大图书馆召开的,参加的人有59位,江苏省领导孙家正、南大校长曲钦岳和党委书记陆渝蓉都出席了会议。当然,匡老自始至终在负责一切活动,余敦康教授和阎韬副教授(当时职称)受匡老委托主持会议。

三天的会议除宣布"中心"正式成立外,主要内容是讨论编撰"丛书"的目的和意义,以及撰写评传的许多学术性问题。首先是讨论指导思想,明确"思想家"的概念,不仅仅如传统所说的是"哲学家"。在取得共识的基础上,对1987年6月制订的"丛书"规划中所列出的200部评传传主名单进行研究,并适当做了调整。例如这一规划的名单中没有李白、杜甫,经过会议讨论后修改的目录就补列了进去,等等。同时,会议上又印发了一份有作者姓氏的目录,让与会代表讨论确认。匡老提出传主是历史上一流的"思想家",作者则要求是当代一流的研究者。这份目录上列出的作者或是自己申报或是他人推荐的,因此一部评传常有几名作者,如《老子评传》有三人申报撰写,《董仲舒评传》有四人同时申报。会议要求与会者根据匡老的要求,对申报者逐一过堂确认。经过大家认真讨论,在200部评传中确认了101部评传的作者,会后印出了这份目录。

其次,为加强对编撰工作的组织、领导,群策群力,成立编委会;同时为工作方便,又依传主时代先后划分为三大段,即先秦两汉魏晋南北朝段(1至51卷)、隋唐宋元明段(52至143卷)和清近代段(144至200卷),分段设立段编委会,在总编委员会领导下主持各段的编撰工作。会后确定了编委名单,我被通知既参加总编委会,又参加第三段编委会。但未及开展工作,又改为主编制,由匡老亲任主编。

再次,会议上也讨论了丛书的出版工作,匡老要求出版也要一流的。当时决定由三家出版社即山东齐鲁书出版社、江苏人民出版社和南京大学出版社分担200部评传的出版工作。三家出版社均有代表与会,他们就出版问题向主编单位和评传作者提出了希望和建议。但会后,却由南京大学出版社一家承担,并于1988年10月10日由"中心"和出版社签订了出版协议,匡老及校长曲钦岳出席了签字仪式。

工作会议之间、之后,我感受最深的是匡老的严谨、审慎的态度。特别是在确定评传作者方面,让与会代表充分讨论后确定,不由一二人说了算。据"中心"主任潘群后来告诉我,在会议确定了作者名单以后,匡老又征求了几位老专家的意见,并举出《苏轼评传》的作者为例,一位老专家说,在全国研究苏轼的学人中,前十名都数不到这位作者,后来果然换了人。潘群主任还告诉我一件事,说当初一部书稿已通过副主编审定,但最后却被匡老否定,决定不拟采用。匡老不考虑各种关系,坚持"质量第一"的态度,是值得我们充分肯定和学习的。这种严谨审慎的态度,被其后的主持人承继了下来。就我知道的就有两件事,一件是《黄宗羲评传》的作者问题,1988年工作会议讨论时有两位作者申报,后来不知为什么换了人。"中心"负责人与我联系说,有一位我的博士弟子申请撰写这一课题,征求我的意见。在我做了肯定的表态后,他们方同意接受,如今书已经出版。还有一件事,一个以研究李白专家自诩的教授,在一段时间内不断声称"南大约我写《李白评传》",后来等《李白评传》见书后才知作者并不是这位"专家"。由此可见"中心"在确定作者时是十分慎重的。

二

后来虽然编委会撤销，但由于我承担了《吴敬梓评传》（下称《吴传》）的写作任务，"中心"与我的联系依然密切。会议结束不久，1988年10月4日出版的第9期《动态信息》（下称《信息》）约我写了《南师大陈美林教授谈传统文化的批判继承》，就会议纪要中提出的"实事求是的严谨学风"，发表了一己之见。10月15日出版的第10期，刊发了南京部分作者座谈会纪要，也记述了我所提出的要写好一部评传，除要有学、识、才之外，还要有德。1989年1月13日出版的第16期，又发表了《陈美林教授谈有关提高"丛书"质量的一些体会》一文，说"既要勇于否定，也要敢于肯定"。这些意见，都是我在接受撰写《吴传》任务后所思考的问题。

《吴传》被确定为第一批出版，1989年初基本完成初稿。后因江苏古籍出版社催我的《新批儒林外史》交稿，乃集中精力做《新批》，1989年12月出版后，方始着手修订《吴传》。1990年2月，我在石家庄参加海峡两岸元曲会，家人打来长途，说匡老已派人来催稿。返宁后，我于是便集中精力从事《吴传》的修订工作。

匡老在提出限期完成要求的同时，又为每位作者提供完成任务的条件。此前，就曾请求中宣部和国家教委的支持，发出"中宣办[1989]12号"文件，即"关于协助做好编著《中国思想家评传丛书》的通知"，要求"有关单位对参加这项工作的同志提供方便和支持"。当然，我个人也收到了这份通知。1990年2月催稿之后不数日，匡老为我写了一帧横幅：

美林先生雅正

萋兮斐兮　成此贝锦

谨录诗经小雅巷伯篇句,预祝吴敬梓评传以传世之作早日问世

一九九〇年二月

匡亚明　时年八十又四

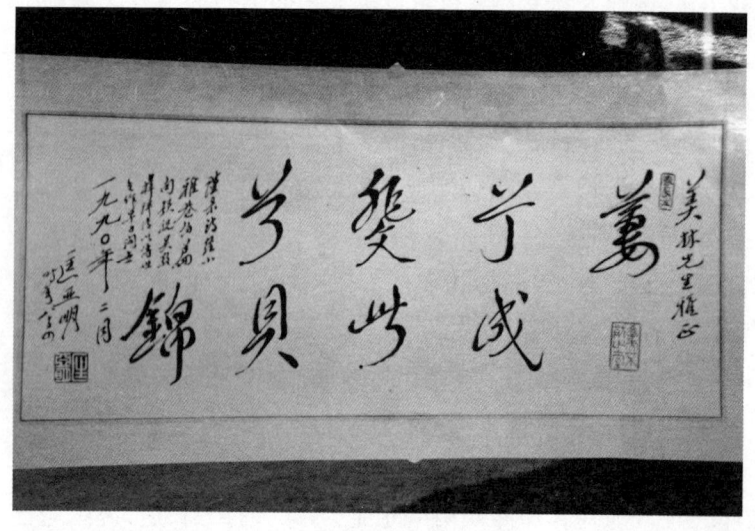

在匡老的关怀、督促下,《吴传》终于在1990年上半年交稿。《信息》第34期报道了匡老主持的主编会议决定,"会议一致认为四部书稿,经作者、审稿人、分管副主编的同心协力,确定做到了质量第一的要求,经主编审定"交出版社出版。1990年12月,《吴传》第一次印刷,1992年12月第二次印刷,1998年12月第三次印刷。2001年2月,香港公开大学图书馆藏书又将其制成光盘版。

《吴传》获得1994年江苏省第四届哲学社会科学优秀成果一等奖。次年又获得国家教委奖项。《信息》第76期发表了《〈吴敬梓评传〉再次获奖》的报道，称："据国家教委社会科学研究司公布的'全国高校人文社会科学研究成果奖'评审结果，南京师范大学中文系陈美林教授撰著的《吴敬梓评传》荣获二等奖。据悉，举行这样大规模的评奖是建国来的第一次，……《吴敬梓评传》作为《中国思想家评传丛书》之一而名列其中，这对于扩大整套《丛书》的影响，提高《丛书》的声誉，起到了积极的作用。"国家教委于1995年12月20日在北京人民大会堂召开颁奖大会，由李岚清副总理颁奖，笔者作为获奖代表应邀与会。

　　《吴传》出版以后，"中心"一直注意外界的反响，《信息》曾多次作了报道。如第49期首篇文章即说："《丛书》去年首批推出《孔子评传》、《吴敬梓评传》、《李时珍评传》和《宋应星评传》后，即在海内外文化界、学术界产生反响。"62期报道了台湾学者蔡世明来信，认为"评传"的作者"都是极一时之选，而且在他们的专业里，已有精深的著述发表"，举出潘吉星、陈桥驿及笔者三人为例，表示"十分钦服"。

三

　　"中心"除负责《丛书评传》的编辑工作外，还多次举办学术会议，既有小型的作者座谈会，也有全国乃至国际性的研讨会。这些会议，也大都邀请笔者参加。

　　1990年11月16日下午在南京大学斗鸡闸会议室召开国际学术研讨会论文作者座谈会，交流论文的撰作情况，商讨有关会议的学术性问题。匡老亲自出席了这次会议，由时任副校长的董健教授主持，与会者20余人，发言踊跃，讨论热烈，气氛和谐，目的在于为开好次年"中国传统典型文化与二十一世纪国际学术研讨会"预作准备。

座谈会开到6时左右才散会,匡老让我上他的小车送我回家,我推辞再三,可匡老坚持,并吩咐驾驶员先开到宁海路,他要看看我的住处。1996年10月,江苏电视台拍摄专题片《九十老人的追求》,反映匡老发起并主持《丛书评传》的经过,其中也安排有采访作者的活动。"中心"与我联系时,我正在北京师大讲学,待返宁接受访谈时,我谈及了匡老送我回宿舍一节,表明他对作者的尊重。于是该片中就出现了我所住的大楼外景。

国际学术会议经过紧张的筹备,于1991年6月28日在南京大学中美文化研究中心召开,7月1日闭幕。匡老任主席,出席会议的代表近70人,其中海外9人,港台6人,学术委员会顾问有苏步青、周谷城、赵朴初、安子介、丁光训,著名人士有李慎之、王沪宁、冯天瑜、冯其庸、成中英、任继愈、吴泽、张岱年、汪荣祖、汪德迈、金景芳、费德林、唐明邦、潘吉星等。笔者也为正式代表参加了会议,并提交了论文。会议着重讨论了中国传统思想文化与二十一世纪,中国传统思想文化中的"人学"思想体系、"人学"特色,以及在科学技术、文学、史学等领域中的具体表现,大多学者认为中国的传统思想文化既有积极因素,又有消极因素,对之既不能全盘肯定,又不能全盘否定,而要坚持批判继承的原则。与会代表都畅所欲言,表述一己之见,气氛极为活跃热烈。

1994年4月7日至8日召开"《丛书》撰著工作会议",主要内容是相关作者交流撰著的经验体会。7日上午开幕,由时任南大副校长兼"中心"主任的张永桃教授致开幕词,然后由"中心"副主任,以及南大出版社社长报告编辑、出版进展情况。接下来是由笔者和莫砺锋教授分别介绍撰著《吴敬梓评传》和《杜甫评传》的体会;下午续有6位代表发言。8日全天分组讨论、交流。

"《评传丛书》与传统思想文化研究学术研讨会"于1999年1月11日至14日召开,此次会议出席代表80余人,其中南大代表30余人,共分4组进行。会议在南大南苑宾馆召开。最后一天是组织代表去宜兴瞻仰匡老墓地。会议收到论文50余篇。全部论文提要在《信息》第102期刊出。

2002年5月在南京双门楼宾馆召开"中国思想史国际学术研讨会"。17日开幕,19日结束。外地与会代表近40人,本地代表25人(其中南大代表20人)。开幕式上有江苏省人大常委会副主任王霞林等人讲话。为让代表都有机会发言,将与会代表分为两组进行,并指定了评议人。

四

"中心"为《丛书》的出版召开了4次新闻发布会,向海内外介绍,取得了良好的效果。

第一次新闻发布会是1996年召开的。事后得知,到1996年3月,《评传》已出版了50部,有必要向外界做些宣传。

4月初,我收到"中心"通知,说"经新闻出版署批准,由国家古籍整理出版规划小组、中共江苏省委宣传部、南京大学发起,拟于1996年5月15日上午在北京人民大会堂江苏厅举行《中国思想家评传丛书》新闻发布会,届时将邀请党和国家及省有关部门的领导人、名誉顾问、部分学术顾问、有关学术界人士、作者代表及新华社等30余家新闻单位参加,人数初定为60至80人"。不久又收到正式请柬,会议场所由江苏厅改为云南厅。

会议准时举行,全国人大常委会副委员长吴阶平、全国政协副主席钱伟长以及有关部门负责人谷牧、孙家正、柳斌、滕藤等出席了会议。出席会议的著名学者有邓广铭、张岱年、周一良、任继愈等,笔者作为作者代表也参加了会议。在开幕式上,李铁映作了书面发言,吴阶平、钱伟长、匡老发表讲话,张永桃作了工作报告。会后还在《光明日报》社五楼召开了学术研讨会。当晚,中央台"新闻联播"报道了此次会议,还放映出首批出版的4部《评传》的画面。中央及江苏有关新闻媒体也都报道了这次新闻发布会,影响很大。

当《评传》出版100部之际,虽然匡老已归道山,但"中心"仍秉承遗愿,由江苏省对外文化交流协会与南京大学主办、香港大学等单位协办,于1999年5月24日至29日,在香港举行了百部评传首发式。其先,香港大学校长郑跃宗于1999年3月17日代表香港大学奉函邀请"《中》书工作小组及有关成员于本年五月二十四日至二十九日来港访问,出席《中》书首发式及有关学术研讨会,并访问本校,切磋交流",所列名单有相关领导陈万年、洪银兴,以及匡老夫人丁莹如、学者茅家琦和笔者等共计13人。

5月23日我与"中心"负责人冯致光等同机赴港。25日下午5时活动在会议展览广场办公大楼45楼钟山展览厅举办。剪彩嘉宾有教育部部长助理陈文博、江苏省对外文化交流协会会长王霞林、南京大学校长蒋树声、香港大学副校长张佑启,以及著名学者饶宗颐等。香港《大公报》、《文汇报》都于次日报道了首发式的盛况。

郑跃宗校长邀请函中所说的"学术研讨会",即是26日在香港大学明华综合大楼八楼会议厅举行的"中国传统文化与现代社会"论坛。由香港大学中文系主任单周尧教授主持,王霞林、郑跃宗、蒋树声致辞后,开始进行学术演讲,依次为饶宗颐、陈美林、吴宏一、王水照、李家树、赵令扬、傅璇琮、蒋广学8位教授。上午5场演讲完毕后,香港大学在太平洋酒店招待午膳。我因提早赴机场,未及与宴。之所以提早离会,是应韩国启明大学之邀,该校建校45周年、中语中文学科设置20周年,为此举办"二十世纪人文科学展望著名学者学术讲演大会",邀请笔者及复旦大学王水照、台湾师大王更生、余培林4位教授演讲,讲演次序是他们安排的,依次为王更生、陈美林、余培林、王水照;讲题也是他们指定的,由我讲《物质文明与人文科学》。为不误机,只得提前离港,取道上海赴韩。这两次讲演稿,归来后整理成《物质文明、人文科学与中国古代人文精神》一文,应武汉大学之约,收入他们主编的《名家演讲集》,于2001年9月出版。

《评传》出到150部时,又举行了第三次新闻发布会。"中心"于2002年5月16日至20日,在南京双门楼宾馆召开"中国思想史国际学术研讨会"。会议情况前文已述,不赘。会议期间于19日上午在南大科技馆二楼报告厅举行150部出版新闻发布会暨匡老塑像揭幕仪式。会议开得简朴而隆重。

2006年8月,200部《评传》出齐,南京大学和中共江苏省委宣传部于9月2日上午在南京金陵饭店召开座谈会。陈至立、李源潮等领导同志与会。出席人数140余。南京大学校长陈骏主持会议,党委书记洪银兴报告《丛书》200部已全部出齐。会议结束后,于9月23日至24日在南大中美文化中心新楼召开学术讨论会。

自1988年参加"中心"成立和《丛书》工作会议起,以迄2006年全部出齐,也算有幸始终参与了这一活动。回顾往事,如果没有高龄的匡老辛勤策划与努力,就难以有这样的硕果面世。匡老的业绩当与《丛书》共存!

——原载《世纪风采》2009年第8期

30年前汪海粟主持的一次学术盛会

我国文学史上杰出的作家吴敬梓出生于清康熙四十年（1701），逝世于乾隆十九年（1754），今年为其逝世260周年。他在南京写成的《儒林外史》享誉世界，美国学者亨利·韦尔斯（Henry W. Wells）在其《论〈儒林外史〉》文中说这部作品"足堪跻身世界文学杰作之林"，"可与意大利卜迦丘、西班牙塞万提斯、法国巴尔扎克或英国狄更斯等人的作品相抗衡"。俄文本译者沃斯克列辛斯基在译本"前言"中说："这部小说是作家卓越天才的里程碑，直到今天，它仍是中国古典文学的典范作品之一。"正因为他的杰出成就，中国作协于1954年在北京召开了"吴敬梓逝世200周年纪念会"，由作协主席茅盾主持，除国内著名学者、作家如翦伯赞、吴组缃、何其芳、曹禺、冯雪峰等出席外，还邀请各国驻华使节与会。从此，在安徽、江苏有关县市召开过六次纪念会，其中有两次在江苏举行，一次是1984年在南京召开的纪念吴敬梓逝世230周年学术讨论会，一次是1996年在扬州召开的《儒林外史》国际学术研讨会，这两次会议颇有可记可叙之特色，仅先行追忆由汪海粟主持的1984年南京之会，以纪念吴敬梓逝世260周年。

一

　　1984年在南京召开的纪念吴敬梓逝世230周年学术讨论会，上距1954年的北京之会正好30年。这30年中，历经批判胡适、批判胡风、反右派、反右倾、拔白旗、插红旗、四清、"文化大革命"等政治运动，对学术研究（包括对吴敬梓和《儒林外史》研究）都产生了不同程度的负影响。直到1976年粉碎"四人帮"、1978年十一届三中全会以后，政治、经济各方面的秩序逐步恢复正常，特别是在全国教育工作会议、全国科学大会召开之后，高校恢复招生、停顿多年的职称评定重新进行，科研机构恢复和重组，教学、科研队伍不断扩大，十二届三中全会更提出"尊重知识、尊重人才"的口号，各项教学、科研活动得以正常展开、健康发展，科研成果也得以日渐增多。即以吴敬梓和《儒林外史》的研究而言，从1954年首次会议召开之后，停顿了27年之久，到1981年才在滁州召开了纪念吴敬梓诞辰280周年学术讨论会；以成果言，1954年全年发表研究吴敬梓和《儒林外史》的论文有29篇；1955年1月至1976年12月，在长达21年间仅有76篇，其中还有数篇为"四人帮"鼓吹评法批儒的所谓"论文"；而从1977年1月到1981年12月，仅仅四五年间则有103篇，这就为滁州之会的召开提供了先决条件。

　　滁州之会，纪念委员会成员27名，全系安徽的干部和学人。应邀出席代表70余人中，外地学人30余人，其余均为安徽的干部、学人约40余人。会议于1981年10月12日上午举行开幕式，由安徽省文化局长戴岳致开幕词，安徽省委副书记、宣传部长兰干亭讲话，滁州地委书记王郁昭也讲了话，江苏省委常委、副省长、宣传部长汪海粟和上海市委宣传部第一副部长陈其五作为来宾先后在开幕式上致贺词。

汪海粟的贺词充分吸收了最新的研究成果,体现了实事求是的科学态度。他说吴敬梓"一生中有很长一个时期是生活在江苏的。在他14岁到22岁的这段时间里,他的嗣父吴霖起在江苏赣榆县做官,他曾随同他父亲到赣榆,先是在全椒和赣榆两地往返,以后就在赣榆居住下来。33岁后,……带领全家来到南京,一住将近20年。……最后在扬州去世,葬在南京……《儒林外史》也是在南京和扬州,用了10年时间写成的。"确实,吴敬梓青少年时代不仅在江苏赣榆住过,也多次来游南京,"昔年游冶,淮水钟山朝复夜",这是吴敬梓30岁时所作《减字木兰花》的词句,回忆青年时代来游南京的往事,其从兄吴檠为其"三十初度"所作亦云"汝时十八随父宦,往来江淮北复南"可证。汪海粟的贺词还明确指出《儒林外史》是在南京写成的,吴敬梓病逝于扬州却葬于南京的史实。至于吴霖起为吴敬梓之父,是胡适当年考证的结论,但胡适的考证有所欠缺,他没有搞清吴敬梓生父为吴雯延,吴霖起只是他的嗣父,而这一成果却是笔者在1977年发表的《吴敬梓身世三考》文中提出的,并得到学术界的认可,所以汪海粟在贺词中说明此节。其次,汪海粟在贺词中还指出:"吴敬梓毕竟是受正统儒家影响的知识分子,他不能不存在阶级和时代的局限","他的这种世界观中的消极因素,也不可能不在他的作品中表现出来,但这并不能掩盖他作品的思想光辉"。既指出其不足,又充分肯定其成就,充分体现了如何继承民族优秀遗产的科学态度,这就显示了汪海粟的贺词非同内容泛泛的颂词。他的发言全文辑入安徽纪念吴敬梓诞辰280周年委员会所编纪念专刊《吴敬梓研究》中。

鉴于吴敬梓和《儒林外史》与南京的紧密关系,与会代表一致希望并要求江苏方面承办一次学术活动,经多方沟通,汪海粟代表江苏表示在1984年吴敬梓逝世230周年之际,在南京举行一次学术讨论会。

二

在南京,召开一次纪念吴敬梓逝世230周年学术讨论会殊有意义。

首先,吴敬梓从全椒移家南京,不是一般迁徙,而是在故乡"郁伊既久,薪缊成疾",与"乡人""游处","似以冰而致蝇,若以狸而致鼠",在这种势利环境中,不得不"见几而作,逝将去汝"。一旦"达于白下",便"买宅秦淮岸,殊觉胜于乡里",不禁在《移家赋》中大加赞叹:"金陵佳丽,黄旗紫气,虎踞龙盘,川流山峙,桂桨兰舟,药栏花砌,歌吹沸天,绮罗扑地,实历代之帝都,多昔人之旅寄。爰买数椽而居,遂有终焉之志。"确实,吴敬梓自此归属金陵,即使病卒扬州,也叶落归根于白下,金兆燕诗云:"生平爱秦淮,吟魂应恋兹。"葬于秦淮而非全椒。朱绪曾《金陵诗征》录其诗作数首,并有小传,云:"敬梓,字敏轩,上元人。"上元,即江宁府属县,现为南京市区。陈作霖《金陵通传》虽无吴敬梓传,但有其长子吴烺传,云:"吴烺,字荀叔,号杉亭,上元人,始祖自六合迁全椒,祖雯延,始居金陵。"这乃是因为"金陵山水之乡,名贤多爱而居之",陈作霖在编纂《通传》时便确定"是卷不载寓贤,必定居再世生长斯土者,始为甄入"。传中所记雯延,即吴敬梓生父,曾侨寓在清凉山下丛霄道院中,而非定居,吴敬梓则不同,已"诛茅江令之宅",在秦淮、青溪汇合处购置秦淮水亭定居白下,其子吴烺乃得以入《金陵通传》,可见吴敬梓不仅仅是移家南京,而已入籍上元。

其次,《儒林外史》不仅仅是创作于南京,所谓"闲居日对钟山坐,赢得《儒林外史》详",而且是南京深厚的文化积淀孕育了这位作家,而作家又形象地描绘了文化大邦南京的方方面面。

在吴敬梓移家秦淮之后,结交了众多的学人,有科技专家、思想家、诗人、画家等,过着"论文乐友朋"的生活,这对促进其思想中的进步成分的增长起着良好的作用;同时,又由于生活日渐贫困,在他的交往中也多了伶人、道士等城市大众,体验了下层社会的生活,感受了市井平民的情操,促使其从缙绅子弟逐渐向平民百姓转变,这为他创作《儒林外史》这部杰出的小说创造了极为有利的条件。仅以体现作者社会理想的相关情节而言,小说中先有祭泰伯祠之举,后有"四客"的出现,均与南京有关。泰伯祠位于南京雨花台山麓,发起并操持这一活动的士人大都为江苏、南京籍,虽有个别外地知识分子,但也长期侨寓南京。此举的目的在于"借此大家习学礼乐,成就出些人才,也可以助一助政教",然而这种礼乐兵农的理想也过于迂腐,并不能挽救封建社会的种种弊端,未有几年,泰伯祠也无人问津、已渐颓圮。当年主持这一活动的"南京的名士已渐渐销磨尽了",这显然表明这一社会理想已成泡影。一个时代已经结束,但吴敬梓移家南京后,就一直自奉"一事差堪喜,侯门未曳裾",在礼乐兵农理想破灭之后,继而发现"市井中间,又出了几个奇人",即季遐年、王太、盖宽、荆元"四客",他们都是南京土著,活动在清凉山、乌龙潭一带,也都凭一技之长,自食其力,不事权贵。这是在"学而优则仕"的士人传统的出路之外,另寻新路。这种探寻出现在300年前的作家身上,不是值得我们珍视的么!吴敬梓这种在南京士人和平民中寻求理想的努力,不是值得我们江苏、南京特别纪念的么!

再次,《儒林外史》的传播,也以江苏贡献为最。最早的刻本为金兆燕在乾隆年间任扬州府学教授时所为,但此刻本未见流传。金和在《儒林外史·跋》中说"发逆乱后,扬州诸版散佚无存",可见当年刻本非止一种。此后"吴中诸君子将复命手民,甚盛意也",则说明扬州各版虽已无存,但苏州又有刻本如群玉斋等刊本出现,而且还有潘氏抄本。建国后,50年代人民文学出版社出版有张慧剑校注本,而张氏却长期生活在南京。总之,由于作家吴敬梓和作品《儒林外史》与江苏、南京的关系如此紧密,在江苏南京召开相关的学术活动特有意义,汪海粟在滁州会上的表态,正反映这一特殊意义。

三

1984年学术讨论会交由南京师范大学承办,这与人民文学出版社于上世纪70年代初约请该校整理《儒林外史》有关。当时校方很重视,成立老中青三结合小组,成员四人,笔者是成员之一。为此,除一老先生外,其余三人持省革委会介绍信,前往芜湖、合肥、滁州、全椒等地访书寻人。全椒县接待我们的是时任县革委会负责人王郁昭、宣传组副组长韦邦杰等同志。此举触动了全椒县,引起他们对这一课题的重视,先后多次派人来南京访谈。不久,他们成立了安徽大学、滁州地区、全椒县三结合的研究小组,并来南师取经。此际,我在完成前言第一稿,经出版社广泛征求意见认可后,即被调出前言小组,从此便从职务研究转入个人业余研究,与安徽小组的座谈会便未参加。安徽大学李汉秋同志仍欲与我交流,便请我系一位教师陪同来宿舍晤谈。虽然南师起步早,但安徽动作快,他们返回不久,"一九七五年五月八日"便"根据安徽省委批转的关于《注释法家著作、评法批儒编写出版规划》"而拟出的《反儒的讽刺小说〈儒林外史〉》的写作提纲征求意见,不久,便将他们的成果《儒林群丑的讽刺画卷——评吴敬梓的〈儒林外史〉》小册子(有1976年6月内部印行本和1977年1月安徽人民出版社正式刊本)先后寄给我。粉碎"四人帮"以后,虽然江苏的成果多于安徽,但安徽也同样动作快,在1981年便召开纪念吴敬梓学术讨论会。

江苏在《儒林外史》研究方面的成绩是有目共睹的。"据不完全统计,1976年以来,全国共发表了吴敬梓研究的论文150多篇,其中三分之一出自江苏作者之手"(《南京日报》1984年11月2日报道);而江苏论文又以南师作者所写为多,仅以笔者而言,自1976年到滁州会的1981年,发表17篇,而到1984年的南京会更达31篇。南师整理本《儒林外史》的前言又重新写过,删去他们原先所写的反儒评法内容后重印。由于印数多,影响也大。国内一些同道也肯定南师在这方面的成绩,如南开大学朱一玄教授当年就说:"南师是研究《儒林》的重镇。"

南京师大不负所托,在与省社联、省社科院、省文化厅、省作协、省出版社以及南京大学等单位协商后,联合发起举办纪念吴敬梓逝世230周年学术讨论会,给省委宣传部写了报告,经批准后,首先组织纪念吴敬梓逝世230周年委员会,由原副省长、时任江苏省社科院名誉院长汪海粟为主任委员,委员23人,有省内相关部门的负责同志参加,如盛思明(省社科院副院长)、王建邦(新闻)、顾明道(文化厅)、杨巩(南师党委书记)以及学人程千帆(南大)、陈美林(南师)等,同时也邀请各地学者代表参加,如章培恒(复旦大学)、何满子(上海古籍出版社)、宁宗一(南开大学)、袁世硕(山东大学)、李汉秋(安徽大学)、刘世德(中国社科院)等。至于出席会议的代表,根据当年的名册,外省学者有57人与会,本省干部、学人共有35人,充分体现全国性的特色。

南京还特地邀请了时任安徽省长的王郁昭。上世纪70年代去安徽访书时,他以全椒县革委会副主任的身份接待过我们;上世纪80年代初滁州之会时,他以纪念委员会副主任、滁县地委书记的身份在开幕式上发表讲话,迨至南京之会时已升任安徽省长,对于南京的邀请,他于1984年6月16日复信云"承蒙邀请参加纪念吴敬梓学术讨论会,深为感谢。但因公务繁忙,难以到会,谨致歉意","衷心祝愿这次讨论会圆满成功"(信载《南京师大》特刊,1984.11.1)。

四

1984年11月2日纪念吴敬梓逝世230周年学术讨论会在南京举行。据《新华日报》11月3日报道:会议在南京师范大学举行,"开幕式由南京师范大学副校长、副教授谈凤梁主持。纪念吴敬梓逝世230周年委员会主任委员、省社科院名誉院长汪海粟致开幕词。省委副书记孙颔、南京市顾问委员会副主任刘平分别在会上讲了话。上海古籍出版社编审何满子、中国社会科学院文研所副研究员刘世德也发了言。来自全国各地的有关专家学者何泽翰、宁宗一、朱泽吉、李汉秋、孟醒仁、陈美林,吴敬梓后裔吴炽棨、文化部政策研究室顾问朱平康,以及南京师范大学古代文学研究专家、教授唐圭璋、孙望等120多人出席了开幕式"。

开幕式前,几位老先生还填词、吟诗,以为祝贺。如词学大家唐圭璋先生有《减字木兰花·纪念吴敬梓逝世二百三十周年》,词云:

奇才卓荦,坐对钟山详稗说。泼墨研朱,描绘人间丑恶图。　　飘香盈袂,千里嘉宾参盛会。邃密同商,祖国文明更发扬。

唐圭璋 一九八四年十一月

会后,唐老还书写此词赠我,词句稍有不同。

老辈段熙仲先生有《敬为六绝句颂文木先生》,录其"移居"

一首:

> 故家池馆今何许？十丈红尘买一廛。
> 谁信寻春几狂客，秦淮水畔拥寒毡！

孙望先生亦有诗：

> 一派名场逐竞狂，谁怜痼疾入膏肓。
> 时人若问医心术，敢荐儒林作处方。
> ——纪念吴敬梓逝世二百三十年

11月2日清晨，我接获通知，让我提早一刻钟到会场，省委副书记孙颔要在开幕式前与我晤见，乃奉命前往，在会场周边的小会议室中等候。不一会孙书记由大会人员陪同进来，交谈几分钟，会议开始，孙颔乃去主席台就座，我则在最后一排空位处坐下。

汪海粟在开幕词中首先对来自全国各地学者表示欢迎，强调此次会议是全国性的盛会。继而说明吴敬梓与江苏南京的关系，再次说明其早年随嗣父来到江苏赣榆，《儒林外史》是在南京写成的。汪海粟还对这部小说的内容作了精辟阐说，认为它"以科举时代的知识分子生活为主要题材……塑造了各种各样知识分子的艺术形象，从而解剖了整个科举社会，接触到比较广泛的社会现实问题"。汪海粟还引用十二届三中全会《决定》中所提出的"尊重知识、尊重人才"的号召，说"此时此刻，我们再来回顾吴敬梓时代知识分子的不幸和苦难，感受自会不同"（全文见《南京师大》1984.11.7）。汪海粟的开幕词予与会代表以深刻启发。省委副书记孙颔代表江苏省委、省政府向大会表示热烈的祝贺；

市顾问委员会刘平副主任代表南京市委、市政府向大会表示热烈祝贺。

此后是五天的学术讨论,围绕作品的题材、主题,表现形式等问题充分展开交流,各抒己见。在提交的论文中,有学者对吴敬梓的家世、交游等方面也提供了新的材料。这些论文代表了近年来研究吴敬梓和《儒林外史》的新成绩。大会圆满地结束了预定的议题,于11月6日下午闭幕。在闭幕式上,江苏省委宣传部副部长陈超讲了话。会议期间,代表们还欣赏了省昆剧院的精彩演出,观看了由笔者任文学顾问、南京电视台摄制的《吴敬梓和〈儒林外史〉》专题片,游览了吴敬梓笔下所描写的部分南京景点。在会议结束前,大会还将南京师大整理的《儒林外史》(1981年人民文学出版社)、李汉秋所编《儒林外史研究资料》(1984年上海古籍出版社)、陈美林所著的《吴敬梓》(1982年江苏人民出版社)和《吴敬梓研究》(1984年上海古籍出版社)四本书分送与会代表。与会代表何泽翰先生于返回湖南后特地寄来墨宝,诗云:

阳狂玩世秦淮客,薄俗纷纷过眼新。
著述九流甘末等,风标百代慕高人。

徽音愧我才难企,遗躅欣君地与邻。
更有金陵图咏在,赓歌好作盛时民。

美林先生于吴文木外史最为专精,赋赠即正

一九八四年十二月　弟何泽翰

同时,又寄来刊有此诗的《湖湘诗萃》第2期(岳麓书社出版)。

这四本书均为滁州之会后的新成果，有三种出自江苏学人之手，由此可见，江苏承办此次会议也是有条件的。

五

学术讨论虽已结束，但代表并未离去。据《新华日报》1984年11月7日报道《中国〈儒林外史〉学会在宁成立》云："今日，《儒林外史》研究领域的专家、学者将通过《中国〈儒林外史〉学会章程》（草案），并成立中国《儒林外史》学会。"笔者未参加这一活动，具体情况并不知悉。据说，在滁州会时就已经酝酿过，但无人对我说及，此后更一无所知。直到1984年夏，有人通知我去参加在我校宾馆召开的一个座谈会，讨论成立学会事，我以未受校方委托，不便参加。此后便来了一位副校长通知我，在问清我校另有同志参加后，便允只去坐坐。岂知这一坐，就坐出"事"来，安徽大学孟醒仁带着几位青年同志找到舍间，表示他们反对该校一位先生出任副会长；我再三声明未参加具体筹备，不知此事，因此成立学会活动的7日清晨便离开学校避会。次日返校有人交给我一份打印的名单，乃是中国《儒林外史》学会组成人员，名誉会长：吴组缃（北京大学）；会长：章培恒（复旦大学），副会长除笔者外，尚有宁宗一（南开大学）、李汉秋（安徽大学）；理事有刘世德、陈毓罴（均为中国社科院）、赵齐平（北大）、聂石樵（北师大）、郭豫适（华东师大）、黄霖（复旦大学）、李厚基（天津师大）、孟醒仁（安大）、黄岩柏（辽大）、何泽翰（湖南师大）、袁世硕（山大）、吴志达（武大）、蔡景康（厦大）、张文潜（福建师大）等40人。学会成立后，活动不多，我也是被推进会去，所以从不主动揽事。岂知事隔多年，有人据《扬子晚报》2011年8月25日报道，前来问我，说全椒正准备重组"中国《儒林外史》学会"，1984年《新华日报》不是报道过学会成立的消息？怎么又重组呢？我一无所知，无从回答。直到11月1日全椒旅游局田胜林局长来访，并将李汉秋10月29日给我的信给我，信上说"全椒筹备纪念吴敬梓诞辰310周年，并筹组中国《儒林外史》学会，鉴于吾兄的卓越的学术成就，拟推兄台为名誉会长，祈请俯允，以光学界"云云。据田局长说，一切准备就绪，届时派车来接，并请我题词祝贺。此后便一无消息，会后托人捎来一纸名誉会长证书，未见组成人员名单，仅知会长为李汉秋，此后便处于"失联"状态。

在1984年的学术讨论会上，笔者提议建一座吴敬梓纪念亭，《南京日报》1984年11月3日有报道；后又在省政协六届三次会议及七届二次会议上，两度写提案，建议在修建秦淮风光带中复建吴敬梓"秦淮水亭"，得到市委、市政府的重视；于1997年底完成重建任务，对外开放，《新华日报》1998年1月14日有专题报道，笔者并应邀撰写《秦淮水亭重建记》，勒石为碑，嵌于园内。此际，全椒县人大副主任李忠烈来舍间，将景德镇烧制的吴敬梓坐像送我一座，以表示全椒人民对我长期以来对他们的帮助表示感谢。我乃建议他再送一座给"秦淮水亭"，他也欣然同意。"秦淮水亭"建成不久，省政协约我撰文记其事，刊于《江苏政协》2004年第9期，全国政协所编《人民政协纪事》也全文辑入，提案也收入《江苏省志·政协志》，此事也算载入史册了。可惜前数年已有媒体报道，"水亭"已变为茶馆，又有报道，大门紧闭，一片荒芜；还有作者在其所著中向笔者问道："不知当年花费十年工夫，多方呼吁，才复建了吴敬梓秦淮水亭的陈美林教授，近年可故地重游？假若见到此情此景，他又有何感慨？"同道们乃力促笔者向有关方面反映，得到市、区的重视，并邀请笔者参加2014年5月15日下午召开的座谈会，听取有关部门的修葺方案。方案中拟在园内辟一块菜地，笔者认为甚好，因为吴敬梓晚年所居之水亭已是梁空墙坏，人稀草合（见严东有《过顾氏息园和敏轩丈韵》),可供"闭门种菜"(《盋山志》卷三),这是符合一个平民作家的生活实况的,没有必要花费巨资去修建高墙深院的豪宅,参观游览者乃是出自对其著作的崇敬,受其感召,而非为其未曾住过的豪宅所吸引。何况在南京,不但吴敬梓无力购置豪宅,其从兄吴檠来南京,更是租房居住,"也向秦淮僦舍居"是也。因之,恢复南京秦淮水亭不宜花巨资大兴土木,借以招揽游客,而应着重介绍其从缙绅子弟向平民百姓的转变,分析其著作中对南京的热爱与赞美,展示其作的思想意义与艺术价值,为弘扬祖国的优秀文化遗产鼓与呼,为建设精神文明做出贡献。

——原载《世纪风采》2014年第7期

追记开创"研究新局面"的人和事

收到《明清小说研究》"百期纪念专号",乃觉岁月不居,四分之一世纪悄然逝去,但前尘往事,依然历历在目。该刊创刊号(1985年8月)编后记中说,该刊的出版"以开创明清小说研究新局面为宗旨"。但对为开创"新局面"作出贡献的人和事,则鲜有文提及,未若《文史知识》在创办之初,即在该局《业务情况》第25号上刊有《对创办〈文史知识〉月刊的方案》,同时还在京召开有金申熊、袁行霈、余冠英、侯敏泽、启功、郑天挺等学者参加的座谈会征求意见。对于外地学人诸如周谷城、王季思、罗宗强以及笔者等人则书面征求意见。因此《文史知识》筹办情况颇为学人所知,当它出版二十周年之际,笔者还写有《相"知"二十年——我与〈文史知识〉》一文(刊于2001年第1期)予以回顾。而当年开创江苏古代小说研究新局面的人,有的已经谢世,有的离退多年,又未留下文字文献,若再不表而出之,这段史实或将湮灭无闻,乃勉力为文追记。

一

自1978年中央召开全国科学大会以后,各地高校、研究机构先后恢复重视科学研究的传统,江苏也不例外。原先设置的江苏省哲学社会科学研究所,经省政府于1980年6月批准,扩建为江苏省社会科学院。江苏古代小说研究的"新局面"正是在这样的背景下形成的,而"催生者"则有老干部许符实同志和杨巩同志。

首先要叙说的是许符实同志。1980年上半年,一天在校园中遇到久别的符实同志,彼此都很高兴,他说正要找我,让我去他的下榻处西康路33号省委招待所一叙。我乃如约前往,他告诉我他已从苏州调来南京筹建省社会科学院,当前正在招聘助理研究员,同时代中国社会科学院招聘副研究员,想就文学研究人员选聘方面的问题听听我的意见。说罢,他便拿起放在写字台上的两份材料对我说:"一位是报副研的,一位是报助研的。"符实同志在"文革"前一度与我同事,又住在同一幢楼,当时彼此眷属都不在南京,常在工作之余彼此相约或散步或聊天。符实同志阅历既深,读书又多,与之谈文说史,颇为投契。日常生活我们也互相照应,他去苏北"四清"时,每月工资托我代领汇去苏州其夫人处。如今既然征求我的意见,便也直言不讳。我说这两位同志我并不认识,但考副研的某君前不久有一部《李商隐传》书稿拟在江苏人民出版社出版,当年我曾发表过一些研究唐代文史的文章,江苏人民出版社又约我作《杜甫诗选析》(与人合作),责编张惠荣同志便一定要我代为审读,因而对其著作有所了解,便向符实同志如实介绍。至于报考助研的某君,我见过他写的有关《水浒》的文章,文笔尚好,也可选用。符实同志说此人尚有一些不足,例如没有大学本科学历等等,省社科院第一次招聘,总希望能录用一些有学历、有成绩的人。我便就学历问题谈了自己的看法,我说有学历不一定有学问,无学历不一定就无学问,此君现在苏北中学任教而能写文章,如调入省社科院,图书资料、研究时间等等客观条件会大大改善,定能做出成绩来。同时,高校恢复招生后,师资也出现断层现象,正从各方罗致人才,省社科院刚筹建,条件远逊于高校,不大可能有高校教师前来应聘,既然急需人才,不妨将此君选拔上来。符实同志听我所言,认为也有道理,乃将这两份材料放在另一边。不久,我便知道此君已调入省社科院,成为文学所初期几名主力之一,如今已退休,如何评价其人其作,则是见仁见智问题,但总有客观标准,自有公论。不过当年许符实同志敢于不拘一格选用人才的胆识自应肯定。

其次要提及的是时任南京师范大学领导的杨巩同志,他在促进文学所与高校之间的合作方面起了重要作用。文学所最初负责人刘冬同志虽对施耐庵有所研究,但与学术界、教育界的联系不多。文学所刚成立时人员很少,而且大多并非从研究机构或高等院校调入,因此除个别同志有高级职称外,其余成员大多为中级职称、甚或尚未评定职称,研究力量远逊于当时省内任何一所高校的中文系。为了开展学术研究活动,不能不依赖与高校合作,但刘冬同志对我省的研究队伍又不了解,不得不求助其战友杨巩同志。杨巩同志从上世纪50年代起,先后在江苏师范学院(今之苏州大学)、扬州师范学院(今属扬州大学)和南京师范学院(今之南京师范大学)担任领导工作,对高校教师的研究、教学情况十分熟悉。杨巩同志首先向刘冬同志介绍南京师范大学中文系教师的情况。50年代我曾在江苏师范学院工作,当时虽是青年教师,但已有讲师职称,在当年讲师已属高级知识分子,因而被任命为古典文学教研室副主任(钱仲联先生任主任),按规定,教研室正副主任要由学院任命(刘开荣先生任中文系副主任是由省人民政府任命的,刘烈人同志任院长则是国务院任命的)。作为院长的杨巩同志自然知道我的名字。同时,我编写的元明清文学教材,曾由系推荐到院办的优秀教材展览会上陈列,《光明日报》(1961年3月22日)在《江苏师院积极培养红专师资队伍》的报道中,还举出笔者所编写的部分教材为例,说明这也是"青年教师掌握科学知识和资料的重要途径"。此外,当年钱仲联先生曾在一个月内两次写信给中华书局推荐笔者撰写书稿,此举也为系院领导所知(此事在《文艺研究》2006年第10期发表的对我的访谈录中有所回顾)。因此,虽与杨巩同志分别近二十年未通音问,但在他于1977年调来南师任职之初、到中文系办公室看望教师时,便一眼认出我来,随口报出我的名字和研究方向。不过,当时他处在领导岗位,工作十分繁忙,我与之很少有接触。及至他退居二线时,往来始多。杨巩同志极擅旧诗创作,每有所得,常与我一起欣赏。当其作品结集为《果青室诗稿》后,还送我一本,而"续集"在其身后方始出版,但老干部处根据杨老家属嘱托还为我留有一本。当刘冬同志向他提出如何进行所、校合作开展研究时,他便向刘冬同志介绍了我,刘冬同志表示他也从有关同志处了解了我的一些情况(据欧阳健同志多次说起当年他奉刘冬之命,向南京大学一位教授询问江苏研究古代小说的人员时,那位教授写了几个名字,第一个就是在下),便请杨巩同志为我们牵合。杨巩同志特来舍间转述了刘冬同志的愿望,并力促合作成功。为更好地开展工作,我建议扩大范围,最好有教研室有关同志参加,杨巩同志极表赞同。我便向教研室负责人之一李灵年同志通报了此事经过,灵年同志也表赞同,乃偕同灵年同志同去灵隐路6号杨巩同志府上,由杨巩同志再次转述刘冬同志的意愿。

刘冬同志经过多方联系后,在1984年5月邀请了南大、南师、苏师、扬师、徐师以及南京博物院和南京图书馆的有关教师和研究人员开了一次联席会议。与会者大都相识,都是担任古代文学教学的同行,也都是研究元、明、清文学的主干力量,有人以戏曲研究为主,有人以小说研究为主,也有专攻诗文者,但由于教学需要,这几方面都要兼顾;而文学所的同志没有教学任务,可以根据他们自身的条件选定古代小说课题进行专门研究,这是所、校不同之处,而这种差异正可在合作过程中互补。

这次联席会议可说是所、校合作进行研究的开始。会议议题有三项:筹建江苏古代小说研究会,出版研究古代小说的专门刊物,研究合作课题。由于刘冬同志事先做了充分准备,多方协调,三项议题很快达成共识,并推定负责人:筹建江苏古代小说研究会与出版小说研究刊物二项,以刘冬同志为主,笔者副之;合作课题,以笔者为主,郑云波同志副之。但由于高校教师教学任务繁重,三项议题的初期工作便由文学所的同志全力以赴。现据我涉入三项议题程度的深浅,略作追述。

二

关于学会。筹建工作由刘冬同志负责,我并未过问。在该年11月中旬,省社科院副院长盛思明同志先后派了两位同志来舍间,说12月初在扬州成立江苏省明清小说研究会,由刘冬同志任会长,笔者为唯一的副会长。我并未应允,因为11月初要在南京召开纪念吴敬梓逝世二百三十周年学术讨论会。

这次纪念会由江苏省社会科学院名誉院长汪海粟任委员会主任,委员二十余人,有本省相关领导,如杨巩、徐福基、王建邦、范恭俭等人,全国学者有程千帆、何满子、章培恒、袁世硕等,笔者也列名其中,秘书长为中文系王臻中主任。开幕式前一天,王臻中同志通知我早一点到会场,省委副书记孙颔同志要见见我,这大概是因为刚由上海古籍出版社出版的拙著《吴敬梓研究》作为此次会议赠书所致。开幕式前半小时,我到达会场,在一间小接待室中孙颔同志与我交谈了十来分钟,然后他走上主席台,我则在最后一排找了一个座位坐下。我虽列名委员,但未负责任何事务,此次见面后,便也自在。岂知会议最后一天要成立"中国《儒林外史》学会",据后来了解,早在1981年在滁州召开的《儒林外史》讨论会和1984年在洛阳召开的《三国演义》讨论会时,就有筹备"《儒林外史》学会"的活动,但我毫不知情。以致在南京召开的学术讨论会前夕,有外省一所高校的几位老师找到我,反映他们对该校一位老师出任学会副会长的不同意见,我感到十分惊讶。他们见我不了解,便转向其他同志去反映了。而在学会成立的前一天,有人来舍间对我说:"明日要成立学会了,你要在会上表态不做副会长,推×副校长做。"我感到很突然,不知道他以什么身份向我下指示,因为从未有人告诉我要推我做副会长,我也从未表示过要做副会长,在会上说那样的话不适合。我就对来人说:"我从未表示过要做副会长,你们也不必选我,直接推×校长做不就得了。"有鉴于此,在"《儒林外史》学会"成立的那一天清晨(《新华日报》1984年11月7日有报道:《"中国〈儒林外史〉学会"在宁成立》),我便不去会场,并且避走城南老家。但即使我未出席,也被推选为副会长,从而引起此人及个别有权势者的不满。为了不再被卷进这种无谓的纠纷,一切学会我均不参加,但举办的学术活动,有关学会有邀请,而我也愿去,两相情愿便去走一遭,但只限于参加学术活动而不参加学会组织(但既然被推为副会长,"《儒林外史》学会"有关活动,则有限度地参加,如《安徽日报》1986年6月26日报道:"纪念吴敬梓诞生二百八十五周年,《儒林外史》学术讨论会在全椒举行","中国《儒林外史》学会副会长陈美林、李汉秋、宁宗一主持了会议")。1996年7月15日—18日,由江苏明清小说研究会(其时我已被推为会长)和扬州大学联合主办国际《儒林外史》学术讨论会,应扬州大学的要求,加上我任副会长的中国《儒林外史》学会,为三家合办,《明清小说研究》1997年第1期辟有专辑,选发此次会议论文九篇,包括美国、韩国、瑞士及国内学者所作。

　　盛思明同志并不知道此人与我有过这番"交道",当然也不知道此人是如何向我"传达"的。隔了几天,他又派欧阳健同志来动员劝说,我只是表明不去扬州参加成立大会,也不当副会长。最后,为表示支持学会,我只同意做一名理事。及至1988年冬,第二届代表会议在南京召开,我因膝关节扭伤未曾与会,有几批同志于会议前夕及会议期间来舍间,再三动员我参加学会的领导工作。我仍然坚持原先的想法,同时考虑到刘冬同志虽因中风而健康不佳(由人用轮椅推去会场,因口齿不清,发言需要身边人"翻译",他人方能听懂),但热心学会工作精神不减,仍以刘冬同志继任为宜。经过再三协商,承大家理解,只任一挂名副会长,不过问具体事务。第三届换届时,由于刘冬同志健康恶化,不能胜任,大家推举笔者继任。考虑到学会的建立,是我参加的联席会议决定的,如今刘冬同志病重,不能不勉力为之,但仍推刘冬同志为名誉会长,其余副会长、秘书长一律继任,仅补充几位年轻同志参加常务理事会。第四届我仍被推连任,依然按照第三届办法成立常务理事会。但在此后的活动中我发现学会领导人员中退休者渐多,而且退休年限更长,又多年没有成果,展开活动多有不便,乃提出老同志可逐步退居二线,让年轻同志承担一线工作,并率先向省社联及学会的常务理事会提出辞去会长一职,一切工作由副会长处置,从而卸去学会的全部工作,一年后的第五届换届活动我也不再参加。

　　关于课题。1978年全国科学大会以后,学校号召大家要重视科研工作。我曾向教研室两位负责人分别提出两个课题:一是编写一部中国文学史的发展史,一是编写中国古代小说总目提要,这两项课题都需要多人合作。我曾就前一课题发表《重视文学史著作的研究工作》(《南京师范学院学报》1980年第3期)一文;后一课题,教研室的一位负责人曾在校外某一会议上说及,因而被刘冬同志所注意,便在联席会议上提出。有此缘故,会上便推定我为主、郑云波同志副之。既然为主,便责无旁贷。会后不久即拟出工作设想,在文学所会议室召开了一次座谈会,由我作了说明,诸如《提要》收目原则,以白话撰写的中、长篇为主;每篇字数,中篇三到五千,长篇五到八千,个别名著可放宽至一万到一万二千;内容以介绍情节为主,不做烦琐考证,也不做详细评论;《提要》以孙楷第、柳存仁、阿英等人的书目为基础,也要参考鲁迅、郑振铎、胡士莹等人的著作,同时要寻访各省图书馆所藏,有条件时亦可访问海外藏书。由于该项课题工作量大,我建议成立五到七人的编纂委员会主持;进度安排为1984年底以前拟出目录并初步完成约稿,1985年下半年开始收稿、统稿,1986年底完成书稿;会上并推定由文学所联系出版单位。参加会议者有十余人,各自提出意见,如刘冬同志提出《郁离子》一类的寓言收不收;欧阳健同志主张短篇也可收,郑云波同志则提出要考虑;王永健同志提出要收"全",但有的同志则认为《红楼梦》续书太多,是否要全收,等等。

  会后,编纂委员会一时未能组成,因为担任课题工作的同志大都在高校工作,有繁重的教学、科研任务。文学所欧阳健同志来舍间说,他们要以此项课题为主,想先做起来,我便表示同意。1985年2月4日,文学所副所长周钧韬同志来舍间,先问我何以不出任副会长,我表示事已过去不必再谈。接着钧韬同志着重谈了《提要》问题,说此项课题主要要依靠高校老师去做,根据联席会议决定,他们认为仍要以我为主(据欧阳健同志于2011年7月15日来电话告知,当年×副校长表示要主持这一课题)。但不久,欧阳健同志寄来若干条书目,又来舍间谈过几次,当时我的教学、科研任务很多,实无精力,也不善于去做大量的组织工作,既然欧阳健同志已经上手,我便也乐观其成,任由他们去做。此后虽常有往来,但很少谈及这一课题,只是在他们要求我撰稿时,勉力写成二篇以为支持。

关于刊物。三项议题中此项工作我完全未曾涉及,只是在1984年11月收到文学所发给的聘书:

兹聘请
陈美林同志为我刊编辑委员会委员
明清小说研究丛刊
1984年11月
(加盖"江苏省社会科学院文学研究所"公章)

兄弟院校一位同志也同时收到,前来舍间相问。他也参加过联席会议,知道会上决定此项工作以刘冬同志和我负责,他与刘冬同志不熟悉,便以为是我提名的,而我也不知所以。此后也从未开过编委会,当然不知道正、副主编为谁何、编委有几人。高校教师各有任务,兄弟院校那位同志与我都未再过问此事。此后,明清小说研究中心成立时,也给我发了聘请书:

兹聘请
陈美林同志为本中心特约研究员
此聘
1987年9月1日
(加盖"江苏省社会科学院明清小说研究中心"公章)

同样,也未有过任何活动。但这两份聘书却成为所、校曾经有过合作意愿的文献,有其历史价值。关于"课题"与"刊物"二项,史平同志(《明清小说研究》早期编辑部主任、文学所研究人员)在《江苏明清小说研究十题》第三题"硕果累累的江苏明清小说研究会"中说,研究会的成立"取得了丰硕的研究成果","特别是协助编辑出版了《明清小说研究》共十三辑,主持编写了大型学术性工具书《中国通俗小说总目提要》"(见《文教资料》1989年第6期,南京师范大学),在一定程度上反映了当时的实况。

《明清小说研究》创刊号于1985年8月出版,直到1987年第五辑均作"文学所编",1987年12月出版的第六辑则标明"文学所主办、《明清小说研究》编辑部编",三年出版六辑。第六辑上登有启事,说自1988年起改出定期季刊,一年四期。1988年1月出版的第一期刊出主编盛思明、副主编吴圣昔、顾问刘冬姓名。二十余年来,主编人员几度更变,不一一列举。虽然笔者从未参与刊物工作,但承文学所同志的热情约稿,也尽力支持。特别在创办的前三年即1985年到1987年间,我在《文学评论》、《文学遗产》、《文献》、《社会科学战线》、《曲苑》、台湾《复兴戏剧学刊》等刊物上发表文章二十五篇,其中每年有一篇由《明清小说研究》刊发。在百期《研究》中,笔者发文十二篇,另有合作一篇、增刊一篇。这至少也可表明笔者对《研究》的支持,也表明《研究》对笔者的支持。纵观百期《研究》,从不定期到定期,越办越好,能长期坚持"文不论家门"、"兼容各种观点"的办刊方针,发表了很多优秀论文,培养了不少青年学人,壮大了研究队伍,其影响遍及海内外同行。其发表的一些论文常被学人引用,甚至被海外刊物全文刊载。如2010年第2期刊出的《吴敬梓生平文献资料的引用、解读和考辨》一文,即被同年第3期的韩国《中国小说研究会报》刊载。

同《研究》一样,江苏明清小说研究会能将我省研究小说的同志团结起来开展学术活动,主办或参办多次学术会议,如1990年海峡两岸小说讨论会,以及1996年《儒林外史》国际学术研讨会等等,不仅开展了与台湾学者,而且也扩大及与美国、韩国、瑞典等国学者的学术交流。1995年出版的韩国《中国小说研究会报》,还专门介绍了"中国江苏省明清小说研究会";在国际《儒林外史》学术会议期间,还有几位国外学者申请入会,因上级意见不宜跨国吸收会员而作罢。由此可见,如同《明清小说研究》刊物一样,作为学术团体的明清小说研究会也有广泛的影响。关于《中国通俗小说总目提要》这一汇集了全国学人著述的课题,当其出版时,即引起小说界的注目,虽然后来又出版了几种类似著述,但江苏所主编的一种却是问世较早的,自有其历史意义。

  总之,1984年召开的联席会议上的三项议题,经过众多学人的长期努力,都取得了瞩目的成绩。这三项议题都是江苏省古代小说研究出现"新局面"的标志,乃写此小文,既追记当年为开创江苏小说研究"新局面"做出贡献的人和事,又以之祝愿江苏古代小说研究的"新局面"能更上一个台阶。

  去岁,笔者曾发表了追忆夏师承焘、唐老圭璋和一己指导研究生经历的文章,友人邓绍基先生认为这属于回忆录文字,希望笔者"多写,因有传世价值也"。如今再捉笔为文,不敢言"传世",仅是为了留存一些历史资料而已。

——原载《文史知识》2011年第12期

破冰之旅
——1990年海峡两岸小说、戏曲交流盛会的回顾

1990年台湾学者组团前来南京和石家庄分别参加首届海峡两岸明清小说研讨会和元曲研讨会，规模空前，影响深远。岁月虽已流逝，但当年盛况犹历历在目。

一

江苏自来就是人文荟萃之地，不但作家辈出，而且研究人员也多。1984年，以几所高校教师为核心，成立了江苏省明清小说研究会。在1988年第二届会员大会上，不少会员倡议举办"海峡两岸明清小说金陵研讨会"，以进一步繁荣小说研究、扩大交流范围。据《江苏省明清小说研究会成立十周年（1984—1994）纪念册》（下称《纪念册》）所记，"1989年10月11日，我会召集在宁理事会议，通报海峡两岸明清小说金陵研讨会筹备情况。至此，会议准备工作基本就绪"。《纪念册》又记载了会议日期及主办单位，"1990年2月1日—5日，由我会及江苏省社科院文学所、省社科院明清小说研究中心、南京大学、南京师范大学等八家单位主办，在南京举行海峡两岸明清小说金陵研讨会"。

会议虽然是江苏省明清小说研究会倡议、由八家单位主办，但实际操作者却是江苏省社会科学院，而会议的后勤工作全部

由南京师范大学承担。会议组委会由江苏社科院副院长盛思明任主任，副主任二人为陈辽研究员及陈美林教授。会议定于1990年2月1日至5日在南京师大南山宾馆举行。代表报到日期为1月31日，台北代表团一行二十余人，经由香港乘包机于1月30日1时左右降落在南京机场。

次日，我随同组委会负责人看望台北代表团成员，并与代表团团长魏子云教授、副团长龚鹏程教授、郑向恒教授、林锋雄教授交谈。魏子云教授并给我们每人一份印制好的"台北古典小说戏曲访问团"名单，封面写明"1990年2月1日—12日"，活动内容为："一、出席明清小说金陵研讨会；二、出席关王马白戏曲研讨会。"内页为团员名单，包括所在学校、学衔(职称)，正式成员有王三庆教授等24人，分别是来自台湾大学、台湾师范大学、"中央"大学、清华大学、政治大学、文化大学、淡江大学、艺术学

左起郑志明(台北)、卢兴基(北京)、陈美林(南京)、魏子云、康来新(均台北)、陈翔华(北京)会议期间同游石象路(1990.2.4)

院、艺术专科学校等十余所高校,具有广泛的代表性,也都是高层次的专家学者,他们结团前来,拓宽了学术交流渠道,可谓是两岸学术交流的破冰之旅。

2月1日举行小说研讨会开幕式,省有关领导人孙家正等到会讲话。大会组委会主任、江苏社科院副院长盛思明致开幕词。台北代表团魏子云团长向大会敬献"以文会友、以友辅仁"的锦旗,表达他们此行的心愿和目的,上台受旗的有盛思明、南师大陈美林教授、江苏社科院文学所陈辽研究员、苏州大学王永健教授以及河海大学查一民等人。开幕式后为大会发言,主持人为陈美林教授和谈凤梁教授,主要发言者有陈辽、龚鹏程、魏子云等。2月2日上午继续大会发言,主持人为南京大学王立兴副教授和苏州大学王永健教授;下午分组讨论。2月3日上午继续大会发言,主持人为南京师大李灵年副教授和徐州文化局局长吴敢;下午小组讨论。2月4日游览中山陵、夫子庙。2月5日上午大会发言,主持人为陈美林、周钧韬;下午闭幕式,陈美林致闭幕词。当晚,南京师范大学举行招待会,邀请台北代表团全体成员,出席招待会的校领导有冯世昌、归鸿、屠国华、王球、谈凤梁、张伯荣,陈美林应邀作陪。至此,明清小说研讨会落幕。

2月7日晚,在河北师院有关人员陪同下,台北代表团与江苏参加元曲会议的代表陈美林教授和南京大学吴新雷教授一同乘车前往石家庄,2月8日凌晨抵达,河北师范学院党委书记欧阳方润副教授以及其他领导人接站,顺利抵达会议地点——国际大厦。

河北是元曲故乡,河北师院设有元曲研究室,1987年就在承德举办过"关汉卿元曲学术讨论会"。1988年10月开始筹备关(汉卿)、王(实甫)、马(致远)、白(朴)元曲讨论会,即"首届海峡两岸元曲讨论会"。会议前夕,曾派出河北师院副院长王立辰副教授、学报主编刘宪章副教授等人来南京了解两岸小说研讨会召开情况,并与我联系,一则再次邀请我务必与会(1987年承德元曲会邀请我,因故未赴会,仅发去贺电),一则请我陪同台北代表团赴石,连同软席卧铺票也由他们代为购好。

2月8日上午举行开幕式。此次会议由河北师院、河北省文化厅、河北社科院、天津社科院等十单位主办,由河北师院具体负责。该校党、政领导亲自操办此次会议,各项工作落实到位,有专人负责。会前还请中央领导李瑞环题词"综论元曲源流,弘扬华夏文明。祝首届海峡两岸元曲研讨会开幕"。开幕式由王立辰主持,河北省有关领导李文珊、王祖武等到会讲话,河北师院院长刘太馨、王学奇教授以及魏子云团长在开幕式上讲话。下午举行第一场大会报告,由中央戏剧学院祝肇年教授、湘潭师院羊春秋教授、台北郑向恒教授主持。2月9日分三组讨论,王实甫小组由山东大学袁世硕教授、台北朱昆槐教授、浙江艺术所洛地研究员主持;关汉卿小组由国际关系学院李汉秋教授、台北杨振良副教授、河南社科院胡世厚研究员主持;白朴、马致远小组由北京师院张燕瑾教授、台北剧作家贡敏、美国夏威夷大学助理教授任友梅主持。2月10日参观关汉卿墓、赵州桥等景点。2月11日上午进行第二场大会报告,由上海艺术研究所蒋星煜研究员、台北陈芳英教授、天津社科院王辉院长主持。2月11日下午第三场大会报告由河北师院常林炎教授、台北朱传誉社长和南京师大陈美林教授主持,并由常林炎致闭幕词。当晚,河北师院举行告别茶会,讨论会结束。

二

小说、戏曲两会是成功的,取得了预期的效果。在学术交流中结识了朋友,而朋友的交往则增进了两岸凝聚的友谊。龚鹏程与赖桥本教授分别介绍了台湾古代小说和戏曲的研究现状,而大陆的代表则以各自的论著显示了自己的研究特色。在彼此了解的基础上共同探讨,相互切磋,例如关于《金瓶梅》的作者和成书年代问题,在会上有多种意见发表,各抒己见,相互尊重,并未有文人相轻的陋习出现。而会风的良好,正体现了"以文会友,以友辅仁"的精神。

两岸隔绝数十年,通过两次会议,不但交流学术,而且也培植并增进了两岸学者的感情。魏子云教授在石家庄元曲讨论会上回忆了他们刚刚抵达南京时的感受:"我们是30日这天下午近1点的时候,飞机降在南京。当时天飘着雪花","一到南山宾馆,鹅毛大雪纷纷飘下。我陪着几个女同学、女同事,从未见过这么大的雪。我们跑到院里去照相","虽然天气很冷,2月1日这天,南京达到零下十度,我们所有的人不相信,没有感觉是零下","为什么?情,情字可以熔化一切,雪虽厚,外面气温虽低,但是我们台北来的每一位朋友内心都是温暖的"(见《河北师院报》1990.2.21)。会议结束返台之后,到了这年除夕,魏子云教授与夫人冯元娥女士给我和内子寄来了贺卡,有诗三首,第三首还追念此情此景:"石家庄是雪飞天,五日会文留史篇;难忘骊歌惜别夜,声声无奈期明年。"接着又来信说:"金陵之行,收获至丰,载不动者,众多友情也。尤其兄嫂情谊之笃切,烙印至深。"

两次盛会,还增强了台北学人"寻根"的情结。剧作家贡敏在南京师大举行的茶话会上说:"我们台湾的昆曲是枝,昆曲的根本在大陆。唱昆曲,演昆剧,研究昆曲,都要到大陆来。"果然,1994年9月16日,贡敏又来到南京,邀请昆曲专家胡忌、剧作家宋词以及南大吴新雷教授及笔者,还有省昆著名演员黄小午夫妇在夫子庙奇光阁茶楼小聚。今年7月在南京召开"中国戏剧:从传统到现代国际学术研讨会",贡敏再次来南京参加;与会的代表中还有台湾清华大学汪诗珮,台湾大学胡跃恒,文化大学王士议、黄美序,政治大学古嘉龄、司徒芝萍。同是7月在苏州召开的国际昆曲论坛的会议代表中,有台湾中正大学江宝钗、中研院文哲所华玮等。这种"寻根"情节,不仅表现在学术上,而且表现在乡情中。贡敏是南京人,原居住在城东边营,故居已荡然无存,但仍多次来南京。魏子云是徐州人,在1999年4月27日"虚岁八十二"时,他给我的信中写道:"实在想家。尽管家中全无老样可寻,还是想念那地方。""总是怀念儿时那个大村子,那个大池塘。""到南京,看看老朋友,也是念念不已的。南京几乎在心情上是我的故乡,南京的朋友,个个对我都亲如家人。"次年,即2000年冬季,在山东五莲举行的第四届国际《金瓶梅》学术讨论会上,再次与魏老相聚,但他已无复早年的行动自如了。如今又已五年,放笔至此,遥望彼岸云天,真是令人思念不已。

　　两次盛会的影响是深远的,河北在举行两岸研讨会的基础上,紧接着在1993年又主办了元曲国际学术讨论会,会议从保定开到承德,参加过两岸会议的郑向恒教授、台北的李殿魁教授、王保珍教授以及罗秋昭副教授也参加了这次研讨会。江苏方面由南京大学和台北"中央"大学于1993年合办了海峡两岸文学创作和研究会议,江苏与会者有作家陆文夫、高晓声,研究者有南京大学董健教授、叶子铭教授,南京师大吴奔星教授、陈美林教授等;台北代表则有鲍国顺、王邦雄、颜昆阳教授,李瑞腾、萧振邦、何春蕤副教授以及中华两岸文化统合研究会理事长周志文先生等。不仅如此,自20世纪90代年初两次会议后,彼此在对方书局、出版社、学术刊物出版发表的论著渐渐多起来,并相互赠送。有的学者在大陆出书后委托出版社径直寄给大陆各地学友,笔者也在台北发表和出版了论著多种。总之,学术交流日趋频繁而直接,大大有利于两岸学人共同研究学术,有利于弘扬和继承古代文化的优良传统。

综观这两次讨论会,出席代表在百人以上,台北代表二十余人,先后参加小说、戏曲两会。而大陆代表构成的情况则有不同。小说会大陆代表一百一十余人,分别来自北京、上海、广东、福建、湖北、浙江、江西、四川、山东、河北、辽宁、吉林和江苏,但江苏代表过半数,仅江苏明清小说研究会会员即有六十余人。江苏以外的大陆代表有何满子、黄霖、孙逊、喻蘅、刘辉、侯忠义、陈翔华、卢兴基、徐放、段启明、沈伯俊、苗壮、林辰、苏兴、王汝梅、黄岩柏、孙一珍、徐朔方、萧欣桥、钟婴、王枝忠、齐裕焜、黄祖良、王林书、邓瑞琼、陈年希、陈东有、洪兆年、张炳森、盛伟、袁健、刘广定等人。

参加元曲会代表有一百二十余人,据所印名册统计,除台北代表外,大陆代表北京有祝肇年、李修生、张云生、张燕瑾、李汉秋教授,刘荫柏、吕薇芬、王丽娜副研究员、季寿荣副编审,编辑李伊白,助教张文澍;天津有刘维俊、张礼钦教授,傅希尧、傅正谷、李振清、崔志远副教授,助研门岿,院长王辉;上海蒋星煜教授,叶长海副教授,讲师谭帆;江苏陈美林、吴新雷、谢伯阳教授,讲师李昌集;浙江研究员洛地;四川王文才教授,熊笃副教授,讲师田守真、刘益国、赵义山;湖北张国光教授,范钦庸副教授,讲师周小痴、叶松林、胡绪伟、虞江芙;广东洪柏昭教授,王小雷;新疆郝浚副教授,助教李宇;山西窦楷副编审;山东袁世硕、朱德才教授,副研刘依群,讲师武润婷,编辑王岫,助研荣斌,主任乔力;湖南黄钧副教授,助教李灿朝;宁夏郑于骥编审;河南胡世厚研究员,张建业、张秀东副教授,讲师王纲、刘世杰、胡述范,研究实习员孙晨耕;陕西申士尧副教授;贵州朱光荣副教授等。河北本省代表则有教授雷石榆、王学奇、常林炎等近二十人,其余为有关领导及工作人员。参加元曲会的,各地代表占大多数,未若小说会议代表,江苏本省代表过半数。同时,从会议安排来看,小说会基本由本省学人主持讨论；而元曲会大会、小会的主持人，不仅安排了台北代表参与主持，而且也安排各地代表参加主持，河北本省学人仅王学奇、常林炎二位教授参与。两相比较，则元曲会更能发挥各地学人参与的积极性，使这次学术讨论会具有更为广泛的代表性，而成为真正意义上的全国性学术讨论会。

此外，从与会的代表来看，台北代表团先后参加小说、元曲两个会议；而大陆学人同时参加两会者则很少。以江苏学人为例，参加小说会的代表有六十余人，其中参加元曲者仅二人（江苏尚有二人参加元曲会，但未参加小说会），而在两个会议上都提交论文的仅一人。同时，参加戏曲会的河北学人，也少有参加小说会者。其他各地代表情况也类似。小说、戏曲二者并无界限，无论从文学史发展来考虑，它们的产生、演变实为孪生兄弟；还是从当前高校中国古代文学课程的教学实践来看，二者也不能割离。而两个会议的参加者实际上也大都兼治小说、戏曲，因此在学术活动中应该加强沟通，彼此参与，扩大交流。

说明：

（1）本文涉及代表的学衔（职称）以及所在单位，均以当时有关记载为据，未见当时记载者则付之阙如。此后也多有变化，但无法准确地代为改正，只能维持当年状况，谨致歉意。

（2）两会讨论的具体内容，当年有综述文章发表，本文不予重复。小说会的综述文章有何睦《明清小说金陵研讨会述评》，见《海峡两岸明清小说论文集》，河海大学出版社1991年8月；元曲会的综述文章有常林炎《首届海峡两岸元曲研讨会论文选刊前记》，见《河北师院学报》1990年《元曲研究专号》。

——原载《古典文学知识》2006年第1期

十五年前海峡两岸学术交流的两次盛会

江苏省海峡两岸关系研究会与台湾"中央"大学等单位联合主办的海峡两岸明清小说研讨会今年11月在南京召开,不禁想起1990年2月1日—12日在南京与石家庄先后召开的首届海峡两岸明清小说研讨会和元曲研讨会。那两个会议规模空前,影响深远,虽已过去十五个年头,但悠悠往事,并未付之红尘,抚今思昔,也不无意义。

洪惟助(台北)与陈美林

阵容强大　层次高级

参加会议的台北古典小说戏曲访问团有正式团员24人,团长为魏子云教授(国立艺专)、副团长为龚鹏程教授(淡江大学)、郑向恒教授(文化大学)和林锋雄教授(文化大学);团员为王三庆、洪顺隆、金荣华(均为文化大学教授)、朱传誉(天一出版社社长)、陈锦钊教授、朱昆槐副教授(均为台北商专)、李丰楙、尉天聪(均为政法大学教授),李寿菊(德明商专讲师)、周何、赖桥本(均为师范大学教授),周纯一(电台制作人)、洪惟助、康来新(均为"中央"大学教授),贡敏(剧作家、导演)、陈万益(清华大学教授)、陈芳英(艺术学院教授)、曾永义(台湾大学教授)、杨振良(逢甲大学副教授)、郑志明(师范学院副教授)。尚有博士生、硕士生数名随团活动。如此规模的学术代表团,从彼岸前来大陆参加学术活动,确为前所未有,而其成员学术层次高,大都是教授、副教授,分别来自台湾十余所高等学校,有着广泛的代表性。

参加两会的大陆代表,小说会有110多人,元曲会有120多人。以小说会而论,有来自北京、上海、山东、广东、湖北、浙江、吉林、辽宁、四川的何满子、黄霖、孙逊、卢兴基、刘辉、陈翔华、张俊、段启明、徐朔方、萧欣桥、苏兴、王先霈、沈伯俊、侯忠义、苗壮等,以及江苏陈美林、王永健、陈辽等。以元曲会而论,有来自北京、上海、山东、江苏、浙江、广东、湖南、四川、山西等地学者如祝肇年、袁世硕、李修生、张燕瑾、刘荫柏、蒋星煜、叶长海、洛地、洪柏昭、陈美林、吴新雷、谢伯阳、王文才、窦楷、谭帆、门岿,以及河北雷石榆、王学奇、常林炎等人。两会代表均为一时俊彦,也大都是在小说、戏曲研究方面均有着不同成就的教授、副教授。

由此看来,1990年初所召开的首届海峡两岸小说会和元曲会,确实是两岸小说、戏曲研究领域中具有代表性的学人聚会,是高层次的古代小说和古代戏曲的学术论坛。

同心协力　共同办会

小说会和元曲会均是上世纪80年代末期分别开始筹备的。小说会是由江苏明清小说研究会倡议,由江苏省社科院文学所、南京大学和南京师范大学等八个单位联合主办,江苏省社科院具体负责操作,但会议的后勤工作则由南京师大全部承担。参加研讨会的代表中的江苏学人则多达60余人(大都为高校教师,且大都是江苏明清小说研究会会员)。大会的筹委会(会议召开前夕改名组委会)主要负责人由江苏省社科院人员充当。主任为该院副院长盛思明副研究员,副主任为该院文学所所长陈辽研究员,另一位副主任则为笔者,秘书长是文学所副所长周钧韬副研。笔者之所以被安排为副主任,一则,当时我为江苏明清小说研究会副会长(会长为老干部刘冬副研),二则,当时专门从事古代文学特别是古代小说、戏曲研究的正高职称的人员不多(江苏省社科院当年也无这方面专业的正高职称人员)。但笔者虽为副主任,却不须过问实事。开幕辞由盛副院长作,安排我致闭幕辞。组委会办公地点设在文学所,而会议地点则在南京师大南山宾馆。会议最后一天,南京师范大学举行茶话会,招待台北代表团全体成员,学校主要领导冯世昌、归鸿等人出席,笔者应邀作陪。

元曲会由河北师院、河北省社科院、河北省文化厅、天津社科院等十家联合举办,而由河北师院具体操办。为了开好这一会议,河北师院党政领导多次开会研究布置,工作细致周密。为了提高会议规格,还改变了会议地点,决定在当时石家庄市比较高档的国际大厦举行。会议期间,学报出特辑,校报出特刊,又印制了精美的与会代表名单。会前还请国家领导题词,如李瑞环的题词为"综论元曲源流,弘扬华夏文明。祝首届海峡两岸元曲讨论会开幕　李瑞环　一九八九年十月"。元曲会召开前夕,河北师院前院长王立辰副教授、学报主编刘宪章副教授,专程来南京与小说会组委会有关人员交流情况,还与我联系几次,邀我务必与会,并请我陪同台北代表团一同前往,软卧车票也由他们代购,并派来年青同志一路陪同照拂。

由于同心协力,共同办会,两会都取得了预期成果,圆满结束。

彼此交流　相互切磋

小说会2月1日开幕,5日结束;元曲会2月8日开幕,11日结束。小说会安排一天游览中山陵、夫子庙;元曲会安排一天参观关汉卿墓、赵州桥。其余时间均为大会报告、小组讨论。小说会上发言涉及古代小说作品有《三国演义》、《三遂平妖传》、《金瓶梅》、"三言"、《百家公案》、《孟姜女宝卷》、《燕子笺》、《聊斋志异》、《儒林外史》、《红楼梦》、《官场现形记》、《老残游记》等等,以及明清小说与新闻、与戏曲、与敦煌民间文学等关系问题,各自发表意见。尤其是对于《金瓶梅》的作者和成书年代,有多种意见争鸣,各抒己见,但并不影响友谊。会后出版了《海峡两岸明清小说论文集》(河海大学出版社1991.8),辑录会议论文31篇。笔者于1989年12月出版《新批儒林外史》,作为会议赠书之一。同时又因为在1984年被推选为中国《儒林外史》学会副会长,因此会议组织者希望我提交有关《儒林外史》的研究论文,我乃撰写了《〈儒林外史〉卧评略论》。

元曲会集中讨论了关(汉卿)、王(实甫)、马(致远)、白(朴)元曲"四大家"的作品,具体的有《玉镜台》、《谢天香》、《鲁斋郎》、《单刀会》、《董西厢》、《王西厢》、《汉宫秋》、《梧桐雨》以及元杂剧的上下场艺术和元代散曲等问题。《河北师院学报》出版了《元曲研究专号》(1990.6)辑录会议论文34篇。本人提交的论文为《"太平多暇"与董王〈西厢〉的产生》,拙作围绕董《西厢》中一句唱词"喜遇太平多暇"生发议论,并引用朱权在《太和正音谱》中所说:"盖杂剧者,太平之盛事,非太平则无以作。"又引用王骥德在《曲律》中所说:"唐之绝句,唐之曲也,而其法宋人不传。宋之词,宋之曲也,而其法元人不传。以至金、元人之北词也,而其法今复不能悉传。是何以故哉?国家经一番变迁,则兵燹流离,性命之不保,遑习此太平娱乐事哉。"笔者这一见解,在上世纪70年代末一个座谈会上曾经提出过,深得王季思先生赞同,会后专门约我在孙望教授府上交谈半日。时代"太平",文人"多暇"(生活稳定,心情舒畅),方能从事文艺创作。而学术交流也同样需要"太平",需要"多暇"。笔者撰作此文不仅为了重新探讨两部《西厢》产生的社会背景,也有着以之印证当年两岸学术交流的现实涵意,不是改革开放政策的实施,不是经济繁荣、社会稳定的局面,如此规模的学术交流怕也难以出现。

影响深远　情谊绵长

1990年两会之后,河北又于1993年主办了国际元曲研讨会,会议从保定开到承德,我在会上又遇到台北学人数位,其中就有参加过1990年两会的郑向恒教授。江苏方面也于同年主办了两岸文学创作和研究讨论会,江苏与会的代表有著名的作家陆文夫、高晓声等;学者则有南京大学叶子铭、董健教授,南京师大吴奔星、陈美林教授等。台北代表则有鲍国顺、王邦雄、颜昆阳教授,以及李瑞腾、萧振邦、何春蕤副教授等。笔者今年7月先后参加的"国际昆曲论坛"(苏州)和"国际戏剧研讨会"(南京),均有台北学者与会,而参加过1990年两会的台北剧作家贡敏也在后一个会中相见。

台北学者个别来访者也日渐众多,仅以参加过1990年两会的代表而言,来过南京、到过舍间的就有魏子云、洪惟助、贡敏、杨振良等。在1990年南京师大举行的招待会上,贡敏曾说:"台湾的昆曲是枝叶,昆曲的根本在大陆,唱昆曲、演昆剧、研究昆曲都要到大陆来。"他是来寻根——寻学术之根的。1994年9月,他又来南京,邀请戏曲史家胡忌、剧作家宋词、南京大学吴新雷教授、著名昆曲演员黄小午夫妇及笔者,在夫子庙奇芳阁一聚。洪惟助教授邀请南京一些学人与之共编昆曲辞典。魏子云教授1990年来南京参加小说会时,已是73岁高龄,到达久久思念的南京时,遇上少有的严寒,下机时,天上飘着雪花,抵达南山宾馆时,鹅毛大雪纷纷飘下,但"我们所有的人不相信,没有感觉是零下",纷纷跑到院子里拍照。在石家庄元曲会的开幕式上,魏老说:"一点也不冷,为什么?情!情字可熔化一切。雪虽厚,外面气温虽低,但是我们台北来的每一位朋友内心都是温暖的。"返台之后,到这年除夕,魏老给我寄来自制的贺卡,有诗三首,第三首还回忆了当时的情景:"石家庄是雪飞天,五日会文留史篇;难忘骊歌惜别夜,声声无奈期明年。"不久又来信说:"金陵之别,收获至丰,载不动者,众多友情也。尤其兄嫂情谊之笃切,烙印至深。"直到1999年他"虚岁八十二"时的来信,对故乡留恋之情更是有增无已,"实在想家,尽管家乡全无老样可寻,还是想念那地方","到南京,看看老友,也是念念不已的,南京在心情上是我的故乡"。次年即2000年11月,在山东五莲召开的第四届国际《金瓶梅》研讨会上,见到实岁八十二的魏老,行动已不如当年自由了。而今又已五年过去,放笔至此,遥望对岸云天,真是思念不已。

——原载《钟山风雨》2005年第6期

以文会友　以友辅仁
——第七届全国古代戏曲学术研讨会总结发言

编者按： 由中国古代戏曲学会与集美大学主办的第七届全国古代戏曲学术研讨会于 2007 年 10 月 27—29 日在厦门召开，南京师大陈美林先生作会议总结。为介绍会议盛况，特刊发陈先生的总结发言。

一

这是一次"以文会友、以友辅仁"的学术盛会。与会者来自全国各地高校和学术团体，有中国戏曲学院、中国戏剧学院、中国艺术研究院、中国传媒大学、上海戏剧学院、复旦大学、华东师大、上海师大、同济大学、中山大学、华南师大、深圳大学、东莞理工学院、澳门大学、岭南大学、武汉大学、四川大学、山西大学、山西师大、黑龙江大学、吉林大学、东南大学、南京师大、苏州大学、徐州师大、扬州大学、南通大学、河南大学、广西师大、江西师大、陕西师大、内蒙古大学、南昌大学以及厦门大学、福建师大、漳州师院、泉州师院、集美大学等 60 余所高校的 150 余位专家，其中教授 67 人（博导 21 人）、副教授 39 人。大多提交了论文，仅装订成册者即达 69 篇，尚有在会上散发者也近 10 篇。在大会宣读论文者有来自33所院校的40余位专家,可以说是一次"以文会友"的学术盛会。

会上自始至终洋溢着各抒己见、相互切磋的和谐气氛,可说是一场"以友辅仁"的学术活动。《说文》释"仁"说:"仁,亲也。从人从二。"这就说明两个人以上就会发生"仁"的关系。又如何体现"仁"呢?孔子对弟子颜渊说:"一日克己复礼,天下归仁焉。为仁由己,而由人哉?"这就是说只有每人严格要求自己,将自己的位置放正,按规矩办事也就是服膺"真理",如此就能维持人与人之间的和谐相处。这场大规模的学术讨论,各位专家的发言既能畅所欲言地表述自己的见解,也能充分尊重他人的观点,表现了各自的学术道德的素养,真正实现了"以文会友、以友辅仁"的目的。

在中国古代戏曲第十一届年会上

二

这又是一场展示近年来戏曲研究的成绩并为今后持续研究提供新的平台的盛会。与会专家提交的论文和在会上的发言，涉及古代戏曲研究的方方面面，讨论的问题不但广泛而且深入，充分显示了近年来戏曲研究的新发展。

就论文涉及的历史时代而言，从宋代的请戏习俗到南曲戏文、明清传奇，从元杂剧到明清杂剧，以及花部等等，均有文论及，诸如李跃忠的《宋代请戏习俗浅探》，徐宏图的《南戏研究的三大历程》，许建中的《"戏文三种"中的集曲考察》，石麟的《金批〈西厢〉三题》，徐子方的《20世纪以来明杂剧研究的回顾与点评》，杜桂萍的《杨潮观生平创作若干问题考论》，陈维昭的《汤沈之争与晚明曲学形态》，田兴国的《明代文人传奇伦理型豪侠论》，王人恩的《蒋士铨〈冬青树〉三题议》，刘新文的《京剧〈陈州粜米〉与元杂剧原剧本的比较》等。就地域空间而论，则涉及山西、扬州、广西、陕西、江西、海州、海盐乃至新加坡、马来西亚诸地区，如黄竹三的《从山西仪式剧的演出形态看中国戏剧的特质》，赵兴勤的《花部的兴盛与扬州地域文化》，阙真的《论广西采调剧的平民化特征》，费伟的《粤剧的源实在陕西》，徐国华的《蒋士铨戏曲与江右民俗文化》，许卫全与朱秋华的《海州童子戏的源流、形式及其他考索》，黄振林的《论海盐腔的起源及在南戏发展中的地位》乃至康海玲的《新加坡、马来西亚华语戏剧研究》等等。就社会层面而言，有论及宫廷戏者如赵山林的《清代前期宫廷与戏曲》，也有论及民间艺人者如杨慧玲的《民间剧作家林少鹏的情感世界及其爱的哲学》等。就多民族文化而言，则有李成的《民族文化融合：元杂剧女性形象性格新旧素质交融的审美特征》，高益荣的《"曲始于胡元"文化论》，田同旭的《元曲家石君宝为盖州女真人考论》等等。其他尚有论及"戏剧学史"、戏曲评点、杂剧校勘、声腔曲腔、戏曲保护以及考古新发现等等,不一而足。总之,用萧善因教授的话来说,这次会议是"总结过去、畅说未来"的会议,讨论的问题十分广泛,而且论析深入,提供了新的资料、新的观点和新的思维,为今后的持续研究提供了新的、更高的起点。

三

戏曲是综合艺术,涉及音乐、美术、表演及文学等学科,提交会议的论文也有少数论及声腔、角色、宾白等问题,如丁淑梅的《明代禁断剧类声腔与曲腔的雅俗分野》,元鹏飞的《论戏曲角色的演化》,刘小梅的《重拾对"杂剧宾白出处"的争议》等,但更多的论文则是对戏曲文学的研究。

不过,对戏曲文学的研究,又以从文化学的角度切入者为多,如吴光正的《全真教与元明戏剧》,司徒秀英的《〈昙花记〉"万缘皆假"与佛土常净之辨》,张祝平的《水饰与道教图谶》,夏敏的《傀儡戏与辟邪巫术》等,而从文学诸样式的综合考察来研究戏曲文学的论文并不多。

张正学的《关于〈中山狼传〉小说与〈中山狼〉杂剧的三个问题》,王正兵的《〈姑妄言〉中的戏曲表现简说》,马宇辉的《从"一笑姻缘"看冯梦龙小说、戏曲观念之差异》等论文,是为数不多的将戏曲与小说这两种叙事文学联系起来考察的论文。

至于将戏曲文学与诗、文联系起来研究的论文则未见有。其实它们仍有着可以探讨的共性。如八股文的起承转合与戏曲的开端、发展、高潮、结局是否有类似?上世纪八十年代有兄弟院校的研究生前来我处访学时就曾与之研究过这一问题,后来这位研究生(目前已是教授了)经过他自己的努力做出了可喜的成绩。古代叙事诗与戏曲文学之间应该也同样存在着共性,我曾对一位博士后谈起吴梅村叙事诗中有许多"移步换景"的手法,其实也具备了戏剧因素,因为文学是社会生活的反映,而社会生活中多样性和单一性、特殊性和普遍性、个性和共性并存,作为反映这种纷纭繁复的社会生活的诸多的文学样式,同样也存在个性和共性。对文学进行分体研究有利于深入专精,而将诸样式深入进行综合研究则有利于宏观把握。总之,对于文学创作的特性和规律,需要不断分体、不断综合的交替研究方能取得更大的成绩。当然,从文化学的背景来研究文学是需要的,但也应更多注意就文学的本身来研究文学。

四

自昆曲"申遗"成功之后,戏曲研究出现了繁荣的局面。但是整个戏剧事业的兴盛才是戏曲研究能够持续繁荣的坚实基础。这次会议上有的专家在论文或发言中已注意到这一问题,这是很可喜的。一些地方戏演出的上座率不高,民间艺人的权益得不到充分重视等问题,都纳入到学者的思考范围。至于如何理解和贯彻振兴昆曲的"保护、继承、创新、发展"的八字方针,有的专家在论文中也表述了自己的见解。这些言论都表明与会者对戏剧事业的现实关注。

尤其值得一提的是,有的专家针对目前缺少优秀剧本的现象,表示在研究之余也意图创作剧本。的确,如今上演红火的剧目仍然是对传统戏曲中优秀作品的改编,如《牡丹亭》就有青春版、精华版,其他如《桃花扇》、《长生殿》等等也依然是现代舞台主要剧目。除了这些优秀的传统剧目外,新作很少。在专业剧作家之外,戏曲研究者从事戏曲创作,应该受到重视。其实明清以来不少学者也曾从事戏曲创作,例如清初文人程廷祚为经学名家,著有《易通》、《大易择言》、《尚书通议》、《春秋识小录》、《礼说》、《青溪诗说》等,袁枚在为其所写的《程绵庄先生墓志铭》中说他的经学著作"的的然言其所言,非先儒所言",也就是说全是程廷祚自己的见解。程廷祚不仅有学术著作,又擅长赋诗作文,有《青溪文集》、《岫云阁诗钞》,更有戏曲创作《莲花岛传奇》,正因为程廷祚兼擅学术文章,袁枚的铭文说:"儒林文苑本无界,谁欤划开成两戒。"如今,不是有教授创作小说吗?南京大学、上海师大都有教授在教学、研究之余从事小说创作,一时还出现"教授作家"的称呼。我们从事戏曲研究和教学的人,在研究教学之余创作戏曲剧本,既丰富了文坛,也充实了讲坛,更体现了古代戏曲研究者对戏剧事业的现实关注,何乐而不为呢?

——原载《古典文学知识》2008年第2期

对文学研究工作的几点思考

一

应该进一步强调从文学本身来研究文学。改革开放以来，思想大解放，学术视野大扩展，这自然有利于文学研究的发展，出现了不少很有见地的优秀论著，它们从哲学、史学、文化学等学科来审视文学，这一趋势无疑是应该肯定的。但近年读了一些著作，参加了一些学术活动，发现偏离文学自身的特点来研讨文学问题的论著时有出现，特别是所谓运用"文史互证"的方法来评论文学作品，其结论难免失真。文学是形象思维的产物，史学等社会科学是逻辑思维的成果，艺术的真实与历史的真实也是有所区别的。文史可以互证，但不能彼此替代。尤其是校勘古代文学作品时，运用文史互证的方法要慎之又慎。例如一位年逾花甲的博导，校勘几种刊本的《儒林外史》，认为目今可以见及的最早的刊本卧闲草堂本四十一回李老四送了两个妇女到仪征丰家巷妓院时，对妓院老板王义安说，南京的"生意"不好做，"所以来投奔老爷"。这位博导根据科举制度规定，举人才能称"老爷"，秀才只能称"相公"，认为卧本所云"老爷"是错的，因为几个通行本都将"老爷"改为"老爹"，改得对。殊不知，通行本是改错了,在四十九回中,高翰林的家人就称武正字、迟衡山二人为"老爷",而这二人并没有举人资格;再说在二十二回中,这个王义安戴着秀才方能戴的"方巾",公然招摇于市井,大观楼上下人众熟视无睹,若不是两个穷极了的秀才要讹他银两去追究,并无任何人干预。作为文学作品的《儒林外史》形象地描写了当时社会中称呼之乱、服饰之乱,恰恰反映出彼时的真实的社会图景,怎能以朝廷的诏令、制度等等去苛求呢?说回来,在今日,副教授、副厅长,被一般人称呼时常去掉"副"字;人大代表、政协委员也被一些宾馆服务人员称为"首长";不开公司、不经商的研究生导师不是被研究生称为"老板"?不是执法人员却弄一套制服穿穿,等等,这不是常见的社会现象么?用这种文史互证方法硬套的结果则是对文学的消融。以这种方法校勘古典文学作品也是对作品的误读。段玉裁在《重刊明道二年国语序》中说:"校订之学,识不到则指瑜为瑕,而疵类更甚。转不若多存其未校定之本,使学者随其学之浅深以定其瑕瑜之真固在。古书之坏于不校者固多,坏于校者尤多。坏于不校者,以校治之;坏于校者,久且不可治。"

  过去的作家虽然不具有现代的文艺理论知识,但他们从创作实践中也悟出文学与史学的区别,如明人谢肇淛在《五杂俎》中说:"凡为小说及杂剧、戏文,须是虚实相半,方为游戏三昧之笔。"清人孔尚任创作的传奇《桃花扇》,一向被誉为信史,作者在《凡例》中说:"朝政得失,文人聚散,皆确考时地,全无假借。"果然如此么?作者同时也承认"稍有点染";在〔孤吟〕出中又借老赞礼之口说"世事含糊八九件,人情遮盖两三分"。可见《桃花扇》中仍有"点染"、"含糊"、"遮盖"之处,例如史可法也曾参加迎立福王的活动,但却被孔尚任有意忽略,这是为了突出马士英、阮大铖一辈的责任;又如左良玉是在九江病死的,但在《桃花扇》中却是被其子气死的,并有斥责其子之语,说"做出此事,陷我为反叛之臣",作者如此"点染",意在表现左良玉虽然有罪,但并非存心反叛,等等。这些改动,如按文史互证之法求之,则《桃花扇》必被否定。但孔尚任如此处理,即在当时一些当事人也能接受。在《小引》中,作者说:"《桃花扇》一剧,皆南朝新事,父老犹有存者,场上歌舞,局外指点,知三百年之基业隳于何人,败于何事,消于何年,歇于何地。不独令观者感激涕零,亦可惩创人心,为末世之一救矣。"因为孔尚任不是客观地叙写历史,而是要通过他的艺术表现,总结南明王朝覆灭的原因,正如〔拜坛〕一出眉批云:"私君、私臣、私恩、私仇,南明无一非私,焉得不亡!"正因为此,孔尚任的艺术审视感染了当事人以及后代无数观众。总之,文史互证不可否定,但不能以此法作为研究文学的不二法宝,还要更多地从文学本身的特点来研究文学。类似上述的例子尚有,限于时间不多举。

二

从文学本身来研究文学,要进一步扩展研究领域,注意文学诸多样式的沟通,审视民间文学与作家创作的嬗变。社会生活错综繁复、丰富多彩,存在着多样性和单一性、特殊性和普遍性、个性和共性,作为社会生活反映的文学,也就有多种样式存在。叙事的有小说、戏剧等,抒情有的诗词、散文等,这多种多样的形式之间同样也存在着个性和共性,对它们进行分体研究,有利于专精;加以综合探讨,则有利于宏观把握。总之,对于文学的诸多样式的产生、演变,需要不断地进行分体、综合交替研究,如此方能更符合实际地审视文学的发展演变,更全面深刻地总结它们的艺术经验。刘勰在《文心雕龙·通变》中说:"斯斟酌乎质文之间,而櫽括乎雅俗之际,可与言通变矣。"早几年在东南大学举办的戏曲名家学术研讨会上,我应邀作了《"通变"中的〈牡丹亭〉》的发言,以汤显祖的《牡丹亭》为例,说明民间传说与文人创作、话本与传奇的交替演变。汤显祖在《题词》中明言,取材于陶潜《搜神后记》中的李仲文事、刘敬叔《异苑》中之冯孝将事和干宝《搜神记》中的谈生事。按照鲁迅的说法"中国本信巫,秦汉以来,神仙之说盛行,汉末又大倡巫风,而鬼道愈炽;会小乘佛教亦入中土",因而此类志怪作品不断出现,其中有"出于文人者,有出于教徒者"。而出自"释道二家"者,"意在自神其教";而"文人之作",也并"非有意为小说",不过"叙述异事而已"。但这些志怪故事常为后人摘取,予以改造、铺叙,作为话本,演为戏曲,而赋予不同的时代内涵。即以汤显祖提及的这些故事,在他创作为传奇《牡丹亭》前,已有《杜丽娘牡丹亭还魂记》的话本出现,但它们的思想内涵均无汤显祖之作的丰厚,艺术表现也逊于传奇《牡丹亭》之成熟。《牡丹亭》传奇面世四百余年来仍在"通变"之中,江苏近几年以来就有精华版、青春版之作演出。仅以此例就可说明文学多种样式(小说、戏曲等)之间以及民间文学与文人创作之间交织极其密切,为了阐释清楚,必须兼顾。2007年在厦门召开第七届全国古代戏曲会,笔者被主办方指定为学术讨论作总结发言,因此会议期间将数十篇论文浏览一过,在七十余篇的论文中涉及古代戏曲研究的方方面面,讨论的问题不但广泛而且深入,充分体现了近几年来戏曲研究的新发展,而将戏曲与小说交叉研究的论文虽不多,但终于有了几篇,而将戏曲与诗、文联系起来研究者仍未见有。其实,八股文与戏曲也有相通之处,上世纪八十年曾对外校几位来访学者谈及,其中一位后来写了不少这方面的论著,已成为知名教授了。而我的弟子中一直到上世纪末才有一位以八股文作为博士学位论文题目,当然现在也成为博导了。在世纪之初,曾对一位博士后谈及钱谦益在《致梅村书》中称赞吴伟业叙事诗中有"移步换形"的特点,而这种艺术手法在戏曲文学中常见。梅村不仅擅诗词,其所作《秣陵春》传奇亦是佳作,该剧场景多变,人物众多,线索纷纭,梅村却能绾成一体,毫不凌乱,的确为叙事高手。而且在《秣陵春》中又融进南唐李后主的词作不少,如〔赏音〕出中"别时容易见时难,莫凭阑"、"一晌贪欢,叹罗衾正寒"、"现隔那无限江山,叹落花流水天上人间"等,显然是从李后主《浪淘沙令·帘外雨潺潺》一词化来,全不着痕迹。可喜的是这种交叉研究、综合考虑的论著逐渐多了起来,上月末,朱恒夫教授将他的近年论文汇集成的《走进中国传说与小说的世界》书稿寄来,嘱我为序。其中不少论文就是沟通文学诸样式、联系民间传说与文人创作之作。近日又收到《东南大学学报》(2012年6期),见到刘祯研究员的《略论中国戏曲由雅俗审美思潮之变迁》,以及博士生刘芳的《略论昆曲对词体四声规律的继承与发展》,都能拓展研究领域,不限于一体,不局于一端,这是值得肯定和鼓励的。

三

加强文学创作与文学研究的沟通。在第七届全国古代戏曲学术讨论会的总结发言中,针对许多学人认为优秀的剧本不多,舞台上演出的古代戏曲无非是《桃花扇》、《牡丹亭》等等几部名著,我曾提出大家都是研究戏曲文学的,何妨也"下海"动手写写剧本,并举清代诗人袁枚为康、乾时代的南京学者程廷祚写的《墓志铭》(《小仓山房文集》卷四),称赞其人说"《儒林》、《文苑》古无界","先生先兼后割爱";又云"黄河千年清可待,恐此人如未必再",推崇备至。古代史籍"儒林传"收学者,"文苑传"则收文人,袁枚称赞程廷祚既是学者又是文人。从学者而言,廷祚治经极有成绩,戴望《颜氏学记》卷九中有评述其学术渊源的文字,说其继承颜元、李塨之学,批判程朱理学,不遗余力,有学术著作多种,如《易通》、《尚书通议》、《春秋识小录》等;又能文擅诗,有《青溪文集》、《岫云阁诗钞》,还有《青溪诗说》,特别是他还创作有《莲花岛》传奇,这就更值得称道。到了近代,特别是五四运动以后,许多大学教授既是作家,又是研究员,如闻一多、朱自清等等,不一而足。笔者业师,被胡乔木称为"词学宗师"的夏承焘先生,以治词名世,但早年也曾写过小说,惜未出版,《天风阁学词日记》中有记。可是建国后,文学创作与文学研究渐渐分为二途,了不相涉。改革开放以后,不少大学办了作家班,但执教于高校的教授、研究员动手创作的仍不多见。1950年笔者考入浙江大学中文系时,原先是想当作家的,曾在浙江文联负责人女作家陈学昭组织下,与另外两个同学去余姚庵东盐区体验生活,可是因语言不通,无功而返。毕业后又被分配当教师,由于教学任务重,没有足够时间去体验生活,作家梦由此中断。但以另一种"创作"替代。早在1958年江苏师院重办中文系时,笔者与钱仲联先生分任古代文学教研组正、副组长,钱先生表示不搞小说、戏曲,让我去教。当年古代戏曲作品尚未大量刊印,学生见不到剧本,教学便有困难,我便想起莎士比亚的许多剧作被散文作家兰姆姊弟改写为短篇小说(故事),风行一时,也成为名作;法国作家莫里哀的许多剧作也同样被改写为小说,便不自量力地效法动手改写起来,八十年代初被江苏人民出版社王远鸿先生发现,携去刊发出版。这其实也是一种"创作",为避免与自己的学术著作混淆,乃署笔名。岂料被北京外文出版社文教室主任周奎杰在图书馆读到,认为可以译成外文出版,便通过王远鸿先生找到我,先后出版了英、法、德文本,以及中英文对照本。当然,这是另一种的"创作"。近年已有少数大学教授创作小说,被称为教授作家,笔者以为此乃好事。近日又见《扬子晚报》报道,南京大学的研究生演出了自己创作的《蒋公的面子》,很成功。切盼今后能加强创作与教学、与研究的沟通。其实作家中也有从事古代文学研究的人,1993年及1995年两次被省作协聘为高级作家职称评委,前一次由陆文夫任主任,在无锡进行;后一次由高晓声任主任,在南京开评。高晓声先生谈到我于1989年在江苏古籍出版社出版的《新批儒林外史》,便要了一本去,后来他为漓江出版社评点《三言精华》,也送了我一部。他的一些小说、散文如《陈奂生上城出国记》、《寻觅清白》等,也都送给我,在他生前偶或相聚一叙,彼此获益。所以建议社联与作协可加强联系,为教授、研究人员、作家的彼此交流创造条件。具体说来,尚有一事可办,有人问我南京图书馆与作协合办了江苏文学馆,陈列了我省作家的作品,不知有否陈列我省文学研究者的著作。之所以问我,因为2004年曾被南京图书馆聘为特聘学术顾问,颁证者为省文化厅一位王姓女厅长,仪式在南博举行,同时被聘者尚有东南大学齐康教授、南京大学卞孝萱教授、复旦大学葛剑雄教授、同济大学阮仪三教授等九人,笔者作为被聘代表在会上致答辞。这位同志并不知道发过聘书以后,便再无联系,所以回答不出。不过,笔者以为要展示江苏的文学成就,不仅要有作家的创作,也要有研究人员的研究著作。江苏作家队伍固然很强,但研究人员队伍也不逊色。如能将这两支队伍同时组合,当会更显示江苏文学界的成就。

四

关于文学的社会功能问题,在我国传统思想中一贯主张文以载道,虽然在不同的时代,"道"的具体内涵有所不同,但都主张以当时被认为先进的思想去教化人民,古籍中有关这方面的论述颇多,也为大家熟知,就不称引了。当前的大多数文学创作者和研究者都明白自己的任务,是以先进的思想去提高人民大众的文化素质和道德修养,促进社会的稳定和繁荣,这也毋需多说。如今强调发展文化产业,各地也就将属地内的自然景点、人文胜迹推介出来,以图发展旅游事业。这就不时要借助于文学,为这一任务做出贡献也是义不容辞的。在古代有山水诗,却无旅游诗的名目,但诗词散文中也常有涉及"旅游"字眼者,如南朝诗人沈约《悲哉行》中有云:"旅游媚年春,年春媚游人。"唐人王勃在《涧底寒松赋》中亦云:"岁八月壬子旅游于蜀,寻茅溪之涧。"均说明山水诗也可称是旅游文学。既然有这样的传统,为当前的自然景观、人文胜迹的建设,在文学方面提供一些助力,也是顺理成章的事。记得省社联在1996年曾召开过一次座谈会,内容是如何利用南京的文化资源,与会者有卞孝萱、梁白泉、茅家琦以及笔者十余人。其实早在八十年代,南京有关部门就召开过南京文化、南京文学的座谈会,记得当年《钟山》主编刘坪同志说过,有关南京的古代文学作品有两部小说一部戏,即《儒林外史》、《红楼梦》、《桃花扇》。的确,这三部作品均与南京有密切关系,尤其是《儒林外史》,作者是吴敬梓,虽然是安徽全椒人,却对故乡的上层社会极为厌恶,终于移家南京。无论在代言体的小说还是直言体的诗赋中,吴敬梓对故乡、对南京两种截然相反的感情表露无遗,从移家开始便逐渐融入南京社会,小说《儒林外史》也是在南京写成的,最后病死扬州,却叶落归根于南京而不是全椒。《金陵通传》已收入其子吴烺的传记,这部传记所收人物,如为外来者必居一世以后方可入传,极其严格。因此,可以确认吴敬梓已为南京人,笔者经过十年努力,呼吁建成的其寓所秦淮水亭,立碑时邀请笔者撰文,首句即点明"皖人也",这是肯定其出生于安徽,以免引起纠纷。因每见各地为争名家、甚至争名著中之人物,闹得不可分解,殊为无谓。各地都可纪念,只要史有记载,有迹可寻。这些名家不是属于一县一市,而是属于全国乃至全世界。凡有类似争执,文学工作者最好不介入。在有关活动中,我一再强调,不能仅靠宣传一两部名著就能构成城市名片,显示自己的软实力。一个城市的文化,不能仅仅依靠几部文学名著就能弘扬,它还涉及其他学科,除了文学、史学、哲学而外,还需要城市设计和建筑科学、城市美学、社会学、经济学、人口学、民俗学、宗教学等等。总之,增强城市的文化强度是需要不断提高自身的物质文明和精神文明方能奏效的。依靠一两部作品,生拉硬扯地往自家地区贴金,甚至不惜违背事实,压制不同意见等等作法,都不可取。有个县旅游局长亲自撰写考证文章,以证明某一作家的显赫家史,结果事与愿违,反揭示出这位作家家史中并不光彩的一页。但这不光彩的家史与作家不知相隔多少代,与作品的伟大意义并无关联。由此我想到,对于这些做法,我们从事文学研究的人最好不附和。当然,对于确实与某城市有关的作家作品,也应该实事求是地宣传。关于吴敬梓秦淮水亭修复的情况,曾应省政协之约撰写《十年动议,政协促成》一文,发表在《江苏政协》2004年9期,全国政协编写的《人民政协纪事》也全文收录。去年应黄强同志之约为其《中国文人置业志》书稿作序,该书中提及秦淮水亭如今已衰败不堪、闭门谢客,问我对此有什么感想,而我又能说什么?秦淮水亭的问题只能有待于权力部门去处理,这就需要有识见的领导做出决定。黄强同志建议我再呼吁,便借此大会机会申说几句,但愿不要成为"不说白不说,说了也白说"的笑谈。

(本文为2012年12月江苏省哲学社会科学界第六届学术大会文学、历史学与艺术学专场主题讲演)

——原载《南京师范大学文学院学报》2013年第2期

相"知"二十年
——我与《文史知识》

去秋为编选论文自选集《清凉文集》，翻箱倒箧选录文稿，居然发现两份夹在旧稿中的有关《文史知识》的材料，一份是1980年9月印发的《关于创办〈文史知识〉月刊的方案》，一份是1980年10月22日印发的刊有《对创办〈文史知识〉月刊的初步反映》的《业务情况》第25号。当时就联想到曾因一本旧杂志而写就一篇纪念文章的往事。那还是50年代初我在浙江教书时发生的。当年在杭州书摊上购得一本1946年上海出版的一本旧杂志《中流》(?)，其中设有"要是鲁迅先生还活着……"专栏，为鲁迅逝世十周年发表了施蛰存、萧乾、周而复、熊佛西等人的纪念文章，因而虽是零册，也购了下来。转眼到了1956年鲁迅逝世廿周年之际，我也以"东阜"笔名写了一篇同题小文《要是鲁迅先生还活着……》，发表在1956年10月21日的《浙江日报》上。余生也晚，鲁迅逝世之1936年，我方四岁，年龄相差很远。但出于对鲁迅先生的景仰，居然也写文纪念。所以，我与《文史知识》一直有所往还，当其出刊二十年之际，怎能不写文以为纪念并祝贺呢？

从手边这两份材料来看，中华书局的编辑先生们本着他们一贯严谨务实的作风，为《文史知识》的创办做了充分的准备工作。大约是1980年秋季,黄克先生来舍间相访,给我一份《方案》,嘱我看过后将意见寄给他。这个方案首先明确刊物的读者对象,继而提出刊物的主要内容和基本要求,以及刊期、开本、字数、定价等。方案的重点是关于内容和栏目的设想,主要内容为中国古典文学和中国历史知识的介绍与今人研究文史的经验体会以及青年自学的心得。栏目则有文学百题、历史百题、名著介绍、古代作家故事、历史故事、名篇欣赏、文史书目、工具书介绍、文史研究动态、古典名著在国外、治学之道、青年园地等等。从二十年来出版的刊物看,当年的设想至今未曾变更,可见当初计划的缜密、考虑的周详、划定读者对象的切合实际。总之,设置的栏目和刊物的内容是符合客观需要的。之所以能取得如此成绩,除了中华书局诸位先生办刊尽心尽力之外,也与他们能广泛征询意见有关。从《业务情况》第25号可知他们除召开有关人员的座谈会以外,还走访了北京一些学者如金申熊、袁行霈、费振刚、余冠英、蒋和森、刘世德、侯敏泽、白寿彝、启功、郑天挺、周振甫、吴小如等先生;还收到京内外一些学人如梅益、周谷城、王季思、罗宗强等先生以及笔者的书面意见。这些学人都"殷切希望《文史知识》在传播知识的准确、生动、有用上做扎扎实实的努力,一定要搞出自己的特色来"。验之以廿年来的《文史知识》,它没有让广大学人的这一希望落空。

其后,黄克先生又偕同程毅中先生来过舍间,无非是约稿、催稿,感其盛情,便按照他们出的题目《怎样阅读〈儒林外史〉》写文寄去,被刊于总第4期(也即1981年第4期),从此便开始与《文史知识》有了实质性的交往。二十年的交往大约可分三个段落:1989年以前,1992年以前,1992年以后。1981年第4期刊出第一篇文章后,直到1987年第2期才又在"怎样读"专栏中发表了一篇《李玉和他的〈清忠谱〉》文章。因为这一阶段我忙于几部专著的写作(《吴敬梓研究》,1984年上海古籍出版社出版;《新批儒林外史》,1989年江苏古籍出版社出版)。《文史知识》虽然是普及刊物,但它所发表的文章要求是有学术性的通俗文章。这种文章并不好写,不仅要有学术性,还要有可读性。80年代初我为香港《大公报·艺林》写过几篇古代文史的小文,当时的编辑先生见到我与他人合作于1981年出版的《杜甫诗选析》,拟辟一专栏,约我每期写一篇千字以内的短文,我也婉谢了。因为写这种文字并不省时省力,很影响专著的写作。同样的原因,这期间为《文史知识》撰文,自然也不多。1989年冬,胡友鸣先生偕同余喆先生来南京约稿。记得那天南京满天飞雪,两位先生冒着严寒,踏雪来到寒舍。胡先生开头一句话就说:"你是《文史知识》的老作者了,怎么好久没有为我们写文章?"听了此言,真是惭愧,便答允为他们写稿。彼此在舍间约定,刊物专辟一"《儒林外史》人物论"的专栏,每月交稿一篇,但第一次要一起交出三篇。因为当时匡亚明先生约我撰写《吴敬梓评传》,要求提前交稿,作为迎接"中国传统思想文化与21世纪国际学术研讨会"召开的第一批出版的中国思想家评传丛书四种之一,为此,我希望这一栏目略略推迟。友鸣先生便提出先给他一篇谈治学的文章,希望在元旦前后交给他;如另有其他文章也可给他们。这样便有了1990年第3期"治学之道"栏目的《学林寻步》和1991年第4期"人物春秋"栏目的《正直不阿的学者程廷祚》两篇文章。而"《儒林外史》人物论"专栏也从1991年第7期开始,连续刊载十五篇。后按照原先的约定增加几篇出版了《儒林外史人物论》一书。这一专栏由胡友鸣先生约稿,而后责任编辑是马欣来女士,其后又是柴剑虹先生、厚艳芬女士。如果说,没有胡友鸣先生的热情约稿,就不会有《儒林外史》人物论专栏;如果没有柴剑虹先生的细心工作,原先约定的专栏主持者就会莫名其妙地发生变更;而没有厚艳芬女士的精心细心,也就难以保证此书编辑出版的高质量。90年代起始,我所招收的研究生逐渐多了起来,最多时有八名硕士生和八名博士生同时在学。90年代中期起我不再招收硕士生了,但目前仍有博士生五人,博士后三人同时在学,指导任务繁重,又要忙于整理自己文稿。这期间为《文史知识》也只写了几篇文章,如1996年我们在扬州举办《儒林外史》国际研讨会,厚艳芬女士在参加会议后,又来南京约稿,便有了《〈儒林外史〉研究的历史与现状》(1996年第11、12两期刊完)。总计二十年中撰稿不过二十余篇,涉及的栏目有"治学之道"、"怎样读"、"文学史百题"、"人物春秋"、"文史研究动态"等。胡友鸣先生说我是《文史知识》的老作者,不免令我汗颜,但从创刊伊始,即与我有联系、交往,可说是一个老读者了。

回忆我与《文史知识》整整二十年的交往,《文史知识》的编者虽然换了不少,但办刊认真、约稿热情、工作细致、尊重作者、坚守承诺等等优良的作风则一仍旧贯。有了这样的编辑队伍,就能组织一支优秀的作者队伍,就能时时考虑读者所需,就能保持刊物的特色,刊物的前途当然是无可限量的。

——原载《文史知识》2001年第1期

萋兮斐兮　成此贝锦

——陈美林教授访谈录[*]

编者按：陈美林先生是南京师范大学资深教授、博士生导师，1932年出生于南京，回族。1950年考入浙江大学文学院中国文学系。1953年毕业，从事教育工作，整整半个世纪。在上世纪，陈先生曾先后被武汉大学、河北师范大学、北京师范大学等校聘请为兼职教授、客座教授；近年又任南京图书馆首批特聘学术顾问。陈美林先生研究领域涉及古代文史，重点为古代小说、戏曲，尤以吴敬梓和《儒林外史》研究著称。代表著作有《吴敬梓研究》(1984)、《新批儒林外史》(1989，增补后更名《清凉布褐批评〈儒林外史〉》)(2002)、《吴敬梓评传》(1990)、《儒林外史人物论》(1998)、《西湖二集校注》(1998)、《清凉文集》(1999)、三卷本《吴敬梓研究》(2006)等。本刊特委托东南大学王廷信教授，就有关中国古代文学的教学和研究问题求教于陈美林先生，并整理出这篇访谈录，以飨读者。

王廷信：陈先生，您是中国古代文学教学和研究方面的资深

---

[*] 此题采自匡亚明先生题赠陈美林先生之横幅。参本书第250页。

专家,我有幸受《文艺研究》编辑部的委托对您进行专访,希望借此机会能够让读者对您的教学和研究工作有一个全面的了解。不知方便与否?

陈美林:可以。"专家"谈不上;"资深"不知道您是否指我所在学校的评聘?我校在21世纪初搞过一次,学校直接聘请了十二名所谓"资深"教授,聘书说明聘期直至退休,毋须像一般教授那样,每一年评聘一次。十二人中退休年龄则按不同规定办理,六十、六十五、七十各不相同,国务院学位委员会评定的博士生导师是七十岁退休。这种聘评以后也未搞过。不过,从教学年限看,我也勉强可说是"资深"。我是1950年考入国立浙江大学文学院中文系的,当时校长为马寅初,院长为孟宪承,系主任为郑奠。根据政务院命令,1950年入学的本科生提早至1953年毕业,以适应第一个五年计划期间建设需要。于是我从1953年9月起任教,而将最后一名博士后送出站已是2003年6月,整整教了五十年书。谈到研究。毕业之初首先是要在教学上站住脚,研究工作滞后几年才进行,但从2003年结束教学工作后,研究工作并未中止。所以无论从教学还是从研究的年限来看,勉强也可称得上"资深"了。只是五十年来,作为很少,贡献不多。从教学来看,从本科生到研究生到博士生,都教过、指导过;博士后和国外访问学者,也都联系过、指导过。从研究来看,截至目前,我的著述有37部(其中8部为合作),论文270余篇。

一 博通与专精

王廷信:您的研究领域涉及面极广,在戏曲、诗文、文学史乃至文化史方面都有论著,但使您在学术界享有盛誉的,则是有关吴敬梓和《儒林外史》的研究成果。早在上世纪90年代初,我就见到《人民日报》海外版对您的专访《陈美林和〈儒林外史〉研究》,大约是1991年5月7日吧?您能全面地介绍一下么?

陈美林:这实际上涉及职务研究和自主研究、博通和专精两方面的问题。我曾应中华书局编辑之约写了一篇谈治学之道的文章,刊发在1990年第3期《文史知识》上,文中谈到我的研究工作大都是为教学工作服务的,而教学内容比较广泛,因此必须作比较全面的涉猎,才能适应。上世纪50年代在江苏师院(今苏州大学)工作时,钱仲联先生与我分任教研组正、副组长,他申明自己不搞小说、戏曲,让我教。但我大学只读到三年级,而元明清文学一般是安排在第四学年讲授,因此读书时也未曾认真学过元明清文学;而且当时浙大的老师如夏承焘、徐震堮等古代文学教授中又没有专攻小说、戏曲的,因此,要完成教学任务只能依靠自学。而自学的方式主要是编写讲稿和教材。当时我的确编写了很多教材和讲稿,字数超过百万。1961年3月22日《光明日报》头版头条的报道《江苏师院积极培养红专师资队伍》中说:"参加科学研究和编写教材等活动,也是青年教师系统掌握科学知识和资料的重要途径。"并举出我所编写的教材为例。这些讲稿和教材就成为我进行戏曲和小说研究的起点。60年代初,钱仲联先生去上海参加《中国历代文论选》的编选工作,他留下来的前半段古代文学教学工作(从先秦到唐宋),又由我与另一位老师负责代为讲授,这使我的研究成果中也有少量涉及前段的论著。至于吴敬梓和《儒林外史》的研究,同样是出于工作需要,因为1971年人民文学出版社约请我校(其时我已在南京师院工作)整理《儒林外史》并重新撰写"前言"。当时成立了老、中、青三结合的四人小组分头撰写,最后由我执笔写出初稿,这是属于职务研究。在我交出初稿并经人民文学出版社认可之后不久,由于政治形势发生变化,"前言"为他人取去重写(详细过程请参见拙作《〈儒林外史〉前言有四稿》,载《文史知识》2001年第 11 期),但我并未放弃对它的研究,当然这已属于个人自主研究了。在长期经营下,这一课题也就成为我的重点课题。总之,由于教学内容广泛,需要多方面的备课、探索,因而研究工作也就不能局限于一章一节、一人一题。

博通与专精的相互配合,则是问题的另一方面,如果不处理好二者的关系,无论是教学还是研究也难取得成绩。我在为弟子吴波教授的博士论文《〈阅微草堂笔记〉研究》写的序言中说,非专一家无以致精,而非兼采众家也无以名一家,讲的就是要在博通的基础上力求专精,而惟有专精才能取得优异成绩。这道理很明白,就不多说了。

王廷信:我读过您的《清凉文集》,上编全是研究吴敬梓的论文,下编则是涉及其他小说、戏曲、诗文、文学史方面的论文。这正体现了您的专与博的结合,能分别介绍一下这几个方面的研究情况吗?

作者与王进驹(左)、王廷信(右)教授

陈美林：当然可以。

王廷信：您对吴敬梓和他的《儒林外史》的研究下的功夫最多。据有人统计，从1976到2005年，在全国发表的这方面的论文中，您占有七分之一，在出版的专著中占四分之一，成果确实算多的了，就请从对吴敬梓及其《儒林外史》的研究谈起吧。

陈美林：成果多，不等于质量高。的确，在我的著述中有三分之一、论文中有近二分之一是研究吴敬梓及其《儒林外史》的。

王廷信：您能否谈谈这一课题的研究过程？

陈美林：好的。就过程而言，先是研究作者，再是研究作品，继而是"研究的研究"，即研究史的研究。次序大略如此，但在实际研究过程中，有时是同步的，有时是先后交错的。现在就按这一次序介绍，你以为如何？

王廷信：最好不过。

陈美林：先谈作家研究。虽然胡适曾编写过《吴敬梓年谱》，对吴氏家族状况做了勾勒，为后来的研究者提供了很大方便，有很高的价值，但在我以此谱对读吴敬梓的《文木山房集》以及吴敬梓友人撰写的有关篇什，发现胡《谱》仍然有一些问题未曾探索清楚，甚至有明显的抵牾之处。而不弄清这些问题，是无法评论其思想、著述的。章学诚在《文史通议·文德》中说："不知古人之世，不可妄论古人文辞也。知其世矣，不知古人之身处，亦不可遽论其文也。"鲁迅在《且介亭杂文二集·"题未定"草》中更说得透彻，他说："我以为倘要论文，最好是顾及全篇，并且顾及作者全人，以及他所处的社会状态，这才较为确凿。要不然，是很容易近乎说梦的。"因此，我在广泛搜集资料的基础上，认真地加以排比考索，撰写了系列论文如《吴敬梓身世三考》、《吴敬梓家世杂考》、《关于吴敬梓的家世问题》以及《康熙〈全椒志〉中有关吴敬梓的先世资料》等论文，考证出吴敬梓生父是吴雯延，吴霖起只是他的嗣父，纠正了胡适以来一些学人的讹误；并在此基础上考订了吴敬梓进学的年龄、家难的实情等问题，为深入理解吴敬梓的生平经历、思想变化奠定了坚实的基础。直到新世纪，何满子先生在《伟大也要有人懂》（见 2002 年 3 月 27 日《中华读书报》）的书评中仍然这样肯定我的研究："从基础性的研究着手，花力气探究作家吴敬梓的家世和生平，考证出吴敬梓是生父吴雯延出嗣给长房吴霖起的。这一出嗣关系加上上代的嫡庶和功名显晦等复杂的原因所导致的遗产纠纷，严重地影响了吴敬梓的人生选择，使之由缙绅子弟变成宗法制度的叛逆。因此，他的考证与'红学'界考证曹雪芹直追到'将军魏武之子孙'的烦琐考据有别，对作家研究有其必要性。"进入 80 年代，我又利用这些考据资料和结论，并结合中外一些小说作品，撰写了《吴敬梓的家世和创作》一文（见《文学遗产》1985 年第 1 期），有的评论文章认为此文"将《儒林外史》与吴敬梓生平家世关系的研究向前推进了一步"。

在考证吴敬梓家世生平的同时，我又从许多稀见的典籍中钩稽出大量资料，考证吴敬梓的交游。对前人已经提及的，则进一步深入拓展，有所补益；而对前人未曾涉及的，则提供自己考索所得，初步完善了吴敬梓的交游体系，撰写了如《陈毅及其〈所知集〉中所涉及的有关吴敬梓交游资料》、《吴敬梓与甘凤池》等文，后来又陆续有所发现，大都引入《吴敬梓评传》中。

至于对吴敬梓思想的考察，则结合传统文化和现实思潮及其家族传统和本人经历，作了全面的探讨。我分别从四个方面加以具体剖析：儒家传统思想，魏晋六朝文化，颜元、李塨学说，重视科学技术的学风。传统儒家思想影响，前辈时贤已多有论述，我则另选视角加以补证，这就是《南京先贤祠的兴废及其与吴敬梓的关系》、《吴敬梓和释道异端》等文。前者选择他参加修理祭祀先贤祠的活动加以考索,从而说明他的儒家思想;后者则从他对释、道的厌恶态度以反证他的儒家思想。至于魏晋六朝文化的影响,除正面阐述的《魏晋六朝风尚和文学对吴敬梓的影响》一文外,还写有《吴敬梓"秦淮水亭"考》,从地域文化的角度探索这一影响。此外,《颜李学说对吴敬梓的影响》、《吴敬梓和科学技术》等文,也都从不同的角度探索吴敬梓思想的组成。后来还不断深入,如又撰写了三论、四论魏晋风尚和文学对他的影响等文章。同时,对吴敬梓的学术思想和文艺思想,也进行了一些探索,如《略论吴敬梓的"治经"问题》、《吴敬梓和戏剧艺术》等。这些问题,均是前贤未曾讨论研析过的。前文发表于1977年,二十几年后,《诗说》在上海被发现,吴敬梓治诗的问题方引起一些学人的重视,但拙作所论涉及《诗》、《书》二经,对于吴敬梓的《书经》见解,自拙作发表以后尚未见有人论及。而拙作论《诗经》部分,仅根据当年可以见及的资料立论,以之对照新发现的《诗说》,所论也可称允当。《吴敬梓和戏剧艺术》一文发表于1979年,此后见少数论文也涉及这一论题。

当然,在考察作者的同时,也不能不涉及作品以及前人的研究。因此,在《吴敬梓研究》一书中就有了关于《儒林外史》版本的文章《关于〈儒林外史〉"幽榜"的作者及其评价问题》;有了论讽刺艺术、结构艺术以及小说中盐典商人和文士关系的论文;也有了对"五四"时期《儒林外史》研究成绩卓著的两位大家鲁迅与胡适的评论,这自然是对研究的研究,是《儒林外史研究史》中最早写成的两章。总之,我的这一本有关吴敬梓研究的著作,选录了我在1982年前撰写的21篇论文,是以作家研究为主,也涉及作品和前人的研究。很多文章提出的问题均为前人所未曾注意,自然也就没有论著发表;有些问题虽有个别学者在文章中提及一二句,但也没有展开详论。

王廷信：的确，这部专著中一些考证结论和评论观点颇为学界所重视和采用。

陈美林：研究作家是为论析作品服务的。研究作家可以了解作家的思想（社会思想、哲学思想乃至文艺思想等等）是如何影响乃至支配他的创作的；同样，从作品研究中可反映作家的思想，从艺术形象的研析中可以探寻作家的思想是如何折射到作品的艺术构思和形象塑造中去的。作家研究与作品研究从两个不同起点合成一个圆，彼此不可替代，又彼此不能分割。因此，我在作家研究的同时注意到作品研究；而在弄清作家的家世、生平、际遇和思想等情况后便着力研究作品。

王廷信：我注意到您对《儒林外史》的研究涉及这部作品的方方面面，就作品的思想内容而言，您发表了《〈儒林外史〉是我国文学史上第一部反映知识分子生活的长篇小说》、《试论吴敬梓对科举制度的批判及其对知识分子出路的探索》、《试论〈儒林外史〉对封建道德的暴露和批判》，以及盐典商人与文士、师生关系、社会势利等等论文。从艺术特色而言，除了讽刺艺术、结构艺术等文章已收入《吴敬梓研究》之外，又在《文学遗产》等刊物上发表过《论〈儒林外史〉中人物的进退场》、《论〈儒林外史〉中的人物性格》、《论〈儒林外史〉的景物描写》等文章。除了您于80年代发表的论述这部小说的民族特色的文章之外，近年更见论述《儒林外史》地域特色的文章。您不仅在有关讽刺、结构等论文中以外国的文学作品为例作比较研究，还专门撰写了论及《金瓶梅》对《儒林外史》的影响以及《儒林外史》与《歧路灯》的比较研究文章。您在探讨艺术特色的文章中并未孤立地去研究《儒林外史》的艺术表现，而常常将它与作家的人生态度和作品的思想内容结合起来讨论。

陈美林：我总以为文学作品的表现形式和艺术手段的择定，

实实在在离不开作家对他所欲表现的内容的把握,离不开作家对他所生活的社会现实的艺术认识。例如作品中人物的进退场,就与作家对当时社会的发展趋向的认识与探寻分不开;作品结构也如此。又如作品中人物的性格就与作家对他们的或美或刺以及美刺程度息息相关。因此,我在评论《儒林外史》的成就和缺失时,经常注意将作家与作品,作家的生活和思想、作品的内容与形式等等综合考虑。

王廷信:陈先生,在作品研究方面,您的《新批〈儒林外史〉》印刷了七次后,又加以增订增补为《清凉布褐批评〈儒林外史〉》出版,同样受到读者欢迎。可否谈谈为何采用这一形式进行作品研究,在评点过程中又有哪些体会?

陈美林:袁无涯在《忠义水浒传全书发凡》中曾说:"书尚评点,以能通作者之意,开览者之心也。"这种形式有它的优点,特别是对于发扬"伟大也要有人懂"的深意而言,这种形式特别适合,对于作品中人物和情节的叙写中所潜伏的深意,用这种形式予以揭示,对读者读"懂"这部小说是十分有利的。它的作用不是综合性的理论文章所能替代,也不是一般"套式"赏析文章所可望其项背。徐柏容先生在1993年出版的《书评学》中就指出这一形式百年来少有成书面世。倘若以新的思想观点、新的审美意识来运用这一方式,也不失为一种有特色的方式。徐柏容先生还指出"文革"前也有出版社想出版《水浒》新评点本,印过几回试稿,但始终未见蒇事;因此希望拙作《新批〈儒林外史〉》是新的评点重新繁荣的开始。至于我如何进行评点的,细读原著当然是第一要着;其次就是选择前言、夹批、回评、注解四种方式来解读这部一般读者难以接受的小说。可是交稿时,总编未曾提出任何理由就决定不要注解,前言又限定为五千字。这一缺憾,直到修订本《清凉布褐批评〈儒林外史〉》出版才得以弥补。

二　批评与研究

王廷信：陈先生，对于您的批评本，包括《人民日报》海外版、香港《大公报》、《中国图书评论》等报刊发表书评不下数十篇，我认为何满子先生发表在《中华读书报》上的《伟大也要有人懂》书评要言不烦地说出您的批评特点，例如他说："每回后有就文起义的'回评'，相当于一篇紧凑的论文；正文中有点击文句的夹批，作较细微的导读；同时每页有词语名物的注解，都点明其出处并引用载籍的简要例证。"我想听听您自己的体会。

陈美林：首先，我在写每回评语时总是就这一整回进行综合研究，并联系上下回出场人物表现和情节发展以简明的文字作扼要的评论，有意将它写成一回一回的"情节论"，以与此后单独成篇的"人物论"相匹配，从而组成以情节论和人物论构成的《儒林外史研究》。其次，尽量避免旧时评点中经常见的感触式的随意加评的毛病，力求客观地揭示出文章每一回的思想内涵和艺术特点。再次，时时考虑作者和读者，力求通作者之意，启览者之心；力戒将自己的理解强加给读者和作者，避免主观妄断。对某一人物和情节的评论，有时提出几种不同理解，启发读者自己去体味、择定，如鲍廷玺因继母之虐待和王太太之哭闹而"苦不堪言"，作者如此描写，其意何在？我作批道："抑或因其父丧未满即行婚娶，故以此报应之焉？抑或借此写其出嗣后种种遭遇之需焉，抑或二者兼而有之焉？"明确地表示读者可自己择定，不必为我的识见所拘束，尽量避免作出论者以为然、作者未必然、读者更不以为然的论断。这种考虑，在对全书叙述时序的交代方面也有体现。新加坡国立大学中文系辜美高博士在1997年5月11日《联合早报》发表的评论中说："陈氏的回后评对于全书的布局也不时点到，尤其对于作品中的时间设计，在回后评中有多处论及。这方面过去很多研究者注意得很不够。"但我仅仅指出这一特点,并不强行论定是吴敬梓所"精心"设计的。作者用意究竟如何,是无法起他于九原而问之的。当然,一部研究论著,自不能不带有研究者的主观认识,但不宜强加于人(作者和读者)。

王廷信:"清批"增加了"新批"所没有的大量注释,我见到《中国图书评论》(2002年第10期)上有一篇文章,题目就是《用详尽的今注诠释明清文化》,是专门评论"清批"注释的。文中说人民文学出版社张慧剑本、南师大本以及中华书局精校精注三种本子的注释,分别为942、1098、824条,而您的"清批"本则有1987条,增加了近一倍。该文认为"清批"注释于"详尽"之外,还注意"准确"。您对此必然是下了一番功夫的,能否谈谈您所做的工作吗?

陈美林:很为难,我不能总是自我标榜。好在还有评论的文字在。何满子先生《伟大也要有人懂》的书评中,认为《清批》本功力"主要显示于词语注释"中,他说:"小说中的成语、方言、俗谚、廋词,旧时的制度、名物、掌故等等,都做了精当的诠释,引经据典出语源,示例证。这是很费心力,前人称之为'水磨工夫'……因此,这个评本注释的精善,在近几十年来出版的几部长篇小说经典新版中,也是很见功力的。"

王廷信:您的《儒林外史》人物论是上世纪90年代初在《文史知识》上连载,后来才汇集成书的。请问您对人物形象的研究是否从此时开始的?又是如何进行的?

陈美林:是,也不是。因为早在上世纪70、80年代就发表了有关论范进和严贡生、严监生的文章;1985年人民文学出版社出版的《中国古典文学论丛》第二辑中也收有我的《论〈儒林外史〉人物性格》的文章,因为研究文学作品是不可能不注意艺术形象的研究的。但系统考虑人物形象的研究则是在上世纪 80 年代末,首先是中华书局胡友鸣先生和另一位同志来舍间约定的。当时我正忙于《吴敬梓评传》的写作,在接受胡友鸣先生约稿时就讲明,要迟一些交稿,他们同意了,但要我先写一篇"治学之道"的文章,于是我在年底寄去《学林寻步》一文,刊发于 1990 年第 3 期。《吴敬梓评传》定稿后,我乃将先前零星写就的已发未发的有关人物论的文章寻出来,再结合我做"新批"时的札记,进行深入分析和整合思考,拟出一份拟写的人物名单来,并且列出每个人物拟写的主要性格特征,斟酌每个人物之间的联系,区别其异同,寻求其影响等等。计划拟定后寄送《文史知识》编辑部征询意见,他们完全尊重作者意见,只是要求我第一次交稿至少三篇,然后每月不少于一篇,以便连续刊载。于是第一篇《"隐括全文"的"名流"王冕》便在 1991 年 7 月号刊出,在刊物连发十余篇后,编辑部建议再增写几篇汇集成书出版。于是 1993 年交稿,1994 年写了"后记",1998 年见书。

我在"后记"中曾谈到自己在研究工作中,"比较重视主体与客体的关系",认为对既往的文学作品,"每个时代的读者和研究者总是根据自己时代的文化思潮和审美要求去欣赏它、评价它,此乃从研究者和被研究者来看主客体关系";另外,在作者和作品之间,同样存在着主客体关系,"文学作品不仅融会了被反映者的思想感情,也必然蕴藏着反映者的思想感情"。我认为"研究作者,可以了解作家的思想对作品的影响,而分析作品,则又可以审视形象大于思维的作用"。因此无论在撰写研究专论抑或作人物分析,我都考虑这两个方面的交叉,互补互证。

王廷信:其实,对您的这种体会,已有人评说,季羡林先生任名誉主编、段启明等先生主编的《清代文学研究》(北京出版社 2001 年 12 月)中就认为在人物形象的研究论文中:"陈美林的研究成果尤为引人注目。他从1991年以来,撰写了近20篇关于人物形象分析的文章,从而构成了《儒林外史》人物论的完整体系。值得注意的是,这些论文力求从文化背景、作者际遇、时代特色、作品内涵等方面分析人物性格及其形成的内外因素和主客观条件,从而颇为准确地把握了人物思想性格和艺术特征。"这样的评说颇为符合先生撰写此书的意图。

陈美林:段启明先生的评论对我的设想做了正确的揭示。

王廷信:您的《吴敬梓评传》以丰富的资料、翔实的考证、允当的评价而著称,出版十五年来已印刷三次,并且为香港大学馆藏图书印刷制成光盘,以便学子阅读。希望您能介绍一下是如何撰写这部书稿的。

陈美林:这是匡亚明教授主编的《中国思想家评传丛书》第一批出版的四种之一。既然是评传,当然以作家为主,但也要涉及作品。既然是思想家评传,也就必须在叙述其经历过程中从其作品中发掘出其思想(社会的、学术的、文艺的)来予以深入探讨和客观评价。如此为其定位之后,就是如何组织内容,我设计了时代、家世、生平、思想和创作五章。但这五章并非平行叙述,而是纵横交错。在纵向叙述中,将他一生行实、重要交游、生活变迁、感情起伏、思想发展结合其不同时代创作的直言体诗词赋进行详尽描述,尤其是将其诗词赋创作中使典用事中隐藏的思想感情予以诠释、揭示,让读者熟悉和认知他的一生;而横向评论中,则结合社会思潮、学术发展、文学历史,分别研讨其思想渊源、学术见解以及文艺创作的长短得失,力求让广大读者既知其家世状况和生平经历,又了解其学术和创作成就。总之,该书以传人为主,评文为辅,是一部将作家研究和作品研究结合起来的著作。

王廷信:我读过《吴敬梓评传》,从几个章节标题看,与一般传记也类似,但读过每章内容之后,则感到有您自己的特点,例如"时代"一章就与一般研究著作的时代背景介绍有所不同,不少著作对于某一作家所生活的历史社会,仅仅作一般性描述,与史学著作区别不大,但您的"时代"却写得更符合这位作家、这部作品的具体情况。能谈谈您是如何组织这一章写作的么?

陈美林:吴敬梓生活在所谓的清朝"康雍乾盛世",我一直在考虑如何描述这一历史时代、反映这一时代的社会真相,并进而说明这一历史社会的现实是如何作用于作家吴敬梓,而吴敬梓又是如何以他的审美意识判断并评价这一时代社会的。吴敬梓所生活的"盛世",其现实状况究竟如何?这样的"盛世"又如何造就出这样一位伟大的讽刺作家?鲁迅曾说"非写实决不能成为所谓'讽刺'",透彻地说明了"讽刺"与"现实"之间的相互关系。在深入研究清史的基础上,便发现"盛世"背景下的阴影,现实社会实际上存在着种种不协调的矛盾现象,而正是这些矛盾现象的存在,才能为吴敬梓创作公心讽世的巨作《儒林外史》提供无比丰富的题材,没有这样的现实土壤,任何天才也难以凭空创造。于是,对"康雍乾盛世"的政治、经济、文化、士子几方面的状况细加梳理,分别以"新政权的逐步巩固和内部矛盾的日趋突出"、"经济的发展和劳动群众的穷困"、"文化学术的繁荣和凋敝"、"怀柔和镇压并用的知识分子政策"为四节小标题,对产生《儒林外史》杰作的时代进行描述。而在描述这种状况时,又有针对性地选择与吴敬梓时代相近、地域相邻的资料,可以更为贴切说明。同时,还要考虑选择一些他人未用或很少使用过的资料,如从刘子壮《屺思堂文集》中寻出有关满汉官员相互牵制的生动描写,以说明民族隔阂等等。

王廷信:由您谈到资料的引用,我又想起一个问题:在您的论著中,每一见解都建立在翔实的资料基础上,征引的文献也十分繁富,其中有您自己发掘出的很多资料,但却未见您有资料汇编一类的著述。这是何故?

陈美林:的确如此。我一向认为资料的发掘、整理、辨析是研究工作的基础。任何见解和结论都必须建立在扎实的文献资料的基础之上。因此,我也十分重视搜集资料的工作。在开始从事这一课题研究时,除在南京搜集资料外,还去合肥、滁州、全椒等地广泛搜集资料,访问吴敬梓族人的后裔,也曾整理发表过一些文章,如《康熙〈全椒志〉中有关吴敬梓先世资料》,这部志书为先前研究吴敬梓课题者所未曾征引过;又如《陈毅及其〈所知集〉中涉及的有关吴敬梓交游资料》,这部诗人选集,虽有人涉及,但其中所蕴藏的材料极多,我在仔细披阅之后根据其中某些线索又扩大搜寻范围,收获颇多。至于我所发掘的材料陆续引入我所研究的论著中,此处不能一一罗列。上世纪70年代中期,有学人知道我掌握一些资料,便通过我系当时任资料室主任的赵国璋先生与我联系,希望合编一本吴敬梓研究资料汇编。我以为搜集吴敬梓资料,建国前以胡适贡献最大,建国后以何泽翰成果最多。而我自己所掌握的一些未曾为胡、何所征引的资料尚不足以单独汇编成册,如勉强做去,必然要纳入胡、何二氏辛勤搜集所得,未必妥当,便婉言辞去。及至1990年夏,《评传》付印前夕,一位看过书稿的同道说书中新发现资料极多,应在"后记"中说明自己所发掘的资料。当时因出书时间紧迫,又要撰写"人物论",未遑做此工作。此后陆续见到一些论著所引资料,是在我征引以前未曾见有人征引过的,而引文与我所引完全一样,甚至连省略号也完全相同,但又未注明。在这种情况下,正好浙江古籍出版社建社二十周年文集约稿,便写了《吴敬梓研究资料的发掘和利用》,接着又发表了"再论"。短短两文并不能尽述我所发掘的资料,但也总算做了一点亡羊补牢的工作。

王廷信：您在出版了《吴敬梓研究》、《新批〈儒林外史〉》、《吴敬梓评传》、《〈儒林外史〉人物论》等极有价值的著作后，并未停笔，仍继续笔耕不辍，就我所知您除了修订"新批"为《清凉布褐批评〈儒林外史〉》之外，近几年又出版《清凉文集》和三卷本《吴敬梓研究》，能否介绍一下近年的著作呢？

陈美林：好的。《清凉文集》有80万字，分上下两卷，上卷为吴敬梓研究论文，下卷则为其他小说、戏曲、诗文和文学史等方面的研究论文。在上卷中，除选录了1982年以前的一些论文外，1982年以后的一些论文也选录不少。主要是回顾二百余年来《儒林外史》研究的文章，以及分别评论清代四种重要评本的文字，即关于卧闲草堂评本、齐省堂评本、张文虎评本、黄小田评本的研究文章。上述的《清代文学研究》中在论及《儒林外史》研究之研究时说"这方面，陈美林用力尤勤"，并举出这几篇文章说"不但分论四家评本的特色，而且还比较了四种评本的得失"。至于三卷本的《吴敬梓研究》选辑了上世纪70年代以来的论文93篇和《评传》，其中有不少近年来发表的论文，而对既往研究的研究的文章也近30万字，全书总计134万字。

王廷信：我知道您正从事《儒林外史研究史》的著述，能否介绍一下这方面的情况。

陈美林：好的。我对前辈时贤研究成果的研究是与对吴敬梓研究同步进行的。这些研究的研究论文是三十余年来陆续写成的，可见我对《儒林外史》研究史的关注一直未曾停歇。当作家研究、作品研究取得一定成果后，便全力投入研究史的研究，因此申报了江苏"九五"社科项目。此时随我"攻博"的吴波君要求参加这一课题，我便同意了。在与其充分讨论之后，由他利用我的成果执笔撰写。于2000年暑期完成30万字的初稿，并通过结项鉴定。但我认为作为一部学术著作，当力求精美，便与在身边工作的弟子李忠明反复研讨,征得已回湖南工作的吴波的同意,再由忠明进行磨合。在从事这一项目的过程中,吴、李二君先后晋升教授,他们有各自的研究领域,但同样对《儒林外史》有兴趣,并有研究成果发表。在二君执笔之前,我都与他们反复讨论,提出自己的意见。当然我的意见只供他们参考,我的成果也供他们采用。至于接收哪些意见,采用哪些成果,则由他们二人自行抉择。我未涉及的内容则由他们补写了许多。书稿近40万字,已交出版社,年内可以出版。

王廷信: 您认为撰写好这部研究史最重要的条件是什么?

陈美林: 两条。一条是必须对吴敬梓和《儒林外史》有全面深入的研究,否则你如何去评价他人的成果?一条是必须出以公心,就是要讲史德,《文史通义·史德》中说:"能具史识者,必知史德。德者何?谓著书者之心术也。"正派学人不会以自己好恶或关系亲疏去扬抑褒贬,炒一己或同好之作,而冷落贬斥异己之文。如果这样做,既有亏史德,又不能反映学术研究之真相,作出的评价必然失据、失误、失之公正,当然也就没有任何学术价值,徒见笑于识者。

王廷信: 能否再具体地谈谈您对这一课题的构思与设计呢?

陈美林: 已经谈了很多,如想详细了解,可参见我为该书写的序言《辨章学术,述往思来》,该文定稿虽尚未发表,但已附于该书卷首,年内大约可以出版。三卷本《吴敬梓研究》中也收有几篇相关文字,可以参看,此刻就不多谈了。抱歉。

王廷信: 好的。吴敬梓研究仅仅是您的研究课题之一。我们还想请您介绍一下其他课题的研究情况,比如戏曲、诗文、文学史等等。

陈美林: 先说戏曲吧。也是从上世纪50年代与小说同时进行研究的。大约是1960年春,钱仲联先生对我说中华书局有约稿,他自己写也请我写。让我写的是《李玉和〈清忠谱〉》。因为收有李玉作品的《古本戏曲丛刊》三集,江苏师院原有的收藏已并入南京师院,便约了南京朋友合作。当时有关李玉的研究文字还不多见,一切得自己摸索,从头开始。直到撰写的过程中才见到为数不多的文章。1961年6月交稿,1962年9月修改,1963年发排。但由于众所周知的原因一直未曾开印,直到1979年编辑部来信说此书要印,并将1963年排好的校样寄来,经个别挖改后,在1980年印了出来。因为是合作的,就用了"苏宁"笔名。在此基础上,对这一课题在深入研究后,个人也有文章发表,如《论李玉剧作题材的现实性》《关于李玉生平》等等。我以李玉研究为研究戏曲的起点,逐步延伸,进而对董《西厢》、王《西厢》、《牡丹亭》、《玉簪记》、《桃花扇》、《息宰河》、《秣陵秋》以及元明清三代的杂剧都做了一番探索,发表和出版了一些论著。

三 考证与理论

王廷信: 在您的小说研究中既有考证文章也有理论文章,而在李玉研究中也同样如此。您是如何看待这两类文章的?

陈美林: 我认为这两类文章同样重要,无高下之分。考证自然也是一种研究,但毕竟要为理论研究服务。所谓研究应是发现问题、分析问题和解决问题。从文学研究来看,如果对一些问题,如作家的生平、作品的年代等等外围问题不先行梳理清楚,就无法正确诠释内容,做出准确评价。例如《秣陵秋》传奇,上世纪60年代和80年代的论著中都说该剧作者为庄伯鸿,书前有乾隆四十五年序。但在仔细研读传奇后、发现其中有发生在道光十九年间的事,由此而生疑,如果不能确定作者和创作时代,是无法评论其内容的。因此在大量检阅资料、进行考辨研究后,便写成了《稿本〈秣陵秋〉传奇作者和创作时代考辨》的考证文章,发表在《文献》1988年第1期。而对《秣陵秋》思想与艺术的评论文章,一直到新世纪初才动笔,这就是发表在2004年第1期《艺术百家》上的《清代三部以南京为主要场景的传奇》,此文探讨了产生于清初的《秣陵春》、盛期的《桃花扇》和末期的《秣陵秋》三部传奇之间的递衍承传的影响,并评析了这三部传奇中所流露的兴亡之感的深浅和地域特色的浓淡。

王廷信:先生的文章,不但追求新的理念,而且在研究方法上也多样化,但又并不让人感到生硬,例如您发表在《文学遗产》1986年第1期上的《试论杂剧〈女贞观〉和传奇〈玉簪记〉》,说《玉簪记》在当时享有盛名的原因之一是观众趣味的改变。文中说:"何良俊虽然不懂得近代外国流行的'接受美学'原理,然而他却正确地提出了戏曲观众(读者)的欣赏趣味和艺术水平,也影响着戏曲作品的生成过程。"虽然文中引用的是何良俊的言论,但我觉得其中也透露了先生是在运用接受美学的理念去审视古代文学,但又不露痕迹。

陈美林:你的分析很中肯。我选择什么样的方法,运用什么样的理论主要取决于研究对象。什么样的理论和方法能更好地说明(评价)研究对象的实质,我就采取什么样的理论和方法,这是一条原则。还有一条原则是从文本出发,从对作家作品的探析中归纳出结论,自然这两条是相互关联的。我总以为不能先行主观决定用什么方法,以什么理念去范围作品,将文本作为例证,以证明什么方法什么理论。我曾经以"知人论世"、"见由己出"和"法不前定"三句话概括我对吴敬梓这一课题的研究,其实这也可用来概括我的整个研究。

王廷信:"知人论世"、"见由己出",您在前面已经谈得很多。是否对"法不前定"再稍做说明?

陈美林:好的。"法不前定"是谭元春在《诗归序》中所说,即

"法不前定,以笔所至为法",我的理解不是不要"法",而是要根据"笔所至"择法,也就是根据创作(研究)的需要选择"法"。对于各种理论,我们还是要重视的,要注意学习,以之为借鉴,但却忌生搬硬套,尤其不可标榜惟有什么理论或方法才是研究文学的惟一正确途径。我想借用贝弗里奇《科学研究与艺术》中一句话:"进行科学研究并无一定之规可循。研究人员应发挥自己的聪明才智、创造精神和判断能力,并利用一切有用的方法。"以此再次说明我的研究确实是"法不前定"。

王廷信:除了小说、戏曲之外,您的研究还涉及诗文、文学史乃至文化史方面,能为我们简略的介绍一下?

陈美林:那也大都是为了应付工作需要而为。我前面讲过,一度讲授过唐宋文学课程,这就有了一些论杜诗的文章如《论杜诗的形象思维》(《社会科学战线·形象思维论丛》,1979年出版)、《从一首杜诗的评论谈起》(见1979年9月12日《光明日报》);又应出版社之约,与人合作出版《杜甫诗选析》(江苏人民出版社1981年出版)。1985年,因接待意大利罗马大学教授、研究张岱的专家焦里阿诺·拜尔突乔里先生,撰写了《晚明爱国学者张岱》一文,当时研究张岱的论文尚不多见。因为多次参加文学史的编写工作,所以发表了《重视对文学史著作的研究著作》(《南京师范学院学报》1980年第3期),又在1980年10月15日的《光明日报》上发表关于比较文学的短文。

王廷信:您这两篇文章发表时,重写文学史的讨论以及比较文学的研究,尚未在全国学术界开展或引起重视。

陈美林:是的。此后不久,卢兴基先生主编《建国以来古代文学问题讨论举要》(齐鲁书社1987年4月),又约我撰写了关于文学史分期问题和主流问题两篇回顾文章。

关于意识形态在政权更迭和社会生活中的作用问题,早在

1977年第1期《南京师范学院学报》我就发表了《武则天以周代唐与儒道释之争的关系》,直到上世纪80年代,尚有一位治唐史的先生托人前来索要此文。为了参加1994年的国际儒学讨论会,我发表了《论儒学对文学的影响》(见韩国《中国学研究》第10辑)。

对于文学史与学术史所收人物的选择,我曾发表了《"恐此人如未必再"——清初学者文人程廷祚》(见《中国典籍与文化论丛》二辑),认为学术史上的人物而能进入文学史者,在清代有顾炎武、王夫之、黄宗羲等人,但其实还有不少学者亦能文,但却未能进入文学史,并举程廷祚能诗能曲为例,说明文学史的编写应对此种现象有所考虑等等。

还有少数论文所涉及的内容已越出文学范围,但也都是适应某种需要而为的。如韩国启明大学于1999年就中国文学与21世纪人文科学发展的展望举办"著名学者招请学术讲演大会",聘请四名学者发表演说,论题由他们确定,我们按题演讲。据他们排定的讲演题目和次序是,台湾师大王更生先生讲《人文科学的价值》、我讲《物质文明与人文科学》、台湾师大余培林先生讲《二十一世纪人文科学的使命》、复旦大学王水照先生讲《中国文学对二十一世纪的意义》。正当赴韩国之际,在香港大学举办的"中国传统文化与现代社会"论坛,我也应邀与会,据会议排定的演讲次序为饶宗颐、陈美林、吴宏一、王水照、李家树、赵令扬、傅璇琮、蒋广学等八人,我与王水照先生所讲的题目,正是预备去韩国所讲的。事后,武汉大学要出版《名家演讲集》(武汉大学出版社2001年出版),因我曾被武汉大学聘请为兼职教授,向我约稿,便以此次演讲稿寄去。总之,这些论文涉及的问题都是因为工作要求而撰写,并非长期研究的产物,谈不上什么学术价值。

王廷信：您也太谦虚了，没有广博的知识，即使要应付工作，也不一定能写出这些论文来。我还想进一步请教，撰写这些论文，对您进行小说、戏曲研究是否有影响？

陈美林：这对我的研究工作还是起着良好作用的。因为，元明清文学是承继前代文学发展而来的，如果不了解这一承继发展过程，对前代文学一无所知，那对元明清文学的教学和研究也自然会造成重重困难。例如吴敬梓的《移家赋》，其中就运用了大量的魏晋南北朝的典故，如王粲、阮籍、陆机、任昉、氾腾、潘尼、左思、江淹、王志、孙绰、侯景、王源、嵇康、沈约等等，他们的事迹大都见于《晋书》、《宋书》、《齐书》以及《南史》。此外，《世说新语》中所记叙的人物事迹，《移家赋》中也大量引用。这一历史阶段的文学名篇如陆机《文赋》、庾信《哀江南赋》、丘迟《与陈伯之书》、左思《咏史》、陶潜《归去来辞》、鲍照《尺蠖赋》、曹植《与吴季重书》等等或直接引入或略作变化引用，又并不注明作者和篇名，这就需要对这一阶段的文史有一定程度的熟悉。再说用白话写成的《儒林外史》，其中也引用于许多诗句如"天下谁人不识君"、"无人知道外边寒"，前者为高适《别董大》一诗，后者是吴融《华清宫》一诗，但人民文学出版社出版的两个校注本和中华书局出版的精校精注本都未曾出注。这对于一般读者读"懂"这部"伟大"的小说是不利的。

王廷信：听您的谈话很受启发。还想问最后一个问题，那就是金两铭在吴敬梓三十岁时曾有诗相赠，诗中说吴敬梓"文章大好人大怪"，您是怎么理解这句诗的？

陈美林："文章大好"是肯定吴敬梓的文才的；"人大怪"不是"人大坏"，而是说吴敬梓的为人"怪"，也就是说他的性格不能见容于当地士绅。但吴敬梓并非生来就"怪"，而是恶浊的社会风气使他不得不"激愤"而"怪"……啊，对了，你提这个问题是不是

姜兮斐兮　成此贝锦

项庄舞剑,意在本人……

王廷信: 陈先生,您别生气,的确有这么一点意思。因为我听到一些传言,说您的学问很好,只是脾气很大。但据我了解,您是很好相处的,为人率真,待人诚恳,表里如一,是非分明,但确有这种传言,有的人似乎还言之凿凿,但只要与您真诚相处过的人就知道这些传言有诸多舛讹。为此,我也在思考何以出现这种情况。在您的书房中见到程千帆先生于1985年赠您的一副对联"遗世独立,与天为徒",我想这正是为先生的画像。在先生《清凉文集》的跋语中知道先生多年过着"苜蓿生涯,清清凉凉",只是"埋首牖下,仰屋著书"。既然常处"清凉"境界的先生,又何以有"脾气很大"之名呢?我读先生论及程廷祚的文章,称赞廷祚父亲程京萼"鲠直少容,不惮面斥人过",肯定京萼所言"吾生平不解作伪",乃恍然有悟。目今有些人的一些作为也确令人厌恶,让人不齿,但有些人对此却缄口不语,甚至装出"宽容"姿态,而实实在在是个"乡愿"。时下不少人身为知识分子,却甘愿放弃知识分子应守之准则,不能不让人遗憾。先生却不同,对于别人的不当之处常常当面指出,这本应是一件好事,但却容易得罪人。不知道我的认识符合不符合先生实情?

陈美林: 我首先声明的是我的"文章"不是"大好","人"也不是"大怪",但也的确有点脾气。你的分析是符合实情的。我想,我们读书学习,不仅仅在于掌握先贤所创造的知识,以之在服务社会和修养自我的过程中加以发挥和创造,使之代代相传,并以之去培养和教育下一代。因为我们的工作是教师呀!教育者必须先受教育,正人先正己嘛!要用正确的言行教育别人。我也知道,有人说我不懂得"游戏规则",不随和从众,这就得罪人了。再加上我的涵养不够,见到一些令人难以容忍的现象,便忍不住要说两句,这就更遭非难了。但是我总以为读书人要像颜元说的那样"要为转世之人,不要为世转之人"。近年我的生活经验告诉我,要转变不良的世风,个人的力量是有限的,也曾出现这种情况,他们自知在某一事上理亏,便不再声辩,却在其他方面找你的"毛病",甚至不惜编造"莫须有"的"罪名"。但我对这些人的言行仍然不苟同,不认可,努力保持头脑的清醒和人格的尊严,只要所作所为对得起天理良心,任这些人去搬弄,我努力做自己的事。当然,做到这点很不容易。同时,也应加强自我修养,尽量不发脾气,冷静对待。

——今天的谈话,不知有否火气太大?如有,我只得在此表示歉意了。

王廷信:没关系,我很欣赏您的为人原则。我觉得,一个知识分子总还是要保持知识分子的基本良知,您是一位能够保持良知的知识分子。我相信,绝大多数人都会赞同您的看法。感谢您接受我的采访,祝您身体健康。

陈美林:我也感谢你和《文艺研究》编辑部。

——原载《文艺研究》2006年第10期

跋涉『儒林』有续篇

《跋涉"儒林"卅载》一文（见新世界出版社2002年出版之第二次批评本《清凉布褐批评儒林外史》一书附录），回顾了笔者自1971年以来研究吴敬梓和《儒林外史》的历程。此文作于2001年9月，至今又有七载，对这七年间的研究，也应略作回顾。

一

自2001年以迄2007年底，笔者出版论著八种，有四种是关于吴敬梓和《儒林外史》研究的著作；发表的论文有五十五篇，有关这一课题的论文也过半数。因此补写这一段跋涉"儒林"的经历也并非全无意义。

在近三十篇的论文中，大约有如下两类：一是对此前已经有研究论文发表的课题进行深化与拓展研析，如在《文学遗产》2003年4期发表《隆礼与崇孝——四论魏晋风尚对吴敬梓的影响》，这一课题从1981年以来，已先后发表过相关论文三篇。又如，在《江苏社会科学》2004年6期发表《吴敬梓的生活环境与〈儒林外史〉的地域特色》，这一课题自1981年以来已发表过四篇论文。再如，关于知识分子与《儒林外史》这一课题，自1977年以来从不同的角度审视这一内涵的论文已发表十余篇，甚至

曹明、陈美林、何满子(左起)

有的文章题目就直截点及,如《〈儒林外史〉是我国古代第一部以知识分子为题材的长篇小说》等等。也许正由于这些论文引起何满子先生的注意,他在评论拙作《清凉布褐批评儒林外史》的《伟大也要有人懂》(见《中华读书报》2002年3月27日)文中说:"《儒林外史》迄今还有烛照世相、特别是知识分子各色心态的巨大生命力。"他认为对此"需要作专门的理论阐述",并对笔者寄以期望,满子先生说:"卅年辛苦跋涉于《儒林外史》的本书评者陈美林是有对此做出贡献的合宜人选,笔者期待其新的成果。"为不负满子先生期望,近几年继续就这一课题发表了一些论文,如《试论〈儒林外史〉中的势利描写》、《"兄友弟恭"的理想与"兄弟参商"的现实——〈儒林外史〉兄弟群像所体现的士人性格与命运》、《论〈儒林外史〉中的师生关系》等等。

为数更多的是另一类论文,即有关《〈儒林外史〉研究史》(下称"儒研史")的文章,不下二十篇。因为进入新世纪以来,在2000年完成的"儒研史"初稿进入"磨合"期,为配合"儒研史"的修订,集中精力从事这一课题的原始研究,发表了诸如《二十世纪〈儒林外史〉主题探讨之回顾》、《吴敬梓思想研究述评》、《试论"思想家小说"作者吴敬梓的思想》、《吴敬梓思想面貌寻踪纪略》、《"世故人情,毕现尺幅"——〈儒林外史〉人物形象研究回顾》,以及《吴敬梓研究资料的发掘与利用》及其续篇《再检讨》,还有就如何撰写"儒研史"的文章《撰写学术史的思考——〈儒林外史〉研究史漫说》和续篇《再思考》、《〈儒林外史〉研究与〈儒林外史〉研究的研究》、《〈儒林外史〉前言有四稿》、《〈儒林外史〉研究三题》;此外还有回顾个人研究著作的文章,如《"知人论世"、"见由己出"和"法不前定"——〈吴敬梓研究〉出版二十周年回顾》、《"通作者之意,开览者之心"——运用传统形式整理〈儒林外史〉的回顾》、《"设情以位体"——〈吴敬梓评传〉出版十五周年回顾》等等。上世纪所写的论文,已被吴波君纳入"儒研史"初稿,新世纪所发表的论文则由李忠明君采辑入"磨合"本,个人的著作已完全被融入"儒研史"一书,不过在笔者三卷本《吴敬梓研究》中,仍以论文原貌存在。

二

四部书稿中有三部基本上是上世纪完稿而于近几年出版的著作。

百花文艺出版社于2002年10月出版笔者校注的《儒林外史》。上世纪八十年代初,该社邱思达、文秉勋两位先生来约写

《吴敬梓小传》,与他们已出版的周汝昌的《曹雪芹小传》配套。当时我正忙于《吴敬梓研究》的定稿工作,此稿于1982年交给上海古籍出版社后,方着手撰写百花社所约书稿,并于1985年完稿。可是该社领导更迭,计划改变,迟迟未能出版,最后连书稿也遗失。该社对笔者颇有歉意,因此1992年秋,他们计划出版"中国古典小说名著珍本丛书",其中有校注《儒林外史》一题,一再约我承担。该社并已发出"紧急征订单"(津百发字[92]1号),预告1993年5月出书。岂料开印前夕,又因市场变化而被搁置,笔者一再请退,责编任少东先生认为此稿有出版价值,不愿退回,并表示要尽量争取出书。2002年夏,来电告我准备开印。我乃告他笔者原先所作《新批儒林外史》并无注释,现已增加大量注释更名《清凉布褐批评儒林外史》,由新世界出版社出版,再出此本,恐非所宜。他认为《清》本为详注详批本,该社所出为简注本,适应不同读者需求,两不相妨。在函告新世界出版社负责人周奎杰女士后,方允所请。从1992年约稿,延宕十年之久终于见书。对任君的辛劳负责,当志之不忘。百花前老总徐柏容先生也关注此稿,笔者于上世纪八十年代初与徐老相识于学术会议上,上世纪九十年代初他来南京参加出版家会议期间,还来舍间探望。2007年6月,笔者赴津门开会,在任君陪同下去看望了徐老。

《清凉布褐批评儒林外史》完成于上世纪,而于2002年1月由新世界出版社出版,其过程在《跋涉"儒林"卅载》文中已有记叙。当见书后,不断翻阅,偶有体会,随手札记。所谓"读书百遍,其义自见"。在新世界出版社老领导周奎杰、新领导张海鸥两位女士关注下,出版社于2007年冬通知我再版,并允我加以修改,于今春交稿,现由罗平峰君负责编辑。与周奎杰女士交往已有二十余年;而与张海鸥女士仅有一面之缘,那还是2004年9

月,我去北京参加学术会议,在周奎杰、陈有昇先生陪同下,张海鸥女士驱车来香山饭店相访,并约定将我校注的《桃花扇》纳入"大中华文库",出中英文对照版。与罗平峰君未曾谋面,但从来电中知其工作认真、细致,相信经她编辑出版的《清凉布褐批评儒林外史》,定会以崭新的面貌问世。

《吴敬梓研究》三卷本由南京师大出版社于2006年1月出版。此前,资深编辑王欲祥君曾负责编辑出版笔者八十余万字的论文自选集《清凉文集》,其中选录了笔者有关古代小说、戏曲、诗文乃至文学史、文化史的论文七十余篇。他认为笔者的文章"耐读",乃建议将笔者研究吴敬梓的论文专门编辑出版。他的建议得到有关领导首肯,于是便有三卷本《吴敬梓研究》的面世。该书虽与笔者于1984年由上海古籍出版社出版的《吴敬梓研究》同名,但上海所出一卷本全为1982年前所作论文,仅二十一篇、二十三万字;三卷本则辑录了论著九十四篇、一百三十四万余字,大多写于上世纪,但也包含了2000年至2005年底以前所作,论述的范围更广,探讨也更为深入。

总之,这三部著作虽是新世纪出版的,但大都成稿于上个世纪。

三

惟一一部完成于新世纪的著作是《〈儒林外史〉研究史》。其实就其主要内容而言,它是笔者三十余研究成果的汇集,而且初稿也完成于上世纪最后两年,只是修改成书于2005年底,出版于2006年底而已。

"儒研史"原是笔者申报的江苏省哲社"九五"个人项目,和笔者的《吴敬梓研究》、《吴敬梓评传》、《新批儒林外史》、《〈儒林外史〉人物论》等等著作一样,原先也拟独自完成,因为笔者为此书的撰作,已做了三十余年的学术准备。正当批文下达不久,吴波君考取我的博士生。他先是亡友李厚基的弟子,1990年夏,厚基携其来宁,由笔者主持其硕士论文答辩,获全票通过,授予硕士学位。1998年又考来南京,他希望做点《儒林外史》研究,恰逢出版社向我约写有关《儒林外史》读物,便力荐由吴波君和其同时攻博的孙旭君二人合作,出版了《儒林探微》一书。其后,吴波君希望参加这一项目,出自薪火相传的考虑,乃允其所请,并将自己的研究成果和搜集的文献资料供他采撷编写,经过两年的努力完成三十万字左右的初稿。对于这一历程,他在博士论文《〈阅微草堂笔记〉研究》(上海古籍出版社,2005年8月)的"后记"(作于2004年12月12日)中还有所回忆:"我有幸考入南京师大文学院,师从陈美林教授攻读中国古代文学博士学位。入学之初,协助美林师写作《〈儒林外史〉研究史》。"初稿经我审阅后上报,于2000年9月1日由项目鉴定小组写出评审意见如下:

  陈美林、吴波同志合作的这部《〈儒林外史〉研究史》,对清代中叶《儒林外史》面世直至二十世纪末的研究状况作了一个总体回顾,总结了不同历史时期《儒林外史》研究的特点,勾勒出了研究的演进的轨迹,选题新、文献资料丰实、论证周密。它的面世,对于指导我国的文学研究、拓展我国古代文学的研究领域,均具有重要意义。评审小组一致认为这是一部具有开拓性、具有很高学术品位的著作,同意通过鉴定。

初稿通过后,有出版社愿意出版,但考虑到作为一部学术专史,要力求出精品,拟再作磨合。吴波君也同意,但他即将毕业赴湘工作。经与其研究,便由我主动找李忠明君来商量,请其接手此项工作。

忠明君自1988年随我攻硕、攻博,1994年获得博士学位后留校工作。上世纪末,他曾与我商量关于他本人如何申报项目、争取评奖。2000年11月29日来舍间,说拟以古代戏曲演员研究为题申报科研项目,征求我的意见。我说这一课题资料较少,且曾被多人所掌握运用,难以做出突破成绩。2001年2月20日,又告我拟申报青年教学奖,我则予以鼓励。这两件事的结果如何,不得而知,自此以后,忠明未再与我讨论过任何申报项目和申报奖项事。不过,由此我也了解忠明的心情及要求,便予更多的关注。

2001年3月1日,卞孝萱先生来舍间约稿,他受省领导委托主编《中华传统道德文化丛书》,拟申报"五个一工程奖"。丛书分八册,由八位博导领衔撰写,其中《小说与道德理想》一册约请我承担,并说明可找弟子帮助,其他各册也如此。我便于次日告知忠明,并说尽力争取让其单独署名,如实在不行,则在"后记"中说明,忠明立即同意。该书出版后,因我一再陈请只署忠明一人姓名,未曾获可,便在"后记"中说明"是忠明执笔"的,在通知领取稿酬时,我也说明此稿为忠明所写,乃请忠明直接去取。

至于科研项目,我在"儒研史"立项后,未再申请新项目,只有从已获立项的项目中设法,也就是从"儒研史"项目中考虑。2001年4月4日,约忠明君来舍间,对他说,如能承担修订"儒研史"任务,便参加了课题组,有了项目。忠明君经过十余天考虑后同意承担。于是便将笔者与吴波合作的初稿全部交给他,原定半年至一年完成,但迟迟未能如约交稿,经多方催促,直到接受稿件四年后的2005年5月方将稿件交我审读。这期间我集中精力又撰写和发表有关"儒研史"的论文二十余篇,供其在"磨合"时采编入书。

四

"儒研史"的具体撰作过程大略如下。在与吴波君合作初稿伊始，为求文字风格的统一，也为培养其撰作分量较大的学术著作的能力，说明由他一人执笔。在其执笔之前，如同"后记"中所言，"从研究思路到整体框架，从材料择取到成果评价"，"都与吴波细细斟酌"。先立章节，我建议吸取传统史学几种主要体例即编年体、纪传体、纪事本末体的长处，参酌学术史如《畴人传》、《明儒学案》等著作的优点，以编年为经，以人物、事件为纬，纵横交错，以求立体、全面地反映出二百余年来的《儒林外史》研究实况。根据我的意见，吴波列出章节，在我大体认可后，便着手撰作。我则毫无保留地提供自己长期的研究成果和尚未及使用的文献资料，让其尽意采撷、编写入书。当然，其中也有我未曾撰写成文的内容，在与吴波君讨论后，并提供有关资料，由吴君执笔写成，这就是晚清学人对《儒林外史》的本事考证和评论，以及对当代学人的评论等。

在交给忠明君"磨合"之前，我说明鉴定小组的意见是全面肯定，我们应视为鼓励，作为作者对书稿仍应严格审视。在分章分节方面，初稿所定，大体可取，但可"磨合"得细致、合理些；从内容来看，有些问题应纳入书中，但我此前未及写出专论来，吴君无所依据，初稿中也就付诸阙如，"磨合"时应该补写，等等。"后记"中说，"在美林师的指导下，结合自己的研究心得，李忠明调整体例，充实材料"。

但调整后的体例与初稿大相径庭，三种体例分为上、中、下三编，各自独立，互不相涉。仅以上编编年史而论，全编分为七章，每章标题均为年份，如第一章"1701—1802"，第六章"1984—

1996"；而每章第一节全是论著索引，其后方是评述文字，一般读者甚至包括一些研究者，都无法从这年份数字中了解这段时期的研究特色；同时，每阅一章，先见到的是罗列的论著目录，然后方是评述文字，如第五章，目录占五页，评述不过八页；第六章，目录列出专著十二种、论文三〇八篇，占十页之多，不符合读者的阅读习惯；同时，如此安排又将全部索引分割为数段，不便检索。我反复说明运用三种体例写单篇文章是一回事，让三种体例之长融合在一部书中又是一回事，不能机械搬用。在我坚持下，方始放弃这种体例。由吴波执笔、二人共同署名、作于2005年4月18日的"后记"（此后记未刊用）中，对这一经过作了符合实情的反映，说修改稿试图按照史家修史通常采用的编年体、纪传体、纪事本末体来调整原稿的整体结构，"后来因为其中有些问题难以兼顾而依然采用原稿以编年的方式结撰全书的体例"。不过，要说明的是，根据我的要求经过"磨合"过的现用体例，较之初稿的体例更为周全、妥帖。

这篇弃而未用的"后记"中还说，在忠明"磨合"期间，"美林师依然笔耕不辍，发表了一系列相关论文（题目略）等，忠明充分吸纳了美林师的成果"。但"磨合"稿中亦有由李君执笔所写的文字，如近十年的研究综述，还根据我的要求，编制了两种索引等。

已刊在书后而由二人署名的"后记"中说："此书虽由我俩执笔完成，但是其中许多观点都是采自美林师的研究成果（甚至有的章节略加改写即原文阑入，直接融入书中，据书中所注统计约占全书章节之半数，至于参阅、引证陈先生著作处，在文中明言或出注说明者为数也甚多）。这本《〈儒林外史〉研究史》，是在美林师的研究基础上，大量使用美林师的研究成果，并在美林师的具体指导下完成的。"吴、李二君对此书的完稿和出版也做了很多工作,在此书的"前言"中我已提及,不再引述。在海峡文艺出版社以此申报国家"十一五"出版项目时,著作责任者仅列笔者一人,而未及李、吴二君。我是在被批准并公布很久以后方才得知,便向该社负责人提出如此做法不妥,但他的回答是:我们为此专门做了研究,由于书的内容大都是您的研究成果,而且也考虑到知名度。在此特作说明,不能忽略二君所作工作。此后,在正式的出版合同中,如此明确表明:"甲方(著作权人)主编:陈美林(国家'十一五重点图书著作责任者');作者:陈美林、李忠明、吴波。"清华同方于2011年出版电子版,即以此合同为据。

五

《〈儒林外史〉研究史》自1997年批准立项到2007年8月（版权页为2006年12月）见书，整整十年。见书后，我如释重负。这一历程是我自上世纪七十年代初以吴敬梓系列研究为重点课题以来，跋涉得最为艰难的一段经历。在我独自撰写出版的有关吴敬梓研究系列的十几部著作中，尚未见有哪一部书的撰写"旅途"如此艰难。即以先后获得江苏省政府第四届哲学社会科学优秀成果一等奖、国家教委首届人文社科优秀成果二等奖的《吴敬梓评传》而言，从1988年接受匡亚明先生约稿，到1990年6月即完成，其间还因其他书稿而中断写作一段时间，同时还负担着繁重的指导研究生的工作。当然，在撰写《吴敬梓评传》之前，有了近二十年的研究积累。但同样，在"儒研史"申请立项之前，更有近三十年的研究准备。同时，从1997年以迄"儒研史"完稿的2005年底，笔者又出版著作十六种（其中有六种为合作项目）、发表论文七十篇（其中有三篇为合作）。既然如此，又何以感到艰难？这乃因为如同吴波执笔、二人署名、前文已引述过的"后记"中所言是"出于提携、培养后学的考虑"。但经过这艰难的跋涉，书稿终于出版，李、吴二君在这跋涉途中终于攀登上最高一级职称，而我也完成了从研究作家吴敬梓到研究作品《儒林外史》再到研究《儒林外史》研究的系列。吴波君在这篇未刊用的"后记"中说笔者"为此倾注了大量心血"，还回顾了当年的情景：

  吴波每完成一章，他都会仔细审阅，指导修改。多少个日日夜夜，在清凉山的小径上，在美林师的斗室里，师生晤对，其乐融融。

忠明则在独自署名的、未曾刊用的三份"后记"(分别写于2004年1月7日、2004年8月26日和2005年4月18日,三份"后记"中这段文字均同)中同样写道:"美林师为此书付出了巨大的心血。"他还回溯到当年从学的经过:

> 1988年9月,我考入南师,拜陈美林先生为师,先后攻读硕士、博士学位,迄今已十六年。美林师为人正直,治学严谨,于诸弟子宽厚仁慈、爱护有加。我在美林身边时间较长,感受尤深。1980年代末,正是美林师《儒林外史》研究佳作迭出、成果丰收之时,美林师毫不吝啬地将其《新批儒林外史》、《吴敬梓评传》等大作的手稿,供我与师兄陈欣反复阅读,并就具体问题详加解释,说明其思路演变、结论形成之过程,让我们从中揣摩治学之道。在此基础上,美林师开始手把手地教我们写作学术性的文字。当初浙江古籍出版社出版的《明清小说鉴赏辞典》之《儒林外史》"情节鉴赏"部分由美林师承担,美林师本有现成之材料,却将机会留给我与陈欣学兄。我们利用美林师已经完成的《新批儒林外史》回评,组织成文。每数日完成一篇,美林师亲自到宿舍来取,并将他细细修改好的前一篇给我,分析得失。寒假之中,六楼仅我一人,师每登六楼,便大声呼叫弟子。虽时属隆冬,滴水成冰,但每闻师之呼唤,则如沐春风。师生合作,其乐融融。此情此景,至今思之,犹在眼前。正是在这样的精心培养之下,我逐渐走上了治学之路。

确实,每读吴、李二君这些文字,恍惚又回到十年前、二十年前。往事虽并未如烟如云般逝去,但毕竟成为不可重现的历史,只不过留下些温馨的回忆而已,这或许能冲淡一些跋涉途中的苦涩。就此说来,则如"后记"中所言,这本书"是我们师生情谊的见证"。

从研究历程而言,"儒研史"既已出版,也就成为历史。学术的发展是无限的,学人的生涯是有限的,我们只能在有限的生涯中力求做出最大的贡献。何满子先生收到我的赠书后复信云:"兄真是为吴敬梓拼搏大半生,成绩卓荦可观,中国研究《儒林》第一家也。""第一家"云云,实不敢当;"拼搏大半生"却是事实,但笔者也只是尽其在我而已。

戊子年夏至(2008年6月21日)

[附见《清凉布褐批评儒林外史》(修订本即第三次批评本),新世界出版社2009年2月版]

跋涉『儒林』四十载

上世纪七十年代，人民文学出版社邀请我所在的学校撰写《儒林外史》前言。学校决定成立老中青三结合的小组承当，我被指定为四名成员之一，并被推为执笔人。完稿后，经系领导审核后寄出版社；出版社则排印若干份广为征求意见，被认可后，通知我们稍作润色即可定稿。此际由于形势变化，我被调出"前言"小组，从此乃由职务行为改为个人研究，迄今已逾四十载。漫长的跋涉，可忆可叙之事颇多，非一篇文字所可尽述，乃略说大概，以供有兴趣的读考参考。

一

笔者的研究从作家起步，进而探讨其作品，再进而评述前人的研究，作家吴敬梓和作品《儒林外史》是不因研究者的不同而变化的客观存在，可谓是第一性的存在；而不同研究者对它的研究成果则因人而异，可谓是第二性的存在。二者都纳入我的研究领域，或有先有后，或同步进行。一般说来先行研究作家，举凡家世、生平、交游、思想、学养等等，均有所考察、评述。为了尽多地掌握作家的情况，除了查阅公私藏书中有关文献资料外，还去他的故乡全椒及滁州、合肥等地访人寻书。

当年去外省办事,须持本省革委会介绍信方可。我们乃向江苏省革委会申请,开具去安徽省革委会的介绍信,由他们转滁州地区再转全椒县二级革委会。手续虽烦,但接待认真。由全椒县委副书记王郁昭、县革委会宣传组副组长韦邦杰两同志接谈,又找来文化馆武漪波等同志介绍情况。我们先问吴敬梓是否有后人,他们说有吴炽棨,还有旁支吴坪,但二人不和;他们又说程十发画吴敬梓像,曾索去吴炽棨照片一张。后来见到吴炽棨,据其自称为吴敬梓十二世孙;问其是否有家谱一类文献,他说以前有过一本草谱,是根据胡适、张慧剑等人著作编制的,"文革"中毁去;问及吴敬梓的子女,他或说二人或说三人,前后不一。除此以外,也谈不出什么有用的情况来。1981年在滁州召开"纪念吴敬梓诞生280周年学术讨论会"时,有报道其为"第八代孙吴炽棨"(《滁州报》1981.10.13),也有报道为"第九世孙"(《文学报》1981.10.29);1984年在南京召开"纪念吴敬梓逝世230周年学术讨论会"时,则称其为"吴敬梓后裔吴炽棨"(《新华日报》1984.11.3)。其人于1989年病逝,全椒有关部门曾给我发来讣告,我则复了唁电。

至于吴坪,吴炽棨一直不予承认。八十年代南京电视台拍摄《吴敬梓和〈儒林外史〉》专题片,请我任文学顾问。编导蒋广森同志去全椒拍摄归来后告诉我,吴炽棨根本不允许吴坪进门,我乃建议蒋广森同志不要卷入。在南京纪念会召开期间,有关媒体多有报道,我收到一位住在南京秣陵路20号的吴增佩来信,自称是吴敬梓后人。我十分重视,因为吴敬梓死在扬州却葬于南京,其子吴烺已入《金陵通传》,此人或真为吴氏后裔也未可知。乃前往寻访,交谈之后知其在公交公司工作,对吴氏先人情况一无所知。因为吴坪曾任小学教师,有一定文化素养,笔者乃写信向其询问,收到他于1986年7月10日的复信,说此人乃其继母唐氏抱养之子,与之并"无血缘关系,但相处甚好,常来往,不是亲人,胜似亲人"等等。吴坪在此信中还说"我对远祖吴敬梓及其著作学习甚少,知者甚微,因而颇感愧甚,很多地方,敬祈指教,对您在这方面所付辛劳,深表感谢和敬意"。同样,在1981年滁州会上,吴炽荣也特地向我表示,他读过我的一些考证文章,感谢我帮助他们理清了家世。吴炽荣病逝后,在2001年12月滁州召开"纪念吴敬梓诞辰三百周年学术讨论会"上,吴坪则以吴敬梓后裔身份出席会议,并散发其于2000年8月编纂的《全椒西墅草堂吴氏家世概述》,除《全椒志》外,并未提供其他文献资料。数年后,《南京晨报》(2005.6.9)报道《吴敬梓后人欲来宁寻祖坟》,说全椒退休教师吴其华来宁,对记者说:"吴敬梓生有四个儿子,他是长子吴烺的后人","吴敬梓生父名雯延,吴敬梓是他三个儿子中最小的一个,自幼便被过继给长房吴霖起为嗣"。吴其华自述与笔者的考证吻合,但笔者与其从无联系。吴其华还对记者说:"原来家族曾经有族谱的,但是在'文革'期间,由于红卫兵抄家,因此族谱被大火焚毁,遗憾的是并没有留下抄本及记录。"其所言与吴炽荣于上世纪七十年代初所说倒是一致的。笔者是以吴敬梓及其作品为研究对象,不是研究吴氏后裔的传承,那是谱牒学者的任务。无论后裔如何,并不影响对吴敬梓本人及其作品的评价,所以其后裔问题不在笔者所探讨的范围,只不过将笔者几十年来所接触到的人和事于此约略一说,以供有意于此者参考。

安徽之行,"访人"之结果大体如此,于笔者的研究并无助益,倒是"寻书"却大有收获。当年胡适做《吴敬梓年谱》时,根据的是民国九年张其浚修纂的《全椒志》,而张其浚在修志时遍求康熙年间蓝学鉴、吴国对主纂的《全椒志》而未能得见。笔者安徽之行居然得见此志。虽然蓝学鉴修志时,吴敬梓尚未出生,但吴国对为其亲曾祖,编辑、校阅人员中颇多国对子、侄即吴敬梓祖辈,所记吴氏族人事迹甚多甚详,还录有吴氏族人艺文,对于了解吴敬梓前数代先人事迹颇为有用。可以说是笔者首先将此志引入对吴敬梓的研究领域中来的。此后我写有专文《康熙〈全椒志〉中有关吴敬梓先世资料》发表。

之后,更用力于公私藏书中发掘吴敬梓有关资料,颇有所得,也在撰写论文时有所称引,从而渐为外界所知。曾经有人通过我系资料室负责人赵国璋先生转告,希望与我合作编辑一本资料。我考虑再三,自己发掘资料是为研究而为,成果尚未全然发表便先行披露,并非明智之举;更重要的是一己所掌握的资料尚不足以单独成册,按照对方主意去做,采用胡适、何泽翰等人著作入册,更不妥恰,乃予婉拒。后来有人出版了一本资料汇编,将何泽翰《儒林外史人物本事考略》全部囊括进去,又不说明。何泽翰在给一位友人的信中述及此事,极为不满,同时在何先生任教的湖南师范大学出版的《中国文学研究》(1993年3期)上有专文披露此事。

拙作《吴敬梓身世三考》等文章发表后,其中引用的一些材料引起一些同道的兴趣,如陈汝衡先生来信说:"大作《吴敬梓身世三考》一文,繁征博引,足令读者心悦诚服,功在艺林。不佞近正边抄边校拙作《吴传》,获此殊觉喜出望外。"(1977.8.4)此后不断来信,希望与我交流资料,如1978年1月17日来信说"听魏绍昌兄谈,南师有三篇敬梓史料:一为'年谱',二为'移家赋注',三是大作'生父嗣父'考",希望我能提供。原先是准备做"年谱"的,但当时搜集的资料尚不足以谱写,如以大量的他人资料架起谱主吴敬梓,则并无意义,乃改作吴敬梓年表,至八十年代后期乃完成《吴敬梓评传》。至于《移家赋注》,的确也在进行,不仅此赋,对其余的诗、词也有选择地进行注释,因常向唐圭璋、段熙仲、徐复等老先生请教,因而为人所知。但彼时注释词赋的目的在于考察吴敬梓的家世、生平、思想、交游以为做评传之用,至于将其汇编为诗词笺注的专书一时尚不及去做,计划在研究性著作完成后再为之。这些词赋的诠释,不但在自己的研究著作中不时称引,也供有关同志参考,如在我所主编的110万字的《儒林外史辞典》中第二编"诗词赋",邀请王步高教授撰稿,他也说明曾参考拙作《吴敬梓评传》等著作。当年一位审读《吴敬梓评传》的同道对我言及,"书中颇多新资料,也有大量注释,此前未见他人为之,可说明一下"。此言极是,但因拙作已经付印,同时在一篇短短的"后记"中也不能尽言。进入新世纪后,乃先后发表《吴敬梓研究资料的发掘和利用》及其续篇《再论》二文,稍稍做些追述。

二

虽然我被调出"前言"小组,但并未放弃个人的业余研究,在一定范围内也有人知道"前言"第一稿乃由我执笔。在我们于七十年代初去安徽访人寻书以后,安徽也跟进对吴敬梓的研究,七十年代中期,安徽大学、滁州地区、全椒县成立三结合研究小组,曾来我校"取经"学习,系里为了接待他们,召开了座谈会,当然不会通知我参加,时在安徽大学任教的李汉秋同志很想与笔者晤面交流,便请我系顾复生同志陪同来舍间,应他之请,乃将第一稿撰作经过及主要内容讲述一遍,并对他所问及的问题诸如有关资料以及自己的设想、见解等作了回答。此次相见,乃成为与李汉秋同志结交之始。他们返回安徽后不久,便寄来了一份"一九七五年五月八日""根据安徽省委批转的关于《注释法家著作、评法批儒编写出版规则》"拟出的《反儒的讽刺小说〈儒林外史〉》的写作提纲,征求意见。他们按照这份提纲写出《儒林群丑的讽刺画卷——评吴敬梓的〈儒林外史〉》的小册子先于1976年6月由安徽大学印成学报增刊,1977年1月由安徽人民出版社正式出版,全书约七万字,李汉秋同志曾先后寄给我。

我所执笔的"前言"第一稿由工农兵学员接手后写成第二稿,再转入新的"前言"小组成员手中写成第三稿,在1977年1月人民文学出版社出版的《儒林外史》卷首刊出。这篇"前言"与安徽的小册子一样,都将《儒林外史》说成是"反儒"的作品,而且在"前言"中断言吴敬梓是"用经学新解等曲折、隐蔽的方式进行反理学斗争"的。这一论断其实是毫无学术根据的,为了廓清此说,我在撰写一些考证吴敬梓身世的文章之外,还对其思想渊源有所探索,并先后写成文章陆续发表,其中有一篇《略论吴敬梓"治经"问题》,就是为辨清"反儒说"的根据所谓"治经"的内涵。拙文于1977年刊出后,很快收到河南任访秋、上海陈汝衡等先生来信表示赞同。我校段熙仲、徐复两位老先生对经学研究有素,也表赞赏,特别是段老对我说建国后大学里已停开"经学"课程,问我从何处学来,是否任铭善先生所传授。我告知段老,笔者于1950年考入浙江大学,当时任先生只开语言课,并不讲授"经学",但课余时间闲谈时却提示我们要重视"经学"。我不过是为了写文章查找有关著作自学而已,其实并无研究。此后,段老在1979年招收的汉魏六朝研究生的进行论文答辩时邀我参与;我告知素无研究,他便以此文为例,坚邀笔者审阅两位研究生的论文并参加答辩,后来他的一位硕士生还成为我的博士生。

当然,从七十年代中期开始撰写的这些论文,要到"四人帮"粉碎之后方能陆续发表。上海人民出版社负责人李俊民先生从王西彦师处读到过一些,特别是最早发表的《吴敬梓身世三考》后,便让古籍组(即后来的上海古籍出版社)寄来"沪版77古字252号"约稿信,约我撰写《吴敬梓研究》书稿,"读者对象为大学文科师生"。我复函同意后,便由责任编辑邓韶玉同志与我联系,编辑室主任陈邦炎先生过宁时还来舍间相访,交谈关于书稿的有关问题。1982年交稿后,方知由何满子先生负责审稿,所以他对我的研究状况十分了解,后来他在《中华读书报》(2002.3.27)发表的题为《伟人也要有人懂》的长篇书评,评论拙作《清凉布褐批评儒林外史》时,还提及笔者的早期研究,文章说笔者是"从基础性研究着手,花力气探究吴敬梓的家世生平,考证出吴敬梓是生父吴雯延出嗣给长房吴霖起的,这一出嗣关系加上上代的嫡庶和功名显晦等复杂的原因所导致的遗产纠纷,严重地影响了吴敬梓的人生选择,使之由缙绅子弟变成宗法制度的叛徒。因此,他的考证与'红学'界考证曹雪芹直追到将军魏武之子孙的繁琐考据有别,对研究作家有其必要性。这些研究收集在1984年出版的《吴敬梓研究》一书中"。何先生接着说,"此后他转入作品研究,主要作品有《新批儒林外史》和《儒林外史人物论》"。的确,笔者的研究是从作家起步,进而进入作品研究,但在作家研究时,不忘其作品;在作品研究时,又处处联系其作者,只是不同阶段有所侧重而已。

在《吴敬梓研究》出版前后,已开始重点研究作品,八十年代中后期的成果是《新批儒林外史》,而《儒林外史人物论》则是九十年代的著作;同时八十年代继《吴敬梓研究》之后,对作家的研究仍在继续,其成果则是《吴敬梓评传》。

八十年代初期,因研究作品《儒林外史》,从而对清代几家研究该书的评点本有所探索,除对评点这一形式本身进行考察外,又对卧闲草堂评本、齐省堂评本、张文虎评本以及黄小田评本都在深入研析的基础上撰写了评论文字。以此,便产生不妨操刀一试的念头。江苏古籍出版社的同志得知笔者这一设想,便以此相约,终于在1989年12月出书。因评点形式的作品不见于市场久矣,所以拙作一出,颇有新耳目之效,至 1998 年 2 月已印行七次,累计六万册。而且,据《儒林外史》法译本译者张馥蕊研究员在寄赠其所译时有信说,"大作《吴敬梓研究》及《新批儒林外史》均在法购到,并已拜读,深佩用力之勤,极富参考价值"云云,可见《新批》等书也传至海外。

《新批儒林外史》出版前夕,匡亚明同志邀请我参加他所主持的《中国思想家评传丛书》的活动,由于他已读过笔者的《吴敬梓研究》,决定请我承担《吴敬梓评传》的写作任务,并决定此稿与他的《孔子评传》,还有其他两部共计四部,作为 1991 年举行的"中国传统思想文化与 21 世纪国际学术研讨会"的赠书。如同《吴敬梓研究》作为 1984 年召开的"纪念吴敬梓逝世 230 周年学术讨论会"的赠书一样,受到与会者的认可。何泽翰先生在得到《吴敬梓研究》一书后,乃寄赠墨宝题诗一首:

　　　　阳狂玩世秦淮客,薄俗纷纷过眼新。
　　　　著述九流甘末等,风标百代慕高人。
　　　　徽音愧我才难企,遗躅欣君地与邻。
　　　　更有金陵图咏在,赓歌好作盛时民。
　　美林先生于吴文木外史最为专精,特赋赠即正
　　　　　　　　　　　　　　　　一九八四年十二月
　　　　　　　　　　　　　　　　　　弟何泽翰

此诗又刊于岳麓书社出版之《湖湘诗萃》第二期。

《吴敬梓评传》出书前,匡亚明同志特书赠横幅:

　　美林先生雅正:
　　　　萋兮斐兮,成此贝锦

谨录诗经小雅巷伯篇句,预祝《吴敬梓评传》以传世之作早日面世。

一九九〇年二月　匡亚明,时年八十四

《吴敬梓评传》于1990年12月出版。九十年初,常有海外学者来访,他们提及在北京大学访问吴组缃先生时,吴先生告诉他们,要研究《儒林外史》可去南京访问笔者,感其盛情推介,乃托友人捎去《评传》一部,吴先生及时复信云:

美林先生:

承赐大著《吴敬梓评传》,日前已由友人带到。大作观点平正,取材翔实,诚为有分量的著作,读后得益不浅,不胜欣感,耑此致谢。顺问

撰安!

吴组缃顿

一九九三年五月十日

这几部书稿都是八十年代中后期完成的。后来写了几篇文章,回顾这几部书稿的撰作过程,有《"知人论世"、"见由己出"和"法不前定"——〈吴敬梓研究〉出版二十年回顾》、《"通作者之意,开览者之心"——运用传统形式整理〈儒林外史〉的回顾》和《"设情以位体"——〈吴敬梓评传〉出版十五周年回顾》等,此不再多做引述。

三

从上世纪七十年初到九十年代初前二十年间的"跋涉"经历及主要成果已如上述。九十年代以至近日后二十年间的"跋

涉"，仍延续前二十年的途径继续向前、深化。

《〈儒林外史〉人物论》。1989年下半年中华书局胡友鸣先生和另一位同志来舍间约稿，约我为《文史知识》"治学之道"栏目写一篇文章，同时在刊物上开辟一个专栏，我允其所请；友鸣同志还提出专栏最好以《儒林外史》为题，我便表示可写《儒林外史》"人物论"，但专栏文章要迟一些交稿，因当时《吴敬梓评传》催稿正急。友鸣同志同意，但要我先行拟订全面计划，首次交稿要三篇，以便连载；并让我先将"治学之道"栏目的文章写就寄去。由此，便先写成《学林寻步》一文，于1990年3期刊出。《吴敬梓评传》交稿后，便在过去做《新批儒林外史》的基础上，将作品中的人物逐个挑选、排比，并列出他们之间的种种关系，拟出写作意向，征得编辑部同意认可后，便于1990年年底动笔，先行写好几篇寄去，从1991年7期开始刊出。发表了十几篇后，编辑部建议再写几篇，作为"文库"之一出书，不再在刊物上发表，于是1993年4月签订合同、1994年交稿、1998年出书。《20世纪中国文学研究·清代文学研究卷》中有对拙作的评论，说这二十几篇人物形象分析的文章"构成了《儒林外史》人物论的完整体系，值得注意的是，这些论文力求从文化背景、作者际遇、时代特色、作品内涵等方面分析人物性格及其形成的内外因素和主客观条件，从而颇为准确地把握了人物思想和艺术特征"。而拙作之所以能做到这一要求，得感谢刊物的一位编辑同志。"人物论"专栏虽系胡友鸣先生约定，在编发过程中先后经过几位编辑之手。在连续刊发几篇之后，我收到一位编辑（如今已是很有成就的学者了）于1991年10月14日来信，告诉一位研究吴敬梓的同道找到他们，说与我很熟悉，他携去几篇稿子，表示要与我共同主持这一专栏。这位编辑同志在信中说，想来此位先生已给你信，建议我们适当分工。这位先生原在邻省一所高校任教，七十年代中期的确为研究吴敬梓曾来舍间访问过,后来调离学校去北京从政。至于与其共同主持专栏一事,我却一无所知。我乃复信表示原先约稿并无此议,而且书中人物虽是逐个写来,但却要全盘考虑,哪些情节在写何人时交代,哪些故事又安排在何人身上,人物之间的种种关系如何评价等问题,只能一人考虑,如由两人合作,又不能随时商量,怕难以处理妥恰。因此建议编辑部,这位先生也是名家,可由他主持,我可退出。编辑同志则复信说,原先以为我知情,既然如此,仍依前约,请我继续主持,并希望不要因此而影响与这位先生的关系。其实,此事的确没有影响我们的相处。如今已过去二十余年,彼此老矣,更不会心存芥蒂。之所以提及此事,不过是借以说明一己研究作品的思路,以反证《清代文学研究卷》的评述符合实情而已。

深化作品的研究,还有一成果就是对《新批儒林外史》所做的修订工作。虽然该书一再印刷,但其间一些印刷错误未能改正,发稿前夕总编却临时决定不要注释,前言又限于五千字。见书后,一有空闲即对之修补,但直到新世界出版社负责人周奎杰女士来宁,方有机会重新出版。周女士原为外文出版社文教编辑室主任,因在北京图书馆见到我用笔名出版的对古代戏剧的改写本,便通过中文版编辑找到我,将我的改写本出版了英、法、德文本。此际她已调入新世纪出版社,知道我有意将《新批》重新修订,便表示可由他们出版,乃更名《清凉布褐批评儒林外史》交给新世界。至于增修之处,在《"通作者之意,开览者之心"——运用传统形式整理〈儒林外史〉的回顾》文中有所叙述。见书后,为精益求精起见,仍不断修改。2004年秋,我赴京参加在香山召开的一次学术会议期间,周奎杰同志与外文社原编审陈有昇同志,陪同新世界出版社新的负责人张海鸥女士来访,约请笔者整理《桃花扇》并撰写前言,纳入大中华文库出版汉英对照版。其时又谈到对《清凉布褐批评〈儒林外史〉》的修订问题，张女士表示理解，所以又出版了《清批》的修订版。

这些，均是对《儒林外史》做深化研究的成果，至于单篇论文，就不一一列举了。

对作家吴敬梓的深化研究，《吴敬梓评传》虽已印行几次，也未有机会予已修改。直到2009年底接到南京大学出版社通知，拟出版典藏版，乃借此机会做些小的修改。所谓典藏版于2011年11月出版，其实，除了开本变大外，纸质、装帧均不如前，特别书前所附照片（包括匡亚明先生墨宝在内）一律去除。不过，内容虽是"小改"，毕竟做了一些增饰。据出版社告知，这本评传累计印数达一万六千册，在二百部评传中印数过万者仅十余部，2001年还曾被香港公开大学馆藏图书制成光盘版。至于深化作家研究的论文颇多，如《试论"思想家小说"作者吴敬梓的思想》、《吴敬梓生平文献资料的引用、解读和考辨》、《为吴敬梓"让袭"说"寻根"小议》等等，不一一罗列。

至于作家与作品综合研究的成果也有一些，如1994年南京大学出版社出版了我所主编的一百一十万字的《儒林外史辞典》，共分作者、诗词、思想、艺术、资料、辞条六编，清华同方还为之出版了光盘版。这方面的论文也有《吴敬梓的生活环境与〈儒林外史〉的地域特色》等，可参见笔者的论著目录，此不详列。

后二十年"跋涉"的一项重要成果则是《〈儒林外史〉研究史》。为了做这一课题，笔者早在上世纪七十年末就撰写了《略评胡适对〈儒林外史〉的研究》、《鲁迅与吴敬梓》二文。八十年代起，对清代四家重要的批评本发表了五篇论文，其中论卧评有二篇，齐评、张评、黄评各一篇。进入九十年代，则写有《〈儒林外史〉研究的历史和现状》、《二百余年来〈儒林外史〉研究之回顾》、《二十世纪〈儒林外史〉研究概况》等专文；此外，还就历来研究吴敬梓思想、《儒林外史》主题、人物形象的等专题成果分别做了回顾，这些，都是为了撰写《〈儒林外史〉研究史》作的铺垫。做好充分的准备工作，乃申报江苏省哲学社会科学"九五"项目，被获准立项（编号为［1995］09－023）。正当其时，新入学的博士生吴波君希望参加这一项目，出自薪火相传的考虑，乃允其所请，后来他在博士论文《〈阅微草堂笔记〉研究》的"后记"中还说："我有幸考入南京师大文学院，师从陈美林教授攻读中国古代文学博士学位。入学之初，协助美林师写作《〈儒林外史〉研究史》。"其所做的"协助"，即根据笔者长期积累的资料、发表的大量论著，按照我们拟订的章节，剪辑或稍作改写纳入书稿中。在这过程中，我还先后发表了《撰写学术史的思考》、《撰写〈儒林外史〉研究史的再思考》、《〈儒林外史〉研究与〈儒林外史〉研究的研究》等文，供其思考汲取。有些文章虽然发表在后，但其中见解却提前与之详谈过。他每完成一章，我便审读一章，提出意见，供他修改，经过吴波君两年多的努力，终于完成一部三十几万字的书稿。先行上报结项。鉴定小组于2000年9月1日做出评审意见：

  陈美林、吴波同志合作的这部《〈儒林外史〉研究史》，对清代中叶《儒林外史》面世直至二十世纪末的研究状况作了一个总体回顾，总结了不同历史时期《儒林外史》研究的特点，勾勒出了研究的演进的轨迹，选题新、文献资料丰实、论证周密。它的面世，对于指导我国的文学研究、拓展我国古代文学的研究领域，均具有重要意义。评审小组一致认为这是一部具有开拓性、具有很高学术品位的著作，同意通过鉴定。

初稿通过后，有出版社愿意出版，但考虑到作为一部学术专史，要力求出精品,拟再作磨合。吴波君也同意,但他即将毕业赴湘工作。经与其研究,便由我主动找李忠明君来商量,请其接手此项工作。忠明早于吴波十年来随我学,对我的研究情况更为了解。只是由于本身工作十分繁忙,修订数年之久,其间我又补写了不少有关研究史的论文供其采纳,最后完成一部五十万字的书稿。海峡文艺出版社以之申报国家"十一·五"重点出版项目,获准后很久,我才知道著作责任人仅列笔者一人,我便向出版社提出不可忽视吴、李二君的贡献。出版社答复是,他们做过专门研究,认为该书内容大都是笔者的研究成果,又考虑到知名度,便如此申报。既成事实,也无可奈何。但令人不解的是正式出版时作者栏中却漏列笔者,虽来函道歉并补寄来重新制作的版权页,但书已印出,也只能随它去了。清华同方于2011年出版光盘版时,根据当年与海峡社签订的正式合同做了改正。

"儒林"跋涉四十年的主要成果大体如此,而且已成为历史的产物。学术的发展是无限的,学人的生涯则是有限的,我们只能在有限的生涯中力求做出最大的贡献。何满子先生在收到我赠送的《〈儒林外史〉研究史》时,于2006年11月8日来信说:"兄真是为吴敬梓拼搏大半生,成绩卓荦可观,中国研究《儒林》第一家也。""拼搏大半生"是事实,"第一家"云云,却不敢当,学术在发展,新人在成长也。

笔者自1953年大学毕业以来,整整度过一个甲子的苜蓿生涯。除此专题以外,在其他小说、戏曲、诗文等领域的研究也稍有成果,就数量而言也不亚于这一专题。但此文只叙"儒林",别的就不说它了。

四

苜蓿生涯六十年,跋涉"儒林"四十载,无非是讲堂之上,讲授诗文,或是埋首牖下,仰屋著书而已。偶或应邀参加一些社会、学术活动,此文则仅就有关"儒林"者,略作回顾。

1984年春,南京电视台先后摄制专题片《吴敬梓和〈儒林外史〉》以及系列片《儒林外史》,应他们邀请担任文学顾问。1996年5月,中央电视台拍摄《中华文明之光》中的《吴敬梓和〈儒林外史〉》专题,专程来南京采访,除了接受他们的采访外,还让弟子陪同他们去全椒。笔者以为将古典文学名著搬上电视屏幕,是向广大群众宣扬民族优秀文化的极好措施,自应支持。

参与全椒吴敬梓纪念馆的复建工作。1983年冬,全椒县委文书记(忘其大名)派车来宁接我去全椒,讨论纪念馆的重建工程。终于1984年10月8日开工,1985年底竣工,全椒方面还制成纪念馆画册,送来几十本,让我代为赠送海内外学者。此后历届县领导如阚家衡、殷守余、龚金龙、李忠烈等同志常来舍间或接去全椒,海外学人来访,或陪同去全椒,或介绍他们自行前往,为弘扬吴敬梓的成就做些力所能及的工作。该县领导李忠烈同志还于1997年11月21日来到舍间,将他们在景德镇烧制的吴敬梓座像赠我,以表示全椒人民对我的感谢。可是,进入新世纪以来,也许我的一些研究文字不符合某些人炒作之需,几乎与我断绝一切往来。笔者研究吴敬梓就是为了肯定他的成就和贡献,但也从不讳言其不足;至于吴氏家族史上的种种矛盾,也根据可信的文献资料予以考证,做实事求是的叙述,绝不作迎合、媚俗之文。

从上世纪八十年代起,笔者曾多次建议在南京修复秦淮水亭,媒体多有报道,在笔者担任省政协六、七两届委员时,两度写有提案,终于在1997年10月建成,并应邀撰写《秦淮水亭重建记》碑文。2004年应约撰写《十年动议,政协促成——吴敬梓秦淮水亭修复记》,刊于《江苏政协》9期,全国政协所编《人民政协纪事》也收入此文。可是建成不数年,已经荒败,《金陵晚报》(2011.9.28)大字标题报道《夫子庙"吴敬梓故居"如今成了茶馆》;黄强在《文人置业那些事》一书中问作者:"不知当年花费十年工夫,多方呼吁才复建了吴敬梓秦淮水亭的陈美林教授,近年可故地重游?假若见到此情此景,他又有何感慨。"又有人手持《扬子晚报》(2011.11.30)的报道,问我吴敬梓移家南京前,全椒的"田庐尽卖",怎么当今全椒要花巨资修建探花第和吴氏宗祠呢?如果吴敬梓仍然住在高墙深院的探花第中,仍然是一个缙绅子弟,能写出《儒林外史》来么?这些问题,我回答不出。假若吴敬梓还活着,他本人能回答出么,我也不知。

摄于南京秦淮水亭,2004 年秋

有关《儒林外史》学术讨论会,据统计建国后共举行七次,第一次是 1954 年在北京召开的吴敬梓逝世 200 周年纪念会。与会者皆一时学界名流,如茅盾、曹禺、翦伯赞、吴组缃等。彼时笔者刚参加工作一年,也未研究过《儒林外史》,自然沾不上边。

1981年秋，在安徽滁州召开纪念吴敬梓诞生280周年学术讨论会。从1954年初至1981年底，发表有关吴敬梓研究论文者，据《〈儒林外史〉研究史》所附索引统计，四篇以上者有陈美林（17篇）、孟醒仁（6）、桂秉权（5）、李汉秋（5）、范宁（4）、张慧剑（4），三篇者有何泽翰等四人，二篇者有冯至、陈汝衡、吴组缃等十余人，发表一篇者有邓绍基、何满子、霍松林、任访秋、汪蔚林等百人左右。如此，笔者自然被邀请与会。《滁州报》1981年10月13日报道，会议由省委宣传部长戴岳主持，省委副书记兰干亭讲话，出席会议者尚有各地"教授、研究员、副教授、副研究员范宁、章培恒、霍松林、赵齐平、陈美林、李厚基、高明阁、宁宗一等七十余人"。

1984年11月，在南京召开纪念吴敬梓逝世230周年学术讨论会，由时任江苏社会科学院名誉院长的汪海粟同志任主任委员，委员22人，除本省有关领导和学者外，外地尚有何满子、章培恒、袁世硕、刘世德、宁宗一等。因拙作《吴敬梓研究》刚出版，作为会议赠书之一，同时任文学顾问的《吴敬梓和〈儒林外史〉》专题片也要在会上放映，所以也安排为委员之一，但未参预任何工作，只是接获通知，开幕式必须参加，因省委领导要见见作者。最后一天成立"中国《儒林外史》学会"，本人未到会场。《新华日报》1984年11月3日、7日均有报道。出席此次会议者有全国各地学者一百二十余人。

1986年6月，在全椒召开纪念吴敬梓诞生285周年学术讨论会，《安徽日报》（1986.8.26）报道"中国《儒林外史》学会副会长陈美林、李汉秋、宁宗一主持了会议"，与会者五十余人。

1996年7月在扬州召开了迄今为止唯一一次的《儒林外史》国际学术研讨会。起因在于国外一些同道来访时多次提起希望一同讨论，乃由笔者时任会长的江苏明清小说研究会与扬州大学联合举办。扬州大学建议要加上"中国《儒林外史》学会"的名义合办,但此际学会尚未登记,恐有不便,扬大同志说只开一次讨论会,也无大碍。彼此明确只讨论学术、不涉及学会的原则,在征得会长章培恒的同意并表示与会后便加上这一名义。岂料开幕式前收到章培恒同志来信,不知谁人对他说学会要换届,他表示既然如此,要辞去会长职务,并不来与会。紧急去电说明,也赶不及参加开幕式,只得罢了。此会与会学者有来自美国、瑞士、韩国的学者多人。《扬州晚报》(1996.7.15)、《扬子晚报》(1997.7.20)均有报道。

  2001年为吴敬梓诞辰300周年,原先安徽大学与南京师大拟联合办会,双方负责人已经具体会商过,岂知安大于10月26日单方召开。为团结起见,笔者也应邀赴会。同年12月5日滁州又召开纪念会,因性质相同,不拟赴会,但滁州方面考虑会长章培恒不能到,便再三邀请并派车来接,乃去参加,但提前离会。11月,中国社会科学院文学所也举办学术讨论会,发来邀请函,原拟赴会并写好发言稿,但同时在政协礼堂举行的纪念会,未发邀请函,所以文学所的讨论会也就未去参加,发言稿乃委托在北京的一位弟子张平仁教授在会上代读。

  2011年11月全椒主办纪念吴敬梓诞辰310周年讨论会,《扬子晚报》在8月25日已有报道,并且要成立学会。有人问我,学会不是早在1984年已成立,《新华日报》不是报道过吗?怎么又成立学会?对此,我一无所知,自然无从回答。11月1日全椒旅游局长田胜林同志来访,并持汉秋兄10月29日一函说,"全椒筹备纪念吴敬梓诞辰310周年并筹组中国《儒林外史》学会(筹)。鉴于吾兄的卓越的学术成就,拟推兄台为名誉会长,祈请俯允,以光学界"云云。据田局长说,一切就绪,届时派车来接。既成事实,不便拒绝,以免误解为反对,只允参加开幕式。

但此后一无消息,既无正式邀请,也未派车。会后托人捎来一纸名誉会长证书及会议文集。行文至此,也有必要将1984年成立的"中国《儒林外史》学会"的前后,据笔者所知略作回顾。1984年暑假前夕,"前言"小组负责人前来舍间通知我,说要成立学会,外地同志已到校,要我下午去参加会议。我说没有接到校或系领导委托,我也早调出"前言"小组,不便与会。中午,谈副校长(后扶正)屈尊来舍间通知我与会,在问清我校尚另有人参加,便允去坐坐。后来读到汉秋写的文章,才知道1981年滁州会期间及1984年春洛阳《三国演义》会期间,已经商谈过成立学会一事。滁州会,我参加的,但无人与我谈及此事;洛阳会,收到邀请,但未与会,所以此前并不知有此事。只因在南师的会上坐了半天,外界便以为我是筹备人员,安徽大学孟醒仁先生便带领几位青年同志找到我,反对该校一位同志出任副会长。我再三说明未参与筹备,他又去找了别人。我明白这种事会引起种种矛盾,所以在成立学会的11月7日晨,即离开学校避会。第二天方知道依然被推为副会长。后来见到名单,名誉会长为吴组缃,会长是章培恒,副会长除笔者外,尚有李汉秋、宁宗一,理事有刘世德、聂石樵、陈毓罴、鲁德才、李厚基、何满子、郭豫适、何泽翰、袁世硕、孟醒仁、谈凤梁、李灵年、吴圣昔、杨子坚等四十人。关于2011年新成立的学会,仅知道会长为李汉秋,至于副会长、理事等,未见名单,一无所知。1984年被选为副会长,2011年被推为名誉会长,两次笔者均不在会场,历史的重复竟然如此相似;但也有不同之处,被选为副会长,事先不知;被推为名誉会长,则事先见到汉秋信,这也是同中之异。历史毕竟不会完完全全地重演。总之,副会长也好,名誉会长也好,均与笔者在"儒林"中跋涉无关。多年来从不提及,甚至政府有关部门请我撰写《秦淮水亭修复记》碑文时,也拒绝写上这一头衔(当然也有他人在某种场合径行加上,则无法一一避免),本文之所以涉及,绝非以此炫耀(其实这种事又有何炫耀价值),只是回顾往昔,不得不写出这一史实罢了。

"儒林"跋涉四十载,可忆可叙之事尚多,如天假以年,或再为文追述。

(2013.3.20)

——原载《雅集》第七辑,2013.10

后记

　　夏承焘、唐圭璋两位词学大师于1986年、1990年先后病逝，夏老为笔者业师，唐老则为笔者领导（曾在唐老主持的古代文学研究室工作）。对于二老的逝世，笔者写有《词坛巨星的陨落——缅怀瞿禅师哀悼圭璋老》、《"我亦有孤剑，植发望燕云"——夏承焘先生的爱国情操》（刊于人民日报·海外版1991.1.15及同年2.8）二文，以寄托哀思。自此，乃常有回忆沙孟海、王焕镳、陆维钊、任铭善、孙席珍、王西彦诸师当年对我的教诲文字发表。在长达六十余年的教学、研究工作中，也结识了许多年长于我的前辈学者，或师或友，如唐圭璋、钱仲联、杨建侯、吴调公、何满子、何泽翰、蒋星煜等先生，他们也先后去世，但笔者仍保存有他们的墨宝、画作、信函、照片，不时展视，往昔相识相处的情景又浮现在眼前，乃付之于笔端。笔者结识的老辈学者不仅以上诸位，如天假以年，健康允许，当细细写来。

　　在漫长的教学岁月中，也经常参加一些学术活动，如匡亚明同志主持的"中国思想家评传丛书"的活动，汪海粟同志主持的纪念吴敬梓逝世230周年的学术会议，海峡两岸首次召开的古代小说研讨会（南京）和古代戏曲研讨会（石家庄），还有一些相关的学术活动，或应邀出席或参预筹办，对这些活动也写了一些回顾文字,在叙事的同时自然也涉及相关的学人。个人的研究经历,也做了一些回顾,如《儒林外史》研究,自上世纪七十年代初起始,至今未曾全然辍笔,在个人四十余年研究历程的回视中,也多少折射出学界对这一课题的研究状况。当然,这些点点滴滴的回忆,只是广袤深邃学林中之一瞥,但如不予记录,或将湮灭在人们的记忆中。

  在笔者所出版的四十余种著述中,有三种是南京师大出版社所出,即《清凉文集》、《吴敬梓研究》(三卷本)和这本小册子《学林忆往》,对出版社前后领导的错爱,在此表示谢意。三书均由资深编审王欲祥先生任责编,对他为拙著付出的辛劳,铭感不已。蒋兵同志正随忠明教授攻读学位,在紧张的学习之余仍不时为拙稿做输入、看校样,也当志之不忘。

2017.4.26